여덟 마리 말 그림

대산세계문학총서
194

여덟 마리 말 그림

八駿圖

선충원   강경이 옮김   문학과지성사

대산세계문학총서 194

여덟 마리 말 그림

지은이   선충원
옮긴이   강경이
펴낸이   이광호
주간   이근혜
편집   김은주 주지현
펴낸곳   ㈜**문학과지성사**
등록번호   제1993-000098호
주소   04034 서울 마포구 잔다리로7길 18(서교동 377-20)
전화   02) 338-7224
팩스   02) 323-4180(편집) 02) 338-7221(영업)
전자우편   moonji@moonji.com
홈페이지   www.moonji.com

제1판 1쇄 2024년 12월 31일

ISBN 978-89-320-4345-6 04820
ISBN 978-89-320-1246-9 (세트)

이 책은 대산문화재단의 외국문학 번역지원사업을 통해 발간되었습니다.
대산문화재단은 大山 愼鏞虎 선생의 뜻에 따라 교보생명의 출연으로 창립되어
우리 문학의 창달과 세계화를 위해 다양한 공익문화사업을 펼치고 있습니다.

차례

여덟 마리 말 그림

작가 서문   9
여덟 마리 말 그림八駿圖   11
손님   51
고문관   59
고개 넘는 자   74

단편선

싼싼   85
바이쯔 123
남편 134
부부 161
아진 175
후이밍 182
어두운 밤 199
진창 213
등불 256
의사 뤄모 286
봄 313
부식腐蝕 330

옮긴이 해설·인간다움으로의 회귀를 호소하다 350
작가 연보 360
기획의 말 364

일러두기

1. 이 책은 沈從文의 沈從文小說全集 卷十『八駿圖』(湖北: 長江文藝出版社, 2015)를 우리말로 옮긴 것이다.

2. 이 책은『여덟 마리 말 그림』과『단편선』두 부분으로 나뉘어 있다.『여덟 마리 말 그림』은 1935년 12월 상하이문화생활출판사에서 처음 출간되었으며, 당시 각 작품의 제목은「제기題紀」「여덟 마리 말 그림」「학식 있는 자」「모 부부」「손님」「고문관」「바이쯔」「비 온 후」「고개 넘는 자」「부식」이었다. 이 중『학식 있는 자」「모 부부」「비 온 후」는 이 번역본의 저본이 된 창장문예출판사의 선충원소설전집 제3권『비 온 후 및 기타』에 실렸고,「바이쯔」「부식」은 제9권『단편선』에 실렸다. 기타 작품들은 상하이문화생활출판사 초판본에 따라 엮었다.

3.『단편선』은 원래『충원소설습작선從文小說習作選』중 12편으로 구성된 단편소설 묶음의 표제명이었으며 단독으로 출판된 적은 없었다. 2015년 창장문예출판사에서 소설 전집으로 엮으며 원작 그대로 유지하여 수록했다.

4. 본문의 주석 가운데 '작가 주'라고 밝힌 것을 제외한 나머지는 모두 옮긴이의 것이다.

여덟 마리 말 그림

작가 서문

　근 1년간은 잡무가 많은 데다 자질구레하고 번잡한 일상의 연속이었다. 간혹 '지나친 오지랖'이 아닐까 자조할 때도 있었다. 예전에 한 서평가가 내게 붙여주었던 '다산 작가'라는 수식어는 이제 다른 친구들에게 넘겨줘야 할 것 같다. 지난 시간들이 사회적 손실까지는 아니겠으나, 순전히 내 개인적 입장에서는 삶의 낭비에 가깝다. 누구나 각자의 역할이 있는 법이거늘 고생은 고생대로 하고 좋은 소리는 듣지 못하는 일에 대부분의 시간을 소모하지 말았어야 했다. 펜을 놓았던 이유 중에는 세속적인 비웃음에서 도피하고 싶은 마음도 있었다. 이 중국 땅에서 한 인간으로 살아가기란 쉽지 않다. 특히 지식인 무리에 섞여 지내는 것은 더더욱 그렇다. 대부분의 사람들이 나태하고 고지식하고 소심할 뿐 아니라 영양 부족, 수면 부족, 생식력 저하에 시달린다. 이런 부류의 비중이 커지다 보니 일의 잘잘못을 추궁하는 데 몸을 사려야 하고, '스스로 똑똑한 척하지 않으면 타인의 조롱거리가 된다'는 식의 강박관념이 자연스레 퍼지고 있다. 이런 강박관념은 인간사는 물론 문학에서도 공공연하게 드러난다. 이러한 현상은 사회와 민족의 타락을 투영하는 것이다. 거세된 환관에 가까운 이런 끔찍한 사고방식을 혈기 왕성한 젊은 청년들에게 강요하고 있다. 지금은 내 일을 내려 놓았으나 내년부터는 다시 내가 할 수 있는 방식으로 힘을 보 태려고 한다. 이 문집을 펴냄으로써 올 한 해 내 본연의 일을 완전히 놓지 않았고, 역량이 완전히 소진되지 않았음이 입증되 기를 바란다.

민국 24년 12월 10일*

---

* 본 편은 1935년 12월 20일 톈진 『대공보·문예大公報·文藝』에 발표되었다. 필 명은 선충원(沈從文).

여덟 마리 말 그림八駿圖

"선생님, 칭다오 바다는 처음이시죠?"

"선생님, 해변 쪽으로 가실 때에는 잔디밭으로 걸어가서 저쪽 숲을 통과하시면 바로 바다입니다."

"선생님, 멀리서 바다를 내려다보고 싶으시면 잔디밭 서쪽 숲으로 걸어가시면 됩니다. 저쪽은 캐나다종 백양나무이고 저 것은 은행나무인데, 은행나무 사잇길을 따라 산으로 올라가시면 바다 전망이 좋습죠."

"선생님, 다들 칭다오 바다는 다른 바다와 차원이 다르다고 합니다. 중국 그 어느 바다보다 아름답다고 하더군요. 베이다이허北戴河보다 백배 이상 낫답니다. 베이다이허에 가보셨습니까? 그쪽 바닷물은 맑은가요, 탁한가요?"

"선생님, 오늘이 7월 5일이니 닷새 후에나 학교 수업이 시작되겠네요. 강의를 시작하면 바쁘실 테니 먼저 바닷가나 좀 둘러보시지요."

칭다오 주거구역 ××산 자락에 자리한 흰색 주택, 볕이 잘 드는 1층 방에 도착한 지 5분도 되지 않은 다스達士 선생은 창가에 기대어 창밖 풍경을 주시하고 있었다. 주택을 관리하는 집사는 방을 치우고 이불을 정리하면서 손님에게 쉬지 않고 말을 걸었다. 좋은 인상을 남기려고 애쓰는 모습이 역력했다. 집사의 대화 시도에도 다스 선생은 웃기만 할 뿐 대꾸하지 않았다. 집사는 시선을 옮기다가 방 안에 놓인 소형 캐리어 위에 붙은 노란색 여객선 스티커를 흘깃 보고는 다스 선생이 해외를 다녀온 경험이 있음을 알아차렸다. 그는 화두를 돌려 칭다오 바다로 관심을 끌었다. 다스 선생은 여전히 웃기만 할 뿐 별다른 말을 하지 않았다. 집사는 멋쩍음을 감추려는 듯 칭다오 바다가 다른 지역 바다와 어떻게 다른지 묘사하며 신비로워서 속살을 헤아리기 어렵다고 덧붙였다.

제 할 일을 마친 집사는 두 손을 비비며 문 옆에 선 채로 말했다. "선생님, 저를 호출하시려거든 그 벨을 누르십시오. 제 이름은 왕다푸王大福입니다. 라오왕老王이라고들 부릅죠. 제 말을 알아들으실 수 있겠습니까?"

다스 선생은 그제야 입을 열었다. "고맙네, 라오왕. 무슨 말인지 다 알아들었네."

"선생님, 일전에 제가 책을 한 권 읽었는데 학교 주朱 선생이 쓴 『투해投海』였죠. 정말 재미있게 봤습니다." 라오왕은 의기양양하게 한마디 하고는 빙그레 웃으며 물러갔다. 그게 무슨 책인지 하늘은 알 것이다.

집사가 나간 후 다스 선생은 창가 책상 옆에 앉아 멀리 떨어져 있는 미모의 약혼녀에게 편지를 쓰기 시작했다.

환환에게

칭다오에 도착했소. 이곳의 모든 것이 집에서와 다를 바 없소. 숙식할 곳은 이미 마련되었으니 안심하시오! 숙소를 관리하는 집사는 본새가 그리 밉상은 아니나 말하기를 좋아하오. 대화할 때 간간이 신조어를 섞어 쓰는데, 신분에 어울리지 않는 단어들도 간혹 튀어나오는 걸 보니 '준準지식계급'이라고 할 만하오. 방금 이 방에서 나갔소. 방에서 짐 정리를 도와주면서 칭다오 바다에 대한 칭찬을 한가득 늘어놓더군. 해변 여관의 심부름꾼 출신이 아니었을까 추측해봤소. 아마 꽤 큰 규모의 여관이었을 거요. 아는 이야기도 많고, 기억하고 있는 이야기들도 많을 거요. (내가 필요로 하는 암소 같은 존재요!) 아무래도 걸어다니는 사전인 듯하니 여기 있는 두 달 동안 옆에서 속속들이 캐봐야겠소.

난 지금 창가에서 바다를 보고 있소. 참으로 매혹적이긴 하구려! 하지만 안심하시오, 바다로 뛰어들지는 않을 테니. 여기에 좀더 오래 머물면 저 바다를 보다 깊이 이해하게 될지도 모르겠지만, 차마 그리하겠다는 말은 못 하겠소. 혹여 발이라도 헛디뎌 빠지게 되면 뭍으로 헤엄쳐 나오려 노력해보겠소. 그런 상황이 닥치면 당신이 떠오를 테니까. 내가 바다에 휩쓸려가고 당신 혼자 남게 되는 일은 없을 거요.

다스 선생은 창밖의 모습을 편지지에 고이 담아 멀리 있는 연인에게 전해줄 생각으로 펜을 잠시 멈췄다. 고개를 들자 창밖 풍경이 눈으로 선명히 들어왔다. 잔디밭과 숲, 멀리 이어진 바다가 감동스러운 한 폭의 그림처럼 잘 어우러져 있었다. 다스 선생은 편지를 계속 써 내려갔다.

내 방 작은 창가 바로 맞은편으로는 잔디밭이 펼쳐져 있소. 정교하게 설계해 인공으로 조성되었는지 잔디가 고운 카펫처럼 말끔하게 가꾸어져 있구려. 이름 모를 노란 풀꽃들이 다문다문 섞여 있는데, 멀리서 보니 마치 수를 놓은 듯하오. 당신이 손수 만든 고향집 거실 작은 깔개가 문득 떠오르는군. 잔디밭 가장 자리부터 백양나무 숲이 이어지는구려. 집사의 말로는 캐나다 종 백양나무라고 하오. 그 숲의 끝자락부터 펼쳐지는 바다는 시 시각각 다른 색으로 변신하고 있소. 아까는 쪽빛 비단으로 덮인 듯하더니 지금은 또 은빛 동전을 흩뿌려놓은 것 같구려.

다스 선생은 시구절을 인용하여 바다와 하늘의 빛깔을 묘사 하고 싶어졌다. 다시 고개를 든 그의 눈에 잔디밭 위 노란색 점이 들어왔다. 노란색이 가장 필요해 보이는 지점에 절묘하게 박혀 있었다. 연노랑 치파오를 입은 여인의 실루엣이었다. 잔 디밭을 통과해 해변으로 걸어가는 중이었는지 백양나무 숲속 으로 별안간 사라져버렸다. 마치 바닷속으로 걸어 들어가버린 것처럼.

햇살 아래 반짝 등장했다가 순식간에 사라진 그 찰나의 미묘 함은 어떤 시로도 형용할 길이 없었다.

그래서 다스 선생은 약혼녀에게 보내는 첫번째 편지를 다음 몇 마디로 마무리 지었다.

학교는 숙소에서 1리* 정도의 거리라 그리 멀지는 않소. 수업이 있는 날은 언덕을 올라가서 회화나무 사이로 길게 난 오솔길을 지나야 하오. 산길 길섶에 금화처럼 샛노란 야생화들이 한창 꽃망울을 터뜨리고 있더군. 난 이름 모를 그 꽃들이 참 좋소.

다스 선생이 기차에서 내린 시간은 오전 ✕시 20분이었다. 그는 도착해서 숙소 배정을 끝내고 편지를 쓴 뒤 바로 학교 교무처로 갔다. 여름 학기에 할당받은 열두 시간의 강의 방식에 대해 교무주임과 상의하기 위해서였다. 다스 선생은 일을 금세 마무리 짓고는 혼자 바닷가 작은 식당에 가서 점심을 먹었다. 숙소로 돌아오니 어느덧 오후 ✕시였다. 그는 또다시 약혼녀에게 편지를 쓰기 시작했다. 반나절 동안 겪은 일을 알려주기 위해서였다.

환환에게
교무처에 가서 열두 시간 강의 일정을 확정 짓고 왔소. 모든 강의는 오전 10시 전에 하기로 했소. 강의는 여덟 번이고, 토론 주제들은 모두 베이징 학교에서 가르쳤던 내용들이라 따로 준비할 것 없이 기존 내용을 잘 가르치면 될 듯하오. 그 외에 현대 중국 문학은 네 시간, 현대 중국 소설가의 주요 경향에 대

___

* 1리里는 약 0.393킬로미터이다.

한 토론은 두 시간 정도 진행할 것이오. 당신이 상상하듯 이 주제들은 수업 시간에 학생들과 흥미진진한 토론을 이끌어낼 수 있을 듯하오. 오늘이 5일이니 이제 닷새 후면 개학이구려.

우리의 약속대로 낮에 강의를 하거나 도서관에 있거나 바닷가 산책을 하는 시간이 아니라면 내가 보고 들은 것들을 속속들이 이야기해주겠소. 최대한 노력해보겠소. 당신이 매일 편지를 받아볼 수 있도록 말이오. 나는 물론, 내가 이곳에서 겪는 모든 것을 편지에 고스란히 담아보겠소, 좁쌀만큼 사소한 일도 숨기지 않으리다.

내가 지금 머무는 숙소는 외관이 꽤 아름답소. 멀리서 초빙된 교수들을 위해 학교에서 특별히 마련한 곳이라더군. 이곳에서는 모두 여덟 명이 함께 지내고 있는데, 나머지 일곱 명과는 아직 인사 전이라 친해지지 못했소. 물리학자 갑甲 교수, 생물학자 을乙 교수, 도덕철학자 병丙 교수, 철학 전문가 정丁 교수, 서양문학사 전문가 무戊 교수 등등. 이 유명 인사들을 아직은 나도 만나보지 못했으니 며칠 지내보며 어떤 사람들인지 알려주리다.

내일은 교장실로 가서 점심 식사를 할 예정이오. 추측하건대 교장은 날 보자마자 이런 말을 할지도 모르겠소. "어떠십니까, 지낼 만하신지……? 선생님의 그분도 이쪽으로 모셨어야 했는데. 사실 선생님을 여기로 모신 것은 상사병을 앓게 하려는 게 아니라 바다를 보며 좀 쉬시라는 의도였습니다. 혼자 바다를 보다가 넘어지면 물고기에게 물릴 수도 있습니다!" 환환, 나는 이런 말에 어떻게 대응해야 할지 모르겠소.

차에서 내려 정류장 밖에 잠시 서 있다가 무심결에 게시판에 붙어 있는 신문을 보게 되었소. 우리에 관한 기사가 실려 있더군. 우리 두 사람이 곧 칭다오에 와서 결혼을 한다는 내용이었소. 당사자인 우리도 모르는 내용이 버젓이 기사화되어 만천하에 공개되었구려. 나에 대한 소문을 전하는 대목에서 편집자는 대범하게도 "저우다스 선생, 환영합니다"라는 제목까지 달아놨더군. 이런 식의 환영은 날 두렵게 할 뿐이오. 누군가 나를 찾아올까 걱정이오. 무슨 수를 쓰긴 해야겠소. 번거로운 상황들이 좀 잠잠해져야 편지 쓸 여유가 있을 듯하오. 한번 생각해보시오. 내가 책상 앞에 앉아 편지를 쓰고 있는데, 어떤 불청객이 갑자기 들이닥쳐 다짜고짜 "다스 선생, 또 연애소설을 쓰고 계시는군요. 얼마나 쓰셨습니까? 모두 실제 경험담인가요? 어떤 함의를 지니고 있지요?"라고 묻는다면 어떻겠소. 참 난감할 거요. 말문이 막혀 아무 대답도 못 할 테지. 그런데도 다음 날이면 금시초문인 일들이 보란 듯이 기사로 오르내릴지도 모르겠소. 나를 실제로 본 적도 없으면서, 다스 선생이 기자에게 직접 한 말들이라고 떠들어댈 것이 뻔하오.

다스 선생은 ××를 떠나면서 약혼녀 환환에게 매일 편지를 한 통씩 써서 부치겠다고 약속했다. 그러나 칭다오에 도착한 첫날에만 그는 편지 세 통을 연달아 썼다. 세번째 편지를 완성하고 라오왕에게 학교 우체통에 넣어달라고 부탁하려 했을 때는 이미 저녁 시간이었다.

다스 선생은 숙소 창가 너머로 칭다오에서 처음 마주하는 석

양을 감상했다. 바다로부터 밀려들어온 석양에 잔디밭도 옅은 자줏빛으로 물들어갔다. 그 오묘한 색감이 그의 기억 속 한 장면을 소환했다.

언젠가 그의 눈앞이 온통 자줏빛으로 아른거리던 순간이 있었다. 강렬한 자줏빛 편지지…… 기억이 왜곡되었을 리는 없다.

그는 옷상자를 열어 깊숙이 넣어두었던 두꺼운 일기장을 꺼냈다. 창가에 어려 있던 석양의 여광이 무언가를 탐색하듯 일기장 위를 은은히 비추었다. 그 안에는 그의 과거를 채웠던 기억의 편린이 생명을 머금고 남아 있었다. 일기장을 들춰 보니 과연 '7월 5일'이라는 제목의 일기가 있었다.

7월 5일

모든 것이 무용지물에 가깝다. 어디를 가도 기억이 나를 옭아맨다. 새로운 것이 이 진흙탕에서 나를 꺼내줄 수 있을까? 이 세상에는 '새로운' 그 무언가가 없다. 고뇌조차 이미 닳고 닳아 낡아빠졌다.

이 대목에서 약간 멍해졌다. 장거리 여행의 여독으로 휴식이 필요한 탓이리라.

하지만 다스 선생은 이미 그 빛바랜 추억 속에 잠시 머물기로 작정한 듯했다. 그는 2년 전 7월 5일 난징南京에 있는 ×에게 그를 대신해 ××로 가서 □를 만나달라고 썼던 편지를 다시 읽고 있었다. 편지지 자체도 어두운 자줏빛인 데다 그 편지를 보내던 무렵도 마침 자줏빛 황혼이 드리우던 시간이었다.

이들의 관계로 말하자면 ×가 그를 좋아하고, 그는 □를 좋아하며, □는 ×를 싫어하지는 않는 그런 관계였다.

□는 ×가 다스 선생을 지극히 사랑한다는 이야기를 전해 들었을 때 "정말 잘된 일"이라고 했다. 하지만 사람 일이란 종종 틀어지기도 하는 법이다. 하늘이 허락해도 사람이 받아들이지 않는 경우가 있는가 하면, 사람이 원해도 운명이 허락하지 않는 경우도 있다. ×는 결국 비통한 마음으로 회계사와 결혼했다. ×는 다른 사람의 아내가 된 후에도 다스 선생이 기댈 곳 없이 좌절의 시간을 보내고 있다는 사실을 알고, 그에게 편지를 써서 자신이 뭔가 해줄 일이 없는지 물었다. 그녀는 그에게 도움이 되고 싶어 했다. 비록 그가 그녀를 사랑하지는 않더라도 그녀에게 뭔가를 부탁하는 것은 여전히 신뢰감이 남아 있다는 증거였기 때문이다. 편지글의 어조는 완곡하고도 애잔했다. 은밀히 배어나는 그녀의 애절함에 마음이 누그러진 그는 ×에게 편지를 써서 □를 만나러 가달라고 부탁했다. 이 편지는 ×에 대한 그의 신뢰를 나타내는 것이기도 하지만, 한편으로는 과거의 환상에 사로잡혀 더는 스스로를 괴롭히지 말라는 통보이기도 했다.

×, 당신이 보낸 편지를 이미 읽어보았소. 모든 걸 다 이해했소. 사람의 힘으로는 어찌할 수 없는 일들도 있는 법이니 억지스럽게 거스르지 않아도 된다오. 우리가 좀더 이성적으로 판단하고 애증의 굴레에서 벗어났으면 하오.

듣자 하니 당신은 이미 한 사람의 아내가 되어 조신하게 지내고 있다 들었소. 그 소식을 듣고 지인들이 아주 기뻐했다오…… 이미 떠난 사람, 가버린 시간, 지나간 일들 때문에 여전히 괴롭다면 마음에서 과감히 떨쳐내버리시오. 쉽게 잊지 못하는 사람은 '행복'해지기 위해 잊는 법을 가장 먼저 배워야 한다지 않소. 근래에 나는 나를 에워싸는 모든 기억으로부터 벗어나려고 도피 중이오. 기억을 붙잡으며 스스로 나약해지느니 미래에 희망을 거는 편이 더 낫지 않겠소.

편지에서 그 이야기를 먼저 언급해주어서 고맙소. 마침 내가 썼던 모든 이야기가 싫어지던 참이었소. 사람은 삶과 직접 마주하며 부딪쳐야지 어설프게 상상하면 안 되오! 당신 말마따나 이야기가 정말 좋다면 그걸 쓴 작가는 삶 안으로 들어가 살기를 간절히 원했다는 뜻일 거요. 쓸모도 없고 능력도 없다고 여겨지니 손을 자꾸 가학적으로 대하게 되는구려.

당신도 소설을 쓸 수 있소. 당신이 누구보다도 글을 잘 쓴다는 것은 명백한 사실이오. 스스로 확신이 없다면 친구의 진지한 조언을 귀담아듣길 바라오. 가정생활이 모두 순탄하고 안정적이라면 굳이 펜과 노트를 꺼낼 필요는 없겠지요. 당신 자신만을 생각하면 꼭 글을 쓰지 않아도 되지만 독자들을 위해서라도 펜을 들었으면 하오. 지금 중국은 득실과 승패를 따지지 않고 과감하게 앞장서는 사람들이 필요하오. 듣기로는 부상병들을 간호하기 위해 떠날 준비를 한다더군요. 실제로 당신은 영혼의 상처를 입은 남성들을 보듬어주는 재능이 있다오. 오히려 후자가 직접 부상병들을 치료하는 일보다 섬세함과 숙련도를 더 요하는 일이오. 글을 쓰는 것이 붕대를 감아주는 것보다 당신에게 훨씬 수월하지 않겠소? 스스로를 한번 돌아보고 자신감을 가지길 바라오.

　나는 얼마 전 ××를 지나오다가 "내가 몹시 사랑하지만 내게 전혀 관심 없다"던 □를 한번 보고 싶었소. 3년 동안 난 모든 걸 끝냈소. 그녀를 한번 만나보고 여전히 진전의 기미가 없다면 고향으로 돌아가 더 이상 귀찮게 하지 않을 작정이오. 시골에 잠적해 10년 정도 조용히 생활하면서 가장 중요한 시절을 소모하려 하오. ×, 당신이 여전히 호의를 가지고 있고 여유가 있다면 나를 위해 그녀를 한번 만나봐 주었으면 하오. 당신의 편지를 기다리겠소. 언제든 좋으니 그녀를 만난 소회를 전해주시오. 틀림없이 나에게는 올해 가장 귀한 소식이 될 것이오.

　내후년에도 내가 이렇게 살아 있을 수 있을지?

인간사는 시간의 흐름 속에 부단히 변화하기 마련이다. 우선 ×는 작년에 병으로 세상을 떠나고 말았다. 또한 □는 지금 다스 선생의 약혼녀가 되어 있다. 다스 선생은 그날의 일기와 그 낡은 편지에서 묻어 나오는 감정들이 이제는 아득하고 생소하게만 느껴졌다.

　그는 속으로 생각했다. '인간이란 참 이상하다. 과거를 신뢰하고 앞일을 예지할 수 있는 사람이 과연 있을까? 오래되면 우리는 잊어버린다. 분명한 것은 과거의 모든 것을 망각해도 특정 시간, 특정 공간에서 미소 짓던 그 누군가의 그림자는 여전히 선명하게 붙박여 있다는 것이다. 새로운 것이 맞다고 생각

하고 그것을 유지하고 싶겠지만, 이 세상에서 무언가를 끝까지 유지하는 것이 가능한 일이던가?'

대조적인 시간의 모습 속에서 다스 선생은 잠시 멍하게 있었다. 그는 창가에 우두커니 서 있다가 이내 웃음 지었다. 지금 이 순간 펼쳐진 장면들은 이미 최적으로 안배된 결과일 터이다. 사람은 자족하고 분수를 지켜야 한다. 하늘은 서서히 어둑해졌고 주변이 일순 정적에 묻혔다.

환환에게

여름 학기 학교는 예정대로 개학했소. 환영회에서 교장은 진지하면서도 장난스러운 어조로 강의를 위해 먼 곳에서 모인 교수들을 '천리마千里馬'라고 칭하더군. 각 분야에서 명성이 자자한 인물들인 데다 다들 먼 길 마다하지 않고 달려와주었다면서 말이오. 그의 말대로 우리가 천리마라면 지금 우리가 머무는 숙소는 '마방馬房'이라고 불려야 할 것이오.

나는 교장과 생각이 조금 다르다오. 내 생각에 지금 우리 몇 사람이 머무는 곳은 '자연 요양원'이라고 부르는 것이 더 맞을 듯하오. 믿어지시오? 의학적 관점으로 볼 때 이곳 사람들 모두 약간씩은 병적 증상이 있는 것 같소(여기서는 내가 정말 의사 자격이 있다오!). 귀찮게 하는 사람들은 철저히 피해야 한다고 내가 예전에 말했잖소? 그런데 지난 사흘간 함께 지냈던 일곱 사람 중에 이미 여섯 명과 친해져버렸지 뭐요. 가끔 그들 중 한두 명과 산책을 나가기도 하고, 때로는 그들이 내 방에 와서 대화를 나누다 가기도 한다오. 짧은 시간이지만 어느새 서로에게 우정을 느끼고 있소. 특히 정, 병, 을, 무 교수와 친한 편이오. 가깝게 지내다 보니 그들을 환자라고 진단하게 된 거요. 농담이 아니라 틀림없는 사실이오. 그들 중 적어도 두 사람, 을 교수와 병 교수는 지나치다 싶을 정도로 중증인 것 같소.

여기서 그들을 알게 되어 개인적으로 기쁘게 생각하오. 전문 가들인 만큼 내가 많은 것들을 배우기도 하니 말이오. 그들 중 에는 이미 나이가 54세인 연장자도 있고, 이제 갓 서른이 넘은 친구도 있소. '역사'나 '공식' 같은 전문 지식을 익히느라 평생 을 쏟아부었을 그들이 근엄하고 노련해 보이는 건 사실이오. 하 지만 그들의 인성은 겉모습과 모순되게 부자연스러운 면이 많 소. 그 전문가들은 내가 서른이 안 된 소설가라고 하니 나이로 보나 직업으로 보나 으레 '낭만파' 소속일 거라 여기더구려. 저 들이 '고전파'에 속해서인지 나 같은 '낭만파' 부류에 흥미와 호감이 생기나 보더군. 나는 대화를 나누면서 그들의 건강을 확 인하는 한편, '콤플렉스'도 치유해줄 수 있다고 믿고 있소. 어 떤 전문가는 이미 편지를 주고받으며 연애를 시작한 대학 3학 년 자녀를 두었으면서도 정작 본인은 여전히 천진무구하더군. 이런 사람들은 학식이 풍부할지언정 인생을 제대로 즐겨본 적 은 없었을 거요. 내적 욕망이 계속 억눌리고 막혀 있었던 거지. 여기서 나도 깨달은 게 있소. 지난 10여 년간 많은 이들이 '자 유연애'를 외쳐댔지만 이런 과도기를 겪으며 얼마나 충격을 받 았을지, 이러한 충격 속에 얼마나 많은 비극이 숨겨져 있을지, 이러한 비극이 왜 흔히 존재할 수밖에 없는지에 대해서 말이오.

환환, 내 말이 너무 심하다고 생각하오? 존경할 만한 이들의 본모습을 앞으로 하나하나 천천히 적어 보내리다.

다스

갑 교수는 다스 선생을 방으로 초대해 차를 대접하고 이야기를 나눈 적이 있었다. 다스 선생의 기억 속에 남아 있는 그의 방은 대략 다음과 같은 모습이다.

방 한가운데의 작은 탁자 위에는 통통한 아이 여섯 명이 부부를 둘러싸고 있는 가족사진 한 장이 놓여 있었다. 아내는 꽤 살집이 있어 보였다.

삼베 재질의 흰색 모기장 안에는 하얀 천 위에 파란 꽃이 수놓인 베개가 가로놓여 있었다. 베개 옆으로는 꽃 모양 매듭 주머니가 『의우집疑雨集』 『오백가향염시五百家香艶詩』* 한 권씩과 함께 놓여 있고, 모기장 안쪽에는 반라의 미녀가 포즈를 취하고 있는 담배 광고 포스터가 걸려 있었다.

창가 위에는 붉은색 신장 강화제가 담긴 작은 약병, 어간유魚肝油병, 두통 연고가 있었다.

을 교수는 다스 선생과 함께 해변을 산책하곤 했다. 한번은 세련된 목욕 가운을 걸친 젊은 여자 무리가 맞은편에서 다가와 옆으로 스치듯 지나갔다. 그가 몸을 돌려 여성들의 뒤태를 쳐다보며 말했다.

"참으로 진기하네. 저 여인들은 태어나서부터 아무 일도 할

---

* 艶詩: 남녀 간의 애정을 묘사한 시.

필요 없이 저렇게 놀기만 했을 듯하군. 그렇지 않은가?”

“……”

“상하이 여자들은 추위를 타지 않나 보네.”

“……”

“바오룽寶隆 병원의 의료진이 한 달에 16원을 받는데, 신신新新 공사의 판매원이 한 달에 40원을 받는다고 하더군. 저 여자들이 독신주의를 고수하는 게 아니라면 병원보다 매대 근처에서 배우자를 고를 기회가 더 많을 것 같지 않은가?”

“……”

“나는 리우반농* 작품의 뜻을 잘 이해하지 못하겠네. 문리대 여학생들도 모두 그를 비웃더군.”

모래사장 끝자락에 다다른 두 사람은 길을 건너 경마장에 도착했다. 경마장 안에서는 누군가 말을 조련하고 있었다. 다스 선생은 경마장을 가로질러 공원에서 산 위로 올라가려고 했다. 을 교수는 그렇게 돌아가기엔 너무 멀다며 썰물 때라 바닷물이 빠졌으니 젖은 모래사장을 걸어보면 재미있지 않겠냐고 제안했다. 두 사람은 다시 해변으로 돌아갔다.

다스 선생이 물었다.

“왜 부인과 같이 오지 않았는가? 집이 허난河南에 있다고 했나? 아니면 베이징?”

“……”

“아이들 공부시키기도 쉽지 않지. 세 명 다 난카이南開에

---

* 劉半農: 중국의 근대 시인이자 신문학 운동의 선구자.

있나?"

"……"

"고향에 도적 무리가 없으면 다행이네만. 여기서는 집에 갈 수 없으니 아내를 데리고 나왔어도 괜찮았을 텐데, 어찌 함께 오지 않았나?"

"……"

"하긴 그것도 좋지. 혼자 지내는 것도 여유롭고 편하니까. 그래도 가끔 외롭지 않나?"

"……"

"상하이가 베이징보다 낫다고 생각하는가? 이상하군. 이제 갓 스무 살 넘은 사람들이 자유롭게 지내기에는 상하이가 제격이지. 학업에 전념하고 싶다면 베이징만 한 곳이 없지만 말이네. 자네가 생각하기에 상하이에서는—?"

좀 전에 봤던 젊은 여인들이 마침 해수욕장 남쪽에서 걸어 돌아오고 있었다. 그중 붉은색 목욕 가운을 입고 풍만한 볼륨과 늘씬한 자태를 뽐내는 여성이 유독 눈에 띄었다. 그녀는 젖은 모래 위를 맨발로 걸어다니며 고운 선의 발자국을 곳곳에 찍고 있었다. 을 교수는 가만히 고개를 숙여 여인이 남긴 발자국 위에서 진줏빛 광택이 나는 작은 조개껍데기를 들어 올렸다. 그리고 욕정 어린 눈빛으로 지그시 응시하며 껍데기에 묻은 모래를 가볍게 툭툭 털어냈다.

"다스 선생, 이거 보게. 해변의 이런 것들이 참 아름답지 않은가."

다스 선생은 대답 없이 미소만 지으며 수평선 자락에 내려앉

26

은 해무와 하얀 돛단배 쪽으로 시선을 돌렸다.

 도덕철학 전공의 병 교수는 숙소 근처 산을 산책하고 돌아
오다가 문 앞에서 집사 라오왕에게 붉은 청첩장을 건네받았다.
"선생님, 술 얻어먹을 일이 생겼나 봅니다!" 상하이 ×선생이
보낸 청첩장임을 확인한 병 교수는 다스 선생 방으로 와서 한
담을 나누다가 ×선생을 거론했다.
 "다스 선생, 소설을 쓴다니 이야기 하나 해줄까 하오. 민국
12년 항저우 ××대학에서 교편을 잡을 무렵이었소. 동료 중
에 ×선생이 있었지. 워낙 유명한 사람이라 익히 들어 알고 있
을 것이오. 5·4운동 이래 참으로 극적이고 요란한 삶을 살았던
인물들 중 하나이니까! 당시 그는 서호 근처에 살았는데, 작은
집 두 채를 빌려 □씨 성을 가진 애인과 동거를 했었지. 각방
을 쓰고 침대도 각각 하나씩 두고 말이지. 두 사람은 평소 꼭
붙어서 식사하고 산책하고 일하고 책도 함께 읽었지만 저녁에
동침하지는 않았네. 이런 걸 두고 '정신적 사랑'이라고 하던가.
×선생은 이러한 정신적 사랑의 장점을 설명하며 독려하는 책
까지 썼소. 성행위로 인한 사회적 분란들이 워낙 잦다 보니 많
은 학자들이 성도덕을 놓고 갑론을박하던 때였지. 암탉이 곁에
있으면 거세된 수탉인 척 무감하게 반응해야 한다는 것이 당시
청년 학자들의 불문율일 정도였으니까. 공인 신분이었던 그는
이를 몸소 보여주면서 자연히 주목을 받았고, 대단한 행동으로
부각되었다네. 사회 분위기상 그런 평범한 일도 수면 위로 가
시화되었던 시절이었거든. ×선생은 자신의 신념에 자부심을

느끼며 기존의 삶에 더욱 충실하려 했소. 사실 지금 헤아려보면 귀신에 쒼 양 불교의 부정관*과 유교의 정조설**에 홀려 있었던 것뿐인데 말이오.

한 친구가 ×선생에게 둘이 지내기 너무 적적하지 않느냐며 집에 아이가 있으면 활기가 넘치지 않겠느냐고 물었더니, 그가 무심하게 이렇게 답했다고 하오. '이보게, 자네는 나를 잘 모르는군. 우리의 연애 방식도 일반 사람들처럼 본능에 충실하다네. 눈만 달렸지 진면목을 알아보지 못하는군. 자네, 내 책을 읽어보지 않았는가?' 그러면서 그 책을 친구에게 건넸다네.

한번은 장모가 멀리 쓰촨성四川省에서 찾아와 부부가 어쩔 수 없이 방 하나를 장모에게 내줄 수밖에 없었지. 두 사람은 침대 하나를 한 방으로 옮겨 두 침대를 나란히 놓았어. 한 친구가 이 사실을 알고 '이제 생각이 달라졌나 보군?'이라고 묻자, ×선생이 '나를 짐승 취급하느냐!'며 노발대발하고는 그 친구와 왕래를 끊어버렸다네.

1년 후 장모가 생활이 너무 단조롭고 지내기 적적하여 손주 생각이 간절했나 보더군. 함께 식사하다가 부부에게 아이가 있으면 좀 번거로워도 집안 분위기가 훨씬 화기애애해질 거라며 넌지시 제안했다네. 부부는 장모의 말이 끝나기도 전에 약속이나 한 듯이 '어머니, 정말 못 말리겠네요. 저희의 그 책 읽어보

---

* 不淨觀: '선禪'의 경지에 이르는 수양 방식 중 하나로, 자신과 타인의 불결하고 부정한 현상을 돌아보며 욕망에 대한 탐닉을 없애고자 하는 불교적 가치관.
** 貞操設: 여성이 이성 관계에서 순결을 지녀야 한다는 유교적 가치관.

지 않으셨어요?'라고 소리쳤다는군. 부부가 장모를 꽉 막힌 노인네로 몰아붙이다니 참 애처롭지 않은가. 고등교육을 제대로 받지 못한 어른이라 그저 자녀들이 낳은 손주들을 품에 안고 편히 노후를 즐기는 것 말고는 다른 고상한 꿈이 없다고 여겼던 게지!

그로부터 얼마 후 여자가 병에 걸렸네. 빈혈 때문에 생긴 병이라고 하더군. ✕선생이 여자를 데리고 병원에 갔는데, 마침 의사가 두 사람과 친분이 있는 사이였지. 의사가 진단서에 여자의 호칭을 '✕부인'이라고 했더니, 부부 모두가 언짢아하며 의사에게 '□양'으로 바꿔서 다시 적어달라고 했다네. 의사는 환자를 보자마자 병의 원인을 알아차렸지. 이상주의자를 자처하는 두 사람이 인간 본성에 역행하는 이상만을 추구하다 결국 육체가 망가진 거라네. 치료 방법은 사실 간단했지 욕구와 본성을 억누르지 않고 자연스럽게 드러내면 되는 거였네! 의사는 의사로서의 책임과 의무가 있기에 ✕선생에게 소견을 솔직히 전달했지만, 이를 들은 ✕선생은 아무런 대꾸 없이 여자를 끌고 자리를 박차고 나가버렸다더군. 어리둥절해하는 여자에게 ✕선생은 '양아치 같은 놈, 미쳤어. 의사 자격도 안 되는 주제에'라며 발끈했다네. 그 후로도 다른 사람들에게 '그 의사 형편없어, 분명 춘약이나 팔고 낙태나 해주면서 생계를 유지하고 있을 거야. 내가 그 자식 고발할 거야. 그렇게 몰상식한 자는 법으로 응징하고 다시는 이 사회에 발붙이지 못하게 해야 해'라고 험담하며 다녔다지.

여자는 중의약 치료로 바꾸고 패모貝母와 당귀를 수없이 달

여 먹으며 반년을 겨우 버티다가 결국에는 세상을 떠났네. ×
선생은 여자의 무덤 앞에 '우리의 사랑은 신성하고 순결한 사
랑이었소!'라고 새겨 넣은 기념비를 세웠네. 당시 사회에서는
동정 여론이 일면서 이 일을 납득하는 분위기였지. 친구들은
모두 반대했지만 ×선생은 오히려 그들을 비열하고 불결하다
고 여겼다네. 인간의 사랑이 얼마나 신성하고 순결하고 아름다
운 경지에 이를 수 있는지 이해하지 못한다며 친구들과도 왕래
를 끊었네.

그런데 오늘 뒤늦게 청첩장을 하나 받았는데, 알고 보니 이
×선생이 8월에 상하이에서 상하이 사교계의 꽃이라고 불리는
여자와 결혼을 한다지 뭔가. 참 재미있는 일이야. 아무리 세상
흐름이 바뀌었다고 한들 사람도 이렇게 돌변하다니."

가만히 이야기에 귀 기울이던 다스 선생은 미소 지으며 병
교수에게 물었다.

"선생님, 그럼 선생님의 연애관은 어떤지요?"

병 교수는 그 붉은색 청첩장을 돼지머리 모양으로 접었다.

"나야 연애관이랄 것이 특별히 없네. 이미 늙은이인걸. 연애
같은 건 우리 자식 세대들이나 즐기는 거지."

병 교수는 다스 선생의 방 한쪽 벽에 걸린 그리스 신화 속
아프로디테 조각상 사진을 뒷짐 진 채 한참 들여다보고 있었
다. 대리석 동체의 오목 들어간 부분과 볼록 나온 부분을 시선
으로 더듬으며 뭔가를 찾는 듯했다. 그러다 갑자기 시선을 떼
고 고개를 돌리며 물었다.

"다스 선생, 자네 반에 ×××라고 있지 않은가?"

"네, 있습니다. 어떻게 그 학생을 아십니까? 그 여학생이 반에서 가장 예쁘긴……"

"그 아이가 처조카딸이네."

"오, 친척 사이였군요!"

"그 아이 영민해서 공부도 곧잘 한다네." 병 교수는 말하면서 시선을 다시 벽 위 그 사진으로 고정시키며 심드렁하게 물었다. "다스 선생, 이 사진은 그리스인의 조각을 찍은 건가?" 다스 선생은 굳이 답변할 필요가 없음을 알아차렸다.

다스 선생은 속으로 생각했다. '병 선생이 그래도 안목은 있군. 예쁜 건 알아보네.' 그에게서 회심의 미소가 흘러나왔다.

그 순간 두 사람의 뇌리 속에는 늘씬하면서도 원숙미가 넘치는 여자아이의 실루엣이 동시에 어른거렸다.

정 교수는 다스 선생을 불러 해변으로 배를 타러 나갔다. 하얀 삼각돛을 단 소형 보트가 잔잔한 바람을 따라 블루 사파이어색의 거울 평면 같은 해수면을 향해 미끄러져 갔다. 날씨는 청량하고 따뜻했다. 파도가 뱃머리와 뱃전을 가볍게 두드릴 때마다 선체가 약간 기울었고, 배는 마치 수면을 날쌔게 스쳐 지나가는 제비처럼 앞으로 가볍게 뻗어나갔다. 해수면 끝자락이 그을린 듯 옅은 자줏빛으로 번져 있었다. 하늘에는 삼삼오오 갈매기들이 여유로운 날갯짓을 하며 먼바다 쪽을 향하고 있었다. 왠지 낯익은 눈앞의 풍경에서 기억 속 또 하나의 장면이 겹쳐졌다. 다스 선생이 그때 탔던 배도 이 배와 흡사했다. 그때와 달라진 점이라면 다스 선생의 맞은편에 앉아 있는 사람이 의사가 아니라 철학 교수라는 것이다.

두 사람은 샤오칭다오小青島를 둘러가며 배를 몰았다. 그들은 당시 뤄모若墨 의사와 다스 선생이 한참을 토론하고도 매듭짓지 못한 그 문제, 바로 '여자'에 대해 토론했다. 이는 영원히 결론 내리기 힘든 난제일 것이다!

정 교수가 말했다.

"누구나 어느 정도 통제 범위 내에 있어야 사람다울 수 있네. 신을 숭배하든 귀신에 씌든, 법조인이든 의사든, 부를 지녔든 명예를 지녔든, 치통이 있든 무좀이 있든 상관없이 말이네. 외적으로나 내적으로나 어느 정도 제약이 있어야만 비로소 사람다워지지. 아무런 구속도 받지 않는 사람은 표면상 자유로워 보일지 모르나 실상 무엇을 해도 성공하지 못할 걸세. 사람답지 못하니 말이네. 얽매임이 없으면 기력이 충만해지기 어렵지.

지금 내게 아무런 구속이 없다면 욕망에 이리저리 휘둘리는 일도 없을 테니 인간사에 무관심해질 것이네. 이건 절대 바람직한 현상이 아니야. 그런 생각을 하면 가끔 두려워질 때가 있네. 이렇게 내가 꿋꿋이 살아낼 수 있는 것은 사회에 어느 정도 구속되어 있기 때문일 걸세. 그것마저 없었다면 스스로 목숨을 버렸을지도 모르지.

뤄모 의사와 나는 이 배에 앉았던 자리도 비슷하네만, 둘 다 미혼이었다는 점도 비슷하네. 그는 여자를 혐오했었지. 그의 표현을 빌리자면 '여자는 곁에 있으면 육체를 괴롭히고, 곁을 떠나면 영혼을 괴롭히는 존재'이자 '시인에게는 상상을 자

극하는 신이요, 방탕아에게는 욕정을 자극하는 신 같은 존재'
라고 했네. 말로는 여자를 혐오한다고 해놓고 얼마 지나지 않
아 하늘 같은 여인을 아내로 맞아들여 치마 속에 파묻혀 살아
가고 있지 않은가. 난 모든 면에서 그와는 반대일세. 난 여자에
대해, 심지어 많은 여자들에게 관심이 있네. 풍만한 여자든 마
른 여자든 다소 새침한 여자든 가볍고 경박한 여자든, 단지 여
자라는 이유만으로도 충분히 매력적이지. 물론 약점이 있을 수
도 있으나 그렇다고 여자들을 혐오하지는 않네. 뤄모 의사 같
은 명언을 쏟아낼 자신은 없지만, 내가 그보다는 훨씬 여자를
잘 이해한다고 보네. 여자를 혐오한다는 자들이 어느 순간 슬
쩍 한 여자에게 마음을 붙이고 결혼까지 하는 걸 많이 봤거든.
나는 여자들을 좋아하고 여자들에게 관심은 있네만, 한 여자와
결혼할 일은 없을 걸세.

　내가 주장했던 철학사상인 숭허론崇虛論에 따르자면, 난 진작
에 세상에서 없어졌어야 마땅하네. 하지만 오늘에 이르기까지
스스로 목숨을 포기하지 않은 건 이 세상에 아직 여자들이 있
어준 덕분이라네. 난 그간 만났던 여자들과 욕망에 충실한 사
랑을 했네. 절제할 수 없을 정도로 미친 듯이 그녀들을 사랑
했지. 그중 유독 마음이 가는 상대가 있었는데, 그녀에게만큼
은 스스로를 극도로 통제하게 되더군. 그녀를 향한 나의 연정
을 상대에게 철저히 숨겼으니 말일세. 그녀가 알아챘다면 나에
게 시집오려고 했을 걸세. 하지만 그건 내 계획에 없는 시나리
오였다네. 그 일만은 피하고 싶었지. 그 여인이 마흔쯤 되었을
때, 그러니까 여자로서의 광채를 거의 잃어갈 때쯤 그녀에게

사라져버린 것들이 내 마음속에는 오롯이 남아 있다고 귀띔해줄 생각이네. 이 모든 것은 그녀를 사랑하고 그 사랑을 탐닉하기 위한 나만의 방식이지. 단순히 그녀를 얻는 것만으로는 성에 차지 않아서 모든 면에서 나보다 못한 사람에게 시집가도록 했네. 그녀가 그 남자에게 정착해서 아름다운 시절을 소모해버리도록 말이지. 그래야 그 여인이 늙고 쇠약해져도 나의 사랑은 여전히 풋풋하고 생생하게 남아 있지 않겠나.

어떻게 생각하는가, 다스 선생?"

다스 선생은 자신의 의견을 말했다.

"자네 계획도 뭐모와 별반 다를 게 없어 보이네. 자네는 철학을 만드는 게 아니라 그저 철학에 의해 조정되고 있을 뿐이야. 자네도 여느 사람들처럼 선견지명 운운하며 대담하게 장기투자를 하고 본전에 금리까지 불려볼 생각이었겠지. 하지만 계산이 너무 멀리 갔네. 자네가 걱정될 따름이군. 그런 투자 방식을 굳이 반대할 생각은 없네. 누구나 자신의 인생을 소모할 권리와 자유는 있으니까. 이건 마치 내가 바다에 몸을 던지는 것이 행복이라고 여기지만 자네가 섣불리 간섭하기 어려운 것과도 같은 이치야. 하지만 내가 만약 여자라면 자네의 그런 계획에 별 흥미를 느끼지 못했을 거네. 자넨 철학적이긴 하나 상식이 부족하군. 자네는 그 나이가 되어도 머릿속이 지금과 같은 환상으로 가득할 수 있을 것 같은가. 여자가 마흔이 될 때까지 열여덟 꽃다운 시절의 감수성과 다정다감함을 간직하고 있을 거라고 여긴다면 큰 오산일세. 내 감히 말하네만, 자네는 이 지점에서 손을 들게 될 거네. 혹시 관심이 있다면 ××에 관한 책을 한번 보게나. 자네의 그 철학을 바로잡아야 할 필요성을 느낄 수 있을 걸세. 여자를 사랑한다면 뭐든 주는 게 당연한 거라네. 사랑하면 자네의 여자로 만들어야 하네. 아니, 그것만으로는 부족해. 시간이 사랑을 위협해 삶의 질서를 거역하고 싶어질 때조차 늘 그 여인만을 생각해야 하네. 옭아맨 듯 답답하고 잔인해 보일 수도 있지만 말이야."

"내 생각이 도리에 어긋난다고 생각하는가? 누구나 각자의 뜻에 따라 예배당을 하나씩 짓고 자신이 믿는 하늘을 섬긴다네. 내가 만든 감실龕室이 세상에서 가장 아름답다고 여기지. 자네에게는 내 방식이 너무 소모적으로 보일 수 있겠지만, 연애라는 것은 원래 그렇게 사치스러운 행위일세. 이 세상에는 인색함 때문에 범사를 그르치는 이들이 많지. 인색함은 원래 어리석음에 가까운 거라네. 사람들은 인격에 빛을 더해 하늘을 밝게 비추고 싶어 하네. 하지만 어리석은 자들은 절대 그걸 해낼 수 없을 걸세."

"내가 보기에 자넨 연극 놀이에 심취해 있는 듯하군. 그렇게 할 수 있다는 건 연기에 천부적인 재능이 있는 것이겠지. 자네의 천재성을 인정하겠네."

"맞아. 난 지금 연기 중이라네. 대담하게 역할을 배정하고 연극 속 이야기가 완벽하게 흘러가다가 절정의 순간에 인지상정이 놀랍게 급반전되는 묘미를 기대하고 있지."

다스 선생이 말했다.

"맞는 말일세. 삶을 다사다난하고 긴장된 국면으로 몰아넣거나 변태적이고 부자연스러운 방법으로 이끌고 싶은 마음이 예술가들의 눈에는 그다지 거슬리지 않아. 예술이란 원래 평범함을 거부하지 않는가. 계속 연기로 비유해보지. 오랜 시간이 흘러도 자네의 그 여주인공이 과연 끝까지 견뎌낼 수 있을지에 대해서는 생각해본 적이 있는가? 세상 여자들은 아름다운 하늘의 모습으로 시인과 건달을 위해 순종하기도 하지만, 그 마음이 한순간에 그치고 그리 오래가지 못하는 경우도 숱하게 많다네. 언젠가 여자들이 광채를 잃는 것은 맞지만, 겉으로 빛을 잃은 그들에게 과연 어떤 것들이 남아 있을지는 고려하지 않은 듯하군."

"그럼 자네 생각은 어떤가?"

"사랑한다면 상대를 쟁취해야 하네. 사랑하면 모든 것을 줄 수 있어야 해."

"사랑한다고 어떻게 오랫동안 차지할 수 있겠는가? 여자에게 모든 걸 줘버리면 나는 무엇이 되지? 내가 없다면 또 어떻게 상대를 사랑할 수 있겠는가?"

무 교수는 결혼 후 1년 만에 이혼했다. 다스 선생은 이 사실을 알고 여자에 대한 그의 의견과 소감이 궁금해졌다. 다음은 무 교수의 답이다.

"여자란 어찌나 요상한 생물인지! 당신이 '나의 신, 나의 왕비여. 당신만을 숭배하오! 셰익스피어의 마음이 한 여인을 위해 부서졌노니 내 키스를 전하오'라고 달콤하게 고백했다고 칩시다. 그 공간이 무대가 아니라 그저 거실에 지나지 않는다면 어색한(늘 그렇듯 그녀들은 연기할 때가 더 자연스럽소) 대답이 들려올 게 뻔하오. 여자들은 '싫어요. 전 당신을 사랑하지 않아요'라고 답할 테니까. 그렇소. 이렇게 관계가 일단락될 거요. 많은 남자들이 이렇게 연인을 떠나고 실연의 당사자가 되겠지요. 시간이 흐른 후 이 남자가 사업적으로도 여의치 않고 명예를 얻은 것도 아니라면 여자들은 '그때 속지 않은 게 천만다행이야'라고 생각할 거요. 반면 화려한 입담과는 거리가 먼 부류들은 스스로 셰익스피어가 되기를 거부하기도 해요. 그들은 기회가 오기만을 기다리는 것이지요. 마침내 기회가 닿아 곁에 여자가 다가오면 그들은 다짜고짜 말없이 입을 맞추려고 합니다. 여자는 당황스러운 나머지 따귀를 때리지만 남자는 아랑곳하지 않고 여자를 끌어안고는 작은 입술에 한동안 키스를 이어가요. 남자는 시종일관 말 한마디 하지 않고 자신의 행동에 대한 어떠한 해명도 하지 않지요. 회의 시간도, 수업 시간도 아니기에 지금 이 순간은 한 가지 일에만 몰두하는 거죠. 침묵한 채로요. 이제 여자는 '그가 이미 나의 입술을 훔쳤다'고 자각하고 그 입맞춤이 그다지 손해될 게 없음을 인정하면서 결국에는 남자의 아내가 됩니다. 남자는 여자와 아주 잘 지낼 것이고, 여자는 아이들을 낳아 기르면서 펑퍼짐한 중년 여성으로 변해가겠죠. 남자가 잘못을 저질러도 '이건 운명이야'라고 체념하면서 말입니다.

그렇습니다. 여자들도 여자만의 장점이 있지요. 저도 여자의 장점을 분명히 압니다. 조물주가 그녀들을 대충 창조해내지는 않았겠지요. 여자들에게 정교하고 유연한 육체를 주심과 동시에 자족할 줄 아는 성향도 주셨지요. 게다가 더욱 재미있는 것

은 혼자 착각에 빠지기 좋아하는 미련하고 우둔한 남성의 무리
도 함께 창조하셨다는 겁니다. 그러니 연애소설도 생기고, 시
도 탄생하고, 실연으로 인해 자살하는 일도 일어나고 있잖아
요. 결국 여자들은 사회적으로 특수한 지위를 지니고 있습니
다. 매사에 여성들이 없으면 안 될 것처럼 몰고 가니까요.

이런 식의 구조는 약간 문제가 있다고 봅니다. 나 자신부터
도 여자의 영향으로부터, 여자의 견제, 특히 가정을 꾸려 함께
지내는 식의 무미건조한 견제로부터 벗어날 수 있을 때 진작에
벗어나고 싶었습니다. 그래서 이혼한 거죠."

다스 선생은 푸른 잔디밭을 바라보고 있었다. "라오왕, 잔디
밭 사이사이 저 노란색 꽃은 이름이 뭔가?"

라오왕은 들리지 않는지 말없이 고개를 숙인 채 제 일에 여
념이 없었다.

다스 선생이 다시 말을 걸었다. "라오왕, 저기 잔디밭에서 걸
어 나와 경 선생을 바라보고 있는 여인은 누구인가?"

집사 라오왕은 책상을 정리하면서 창밖을 흘끔 쳐다보았다.
"××여자중학교 교사입니다. 예쁘게 생겼지요?" 그러고는 손
으로 위층을 가리키며 속삭였다. "아마 곧일 겁니다, 곧." 그 말
인즉슨 두 사람이 결혼을 약속했고 머지않아 약혼할 거라는 의
미였다.

다스 선생이 미소를 지었다. "곧 어쩐다는 건가?"

라오왕은 다스 선생의 책상 위에 놓여 있던 라오서老舍의 소
설 작품을 들춰 보며 물었다. "선생님, 이건 라오서의 작품이네

요. 제가 좀 빌려봐도 될까요? 책 제목이 왜 『이혼』이죠?"

다스 선생은 다소 언짢은 듯 쏘아붙였다.

"『이혼』이 아니면 뭐라고 하겠나? 내가 되묻고 싶네, 라오왕."

그때 위층에서 벨이 울렸다. 아마 위층에 묵고 있는 경庚 교수가 잔디밭에서 숙소 쪽으로 걸어오는 여인을 보고는 집사에게 차를 준비해달라고 호출하는 모양이었다.

　　××에서 칭다오로 부치는 편지—

　　다스 선생님께

　　당신이 역사학자 신辛 교수를 위해 그렸다는 작은 그림을 잘 받아보았어요. 크기를 좀 확대했나 보더군요. 그가 당신에게 한 말은 정말 평소 인품답지 않네요. 하지만 당신이 분명 진지하게 그렸을 거라고 믿어요. 얼마나 정확히 관찰했는지는 펜 자국이 남긴 흔적들에서 확연히 드러나니까요. 당신이 다른 선생님들을 그렸던 스케치들과 마찬가지로 이 스케치도 나름의 개성이 있어요. 생생한 묘사가 인상적이에요. 그 사람임을 알아채고는 정말 기뻤지요. 그렇지만 제가 바라건대 당신이…… 당신이 기억해낼 수 있다면 그 스케치를 누군가에게 보내는 게 좋겠어요. 신 교수는 정말 미쳤군요.

　　숙소에 모두 여덟 명이 지낸다고 하지 않았나요? 일곱번째 인물에 대해서는 왜 아직 알려주지 않나요? 보름이나 지났는데 아직 그와 친해지지 못한 건 아니겠죠? 뭔가 이유가 있을 것 같군요. 자세히 알려주셨으면 해요.

평안하기 바라요.

환환

다스 선생은 방에 틀어박혀 이 석학들의 풍모와 성격을 노트에 기록하면서 매번 '나 같은 의사가 없었다면 이들은 정말 미쳐버리지 않았을까?'라고 생각하곤 했다. 사실 이들이 정신을 놓을 일은 결코 없다. 그것은 분명하다. 게다가 그들이 미치는지 여부는 그의 주된 관심사가 아니었다. 그가 신경 써야 할 부분은 아직 더 많이 있었다.

그는 그들이 안쓰럽고 안타까웠다. 심신이 건강한 건 본인뿐이라고 생각했기 때문이다. 그는 자신의 각본 속에 이 인물들을 어떻게 잘 배정해놓을지 구상했다. 그 안에서 자신은 인간의 영혼을 치유하고 길을 제시하는 의사 역할이었다. 불안하고 위태로운 중년들이 과감하게 걸어가야 하는 그 길. 그는 약혼녀에게도 편지를 써서 이러한 구상을 매우 흥미진진하게 설명했다.

자칭 의사인 그는 신성한 의무를 다하는 와중에 마음의 병이 있는 여섯 명 외에 유일하게 건강해 보이는 나머지 한 사람에게도 자연스럽게 관심이 갔다. 신기하게도 그 한 사람과는 유독 '인연이 닿지 않는' 듯했다. 마침 다스 선생이 지내는 방의 위층에 거주 중이었고, ××대학 환영회에서도 다스 선생과 가까이 앉아 있었다. 교장의 소개로 그가 경제학과 경 교수라는 것은 이미 알고 있었지만, 그 정도일 뿐 두 사람이 가까워질 기회는 좀처럼 없었다. 두 사람이 서로 서먹한 것은 그럴 만한 이유가 있었다.

다스 선생은 그가 정신적으로 건강하고 일곱 명 중 병적인 증상이 없는 유일한 사람이라고 여겼다. 아름다운 여인이 종종 경제학자 경 교수의 숙소를 찾아온다는 사실이 다른 사람의 입을 통해 입증되었기 때문이다.

두 사람은 때로는 방에 종일 머물기도 하고, 때로는 은행나무 사이 오솔길을 함께 산책하기도 했다. 그 여자 손님은 스물대여섯쯤으로 보이기도 했고, 스무 살 남짓으로 보이기도 했다. 몸매나 외모 모든 면에서 중간 이상이었다. 가장 잊을 수 없는 것은 시인들의 단골 비유처럼 '말하고 들을 수 있는' 듯한 두 눈이었다. 여자의 그런 눈 때문에 나이를 더더욱 가늠하기 어려웠다.

이 여인은 숙소에 자주 들렀으나 인기척을 거의 내지 않았다. 두 사람이 말없이 마주 보고만 있나 싶을 정도였다. 둘은 서로에게 애틋해 보였다. 다스 선생은 이 둘을 주의 깊게 관찰하면서도 그들과 가까워지지는 않았다. 한번은 작가의 특권을 약간 남용해 여인을 흘깃 봤던 기억에 의존하며 그녀의 출신과 성격, 현재 경 교수와의 관계에 대해 상상해보기도 했다.

이 여자는 베이핑 옛 수도의 국립대학을 졸업했을 것이며, 역사를 전공하고 시사詩詞에 관심이 있어서 수사修辭 관련 지식이 역사 지식 못지않게 풍부할 것이다.

집에서는 장녀일 것이다. 신사紳士 문벌 가문의 자제로 가정

교육을 잘 받았고, 중고등교육도 엘리트 과정을 거쳤을 것이다. ×대학 역사학과 졸업 후 ××여자중학교 교사로 부임해 매주 약 열여덟 시간의 수업을 하며 수입은 100원 정도일 것이다. 학교에서는 동료 교사들과 학생들에게 인정받고 있다. 부임 초반부터 지금까지 간혹 눈치 없이 무모한 산둥山東 출신 어문 교사가 그녀에게 도를 넘는 친절함을 베풀며 다가오기도 했다. 그러나 결곡하고 도도한 그녀의 외모에 남자는 흑심을 더 뻗치지 못했다. 무엇보다 결정적인 이유는 베이징 쪽에서 매일 그녀에게 날아오는 편지 때문이었다. 그 일로 학교 동료들은 '임자'가 있다고 확신했다. 발신인이 연인일 수도 있고 친한 친구일 수도 있지만, 결과적으로는 이 편지가 많은 사람들의 환상을 깨뜨렸다. 편지가 지난주부터는 뜸해졌다 했는데, 알고 보니 편지를 쓴 당사자인 경 교수가 이미 칭다오에 와 있어서 더 이상 쓸 필요가 없었기 때문이다.

그녀는 큰 소리로 웃은 적도 없고, 대화할 때 목소리를 높인 적도 없었다. 간혹 경 교수와 함께 외출할 때에도 조용히 걷기만 할 뿐이었다. 발소리 외에는 아무 소리도 내지 않았다. 두 사람의 침묵은 아주 내밀하면서도 뜨겁게 사랑하는 사이임을 증명하기에 충분했다. 그래서 그토록 차분할 수 있는 것이다.

여인의 가장 강렬한 특징은 눈빛이었다. 시시각각 사람들을 향해 경고와 일깨움을 던지는 듯한 그 눈. 그녀를 쳐다보면 마치 '조심해, 날 그렇게 보지 마'라고 말하는 듯한 눈빛을 발사한다. 제멋대로 지껄이며 경거망동하는 지인 앞에서도 그녀는 그런 눈으로 가만히 쳐다보기만 했다. 그러한 눈빛은 상대의 선을 넘은 행동을 제지하는 한편, 반대로 상대의 무례한 행동을 더 부추기기도 한다. 경박한 자를 진중하게 변화시켜 막무가내 행동을 누를 수도 있지만, 진실한 자에게는 환상을 심어줌으로써 욕망을 불러일으킬 수도 있다. 그녀의 눈 속에는 스스럽고 수줍으면서도 강렬한 빛이 늘 내재되어 있었다. 이러한 빛은 순결을 가장한 강한 욕정을 드러내는 것이기도 하다.

호기심 때문에, 혹은 호기심 비슷한 무언가에 이끌려 다스 선생은 이 두 사람의 관계에 대해 좀더 알고 싶어졌다. 그가 관찰한 바로는 둘이 범상치 않은 관계임은 틀림없지만 뭔가 사연이 깊고 문제도 있어 보였다. 여자의 그 태연한 침착함에 자꾸 눈길이 갔고, 그녀를 향한 궁금증이 계속 증폭되었다. 게다가 그 눈빛은 다스 선생의 뇌리에 박혀 유혹의 추파를 자꾸 던졌다. '선생님, 저는 당신이 누군지 알아요. 전 당신이 싫지 않아요. 어서 곁으로 와서 저를 알아채고 아껴주세요. 미련한 사람이 아닐 거라고 믿어요. 이건 운명이에요. 사람의 힘으로 저항할 수 없는 거죠'라고 말하는 눈빛. 이것은 일종의 도전이었고, 침묵을 수반한 도발이었다. 하지만 다스 선생은 아랑곳하지 않았다. 그저 약간의 호기심이 생겼을 뿐이다.

그 무렵 다스 선생의 연애사를 다룬 기사들이 여기저기 도배되어 대중의 이목이 쏠리고 있었다. 이 여인도 분명 다스 선생이 어떤 사람인지, 누구와 결혼할 예정인지 모두 알고 있었을 것이다. 정작 다스 선생 본인은 알지 못하는 무수한 일들, 사실과 달리 부풀려지고 포장된 온갖 소문들까지도 인지하고 있음이 분명했다.

다스 선생은 칭다오에서 보고 들은 일들을 약혼녀에게 속속들이 털어놓았지만 위의 일만큼은 함구하고 일기장에만 은밀히 남겨놓았다.

다스 선생은 혼자 잔디밭을 산책할 때나 바다를 보려고 은행나무 사이 오솔길을 따라 산에 올라갈 때 그 경제학자 커플과 서너 번 마주쳤다. 때로는 우연한 만남도 누군가 의도적으로 계획한 것일 수 있다. 가벼운 목례로 인사만 하고 각자 갈 길을 갔지만 은연중에 호감이 생겼다. 여인의 눈에서 또 뭔가를 읽어냈을 때, 다스 선생은 다소 위험해 보이는 그 눈을 피하기 위해 멀리 돌아서 산책을 다녔다.

그는 생각했다. '참 재미있군. 1년 전에 이런 일을 겪었다면 분명 앓아누웠을 텐데 지금은 아무렇지도 않다니. 삶에도 면역이 생기는 것인가. 오한이 일었다 열이 올랐다 하는 증상이 전혀 없어.' 그는 그들을 피해 가는 것이 최선이라고 여겼다. 그 여인이든 경 교수든 그런 병은 앓지 않는 게 낫기 때문이다.

하지만 인간의 일은 보이지 않는 무언가에 의해 점지되기도 한다. 또한 공교롭고 우연한 기회에 벌어지고 의외의 상황에서 변수가 발생하기도 한다. ××학교의 여름 학기 강의가 막바지에 이를 무렵, 다스 선생은 발신인 불명의 짧은 편지 한 통을 받았다. 편지 내용은 짤막했다.

학기가 거의 끝나가는군요. 미련없이 바다를 떠나실 건가요?

（누군가로부터）

　누군가라? 기이하고 가소로웠다.

　의문의 편지를 받자마자 다스 선생은 누가 썼을지 직감적으
로 알아챘다. 설레는 마음과 떨리는 손으로 수줍은 듯 엉큼한
미소를 지으며 직접 편지를 쓰고 부쳤을 것이다. 편지를 누가
썼든, 얼마나 썼든, 어떤 수사법을 구사했든 간에 다스 선생
은 편지에 담긴 의도를 분명하게 읽을 수 있었다. 다스 선생은
그 편지를 조용히 상자에 넣어두었다. 모든 것은 평소와 다름
없었고, 특별히 행복하거나 뿌듯하지도 않았다. 하지만 씁쓸함
이 슬며시 밀려오는 것은 어쩔 수 없었다. 그는 냉정함을 유지
할 생각이었다. 누가 보낸 편지인지 알지만 젊은 여인의 열정
과 호의를 과감히 떨쳐내고 겉으로 아무런 내색도 하지 않으
려고 했다. 그 정도로는 마음이 흔들리지 않았다. 이런 상황에
서도 침착해야 하는 것이 그의 본분이라면 시종일관 태연함을
유지할 참이었다. 다스 선생의 태도는 인간의 습성에 일말의
책임을 지려는 것이었다. 일탈적 행위가 자칫 고상하고 순결
하게 포장되지 않도록, 또한 과한 환상이 현실 세계의 선을 넘
어서지 않도록 공인으로서 책임을 져야 했다. 다스 선생은 이
미 약혼한 사람이었다. 사랑이라는 감정에 자물쇠를 걸어 잠
그고 다른 여자들의 마음을 거절해야 하는 ‘도덕’적 명분이 충
분했다.

　편지를 받은 다스 선생은 사랑이라고 착각에 빠진 여자아
이가 일순간의 감정에 휘둘려 써 보낸 것이리라 짐작했다. 편

지를 손에 쥔 그는 한편으로 숙소에서 함께 지내고 있는 가여운 여섯 명의 동료가 떠올라 우울했던 마음이 어느새 옅어졌다. '원하는 자에게는 가지 않고, 원하지 않는 자에게는 한사코 오려 하는구나.' 인생이란 이런 것인가? 그는 가볍게 혼잣말을 내뱉었다. "떠나지 않는다고 무슨 일이 있을까? 설마 정통 고전파가 환자로 전락하는 일이 생기려고? 떠나지 않아도 앓아눕는 일은 없을 거야!" 일을 명분으로 남는 것이라 떠나지 않는다고 앓아누울 일은 없을 거라고 확신했다. 그는 경험상 어떤 사악한 유혹도 거뜬히 이겨낼 수 있다는 확신도 있었다. 한때 지옥 근처까지 간 적도 있었지만 혼미하거나 아득해지지 않았던 그였다. 당시 그 여자는 지옥의 함정이라도 기꺼이 뛰어들게 만드는 그런 여자였다. 그는 도발에 가까운 이 편지가 철없는 젊은 여자아이의 맹랑한 감정놀음일 뿐이라고 치부하며 대수롭지 않게 넘기려고 했다. 이처럼 대담하고 제멋대로인 여자를 길들일 수 있는 최적의 대처는 철저한 외면뿐이라고 생각했다.

환환에게
오늘 저녁 차를 타고 ××로 돌아가겠소. 다스.

다스 선생은 급히 전보국에 가서 짧은 전보를 직접 부쳤다. 시간을 보니 아직 5시였다. 출발 시간을 확정하고 나니 칭다오에서의 마지막 날인 셈이었다. 문득 을 교수의 표정이 뇌리를 스쳤고, 해변에서 그가 주웠던 조개껍데기도 떠올랐다. 다스 선생이 을 교수가 해변에서 조개껍데기를 주웠던 일을 환환에게 알려주었을 때 그녀는 이렇게 회신했었다.

돌아올 때 잊지 말고 저에게도 조개껍데기를 가져다주세요. 꼭 보고 싶어요!

다스 선생은 전보국에서 나와 해변 쪽으로 걸어갔다.

해수욕장에 다다른 무렵, 막 썰물이 시작되어 물이 빠지고 있었다. 검은색 말을 타고 해안가를 달리고 있는 외국인 몇 명과 보트를 정리하고 모래사장을 청소하는 해수욕장 관리 일꾼 두 명뿐이라 해변이 썰렁했다. 다스 선생은 흰 모래 속에서 진줏빛 조개껍데기를 찾아 고개를 숙인 채 천천히 해변을 걸었다. 을 교수가 조개껍데기를 줍던 묘한 표정이 눈에 선했다. 동쪽 끝자락에 거의 닿을 때쯤 누군가 젖은 모래 위에 막대기로 비스듬하게 써놓은 글귀가 눈에 들어왔다. 가까이 가보니 이렇게 쓰여 있었다.

이 세상에는 바다를 이해할 줄도 사랑할 줄도 모르는 사람이 있다. 그리고 바다를 이해하면서도 감히 사랑하지 못하는 사람도 있다.

다스 선생은 그 뜻을 곰곰이 곱씹다가 피식 웃음을 터뜨렸다. 필적 식별에 일가견이 있던 그는 누가 쓴 글씨인지 대번에 알아차렸고, 무슨 뜻인지 바로 이해했다. 밀려오는 파도 아래

찍힌 발자국 흔적을 보니 자리를 뜬 지 얼마 되지 않은 듯했다. 이상한 일이다. 이 사람은 다스 선생이 오늘 해변에 온다는 것을 어떻게 알고 먼저 와서 이런 글을 남겼을까? 아니면 다스 선생이 언젠가 보기를 기대하며 매일 해변에 와서 글을 썼던 것일까? 어찌 되었든 간에 참으로 노골적이면서도 교묘한 방식임은 분명하다. 다스 선생은 눈살을 찌푸리며 한번 쳐다보고는 그 자리를 떠났다. 고개 숙여 걸으면서도 머릿속으로 스스로를 두둔했다. '헛똑똑이, 넌 실패할 거야. 아직 젊잖아. 한번 병에 걸렸으니 다시 전염되지 않을지도 몰라! 너는 충분히 똑똑해. 그 똑똑함은 다른 곳에 가서 발휘하고 지금 이 순간은 내기에서 졌음을 인정해! 너의 잘못이 아니라 운명인 거야. 이미 1년이나 지체했어……' 그는 자기도 모르게 바닷가 쪽을 향해 가벼운 숨을 토해냈다.

바다를 이해하지 못하면 바다를 사랑하지 못한다. 그건 맞다. 바다를 이해해도 바다를 감히 사랑하지 못한다. 과연 그런가?

그는 걸으면서 가볍게 되뇌었다. "그런가? 안 그런가? 그런가?"

그 순간 모래사장 위에 새겨진 또 다른 무언가에 그는 또 얼어붙고 말았다. 바로 눈[眼]이었다. 젖은 모래 위에 아름다운 눈이 그려져 있고, 옆에는 이렇게 쓰여 있었다.

날 봐요. 당신은 날 알아요!

그렇다. 상대가 누구인지 다스 선생은 너무도 잘 알고 있었다.

그때 일꾼 하나가 넓적한 삽으로 모래를 고르며 해변을 따라 걸어왔다. 그가 옆을 지나갈 때 다스 선생이 다급히 물었다. "이보시오, 잠시만. 이걸 누가 그렸는지 아시오?" 그러자 그가 말을 타는 사람 쪽을 손가락으로 가리켰다가 다시 방향을 바꿔 산자락의 옅은 노란색 건물을 가리켰다. "저기 사는 여선생님이 그렸소."

"그 여인이 그리는 것을 직접 봤단 말이오?"

일꾼은 다스 선생을 힐끔 보면서 퉁명스럽게 말했다. "못 봤을 리가 있소?"

그러고는 휑하니 가버렸다.

다스 선생은 모래밭 위에 그려진 두 눈 앞에 잠시 서 있다가 다시 한번 미간을 찡그리며 말없이 해변 쪽으로 발걸음을 옮겼다. 산들바람이 해수면의 결을 스쳐가며 미세한 주름을 만들고 있었다. 다스 선생은 허리를 굽혀 모래를 한 줌 쥐고는 바다를 향해 던졌다. "교활한 것 같으니. 저리 가."

10시 20분경 다스 선생은 숙소로 돌아왔다.

학교에서 차표를 가져다주던 라오왕이 다스 선생에게 버스가 밤 11시 25분에 출발하니 10시 반에 타도 늦지 않을 거라고 했다.

10시가 되자 라오왕은 다스 선생에게 짐을 터미널에 먼저 가져다놓을지 물었다. 빌려 갔던 소설 『이혼』도 돌려주었다. 다스 선생은 회심의 미소를 지으며 그 책을 이리저리 들춰 보다

라오왕에게 전보국에 가서 전보를 부쳐달라고 부탁했다. 전보
내용은 이러했다.

　　환환에게
　　몸이 좀 불편해서 오늘 돌아갈 수 없을 듯하오. 해변에서 사
흘 정도 더 머물면 나아질 것이오. 다스.

　　그것은 사실이었다. 인간의 영혼을 치유하는 의사이기를 자
처했으나 정작 지금은 본인이 정체불명의 수상쩍은 병에 걸린
게 확실했다. 이 병은 바다를 떠나면 완치하기 힘든 것이기에
반드시 이 바다에서 치료해야 했다.

『문학』 제5권 제2호 24년 8월 게재*

---

* 본 편은 1935년 8월 1일 『문학』 제5권 제2호에 발표되었다. 필명은 선충원.

손님

  세상에는 방어할 새 없이 나를 우울감에 빠뜨리는 일들이 많다. 심지어 호의로 시작된 일도 그렇다.

  1928년 여름, 나는 상하이 라파예트로路 작은 골목의 이층집에서 살았다. 하루는 오후 2시경 숙소 작은 방에서 『독자 월간讀者月刊』에 기고할 작품 회고록을 쓰고 있었다. 글에 몰입한 순간 내 기억 속은 숱한 강물 줄기들로 채워지고 있었다. 살면서 곳곳에서 봤던 각종 물길들이 마음속으로 하나하나 흘러들었다. 강의 수면 위에는 잿빛 작은 배가 머물러 있고 청록빛 잎사귀들이 둥둥 부유하고 있었다. 실제로 이 지상의 많은 강 언덕들이 나와 불가분의 관계가 있다. 나는 강물로부터 가르침을 얻었다고 해도 과언이 아니다. 강물을 떠올리면 생각이 정리되고 마음이 차분해져서 5천 자字쯤은 단숨에 써 내려갈 수 있을 것만 같았다. 두번째 줄을 막 쓰고 있을 무렵, 아래층 뒷문 쪽에서 누군가 어색한 북방 사투리로 아낙에게 묻는 소리가 들려왔다. 사람을 찾아온 모양이었다. 쓰촨 출신인 아낙은 수돗가에서 빨래를 하다가 고개를 들어 위쪽을 향해 물었다.

"갑 선생님을 찾는데요, 방에 있소?"

아낙은 위층에서 문이 열리는 소리를 듣고는 내가 외출하지 않았음을 눈치챘는지 대답도 듣지 않고 그를 올려 보냈다. 그 사람은 어두침침하고 좁은 계단을 따라 걸어 올라왔다. 계단에서 마주친 상대방은 어디선가 본 적이 있는 듯한 젊은 신사였다. 미소년처럼 하얀 피부와 점잖은 풍모에 말쑥하게 차려입은 그가 나를 보자 대뜸 물었다.

"갑 선생님을 찾아왔습니다. 지금 계신가요?"

어조로 보나 표정으로 보나 그는 눈앞의 상대가 바로 갑 선생임을 알아보지 못하는 듯했다. 면전의 당사자를 몰라보고 오히려 주인이 어디 있냐고 물어보다니, 짐작하건대 이 불청객은 그저 '내 이름을 익히 들어' 알고 있을 뿐이었다. 게다가 만나고 싶은 상대가 지금의 나보다는 더 주인다운 행색이기를 기대했으리라. 당시 나는 손님을 대우하는 마음에서 어쩔 수 없이 어수룩한 척하며 그를 방으로 들였다. 그러고는 다시 계단쪽으로 나와 서 있다가 방으로 돌아가서 최대한 깍듯하게 응대했다.

"갑 선생님이 아까 여기 계셨는데, 어디로 갔는지 보이질 않습니다. 실례하지만 무슨 일이신지요? 급한 일입니까?"

내 물음에 그는 지금껏 나를 하인쯤으로 여겼던 '추측'이 '확신'으로 바뀌었다는 표정으로 우쭐대며 말했다.

"내가 막 베이징에서 오는 참인데, 곧 외국으로 떠나야 하오. 선생님의 성함을 익히 들은지라 특별히 뵈려고 찾아왔소만!"

손님은 주인에게 할 말을 굳이 지금 하인에게 해도 소용이 없다는 것을 깨달았는지 데면데면한 표정으로 말을 얼버무렸다.

"나는 자네 선생의 동지라네. 선생님은 언제 돌아오시는가?"

"글쎄요."

손님은 염탐하듯 주변을 살피며 구석구석 둘러보았다. 감정가를 매기는 경매사처럼 방 안 곳곳의 물건들을 이리저리 훑어보고 나서야 할 일을 마쳤다는 듯 여유롭게 창가 쪽 의자를 골라 앉았다. 자리에 앉아 따라준 차를 태연하게 마셨는데, 당장 일어날 생각이 없어 보였다. 그는 내가 방 한구석에 움츠린 채 서 있는 것을 보더니 또다시 말을 걸었다.

"선생님은 손님이 많은 편이오?"

"많지 않습니다."

"식사는 직접 해먹소?"

"직접 하지 않고 주인이 해줍니다."

"선생님과 얼마나 같이 지냈소?"

"……" 어떻게 대답해야 할지 몰라 나는 웃음으로 대신했다.

"글자를 읽을 줄 아시오?"

"많이 알지는 못합니다. 계산서에 쓰여 있는 것만 겨우 이해할 정도지요."

"선생님이 유명한 작가인데, 어찌 소설 쓰는 법을 배우지 않소?"

"선생님 말씀으로는 소설 쓰는 법은 강물이 알려주는 것이라고 했습니다."

"강물이 어떻게 알려준단 말이오! 강물이니 우물물이니 하는 건 다 농담일 거요! 선생님은 유머러스한 분이오. 강씨 성을 가진 스승에게 배웠다는 말이겠지."

"분명 강물이라고 하셨습니다."

"강물이 알려줬다? 그럼 그쪽은 어째서 강변에 가서 물어보지 않소?"

"저는 강가 근처에서 나고 자라 강물이 나에게 알려……"

그 말에 신사는 미소 지으며 나를 가만히 쳐다보았다. 가여울 정도로 어리석어 보인다는 표정이었다. 고지식한 모습이 흥미로웠는지 그는 초면에 묻기 부적절해 보이는 질문들도 심드렁하게 툭툭 던졌다. 이 방 주인의 모든 것을 캐내려고 작정한 듯했다. 심지어 이런 질문도 했다. "선생님이 정말로 집을 사려는 거요? ××신문에 나왔던 그 7천 상당의 집 말이오!"

이쯤 되니 나는 진심으로 두렵고 우려스러웠다. 말문이 막혀서 말없이 가장 겸손하고 비굴해 보이는 미소로 때우고 말았다.

손님은 내가 멋쩍은 웃음만 짓는 걸 보더니 하인과의 대화에 적합한 주제는 아니라고 느꼈는지 눈살을 찌푸리며 책상 쪽으로 걸어갔다. 방 주인의 책상이 어떤 모습인지 궁금한 모양이었다. 그의 행동을 저지할 방법이 떠오르지 않아 나는 갈수록 조급하고 난처해졌다. 그나마 즉흥적으로 짜낸 묘안이 책장에 놓였던 부처 머리 모양의 흰 돌조각을 집어 들고 그를 돌아 세우는 것이었다. 그 불상 머리는 한 친구가 어제 베이징에서 막 보내온 것이었다. 하지만 그의 관심을 돌리기에는 역부족이었다. 이미 내 글을 발견한 그에게 고대 조각 감상 따위는 안중에도 없었다. 그는 그저 묵묵히 내 글을 바라봤다.

나의 배움은 모두 물 위에서 얻은 것이다. 내 지혜 속에는 물의 기운이 있으며, 내 성격도 작은 물줄기와 같다. 창작, 내 창작의 근원은 무엇일까? 각 지역에 흐르는 다양한 물줄기들이다. 그것들은 나를 사색으로 이끌고, 내가 어떤 길을 가야 하는지 알려주었다⋯⋯

두세 번은 읽었을까, 글을 다 보고 나서야 신사는 난감한 표정을 짓고 있는 내게 말했다.

"강물이 모든 걸 알려준다고 한 게 맞군요. 거참 이상한 논리요."

나는 하인의 입장에서 어떻게 대응하는 것이 적절한 언사인지 알 수 없어 여전히 웃음으로 슬그머니 무마했다. 그러자 손님은 내 웃음이 다소 불쾌했는지 정색하며 무뚝뚝한 어투로 물었다.

"갑 선생님은 언제 돌아오는 거요? 정말 모르오?"

"모릅니다."

"문학회 활동에 나가셨소?"

"선생님은 그런 활동에 나가본 적이 없으십니다."

"영화나 연극을 좋아하시지요?"

"영화나 연극은 보지 않습니다."

"춤도 종종 추시지요?"

"춤을 출 줄 모릅니다."

고의로 대적이라도 하듯 그의 예상과 빗나가는 대답으로 계속 응수하자, 손님은 지팡이를 바닥에 탁탁탁 두드리며 여기 온 지 얼마나 되었는지 물었다. 온 지 얼마 되지 않았다고 하니 도리어 꼬투리를 잡았다.

"자네는 선생님을 잘 모르는군. 자네 선생님이 직접 쓴 책에 본인의 성향과 취향을 언급한 적이 있다네. 자네를 거론한 적도 있는 것 같군. 집에서 고용한 하인이 자신을 잘 이해하지 못한다고 말이네. 자네가 그 '사무장' 아닌가?"

"군대에서의 '사무장' 말씀이십니까? 저는 아닙니다."

"내가 봐도 그쪽 같지는 않군. 예전에 그에게 심부름꾼 역할을 하는 사무장이 있었소. 당신보다는 나이도 많고 훨씬 흥도 많을 거요." 그는 『신월新月』 ×호를 들고 있었다. 거기에 실린 「등불」이라는 소설에 그 사무장이 등장했었다.

"어찌 아십니까?"

"내가 어떻게 모를 수 있겠소?" 이쯤 되자 손님은 반격하듯 되물었다. "당신 이름은 무엇이오?"

"가오성高升이라고 합니다." 실제로 내가 자주 쓰는 이름이었다. 그 순간 나는 상대의 얼굴에서 뭔가 이상해하는 표정을 포착했다.

고상하지 못한 이름 때문이었는지 손님은 대화를 이어갈 의지도, 더 기다릴 마음도 사라진 듯했다. 그는 명함 지갑에서 작은 명함 한 장을 꺼내더니 책상에 앉아 한참을 끄적거렸다. 다 쓰고 난 후 읊조려보다가 썩 마음에 들지 않는지 이내 찢어버리고는 명함을 바꾸었다. 그러고는 여전히 내키지 않는 표정을 지으며 새 명함으로 다시 바꿨다. 이번에는 직접 쓴 글귀가 흡족했는지 명함을 책상 위에 올려놓고 옥빛 서진으로 눌러놓았다. 그는 내가 쓴 글을 다시 한번 읽으며 앞서 이해하지 못했던 무언가를 깨달았다는 듯 고개를 끄덕였고, 만족스러운 표정으로 입을 열었다.

"가오성, 더는 못 기다리겠소. 이걸 남길 테니 선생님께서 돌아오면 전해주시오. 잊지 말고 꼭!"

"그렇게 합지요."

손님이 가고 나자 나는 주인으로서의 본래 신분으로 돌아왔다. 명함에 쓰인 글귀를 보기 위해 서둘러 책상 쪽으로 걸어갔다. "당신이 물로부터 배웠다면, 나는 불로부터 배웠습니다"라고 적힌 첫 구절이 눈에 들어온 찰나였다. 방금 나갔던 손님이 문을 벌컥 열며 다시 들이닥쳤다. 어차피 방 주인이 없으니 애초부터 노크를 할 마음은 없었던 듯했다. 내가 책상 앞에 앉아 있으니 명함 위 글귀를 읽었다는 것을 눈치채고 언짢은 표정으로 말했다.

"어떻게 된 거요? 한 가지 잊은 게 있소."

난처하고 다급해진 나는 서둘러 일어나 다시 손님 시중을 들었다.

"또 무슨 일이십니까?"

아무 말 없이 책상으로 다가간 그는 기존에 올려놓았던 명함을 빼고 다른 명함으로 바꿔 몇 자 적어놓고는 다시 종종걸음으로 가버렸다.

이미 뒷문을 빠져나갔을 거라고 생각될 때쯤 창문을 열어보

니 러시아 국적 노부인 집의 작은 하바견이 길 어귀에서 그 신
사의 뒤를 쫓으며 멍멍 짖고 있었다. 뒤를 돌아본 그는 강아지
를 향해 지팡이를 휘두르며 영어로 소리쳤다. "도그dog! 도그
dog!"

그제야 나는 창문을 닫고 한숨 돌렸다. 책상으로 가보니 직
함이 적힌 명함으로 바뀌어 있었다. 그 전 명함에 쓰여 있던
글귀는 사라지고 없었다. 나는 속으로 생각했다. '불로부터 배
움을 얻은 게 아니라고 자각했나 보군.' 그 글귀를 생각하니 씁
쓸한 웃음이 새어 나왔다.

나는 그 뒤로 글을 더 이어갈 수 없었다. 그 손님은 다시 찾
아오지 않았다. 그의 말대로 정말 외국으로 갔을지도 모르겠
다. 그래도 그 글은 영원히 완성하고 싶지 않았다.

나는 '불에게 배웠다'던 그 사람이 늘 생각난다. 뭔가를 쓸
때마다 그를 떠올리면 창작 욕구가 사라지고 펜을 들기 싫어졌
다. '불'이 어떻게 그에게 배움을 주었는지 알 길은 없었다. 날
짜를 헤아려보니 지금쯤이면 이미 미국에서 박사학위를 받았
을지도 모르겠다.

『신보월간申報月刊』에서 발췌*

---

* 1933년 7월 15일 『신보월간』 제2권 제7기에 발표되었다. 필명은 선충원.

고문관

쓰촨성 ×지역에 주둔한 ××사단. 장교와 사병, 딸린 식솔들까지 약 3만 명에 총기 2만여 자루를 관리해야 하지만, 월말마다 명부를 제출해 받는 지원금은 고작 은전 4만 원에 불과했다. 나머지는 아편 통관세, 현지 양귀비 재배농과 흡연자들에게 징수하는 토지세, 게으름세,* 양귀비 모종세, 연등세,** 기원妓院 유흥세 등으로 충당해야 했다. 군량은 금세 바닥났고, 가뜩이나 빠듯한 수입은 제대로 분배조차 되지 않는 상황이었다. 그러다 보니 필요한 비용은 농민들의 고혈을 쥐어짤 수밖에 없었다. 농민들을 옥죄여도 사단 장교와 사병들의 고정 봉급은 여전히 쥐꼬리 수준이었고, 다들 살아내는 것 자체가 녹록지 않았다. 병사들은 한겨울에도 솜옷 한 벌 없이 지내는 날이 허다했다. 매달 받아야 하는 봉급도 정해진 날에 제때 지급

---

* 중국 군벌들은 세금 징수를 위해 관할 영토 농민들에게 양귀비를 심도록 강요했으며, 양귀비를 심지 않은 농민들에게는 '게으름세[懶捐]'라는 벌금을 물렸다.
** 煙燈稅: 아편을 피울 때 아편에 불을 붙이는 작은 등.

된 적이 없었다. 혼자 몸이면 그럭저럭 건사하며 버틸 수 있었지만, 아이들까지 딸린 자들은 하루하루가 고역이었다. 반면 부대 내 일부 고위급 참모진들은 액면상으로는 소득이 비슷했지만 별도 수당을 챙기거나, 세관에 직함만 걸어놓고 추가 수입을 거두어들이거나, 담배상에게 아편 서너 묶음을 외상으로 받아 되파는 방식으로 본전 투자 없이 큰 이문을 챙길 수 있었다. 그들은 매일 하릴없이 어울려 자패字牌놀이*를 했고 판돈으로 몇백 원쯤 오가는 건 개의치 않았다. 그 외에 대접이 변변치 않은 군관들, 명분상 참모나 상교上校 자리를 차고 있는 자들도 생계가 곤궁하긴 마찬가지였다.

사단의 응접실에서는 매일 고위 군관들의 자패 판이 벌어졌다. 그러다 정오를 알리는 포성이 울리면 사단장을 모시는 주방장이 준비한 주전부리들을 먹으러 모여들었다. 주전부리는 맛과 모양이 다른 것들로 번갈아 가며 나왔다.

지금도 금연국장, 군법장軍法長, 군수장軍需長, 사단장 넷이 낮고 작은 의자에 둘러앉아 자패를 만지작거리고 있었다. 사단장 맞은편에 앉은 군수장이 패를 맞췄고, 마침 한 차례 쉬고 있던 사단장이 남은 패를 뒤집자 붉은 갖은자 '십拾'이 나왔다. 사단장은 판을 쉬면서도 1인당 16원씩 받아냈다. 사단장이 껄껄 웃으며 돈을 쓸어 담는 순간, 뒤에서 깡마른 누런 손이 뻗어 나왔다. 그 손에 5원짜리 지폐가 단숨에 낚아채였고, 곧이어 아

* 후난湖南, 광시廣西 지역 민간에서 두세 명이 어울려 즐기던 지패(紙牌, 카드)놀이로, 카드상에 1~10까지 숫자와 갖은자가 적혀 있다.

첨기 섞인 걸걸한 목소리가 섞여들었다.

"역시, 사단장님 운수 대통입니다. 5원은 제 몫입니다!"

돈을 낚아챈 건 부대의 고문 자오쑹싼趙頌三이었다. 진심인 듯 아닌 듯 오묘한 표정을 짓고 있는 그는 사단장의 오랜 부하였다. 평소 옆에서 분위기를 맞추며 추임새를 넣곤 했는데, 오늘 사단장의 흥이 오른 틈에 슬쩍 손을 뻗었던 것이다. 실패하면 장난이었다며 웃음으로 무마하면 될 것이고, 운 좋게 돈이 들어오면 백정 왕씨네로 한잔하러 갈 작정이었다. 그는 진작부터 사단장 뒤에서 패를 살피며 기회를 엿보고 있었다. 사단장은 굳이 돌아보지 않아도 잽싸게 뻗어 나온 손이 누구의 것인지 알아차렸다.

고개를 갸웃하던 사단장은 한 손으로 돈을 가리며 빙글대다가 한마디 던졌다. "이게 무슨 경우인가? 군법장, 이런 걸 두고 무법천지라 하는 거 아니오?"

제법 살집이 있는 군법장은 노름을 하면서도 꾸벅꾸벅 조는 일이 잦았다. 오늘만 벌써 은전 200원가량 잃은 그는 자오쑹싼 고문이 사단장 뒤에서 건들건들 훈수를 두는 통에 자신의 운이 떨어져나간다며 못마땅해하던 참이었다. 그는 비아냥거리는 어조로 말했다.

"사단장님, 누가 봐도 구세주 맞지 않습니까? 은전 다섯 개쯤이야 그냥 줄 만도 하지요. 도움받은 건 사실이니까요."

자오쑹싼은 돈을 쥔 깡마른 손을 잽싸게 거두고는 그 자리에 계속 서 있었다. 손 안에서는 찰랑찰랑 동전 굴리는 소리가 났다.

"사단장님이 장성將星이시니 제가 마땅히 기운을 몰아드려야지요. 뒤에서 보니 오늘 일곱 번이나 패를 맞춰서 어림잡아 300원은 딴 것 같습니다."

"알겠으니 어서 가져가게나. 다시는 내 뒤에 서 있지 말게. 자네 기운 따윈 필요 없으니. 처리해야 할 일이 많지 않았던가? 다들 기다릴 테니 어서 나가봐."

그러잖아도 자리를 뜨려고 했던 자오쑹싼은 사단장의 말에 겸연쩍어져서 바로 발이 떨어지지 않았다. 그는 멋쩍게 머뭇거리다가 군법장 뒤로 슬쩍 옮겨가서 패를 살폈다. 그러자 이번에는 군법장이 황당하다는 눈빛으로 그를 돌아보았다.

"이보게, 한 판 할 텐가? 끼고 싶으면 나 대신 해보든가?"

성가신 듯한 말투에는 가시가 박혀 있었다. 이를 알아챈 자오 고문이 능글맞은 미소로 맞받아쳤다.

"군법장님이 한몫 잡으셔야지요, 하하. 오늘은 관자놀이에 운수가 사납다고 쓰여 있습니다……!"

그는 손에 쥔 5원을 찰랑찰랑 흔들며 의기양양하게 자리를 떴다.

군영에서 빠져나온 그는 동문 밖의 백정 왕씨네로 직행했다. 그곳에 도착할 무렵 정오를 알리는 포성이 울렸다. 왕씨는 큰 솥에 우낭牛囊 두 개를 넣어 흐물흐물해질 때까지 뭉근히 끓이는 중이었다. 쪼그린 자세로 둥글게 둘러앉은 몇몇 사람들 주변으로 사발 잔들이 널려 있었다. 제때 잘 왔구나 싶었던 그는 게걸스러운 식탐꾼들 사이를 비집고 들어가 '홍마오샤오'*를 연거푸 마셨다. 소매까지 걷어붙이고는 관약방官藥房 주인장과 손가락놀이를 하면서 질 때마다 또 벌주를 벌컥벌컥 들이켰다. 부대에서는 무늬만 군사 고문에 불과한 그였지만, 지역 상인들 사이에서는 제법 인정받는 장사 고문으로 통했다. 권커니 잣거니 술을 주고받으며 스스럼없이 이야기를 나누다가 누군가 질 문이라도 던지면 그는 일일이 나서서 답해주었다.

약방 일꾼이 그에게 말했다.

"형님, 올해 수은을 받지 말라고 해서 형님 말대로 했소만, 근래에 성안의 달생당達生堂이 그걸로 크게 재미를 봤다더구 먼요."

"『신보申報』기사에 정부가 ×× 왜놈들에게 수은 판매를 금 지한다고 버젓이 나와 있는데, 누가 감히 '진회'** 같은 매국노 짓을 한단 말인가? 밑구멍으로 몰래 나라를 팔아먹는 자들을 막지 못하는 게 내 잘못인가?"

이번에는 잡화점 상인이 물었다.

"형님, 지난번에 동유桐油 가격이 오를 거라고 하지 않았소?"

"그랬지. 한커우漢口 공시가가 15냥 5전이니 오르지 않고 배 기겠나?『신보』미국 워싱턴 통신에서 미국이 왜놈들과 전쟁 을 할 목적으로 군함 170척을 제작한다고 하였네. 그럼 왜놈들 도 당연히 170척을 추가로 만들지 않겠나. 유조선은 동유가 꼭 필요하거든! 은둔 고수의 조언을 새겨들으면 금을 쓸어 모으 게 될 걸세."

---

* 紅毛燒: 붉은색을 띠는 백주.
** 秦檜: 악비岳飛를 모해한 남송南宋의 간신.

"금을 쓸어 모으긴요! 한커우에서 날아온 소식을 듣자 하니 12냥 8전으로 떨어졌다고 합디다!"

고문은 동유 가격이 떨어졌다는 말에 멋쩍게 소리쳤다.

"그건 분명 서양 놈들이 가솔린을 발명했기 때문일 거야. 자네들은 과학을 몰라. 양놈들의 과학이 얼마나 대단한지 모른다고. 그자들은 매일 새로운 것들을 발명한다네. 그리고 발명한 사람이 어마어마한 이익을 독점하지. 신문에서는 그들이 바다 밑에서 금도 캐낼 거라고 예견하고 있다네. 믿든지 말든지는 자유야. 양놈들이 가솔린을 발명해서 중국 동유 가격이 떨어진 게 분명해!"

그때 백정 왕씨가 끼어들었다.

"복음당 목사 말이오. 어찌나 깔끔을 떨던지. 핏물이 흥건한 소 안심을 사 갔는데, 도마 위에 누런 새끼줄이 놓여 있는 것을 보더니 이렇게 말합디다. '고기 장수, 이거 아니야. 안 돼. 독 있어 먹으면 안 돼!'(어색한 발음의 외국인 말투를 흉내 내며) 면포를 건네면서 그걸로 싸달라는 거요. 육시랄, 내 기어코 새끼줄로 고기 덩어리를 틀어 묶어주었소이다. 복음당 예수가 그자를 지켜주는지 한번 보려고."

그때 후베이湖北군 지원 사병이었던 도축 보조 하나가 군인 시절 만난 사창가 창녀가 부르던 찬송가를 떠올리며 웃기 시작했다. 그는 목구멍을 좁혀 창녀의 창법을 따라하며 흥얼거렸다.

"예수님이 나를 사랑하시니, 나도 예수님을 사랑하네. 예수님은 나의 하얀 얼굴을 사랑하시고, 나는 예수님의 은화를 사랑하네⋯⋯"

사람들은 매춘과 교회에 대해 한참 이야기하더니 어느새 마의麻衣 관상술로 화제를 전환했다. 누군가는 자오 고문에게 관자놀이가 빛나는 상이니 조만간 승진 운이 트이고 지사知事직을 꿰찰 거라고도 했다. 먹고 마시며 이야기하는 사이 술자리 분위기가 떠들썩하게 무르익었다. 그때 문밖 도축 탁자 한편에서 문둥이 하나가 나타나 고개를 이리저리 주억거렸다.

"자오 아저씨, 자오 아저씨! 가족들이 아저씨 찾아요. 급한 일 같으니 어서 가봐요!"

자오 고문은 솜 타는 이웃집 문둥이임을 알아봤고, 그의 말이 거짓이 아니라는 것도 알았다. 그는 젓가락으로 우낭 한 점을 집어 소금물에 찍고는 먹이로 강아지를 유인하듯 위아래로 까딱거리며 말했다. "문둥아, 소 거시기 맛 좀 볼 테냐? 맛있단다!" 문둥이는 민망한 표정으로 고개만 내저었다. 자오 고문은 자기 입 속에 얼른 쑤셔 넣고 백정 왕씨, 약방 주인장, 읍내 왕 노인과 차례로 대작하고는 남은 우낭 배추탕을 단숨에 들이켰다. 그러고는 기름기 범벅이 된 입가를 옷소매로 쓱 닦아내고 인사를 하며 자리에서 일어났다.

자오 고문으로 말할 것 같으면, 왕의 칙유勅諭를 해설하고 사숙私塾에서 학생들을 가르치던 청淸나라 수재* 출신이었다. 민

---

* 秀才: 청나라 과거는 동자시童子試와 정식고시正式考試로 구분되었다. 동자시는 '현시縣試, 부시府試, 원시院試' 3단계 시험으로 이루어지며, 원시까지 통과하여 관학官學에 입학할 자격을 얻은 생원生員을 일반적으로 수재秀才라고 불렀다. 수재

국 시대에 와서는 한때 현縣 관공서 직원, 경찰서 문서관리인으로 일하기도 했으나(사직 후에도 사람들 대신 기소장을 써주며 변호사 역할을 하기도 했다) 어떤 연유에서인지 군 조직에 합류했고, 부대를 따라 각지를 전전하며 지금에 이르렀다. 지난 20여 년간 쓰촨성 × 일대의 현들은 이미 군부의 지배하에 있었기 때문에 여느 지식인들처럼 그도 군대에 빌붙어 밥벌이를 해야 했다. 작은 세무국 국장을 맡았다가, 도살세 관련 업무를 전담했다가, 대표가 공석인 인근 지역으로 파견되기도 했다가, 금연위원이 되었다가 하는 식이었다. 직무에 소홀했다는 이유로, 혹은 장부 인수인계에 문제가 생겼다는 이유로 일자리를 잃고 구치소에서 조사를 받으며 지낸 적도 있었다. 제법 순탄하게 풀리며 뒷돈을 두둑하게 건질 수 있던 시절에는 잘 먹고 잘 입고 얼굴의 혈색도 좋았다. 시골 관공서에 수행원을 대동해 기세등등하게 들어서면 다들 깍듯하게 대접하곤 했다. 반면 운이 바닥을 치던 해도 있었다. 그때는 횡재한 돈을 노름으로 탕진하거나 학질로 앓아누워 약값을 대느라 그나마 가진 돈도 바닥났다. 수입 한 푼 없이 나락으로 떨어지자 체면은 고사하고 여기저기 끌려다니며 사람의 도리를 하지 못했고, 그 탓에 주변 동료나 지인들에게 외면당하기도 했다.

근래까지도 그에게는 그다지 운이 따르지 않았다. 군사 고문이라는 명함을 달고 있지만 매달 군수처에서 받는 봉급은 고작해야 24원이 전부였고, 부대 응접실에서 카드놀이를 하는 고

자격을 얻어야만 정식고시인 향시鄕試, 회시會試, 전시殿試에 응시할 수 있었다.

위급 요직 인사들의 뒤를 기웃대다가 고급 궐련 담배를 몇 대 얻어 피우며 시간을 때우는 신세일 뿐이었다. 노름 구경을 하지 않을 때는 응접실 한구석에 앉아 신문을 펼쳐보았다. 신문을 꼼꼼하게 읽다 보니 상하이와 한커우에 있는 점포들 이름쯤은 이미 익숙했고, 각종 신문물과 가격 정보들도 꿰고 있었다. 신문에서 눈동냥을 하며 건진 지식 덕분에 자산계급 축에는 못 끼어도 현지 상인들에게 '지식계급' 대접은 받고 지낼 수 있었다. 게다가 그는 생각을 말로 부풀려 술술 풀어내는 재주가 있었다. 인정이 넘치는 면도 있었다. 가혹한 지방세 할당 기준 때문에 간혹 세납자가 도저히 융통할 방법이 없어 자오 고문에게 도움을 청하기도 했는데, 그럴 때마다 소상인들을 위해 직접 나서서 두둔해주기도 했다. 그러다 보니 그는 어딜 가나 얻어먹거나 마실 일이 많았고, 외상이 되지 않는 곳도 없었다. 그런 까닭에 매달 빠듯한 봉급을 받으면서도 꾸역꾸역 생계를 유지하고 간신히 버틸 만했다.

그의 집에는 임신 7개월째에 접어든 아내와 세 살 반짜리 딸이 있었다. 부인은 왜소하고 꾀죄죄했지만 겉보기와는 달리 품성이 좋았다. 감병*에 걸려 뼈가 앙상하게 드러날 정도로 깡마른 딸아이는 누렇게 뜬 얼굴에 커다란 두 눈이 돌출되어 있었고, 툭하면 고양이가 울 듯이 훌쩍훌쩍 눈물 바람을 했다. 그럼에도 그는 여전히 아내와 아이를 사랑했다.

아내는 사내아이를 다섯 번 임신했지만 계속 유산되고 말았

---

* 疳病: 수유나 음식 조절을 잘못하여 어린아이에게 생기는 병.

다. 이번 임신도 잘못되지나 않을까 자오 고문은 늘 노심초사 했다.

집에 돌아와 보니 아내가 아이를 업고 문 앞까지 나와 골목을 서성이고 있었다. 배가 여전히 불룩한 걸로 보아 또 유산은 아닌 듯하여 일단 한시름 놓았다.

상기된 얼굴로 숨을 헐떡이는 그를 보며 아내가 왜 그렇게 안색이 좋지 않느냐고 물었다.

"왜긴! 문둥이 녀석이 집에 급한 일이 생겼다고 해서 나는 또 그 일인가 했지!" 자오 고문은 손으로 자기 배를 만지며 우스꽝스러운 자세를 해보였다. "이번에도 잘못됐구나 싶어 가슴이 덜컥했다네. 도대체 무슨 일로 날 찾아다녔소?"

부인이 대답했다.

"×× 지역 양 국장이 세금 내러 시내에 왔다가 일 때문에 오늘 다시 ××사寺로 돌아가야 한다면서 당신을 급히 찾았어요. 자오 형님을 못 본 지 반년이나 됐다면서요. 양배추도 세 근이나 가져왔어요. 당신더러 ××에 놀러올 생각은 없는지 묻더라고요……"

"벌써 갔소?"

"한참 기다려도 안 오길래 문둥이에게 국수 한 사발 외상으로 사다 달라고 해서 국장에게 대접했어요. 당신을 찾아오라고 마부도 보냈는데 못 찾겠더래요. 관공서에도 없다고 하니 국장이 아쉽지만 더 지체할 시간이 없다면서 바로 말 타고 떠났어요. 오늘 **빠빠아오**耙耙坳까지는 가야 한다고 하면서요."

양배추 잎을 뜯어 딸에게 먹이던 자오 고문은 뭔가 심상치

68

않은 낌새를 느꼈다. 양 국장은 참모장의 친척이었다. 소식통인 그가 여기까지 발걸음을 한 것은 뭔가 중요한 정보가 있음이 분명했다. 혹시 윗선에서 나를 ×× 지역에 관리감독관으로 파견하려는 것인가? 그저께 밤에 꾼 말똥 줍는 꿈이 효험이 있으려나? 아니면 ××현에 결원이 생긴 것인가?

온갖 생각에 마음이 복잡해진 그는 갑자기 양배추를 내려놓고 달려나갔다. 휘청휘청대며 달려가는 그의 뒤를 이유도 모른 채 따라가는 사람도 있었다. 그는 시내를 빠져나와 펑수이彭水 대로 쪽으로 쫓아갔다. 우리파이五里牌 마을에 도달했을 무렵, 마침 호두나무 아래에서 말의 복대를 교체하고 있던 양 국장을 발견했다. 자오 고문은 보물을 찾아낸 것처럼 기뻐하며 먼발치에서 목청껏 인사를 건넸다.

"양 국장, 양 국장! 여기까지 와서 어째 하룻밤 머물며 한잔하지 않고 이렇게 다급히 돌아가는가?"

양 국장도 자오 고문을 발견하고는 반색했다.

"하, 이 형님이! 시내 구석구석 아무리 뒤져도 찾을 수가 있어야지요."

"이보게! 다 뒤지긴 뭘. 백정 왕씨네 푸줏간 쪽은 빼놓았군 그려. 내 거기서 우낭 안주에 술 한잔하고 있었네."

"아, 형님도 참!"

두 사람은 호두나무 아래에서 이야기를 나누었다. 소식 빠른 양 국장 말로는 시내에서 올해 11월 아편 모종세를 8월에 미리 징수한다고 했다. 자오 고문에게는 희소식이었다.

있으나 마나 한 지위의 군관들은 워낙 박봉이라 생활이 고되었지만 세금 징수철에는 그나마 숨통이 트였다. 부대에서 임시 관리감독관을 각지로 파견해 현지 군대와 함께 세금 독촉 업무에 투입시키는 것이 관행이었으므로, 그들에게는 잘만 하면 기회인 셈이었다. 세금 독촉을 명분으로 중간에서 적당히 구슬려 공적, 사적으로 편익을 취할 수 있기 때문이다. 운이 좋아 사정이 괜찮은 곳으로 배정되면 딴 주머니로 은전 1,800원은 족히 건졌다. 운이 따르지 않아서 변두리 시골로 배정되더라도 300원에서 500원 정도는 챙길 수 있었다. 그러다 보니 각종 세금 독촉 기간이 다가올 때마다 부대에서 복무하는 사람들은 파견 명단에 들 수 있기를 학수고대했다. 하지만 파견 위원 자리는 제한적이었고, 나가서 한몫 잡기를 원하는 사람들은 넘쳐났다. 그래서 이맘때 파견 소식이 퍼지면 시내 도처가 손을 써보려는 사람들로 북적거렸다.

세금 징수 위원이 되기만 하면 한몫 잡는 방법은 간단했다. 고정 할당 금액이 없는 항목의 경우 최대한 많이 거두어들인 다음 축소 보고했고, 규정 금액에 따라 세금을 할당하거나 사전 징수해야 하는 항목에 대해서는 세목을 마음대로 추가하면 그만이었다. 우선 각 지역 향장鄕長에게 가서 정해진 기한 내에 징수 금액을 맞춰오라고 하면, 향장은 보갑처*로 가서 보갑들에게 며칠 말미를 주며 금액을 마련해오도록 요구하고, 보갑장은 각 촌락 농민들에게 위세를 부리며 돈을 거두었다. 농민

---

* 保甲處: 보갑保甲은 기층 사회 인민을 통치하기 위한 지방자치단체로 가구 10호 단위로 '갑甲'이라 하고, 10개의 갑을 통틀어 '보保'라고 했다.

들이 낸 전체 금액 중 보갑장의 수중에서 일부 떼어지고 향장의 손을 거쳐 또 일부가 떼어진 나머지가 위원의 손에 들어왔다(노련하고 지독한 위원들은 향장, 보갑의 주머니에서 뭐라도 더 털어보려고 하는 반면, 고지식하고 어수룩해 보이는 위원이 오면 오히려 향장과 보갑들이 떡고물을 더 챙길 심산에 꼼수를 쓰기도 했다). 이렇게 수금을 끝내고 부대로 돌아온 위원들은 뇌물로 받은 쌈짓돈을 떼어내 관에 상납한다. 마지막으로 군수처와 참모지원처 동지들에게도 섭섭지 않게 성의 표시를 하고 나면 위원의 농촌 파견 임무가 마무리된다.

자오 고문은 아편세 사전 징수 소식이 내심 반가웠지만 낮에 부대에서 사단장이 귀띔했던 내용이 마음에 걸렸다. 올해 11월 세금은 징수 금액 전체가 온전히 국가로 귀속되어야 하고, 사심을 품고 한 푼이라도 건드리는 자는 바로 머리가 날아갈 거라고 했다. 군법장은 그를 안심시켰지만 소문에 대한 언급은 전혀 하지 않았다. 자오 고문은 재차 확인했다.

"양 국장, 믿을 만한 소식인 건가?"

양 국장이 대답했다.

"형님이 조용히 지내니 몰라서 그렇지, 이미 배정이 시작된 일입니다. 형님만 이렇게 돌아가는 사정도 모르고 태평하게 계신 거요!"

"뚱보 군법장이 날 속인 거로군. 그 저팔계 같은 자식이 아끼는 사단장에게 11월에 나를 ××로 보내라고 하더니."

"그 정신 나간 자가 자기 처남을 제가 있는 지역으로 보내려고 궁리 중이라고 합디다. 형님, 발 빠르게 움직이셔야겠소. 쇠

뿔도 단김에 빼야지요. 어서 서두르십시오!"

"양 국장, 시내에 하루만 더 머무르게나. 자네가 수완이 좋으니 합법적인 선에서 참모장에게 손을 좀 써주게. 여차저차 말을 좀 해주게······"

"물론이지요. 우리야 형제 같은 사이 아닙니까? 알겠습니다."

두 사람은 잠시 의논을 한 뒤 헤어졌다. 양 국장은 서둘러 말을 타고 떠났고, 자오 고문은 가벼운 걸음으로 시내로 돌아왔다. 그날 저녁 바로 참모장을 찾아간 양 국장은 파견 약속을 받아냈다.

그로부터 사흘 뒤 자오 고문은 ×× 지역의 세금 추징을 맡긴다는 위임장을 손에 넣었고, 다음 날 바로 고급 가마를 타고 출발했다.

스무 하루가 지나고 징수 세금을 호송해 부대에 상납하러 돌아왔을 때, 그는 이미 은전 1,500원을 손에 쥔 자산계급이 되어 있었다. 여기저기 성의 표시를 하며 400원을 쓰고도 수중에 넉넉하게 1,100원이 남아 있었다. 자오 고문의 아내는 집값이 오르고 이웃들도 새집을 짓는다며 남편에게 땅을 사서 초가집 몇 채를 짓자고 설득했다. 내 집에 거주하면 돈 들 일이 없고, 남는 공간을 임대해 매달 월세를 받으면 여윳돈으로 쓸 수 있지 않겠냐는 것이었다. 자오 고문은 동의하며 약방 사장에게 명당 터를 알아봐달라 부탁하겠다고 했다. 하지만 사실 그의 마음은 다른 곳에 있었다. 『신보』 기사에서 계속 가격이 상승 중이라고 했던 어떤 수출품을 예의 주시하고 있었던 것이다. 물론 주변 사람들에게 알리지 않고 은밀하게 말이다. 그는 상자 속 스물두 개의 주머니에 담긴 은전을 유동성 상품인 수은으로 바꿀 생각이었다.

그는 부대에 가서도 신문을 들춰 보며 유럽 정세를 연구하고 수은의 가치를 따져보았다. 그날도 사단장의 응접실 탁자에는 여전히 자패놀이가 한창이었다. 다만 술병으로 두통이 심해진 군법장의 부재로 세 자리 중 한 자리가 비어 있었다. 이번 파견에서 자오 고문의 실적이 좋았다는 것을 알고 있는 군수장이 자오 고문에게 와서 빈자리를 채우겠냐고 제안했다.

사단장은 "밉보이면 안 되는데"라고 혼잣말을 하면서도 결국 탁자 자리를 내주며 자오 고문을 합류시켰다. 또 하나의 지식계급이 눈앞에서 사라지는 순간이었다.

24년 4월 26일 지음,『문학』제5권 제1호에서 발췌*

* 본 작품은 1935년 7월 1일 『문학』 제5권 제1호에 발표되었다. 필명은 선충원.

고개 넘는 자

　　××에서 서쪽으로 약 40리 지점에 샤지링殺鷄嶺이 있고, 창링長嶺 고개 끝자락에는 열세 개의 구릉이 연속적으로 이어져 있다. 다섯번째와 여섯번째 구릉 사이로 난 모죽毛竹 숲 안이 ×× 제7구역의 통신처였다.

　　그곳은 대로로 통하는 길이 이미 3리 가까이 끊어져 있었으므로 대로변에서 매일 유격전이 벌어져도 크게 영향을 받지 않았다.

　　오후 5시경 대나무 숲 옆에서 ×× 교통부 소속 특수요원 하나가 기장대 위에 앉아서 진흙이 잔뜩 묻은 짚신 한 짝을 벗었다. 신을 벗고서야 일전에 찔린 발바닥 상처가 심해졌음을 깨달았다. 한 손으로 상처를 문지르며 다른 손으로는 땅바닥에 덩굴져 얽혀 있는 뱀딸기 잎을 따서 입에 넣고 잘근잘근 씹었다. 단단한 이에 짓이겨져 뭉그러진 잎을 뱉어낸 다음 발바닥 가운데에 갖다 대고 상처 부위를 묶을 부드러운 나뭇잎이나 낡은 천이라도 있을까 사방을 두리번거렸다. 그러나 임무 수행 중이라는 현실을 직시하고는 곧바로 동작을 멈추고 벗어놓았던 진흙투성이 짚신을 다시 신었다.

그는 산길을 한참 더 걸어가야 했다. 어젯밤부터 길고 긴 재를 오르내리며 하염없이 걸어왔고, 곧 또다시 재를 넘어가야 했다. 산마루의 관문은 일주일 전 이미 ××××에 의해 점령당한 상태였다.

무덥고 눅진한 기운에 답답한 데다 바람 한 점 없는 날씨였다. 저녁 무렵 한바탕 비가 쏟아질 태세이지만, 아직 이 눅눅함이 비로 바뀌기에는 이른 시간이었다. 주변은 찢어지게 울어대는 어린 매미의 울음소리와 수풀 속 메뚜기들의 날개 비비는 소리뿐이었다. 맞은편 산기슭에서 갑자기 날아든 두견새 한 마리가 부산스럽게 울어대더니 모죽 숲 방향으로 날아가 대나무 옆 단풍나무에 내려앉았다. 그러나 마치 그 숲의 비밀을 알고 있기라도 하듯 이내 또 멀리 날아갔다. 기장대 위에 앉아 있던 청년은 새가 날아간 쪽을 쏘아보며 뇌까렸다.

"네미××. 약아빠진 것, ××로 염탐하러 가는 게로군!"

그때 멀리서 총성이 들려왔다. 고개 동쪽이라면 × 한 마리가 작살났을 것이고, 산 위쪽이라면 ×××× 하나가 목숨을 잃었을 터였다. 총성이 들려온 방향이 산 위쪽인 듯하여 마음이 무거워졌다. 하지만 그는 애써 미소를 지으며 그 무게감을 떨쳐냈다. 이런 총성마저 없다면 이 기나긴 나날들이 쥐 죽은 듯 적막했을 것이다. 너럭바위에 잠복하거나 토굴에 숨어 다니며 고개를 넘는 누군가와의 접선을 막연히 기다리면서 걷기만 하는 시간이 그리 녹록하지는 않았다.

이 깡마른 청년은 19번 요원으로 스무 명의 특수요원 중 하나였다. 산 동쪽 ×× 제10구역의 송가宋家 집안에서 하달한 긴급 문서를 가지고 오는 길이었다. 조만간 다시 새로운 보고를 위해 원래 출발한 지점으로 서둘러 되돌아가야 했다.

보름 가까이 이어진 전투로 각 진영이 크고 작은 피해를 입었다. ×××××과 ×× 7구역 정치국이 폭파되고 창링이 점령된 후 ×× 측 기존 교통망 대부분이 파괴되면서 정세가 혼돈의 국면으로 빠져들었다. ×× 본부는 송가 집안은 물론 그 외 각 부문과 긴밀하게 연락을 주고받아야 산재된 정보들을 모을 수 있기 때문에 건장하고 믿음직한 특수요원 스무 명을 선발하여 연락책 역할을 수행하도록 했다. 군사 역량으로만 보면 ××는 ×××와 4배 이상 차이가 났지만 기술적 우위로 선방하면서 끈기 있게 방어선을 잘 사수하고 있었다. 소수 정예 병력을 투입한 기습 공격으로 이미 여러 차례 ×××에 막대한 피해를 입히기도 했다. ××××, ×××, ×××××××, ××, ××, ××. 하지만 일주일 사이에 남쪽의 성자바오勝家堡와 수로에 인접한 룽터우쭈이龍頭嘴가 잇달아 상대에게 점령당하면서 ×× 본부와 각 지역의 연락선이 완전히 끊겨버렸다. 그로 인해 통신 업무를 하는 연락병들의 임무는 더욱 고되고 위험해졌다. 6호, 7호, 13호, 15호, 20호가 잇따라 희생되었으며, 2호, 4호, 10호도 실종이라지만 절벽 아래로 떨어졌을 가능성이 높았다. 인질로 끌려갔던 8호는 룽터우쭈이 근처 사원 앞에서 총격이 벌어진 틈에 개울가 대숲으로 기적처럼 탈출해 10구역으로 돌아왔지만, 이미 한쪽 발을 쓸 수 없는 지경이 되어 더 이상의 임무 수행이 어려웠다. ××××가 즉각 예비 인력 아홉

명을 추가 배치해 결원을 메우려 했으나, 신참들은 기술적으로
나 정신 무장 측면에서 훈련이 덜 되어 있었다. 결과적으로 기
존 몇몇 인원의 업무량과 중압감만 한껏 가중되었다. 그러나
이곳은 ××이었기에 모두가 묵묵히 악착같이 버텨내야 했다.

구릉 앞에서 창링 쪽으로 난 대로는 ×× 도로 수리대가 정
비한 것으로 '악마의 도로'라고도 불렸다. 해가 지는 서쪽 방향
으로는 도로가 산세를 따라 뱀처럼 구불구불 뻗어 이어지다가
산골짜기 비탈면 사이에서 모습을 감추었고, 동쪽 방향으로는
고개 관문을 넘어가는 직통 노선이었다. ×××가 창링을 점령
하면서 실력 있는 2개 부대가 전멸했다. 창링 관문까지 점령당
했지만 매일 여기저기서 유격전이 벌어졌고, 도로까지 새로 정
비되면서 별동대는 일주일 사이에 3개 소대를 잃었다.

두견새가 또다시 먼 숲에서 새되게 울어대기 시작하자, 기장
대 위에 앉아 있던 젊은이가 오랜 기다림에 초조해졌는지 갑자
기 몸을 일으켰다. 풀 위에 붙박이처럼 정지해 있던 메뚜기 한
마리가 인기척에 놀라 날개를 퍼덕이며 날아갔다. 청년은 무덤
덤한 표정으로 그 작은 생물체가 줄행랑친 방향을 쳐다보았다.
마치 '온 세상이 제 것인 양 잘도 돌아다니는군'이라고 말하는
듯한 표정이었다. 하지만 실제로 그는 다른 생각을 할 여력이
없었다. 언제 돌아가야 할지, 앞으로 골짜기를 몇 개나 더 거쳐
야 할지 막연히 가늠하고 있을 뿐이었다.

그때 대나무 숲 모퉁이 쪽 무성한 잡초 덤불에서 바스락 소
리가 들려왔다. 토굴이 있는 곳이었다. 그 토굴에서 작은 머리
하나가 불쑥 튀어나왔다. 그는 작은 머리를 흔들며 나직하게

말했다.

"형씨, 급한 모양이로군. 모두 준비되었으니 들어오게!"

곧 다시 떠날 때가 왔음을 직감한 청년은 미소 지으며 덤불을 지나 작은 머리와 함께 잡초 더미 속 눅눅한 토굴 속으로 사라졌다.

얼마 후 어두운 토굴에서 빠져나온 그는 햇빛 아래 꼿꼿이 서 있다가 다시 떠날 채비를 했다.

토굴에 숨어 있던 사람은 잡초 덤불에서 다시 빼꼼히 고개를 내밀어 하늘을 바라봤다. 앙상하고 거무튀튀한 손을 하늘 쪽으로 뻗어보더니 침울하게 한마디 했다.

"7시나 8시쯤이면 비가 쏟아지겠군. 그놈의 날씨 한번 뒤숭숭하네!"

청년은 경쾌하면서도 나지막이 답했다.

"그게 대수겠습니까? 비가 쏟아져야 재를 넘어갈 수 있습니다. 비가 진창 내려야 정탐꾼들의 눈을 가릴 수 있을 테니까요."

토굴 속 머리가 받아쳤다.

"정탐꾼 눈인지, 짐승 눈인지. 그나저나 자오루이趙瑞를 만나면 꼭 전해주게나. 내일 오게 되면 잊지 말고 소금 좀 가져다 달라고. 귀리 가루도 부탁한다고 전해주게."

"아마 위문대 여자들과 어울리느라 혼이 쏙 빠졌을 겁니다. 그가 얘기하지 않던가요?"

"아니, 전혀. 자네는? 자네도 혹시—"

"이보슈…… 이 양반이……" 청년은 언짢은 듯 눈썹을 찌푸리며 말을 끊었다.

×××××.

이어서 토굴에서 큼직한 고구마 하나가 날아와 청년의 발밑에 떨어졌다.

"그거라도 먹고 가게. 아직 시간이 이르지 않은가."

청년은 "필요 없소!"라고 말하며, 한쪽 발로 고구마를 잡초 덤불 쪽으로 도로 툭 차 넣었다.

"비가 올 때까지 기다렸다가 ×고개를 건너가게. 8시쯤 3구역에 도착하면, 오늘이 19일이니 ×× 저녁 연회에 맞춰 갈 수 있겠군…… 연회에 가면 위문대 아가씨들의 노래 공연을 볼 수 있지 않겠나?"

청년은 농담하듯 대답했다. "당연하지요!"

"자네 결혼 생각은 없나?"

"생각이야 왜 없겠습니까? 형씨는요?"

"내 나이 올해 마흔셋일세. 꽃다운 이십대 청춘들에게나 어울리는 거지."

"낙담하진 마십시오……"

"지금 내게 필요한 건 소금뿐이네!" 청년이 한동안 대꾸가 없자 토굴 사내가 말을 계속 이어나갔다. "그래도 자네들은 그 연회에 가면 재미 볼 일이 꽤 있지 않겠나……"

청년은 참다못해 입을 열었다. "연회가 무슨 소용이오! 그 동네는 밤이면 하도 깜깜해서 넌더리가 난다고요! …… 또 봅시다."

청년의 뒷모습이 대나무 숲 끝자락을 지나 골짜기로 사라질 때까지 토굴 사내는 잡초 덤불 밖으로 머리를 내민 채 동료가 사라진 방향을 물끄러미 쳐다보았다.

하늘 끝자락에서 천둥소리가 어렴풋이 울리며 먹구름이 몰려오고 있었다. 어디선가 불어오는 잔잔한 바람이 대나무 줄기 끝을 훑으며 지나갔다.

토굴 속 사내는 벌써 아흐레째 눅눅한 굴 안을 지키며 홀로 지내고 있었다. 매일 고개를 넘나드는 특수요원들이 전한 비밀 문건이나 구두 보고를 간단히 적어 7구역에서 파견 온 요원에게 전달하는 것, 그리고 7구역에서 하달된 특별 보고를 기록했다가 그다음 고개를 넘는 요원에게 전하는 것이 그의 유일한 임무였다. '훈련' 명목으로 토굴에 파견된 그는 아흐레 동안 동틀 무렵 멀리서 들려오는 총성의 수를 세며 어디쯤인지 거리를 가늠해보거나 피해 정도를 추측해보는 것 말고는 딱히 할 일이 없었다. 특별할 것 없는 무미건조한 시간의 연속이었다.

해가 서쪽으로 서서히 넘어가며 산 주변이 두터운 구름으로 뒤덮였다. 토굴 사내는 방금 그 요원이 지금쯤 산골짜기에서 산기슭까지 올라가서 바위에 엎드려 비를 기다리거나 계곡 절벽을 따라 올라가고 있겠거니 짐작했다. 때마침 요란한 천둥소리가 산골짜기를 흔들었다. 그때 갑자기 산 위에서 총성이 울렸다. 한 발, 두 발 그 뒤로 연이어 열 발 이상 이어지다가 정적이 흘렀다. 청년이 정찰병에게 들켜 사살된 게 틀림없었다. 토굴 사내는 방금 전 그가 구두로 전한 ×부대 명령 문구 중 하나를 떠올렸다. "××에서 빛을 볼 수 있을 것이다."

그 빛이 과연 무엇인지, 빛을 향해 가는 길에 어떤 광경이 있을지 생각에 잠겼다. 문득 깊숙이 묻어두었던 기억들이 연쇄적으로 솟구쳐 올라왔다.

××××× , ××××× .

……도시 포위, 야간 습격, 1만 명에 육박한 군중대회, 토호와 악질 지주들의 총격, 식량 분배 회의, ××단의 해결, 그리고 또 도시 포위, 야간 습격…… 황색 화약이 들어 있는 수류탄이 투척되고 휴대용 기관총이 연이어 발포되었다. 탕…… 한 명이 쓰러졌고, 우르르…… 흙무더기가 무너져 내렸다. 동강 난 어깨와 살점의 파편이 토벽에 튀어 달라붙어 있었다. 그리고 또 이어진 대회, 식량 분배…… 교통위원회는 제71호 명령을 하달해 그를 ×× 제7구역 제9통신처에 파견했고, ×××× 처에서 모든 임무를 파악하도록 했다.

×××× , ××××× , ××× , ××× , ×××××× , ××× ××× !

창링을 따라 몰려오던 뇌우가 저녁 어스름 전에 당도해 예상보다 빨리 빗줄기를 뿌리기 시작했다. 토굴 안으로 기어 들어가던 사내는 사위어가는 햇빛에 비친 고구마 더미의 윤곽에 시선이 닿았다. 그는 아까 청년이 덤불 쪽으로 차버렸던 고구마가 떠올라 다급히 다시 찾으러 나왔다.

×××× , ×× , ×× , ××××× . ×××××× , ×××× .

거세진 빗줄기를 맞으며 그는 생각했다. '뒈진 놈은 끝났으니 썩어 문드러지는 거고, 살아 있는 놈은 어떻게든 꿋꿋이 살아내야지 별수 있나!' 빗물에 젖은 맨머리를 어루만지던 사내는 한기에 으스스 몸을 떨었고, 주운 고구마를 안으로 던져놓고는 자신의 몸도 토굴 속으로 밀어 넣어 사라졌다.

1934년 8월 완성*

* 본 작품은 1934년 8월 22일 톈진 『대공보大公報·문예부간文藝副刊』 제95기에 발표되었다. 필명은 충원.

단편선

싼싼

양楊씨네 물레방앗간은 산간 마을에서 1리 밖 거리의 산굽이 모퉁이에 자리하고 있었다. 계곡물이 산자락을 따라 잔잔하게 흘러가다가 산모퉁이로 휘어들어가는 곳에 이르면 급하게 방향이 틀어지며 물살이 세졌다. 이러한 지형적 특성을 이용해 누군가 급류 구간에 돌로 만든 물레방아를 세워놓았고, 언젠가부터 양씨네 물레방앗간이라고 불려왔다.

방앗간에서 마을 쪽을 올려다보면 지붕과 담들이 맞닿아 이어지고, 아름드리나무들이 우거져 짙은 녹음이 드리워져 있었다. 아래로 내려다보면 실개천 사이사이 무수한 계단식 밭이 켜켜이 쌓아놓은 시루떡처럼 펼쳐져 있었는데, 경작농들이 수력을 이용하기 위해 대나무를 엮고 참죽나무 굴대와 버팀목을 끼워 만든 수많은 원형 수차들이 물가 곳곳에 꽂혀 있었다. 크기도 제각각인 수차 대열은 건들거리는 한량 무리처럼 지치지도 않고 밤낮으로 웅얼웅얼 노래를 읊조리고 있었다.

마을의 유일한 물레방앗간이라서 이 동네 도정 작업은 죄다 이곳을 거쳐갔고, 곡식을 인 사람들이 문턱이 닳도록 들락거렸다. 나락을 돌확에 쏟아놓고 수문의 판자를 빼면 홈통에서 떨어지는 물이 물레바퀴를 움직였고 방앗공이가 돌아가며 나락을 찧어냈다. 그사이 주인은 수다를 떨면서 소쿠리나 체로 이물을 걸러냈다. 마지막에는 머리에 흰 천을 두르고 돌확을 따라 돌면서 긴 빗자루로 밖으로 튕겨 나온 나락을 쓸어 넣어 마저 빻았다.

나락을 모두 빻아 체에 거른 후 쌀겨를 골라내는 일까지 마치고 나면 방앗간 주인은 회색 먼지를 뒤집어쓴 채 흡사 콩가루에 굴려진 탕위안* 꼴이 된다. 그래도 이 정도의 삶은 여느 마을 사람들에 비하면 형편이 넉넉한 축에 들었고 부러움의 대상이었다.

양씨네 물레방앗간을 드나드는 사람이라면 양씨의 피붙이인 싼싼三三을 모를 수 없었다. 10년 전 어머니가 방앗간 양씨에게 시집왔을 때 싼싼은 겨우 다섯 살이었다. 그 무렵 아버지는 방앗간과 모녀를 남겨두고 갑작스럽게 세상을 떠났다. 죽은 아버지 대신 어머니가 일을 도맡아 주인 노릇을 한 후에도 싼싼은 평소처럼 방앗간에서 지내며 쌀밥에 나물, 생선, 달걀 반찬을 먹고 자랐다. 생활이 크게 달라진 것은 없었다. 아버지의 부재로 어머니가 온몸에 쌀겨 먼지를 뒤집어쓰게 되었을 뿐…… 싼싼은 여전히 때로는 울고 때로는 웃으며 무럭무럭 성장했다.

어머니가 작은 기름병을 들고 돌확의 홈을 따라 돌면서 굴대의 철심 부분에 기름칠을 하거나, 구석에서 체질을 하느라 여

---

* 湯圓: 찹쌀가루 반죽에 검은깨 등의 소를 넣어 동그랗게 빚어 만든 중국 간식.

넘이 없을 때면 싼싼은 반대쪽 구석에서 조용히 놀았다. 더운
날에는 바람이 통하는 곳에 앉아 옥수숫대로 작은 바구니를 만
들었고, 겨울에는 고양이와 함께 불 옆에 쪼그리고 앉아 밤을
구워 먹었다. 간혹 쌀을 빻으러 오는 사람들에게 갈댓잎 피리
라도 얻을 때면 마치 대나*를 주관하는 법술사처럼 집 앞뒤를
왔다 갔다 하며 신나게 불어댔다. 반나절을 그렇게 놀아도 지
루한 기색이 없었다.

외벽이 담쟁이덩굴로 뒤덮인 물레방앗간 주위는 해바라기
와 대추나무로 에워싸여 있었다. 성긴 나무들 사이로 싼싼의
너풀거리는 연둣빛 옷이 종종 나타났다 사라지곤 했다. 싼싼
은 집 안에서 혼자 놀다 질리면 밖으로 나와서 오래된 돌확
위에 걸터앉아 쌀을 뿌리며 닭 모이를 주었다. 이때 무리 중에
다른 닭을 막무가내로 괴롭히는 닭이 있으면 기어이 쫓아가
서 단단히 혼쭐을 내주었다. 그 집요한 응징은 요란한 닭 울음
소리를 듣다 못한 어머니가 그만하라고 사정할 때까지 계속되
었다.

물레방아 상류에는 웅덩이가 하나 있었는데, 커다란 나무가
촘촘한 그늘을 드리워 유월의 햇살도 비집고 들어올 틈이 없
었다. 이곳에는 방앗간 주인이 풀어놓고 키우는 오리 몇 마리
가 떠다녔고, 물고기도 계곡 상하류 쪽보다 많았다. 이 마을에
서는 제 집 앞의 물을 자기 재산의 일부처럼 여기는 관습이 있
었다. 근처의 둑도 순전히 물레방아를 위해 쌓은 것이었으므로

---

* 大儺: 섣달그믐 전날 밤에 역신疫神을 쫓던 행사.

물고기잡이 그물을 멋대로 쳐서는 안 된다는 암묵적인 합의가 존재하는 듯했다. 그러다 보니 이 작은 계곡에는 물고기들이 넘쳐났다. 간혹 낯선 사람이 웅덩이 주변에서 낚시를 하려고 자리를 펴면 쌴쌴은 지체 없이 소리쳤다. "안 돼요. 우리 집 웅덩이에서 키우는 물고기들이에요. 낚시는 아래쪽으로 내려가서 하세요." 짓궂은 사람들은 못 들은 척 긴 낚싯대를 걸쳐놓고 담뱃대를 문 채 쌴쌴 쪽을 쳐다보며 느물스럽게 웃었다. "어머니, 어머니, 보세요. 여기서 누가 멋대로 우리 물고기를 낚고 있어요. 어서 와서 낚싯대 좀 분질러주세요. 어서요!" 조급해진 쌴쌴은 어머니를 부르며 큰 소리로 호들갑을 떨어댔지만 어머니가 달려 나와 만류한 적은 없었다.

어머니는 단 한 번도 딸의 바람처럼 낚싯대를 꺾으러 등장하지 않았다. 그저 "쌴쌴, 물고기는 넘쳐나잖니, 그냥 두거라. 물고기들은 스스로 이동하는 거야. 위쪽 마을 종總 영감님네 연못에 있던 물고기들이 이쪽으로 헤엄쳐오기도 했잖아." 쌴쌴은 간밤에 꾼 꿈에서 큰 물고기가 물에서 튀어 올라 오리를 잡아먹던 장면이 떠올랐다. 무심한 반응에 할 말이 없어진 쌴쌴은 막무가내인 그 사람이 물고기를 몇 마리나 낚아 가는지 주시하며 숫자를 기억했다가 어머니에게 가서 일러바쳤다.

간혹 커다란 물고기가 낚싯줄에 걸려 팽팽하게 당겨졌다가 낚싯대가 부러지기라도 하면 쌴쌴은 고소하다는 표정을 지으며 어머니가 편들어주지 않아도 물고기들은 자기편이라고 생각했다. 그 순간 낚시꾼을 향해 웃음을 날려줄 법도 했지만 쌴쌴은 어머니에게 잽싸게 달려가 방금 무슨 일이 벌어졌는지 설명했고, 두 모녀는 그렇게 웃음꽃을 피웠다.

잘 아는 지인들은 낚시하러 왔다가 싼싼과 마주치면 그 아이의 성미를 알기에 항상 먼저 묻곤 했다. "싼싼, 낚시하게 허락해다오." 그럴 때면 싼싼이 대답했다. "물고기는 원래 알아서 이동해 다니잖아요. 다 우리가 키우는 것도 아닌데 안 될 이유가 있겠어요?"

낚시하러 온 사람과 잘 아는 사이면 싼싼은 종종 작은 나무 의자를 끌어다 놓고 옆에 앉아서 함께 구경하며 대화를 나누었다. 누군가 낚시를 하다 낚싯대가 부러졌다는 이야기도 해주었다. 그 사람은 마지막에 방앗간으로 들어가서 그날 잡은 물고기를 싼싼네에게 나눠주었다. 어머니가 칼로 물고기를 손질하는 모습을 보고 있던 싼싼이 배를 갈라 꺼낸 하얀 부레를 땅 위에 놓고 발로 뻥 차자 폭죽을 터뜨린 듯한 소리가 났다. 싼싼은 잘 씻어 소금까지 뿌린 물고기를 마 끈에 엮어 한 줄로 꿰고 볕이 잘 드는 곳에 널었다. 볕에 잘 말린 생선은 나중에 손님이 오면 고추와 함께 볶아서 손님상에 오를 것이다. 어머니는 낚싯대를 꺾어달라던 말이 떠올랐는지 "이건 싼싼의 물고기야"라고 말했다. 싼싼은 웃으며 속으로 생각했다. '당연히 제 물고기죠. 제가 돌보지 않았다면 연못 속 물고기들은 진작에 개구쟁이 아이들 손에 잡히고 말았을걸요.'

싼싼은 여느 아이들이 그렇듯이 해가 바뀌고 명절을 몇 번 지내는 동안 훌쩍 성장했다. 쌀겨 더미 속에서 자란 방앗간 집 여자아이를 며느리 삼고 싶어 하는 마을 사람들이 꽤 있었다. 혼수로 물레방아를 짊어지고 오리라는 것을 알았기 때문이다.

이곳 마을의 관행상 열다섯 살이면 충분히 혼담이 오갈 수 있는 나이였다. 하지만 어머니는 일전에 봤던 점괘가 신경 쓰여 중매인들이 제안하는 혼담을 귀담아듣지 않았다. 물레방앗간에는 늘어난 식구 없이 여전히 두 모녀뿐이었다.

싼싼은 나이를 먹어도 아이처럼 어머니와 꼭 붙어 다녔다. 모녀는 식사를 하고 나면 흐르는 개울물로 세수를 하고 서쪽으로 가라앉는 해를 바라보며 하루를 마무리했다. 간혹 신부를 맞이하거나 제를 지내느라 마을 쪽에서 징과 북소리가 요란하게 들려올 때면 싼싼은 부탁 반 명령 반의 어조로, "어머니, 우리 구경 가요"라고 졸랐다. 특별히 거절할 이유가 없으면 어머니는 늘 허락했다. 마을에 갔다가 이웃집에 들러서 수제 청으로 우려낸 차를 한잔 얻어 마시고, 쌈지 안에 개암과 호두를 가득 채워서 돌아오기도 했다. 밝은 달만 있으면 걸어서 집에 돌아올 수 있었다. 어두컴컴해지면 횃불을 켰다. 타닥타닥 타들어가는 횃불이 길을 밝혀주면 두려울 게 없었다. 종 영감 댁에 놀러갈 때는 그 집 머슴이 초롱불을 켜고 항상 방앗간 근처까지 배웅해주었다. 싼싼에게는 이런 저녁 마실이 삶의 유일한 낙이었다. 현실에서는 초롱을 켜고 비 내리는 밤길을 걸을 기회가 흔치 않았지만, 꿈속에서 싼싼은 종종 붉은 종이 초롱을 들고 혼자 계곡 주변을 걸어다녔다. 마치 물고기만 이 비밀을 알고 있는 것처럼.

솔직히 싼싼과 관련된 일은 어머니보다 물고기가 더 많이 알고 있을지도 모른다. 어머니에게는 알아들을 만한 말만 골라 했고, 어머니가 이해하지 못할 것들은 대부분 계곡가에서 털어놓았기 때문이다. 계곡가 웅덩이에는 오리와 물속을 유영하는 물고기들뿐이었다. 오리들이야 온종일 꽥꽥 목청만 높여대느라 남의 말에 귀를 기울일 리 없었다.

올여름 두 모녀는 저녁상을 치우고 해거름 무렵마다 마을에 자주 들락거렸다. 곧 멀리 시집간다는 아가씨 집에 가서 한담도 나누고 노래도 듣다 오곤 했다. 한번은 마을로 갔다가 싼싼이 자수 견본을 가지러 다시 방앗간으로 돌아왔다. 싼싼은 방앗간으로 서둘러 들어가려다가 어스름이 내려앉은 계곡가 쪽에 얼비치는 두 사람의 그림자를 발견했다. 한 사람은 낚시를 할 요량인지 장대 하나를 들고 나무 아래에 서 있었다. 싼싼은 물고기를 훔치러 왔을 거라고 직감하고 대번 소리쳤다. "낚시하지 말아요, 주인 있는 물고기라고요!" 한편으로는 올라가서 누구인지 확인하고 싶은 마음도 들었다.

반대편에서 누군가의 목소리가 들려왔다. "계곡 물고기에 주인이 있다고 누가 그래요? 흐르는 물에서 물고기를 키우다니 그게 가능한 일인가?"

다른 한 사람이 "방앗간 여자아이가 장난으로 하는 말이에요"라고 말하자 나머지 한 사람이 웃었다.

바로 이어서 두번째 사람이 소리쳤다. "싼싼, 싼싼, 어서 와보렴. 너희 물고기 다 잡힌다!"

비아냥거리는 목소리가 왠지 귀에 익었고 싼싼은 불안해졌다. 그녀는 어머니에게 이르려고 한달음에 달려가 누가 이런 짓을 하는지 확인했다. 올라가 보니 한 사람은 종 영감 댁 집 사였고, 다른 한 사람은 생면부지의 젊은 남자였다. 남자의 손에 든 것은 낚싯대가 아니라 지팡이였다. 집사는 마을에서 유명한 인물이었다. 그도 쌴쌴을 알고 쌴쌴도 그를 알았다. 쌴쌴이 그들에게 다가가자 집사가 약 올리듯이 말했다.

"쌴쌴, 이 물고기들 모두 너희가 다 키웠다는 거야? 대체 물고기가 몇 마리나 되지?"

집사를 본 쌴쌴은 아무 말 없이 고개 숙여 웃었다. 고개를 숙이고 있었지만 사실은 도시에서 온 듯한 젊은 남자의 흰색 바지와 신발에 시선이 꽂혔다. 그 남자의 목소리가 들려왔다. "야무지고 곱게 생겼네요." 그러자 집사가 한마디 거들었다. "우리 마을 미인이지." 그 말에 남자도 웃음을 터뜨렸다.

남자가 자신을 보며 웃고 있음을 알아챈 순간 쌴쌴은 속으로 생각했다. '왜 웃는 거지? 도시 사람들은 개만 보면 무서워 벌벌 떨면서. 창피한 줄 모르고 비웃기는.' 쌴쌴은 속마음을 입 밖으로 내뱉기라도 한 양 민망해서 후다닥 도망갔다. 집사는 부끄러워서 도망간다고 생각하며 외쳤다. "쌴쌴, 어디 가니, 안 그래도 방앗간에 들르려고 했단다. 어머니는?"

"집에 안 계세요."

"노래 들으러 마을에 갔나 보구나, 그렇지?"

"네."

"너는 노래 듣는 게 내키지 않니?"

"내가 싫어하는 걸 아저씨가 어떻게 알아요?"

집사가 웃으며 말했다. "혼자 돌아왔길래 듣다 질려서 왔나 했지. 아니면 물고기를 누가 훔쳐갈까 봐 걱정되더냐……"

집사와 이야기하며 천천히 고개를 들던 싼싼은 그제야 낯선 청년의 얼굴을 제대로 볼 수 있었다. 얼굴이 희멀겋다 못해 전통극에서 시허옇게 분칠한 소생*의 모습과 닮아 있었다…… 싼싼의 경계심이 누그러지자 젊은 남자가 물었다.

"여기가 너희 집이니?"

"그럼 우리 집이 아니고 뭐겠어요?"

대차게 되받아치는 반응이 재미있었는지 남자가 재차 물었다.

"계곡가에 살면 물에 쓸려 가는 게 두렵지 않니?"

"에이." 싼싼은 작은 입술을 가린 채 낯선 남자를 쏘아보며 생각했다. '개야 나타나라, 나타나라. 이 사람 놀라서 물에 빠진 꼴 좀 보게.' 물에 휩쓸려가는 우스꽝스러운 장면을 상상하던 싼싼은 두 사람을 뒤로하고 웃으며 도망갔다.

방앗간에서 자수 무늬 견본을 가지고 다시 마을로 걸어가던 싼싼은 아까 그 두 사람의 그림자가 앞서가고 있는 것을 발견했다. 그녀는 같이 걷는 게 내키지 않았을뿐더러 집사가 또 귀찮게 할까 봐 일부러 거리를 두고 뒤에서 천천히 걸어갔다. 그들은 도시에서 누가 무슨 일을 해서 길을 열었다는 둥, 학무국 學務局에서 종 영감님에게 학교를 세우라고 했다는 둥, 이런저런 대화를 나누었다. 뒤따라오는 그녀의 존재를 알아채지 못한 듯했다. 싼싼은 본의 아니게 엿듣게 된 대화의 내용이 제법 흥미로웠다. 집사가 방앗간으로 화제를 돌리면서 어머니의 인

---

* 小生: 중국 경극에서 젊은 남자를 연기하는 배역.

품이 좋다고 칭찬할 때까지만 해도 괜찮았다. 그런데 그다음에 이어진 도시 남자의 말이 귀에 박혔다.

"여자아이가 활달하고 재치 있더군요. 시골에서는 이제 곧 출가할 나이 아닌가요?"

집사가 웃으며 답했다. "도련님이 좋으시면 종 영감님께 다리를 놓아달라 여쭤보시지요. 사위가 되면 자연스럽게 저 방앗간도 관리하지 않겠어요."

놀란 싼싼이 걸음을 멈칫하고 두 손가락으로 양쪽 귀를 눌러 막았지만, 두 사람의 웃음소리가 기어이 귓속을 비집고 들어왔다. 그녀는 도시에서 왔다는 그 희멀건 남자가 무슨 대답을 하는지 궁금해서 다시 바투 다가갔다.

남자의 말은 선명하게 들리지 않았고 집사의 목소리만 또렷하게 들렸다. "도련님이 방앗간 주인이 되면 다른 것은 몰라도 신선한 달걀을 매일 먹을 수 있답니다. 그것만으로도 남는 장사 아니겠습니까!" 두 사람은 또 웃음을 터뜨렸다.

싼싼은 더 이상 그들을 따라갈 수 없어서 계곡가 바위 위에 주저앉았다. 분노로 얼굴이 달아올랐고, 속으로는 '당신 같은 사람에게 시집가는 일은 없을 것이며, 우리 집 닭들이 하루에 알을 스무 개씩 낳아도 절대 주지 않으리라'고 다짐했다. 잠시 후 서늘한 바람이 불어와 그녀의 얼굴에 닿았다. 계곡 물소리를 들으니 좀 전에 도시 남자가 개에게 놀라 물에 빠지는 장면을 상상했던 것이 다시 떠올라 기분이 좀 풀렸다. 그녀는 계곡 물 깊은 곳을 바라보며 혼잣말로 중얼거렸다. "어쩌면 그렇게 실속이 없을까? 집사가 너를 구해주는 거야. 구해달라고 소리쳐도 돼."

송씨 집에 다다르자 송씨 아주머니의 말소리가 띄엄띄엄 귓
결에 들려왔다.

"……그 사람들은 요양도 참 희한하게 하더구먼. 말로는 요
양이라면서 밤낮으로 바람 부는 복도에 누워서 바람을 그대로
맞고 있으니…… 얼굴은 기생오라비처럼 허여멀건해서는 사람
을 보면 빙긋 웃고…… 누구는 종 영감님 친척이라고 하대. 종
영감님이 누구를 그렇게 정성스레 대접하는 건 자네도 본 적
없을 거야. 복음당 양인들도 그 사람을 무서워한다는구먼. 색
싯감을 몇이나 데리고 산다나!"

어머니가 끼어들었다. "무슨 병을 고치고 있다 해요?"

"무슨 병인지 누가 알겠어? 하여간 하루 종일 그 달달한 약을
먹으면서 침대에 누워만 있다고 하대. 도시에서도 호강했을 테
지만 시골에 와서도 아주 상팔자지 뭐야. 경庚씨 말로는 제3의
병이라고 하고, 또 누구는 폐병이라고 하고, 지레짐작만 하지
알 길이 없어. 도시 사람들이 앓는 오만 가지 병명들을 일일
이 알 수나 있는가. 도시 사람들은 툭하면 앓아누우니 병 이름
도 많을 테지. 일손 놓으면 큰일 나는 우리 같은 시골 사람들
은 몸져눕는 게 사치인데 말이야. 학질 아니면 열병이나 설사
병 정도 걸릴까. 다른 도시 질병들은 시골까지 퍼지려야 퍼질
수가 없지."

그러자 한때 나력*을 앓은 적이 있던 한 부인이 송씨 아주머

---

* 瘰癧: 림프샘, 목 뒤, 귀 뒤, 겨드랑이, 사타구니 쪽에 크고 작은 멍울이 생기는 병.

니의 말에 수긍하지 못한 듯 말을 끊었다. "난 도시 사람도 아닌데 도시병에 걸렸지 않은가?"

"자네 외숙모가 도시 사람이잖아!"

"외숙모가 무슨 상관이야?"

"자네가 도시 사람처럼 반반하게 생겨서 종기가 생겼나 보네!"

그 말에 자리에 있던 사람들이 까르르 웃음을 터뜨렸다.

집으로 돌아가는 길에 싼싼은 어머니에게 물었다. "얼굴이 허여멀겋다는 그 사람이 누구예요?" 어머니는 방금 들은 이야기들을 싼싼에게 들려주었다. 듣자 하니 종 영감 댁에 도시에서 온 환자가 있는데, 생김새는 곱상하나 성격이 여차저차해서 이상하다고 했다. 희한하게 비꼬며 묘사하는 어머니의 어투에서 낯선 도시인을 향한 시골 사람 특유의 거리감과 경계심이 역력히 드러났다. 평소에도 어머니는 의도적으로 비난조를 섞거나 과장된 묘사를 하는 경우들이 간혹 있었는데, 싼싼은 그런 진지한 모습이 재미있으면서도 왠지 모르게 미덥지가 않았다.

좀더 걷다가 싼싼이 물었다.

"어머니, 어머니는 얼굴이 새하얗다는 그 도시 사람을 본 적이 있어요?"

"어떻게 봤겠니? 요 며칠 종 영감 댁에는 갈 일이 없었단다."

싼싼은 속으로 생각했다. '직접 본 적도 없는데 어떻게 그렇게 자세히 설명할 수 있지?'

싼싼은 어머니가 아직 만나보지 못한 그 사람을 이미 마주쳤다. 비밀이 하나 생긴 듯해 괜히 기분이 들떴다. 그 청년을 제대로 알고 있는 사람이 자신뿐이라는 생각이 들자 도시 청년을 둘러싼 마을 사람들의 쑥덕공론도 썩 미덥지가 않았다.

모녀가 연못가에 도달했을 즈음 싼싼이 다시 물었다.

"어머니, 종 영감 댁 집사 아저씨는 본 적이 있어요?"

싼싼은 어머니가 본 적이 없다고 하면 좀 전에 만났던 종 영감 댁 두 사람에 대해 모두 알려주려고 했다. 하지만 어머니는 화제를 전환하며 도통 관심이 없어 보였다. 싼싼은 당분간 숨기기로 하고 더 이상 언급하지 않았다.

다음 날 싼싼의 어머니는 마을에 나갔다가 종 영감 댁 앞에서 도시에서 왔다는 그 허여멀건한 손님과 집사, 두 사람을 마주쳤다. 집사는 그들이 어제 방앗간 앞에 산책하러 갔다가 싼싼을 만났다며 옆에 있는 남자를 도시에서 요양차 내려온 손님이라고 소개했다. 남자에게는 이쪽이 바로 방앗간 주인 양씨네 아주머니라고 알려주었다. 도시 청년은 어머니에게 모녀가 닮았다면서 야무지고 고운 딸을 두어서 든든하겠다며 치켜세웠다. 즐겁게 대화가 오가는 동안 양씨 부인은 두서없지만 막연한 환상 같은 것을 품게 되었다. 발길을 재촉해 방앗간으로 돌아온 그녀는 싼싼을 물끄러미 바라보며 웃었다.

싼싼은 유난히 기분이 좋아 보이는 어머니에게 어디에서 누구를 만났는지 물었다.

어머니는 어떻게 운을 떼야 할지 한참을 고민하다가 입을 열었다.

"싼싼, 어제 누구 만났니?"

"누굴 만났느냐고요?"

어머니가 슬쩍 웃었다. "싼싼, 기억해보려무나. 어제저녁에 두 사람을 만나지 않았니?"

어머니가 모든 사실을 알고 있는 듯하여 싼싼은 급히 해명했다. "두 사람이 맞는데 하나는 종 영감 댁 집사 아저씨였고, 다른 한 사람은 처음 보는 얼굴이었어요…… 어떻게……"

"어떻게는. 그 남자가 바로 도시에서 왔다는 도련님이란다. 오늘 우연히 만났는데 너를 이미 알고 있다지 뭐니. 한참 대화를 나눴단다. 듣던 대로 정말 여리여리하니 계집애처럼 생겼더구나." 그 순간 뭔가 떠오른 듯 어머니의 입가에 미소가 번졌다.

어머니가 자신을 향해 웃는다고 여긴 싼싼은 얼른 고개를 떨궈 땅 위에 엎드려 있던 곱등이를 바라보았다.

"달걀을 좀 줄 수 있냐고 하던데, 내일 오후에 스무 알만 가져다주고 오렴. 알겠지?"

달걀이라는 단어에 싼싼은 어제 두 남자가 주고받던 농담을 어머니도 알고 있다는 생각이 들어 마음이 거북해졌다. "누가 가져다준대요? 어머니, 제 생각에…… 그 사람들 나쁜 사람들이에요!"

어머니는 의아해하는 표정을 지었다. "어째서 나쁘다는 거야?"

싼싼은 얼굴만 달아오르고 선뜻 대답을 못 했다.

"싼싼, 무슨 일 때문에 그러니?"

한참을 머뭇거리던 싼싼이 답했다. "종 영감님께 중신을 들게 해서 나를 그 희멀끔한 남자에게 시집오게 한다고 저들끼리 쑥덕거렸다니까요."

그 말에 어머니는 한참 웃기만 하다가 싼싼이 자리를 피하려고 하자 붙잡았다. "집사 아저씨가 농담으로 한 말에 골난 거야? 누가 감히 널 괴롭히겠니? 우리 마을 최고 어르신인 종 영감님이 너 대신 혼내줄 거다……"

결국 싼싼도 따라서 웃고 말았다.

이어서 싼싼이 도시 사람들이 개를 무서워하는 이유를 설명하는데, 아무 말 없이 듣고만 있던 어머니가 입을 열었다. "싼싼, 넌 어른이 되려면 한참 멀었구나, 아직 뭘 몰라."

다음 날, 어머니가 종 영감 댁에 달걀을 가져다주라고 했지만 싼싼은 묵묵부답인 채 고개만 가로저었다. 할 수 없이 어머니가 집을 나섰고, 그동안 싼싼은 방앗간을 지켰다. 혼자 놀다가 무료해지자 연못가에 오리를 보러 갔다. 넋 놓고 기다려도 어머니가 오지 않자 집사 아저씨와 싸움이 난 건 아닌지, 날이 더워 길에서 쓰러진 것은 아닌지…… 마음이 쓰여서 다시 방앗간으로 돌아왔다.

한참 후 함박웃음을 지으며 성큼성큼 걸어 들어온 어머니는 의자에 앉아 싼싼에게 이야기를 풀어놓았다. 그 도련님을 만났으며, 푹신한 무명천으로 만든 흔들의자에도 앉아봤다고 했다. 그리고 그가 도시에서는 여자들도 모두 학교에 다니는데 싼싼은 왜 학교를 다니지 않는지 물어봤다고 했다. 그리고……

기다리다 지쳐 이미 시무룩해진 싼싼은 어머니가 쏟아내는 말들이 귀에 들어오지 않았다. 그녀는 어머니의 말이 채 끝나기도 전에 자리를 떴다. 밖으로 걸어 나와 계곡가에서 맑은 물을 바라보자니 산에서 시작된 이 물이 흘러흘러 100리 가까이 흐르다 보면 도시까지 가서 닿는다고 했던 누군가의 말이 떠올랐다. 문득 그녀는 언젠가 자신도 조용히 도시로 흘러가서 다시는 돌아오지 않겠지,라고 생각했다. 하지만 도시로 간다면 방앗간도, 물고기도, 오리도, 무늬고양이도 함께 갈 수 있으면 싶었다. 어머니도 함께 있어야 편히 잘 수 있을 것 같았다.

어머니는 싼싼이 보이지 않자 방앗간 입구에 서서 소리쳤다.

"싼싼, 싼싼, 날도 더운데 햇볕에 얼굴 그을릴라, 멀리 가지 말고 어서 돌아오너라!"

싼싼은 돌아가는 길에 혼잣말을 했다. "싼싼은 돌아가지 않아!"

오후까지 이어진 더위 탓에 주변 공기마저 나른했다. 싼싼은 방구석 대나무 침대 위에 누웠다. 느릿느릿 돌아가는 물레방아 소리가 연속적으로 들려왔고. 둥글게 말아 틀어 올린 어머니의 쪽머리가 시야에 왔다 갔다 하는 것을 보다가 까무룩 잠이 들었다.

그녀는 하얀 머릿수건을 두른 어머니가 빗자루로 비질을 하며 돌확 주변을 돌고 있는 모습을 어렴풋이 본 것 같았다. 얼마나 지났을까, 밖에서 누군가 그녀의 이름을 부르는 소리가 들려왔다.

"싼싼! 어디 갔니? 왜 안 나오는 거야?"

목소리가 귀에 익었지만 누구인지 선뜻 떠오르지 않아 서둘러 나가보았다. 그 희멀끔한 청년이 앉아 점잖게 낚시를 하고 있었다. 자세히 보니 종 영감 댁 집사 아저씨의 담뱃대를 낚싯대로 쓰고 있었다.

담뱃대로 낚시를 하다니 참으로 진기한 광경이었지만, 이미 여러 마리 잡아 올린 모양이었다. 신기해하던 싼싼이 어머니에게 알리러 가려는데 집사 아저씨도 나타났다.

그날의 장면과 흡사했다. 하늘이 노을로 온통 붉게 물들던 시간, 어머니는 외출 중이었고 싼싼은 닭을 닭장에 넣어두는 것을 깜빡해서 다시 돌아온 길이었다. 받침돌 위에 서서 이야기를 나누고 있는 두 사람을 또다시 마주친 것이다. 나지막하게 나누는 그들의 대화가 잘 들리지는 않았으나 싼싼은 자신에게 그다지 호의적인 내용이 아님을 직감했다. 그들을 쫓아내지도 못하고 그 자리에 붙박이처럼 서 있을 수밖에 없었다. 초조해진 싼싼의 얼굴이 하늘에 퍼지는 노을처럼 붉게 달아올랐다.

집사가 짐짓 태연한 표정으로 말했다. "달걀을 사러 왔단다. 돈은 얼마든지 원하는 만큼 주마."

도시 남자도 마치 경극 무대 위에서 소생이 연기를 하듯 손을 추어올리며 거들었다. "그게 아니지. 원하는 만큼 금으로 줄 수 있단다."

황금까지 들먹이며 뻐기는 모습에 싼싼이 단호하게 거절했다. "전 그쪽에 팔 생각이 없어요. 돈을 받아낼 생각도 없고요. 집에 모셔둔 금덩이리 들고 시장에 가서 직접 사던가요."

그러자 집사가 말했다. "안 팔아도 되겠니? 우리에게 달걀을 주는 게 아깝다는 것이냐? 나중에 네 어머니가 사주단자를 쓸 때 내가 없어도 되겠는지 한번 잘 생각해보렴."

도시 남자도 끼어들었다. "이런 소심한 사람한테 무슨 달걀을 사겠다고. 그냥 없던 일로 하지."

싼싼이 화난 목소리로 소리쳤다. "소심하다고 해도 좋아요. 달걀을 새우에게 먹일지언정 팔진 않을 거라고요. 남의 집 황금 따위 하나도 부럽지 않으니까, 금 자랑질이 하고 싶으면 다른 사람 알아봐요."

두 사람이 계속 버티며 떠날 기미가 없자 싼싼도 초조해졌다. 어디선가 개 한 마리가 달려와서 두 사람을 덮쳐버리면 좋겠다는 생각이 들었다. 그런데 그 순간 하얀 털이 수북한 큰 개가 컹컹 짖으며 돌진해오더니 싼싼 옆을 빠른 속도로 지나갔다. 순식간에 두 사람은 중심을 잃으며 물속으로 빠지고 말았다.

계곡물은 거센 포말을 내뿜으며 물보라를 일으켰다. 집사의 맨송맨송한 머리가 수면 위로 봉긋 나와 있고, 도시 남자의 긴 머리카락은 수면 근처 버들나무 뿌리와 우스꽝스럽게 엉켜버렸다.

그런데 잠시 후 계곡에 있던 모든 것이 순식간에 사라졌다. 두 사람은 이미 물고기들을 다 잡아서 사라져버린 뒤였다.

싼싼은 어머니에게 일러바치러 가려다 미끄덩하고 넘어졌다.

모든 게 꿈이었다. 주방에서 점심을 준비하던 어머니가 싼싼이 잠결에 지른 소리에 놀라 달려 들어왔다가 잠에서 깨어난 싼싼을 흔들며 물었다. "싼싼! 싼싼, 누구랑 싸웠니?"

정신을 차린 싼싼이 허탈한 미소를 지으며 물끄러미 어머니를 바라보았다.

"어서 일어나. 토란 삶아놨어. 거울 좀 보렴. 자는 동안 얼굴
이 잔뜩 달아올랐네!" 싼싼은 말없이 거울을 보았다. 잠에서
깬 후에도 꿈속 모든 장면이 실제처럼 생생했다. 그녀는 어머
니에게 자신이 자면서 뭐라고 소리를 질렀냐고 물었다. 어머니
가 구체적인 내용까지는 듣지 못했다고 하자 더 이상 캐묻지
않았다.

밥을 먹으면서 어머니는 얼굴이 붉어진 이유를 물었고, 싼싼
이 결국 꿈 이야기를 모두 털어놓자 한참을 웃었다.

종 영감 댁에 두번째로 달걀을 가져다줄 때는 싼싼도 동행했
다. 점심을 먹고 난 오후 시간이었다. 정원으로 들어서니 동쪽
뜰에 앉아 있던 도시 손님이 눈에 들어왔다. 그는 복도 등나무
의자에 앉아 하늘을 날아다니는 비둘기를 바라보고 있었다. 집
사는 집에 없는 듯했다. 남자를 알아보고 머뭇대던 싼싼이 정
원 입구 원형 문 앞에서 기다리겠다며 어머니만 들어보냈다.
그녀는 "달걀 가지고 왔어요"라고 외치며 인기척을 내라고 했
고, 어머니는 싼싼이 하라는 대로 했다. 하지만 새하얀 얼굴의
남자는 세번째 외쳤을 때야 알아차렸다. 그 모습을 싼싼은 조
마조마하게 지켜보았다.

싼싼은 정원 밖 입구에 서서 문 틈새로 안의 동태를 살폈다.
하얀 얼굴의 남자가 꿈에서 봤던 것처럼 몸을 일으켰다가 다시
앉는 게 보였다. 둘이 이야기를 주고받는 듯하더니 어머니가
계속 싼싼이 있는 방향을 흘끔거리자, 남자는 어머니가 가려는
줄 알고 앉기를 권했다.

"앉아서 이야기 좀 나누시죠."

어머니가 앉은 후 남자도 누군가 문 쪽에서 기다리고 있다는 것을 눈치챘다. "누가 저기 있습니까? 혹시 따님인가요?"

난감해질까 봐 후다닥 돌아서던 싼싼은 뒤에 서 있던 집사와 마주쳤다. 그가 얼마나 서 있었는지는 모르겠지만, 그렇게 싼싼의 줄행랑 결심은 바로 무산되었다. 그녀는 결국 집사에게 이끌려 정원으로 들어섰다.

함께 자리에 앉은 싼싼은 남자가 계곡에서 우연히 만났던 일에 대해 이야기하는 동안에도 어머니 곁에 앉아 묵묵히 시선을 회피하고 있었다.

잠시 후 흰색 파오즈*에 흰색 모자를 쓴 요상한 차림새의 여인이 나왔다. 싼싼은 그가 남자인 줄 알고 무심히 쳐다봤다가 목소리를 듣고서야 여자임을 알아챘다. 그녀는 도시 남자 옆에 서서 작은 관을 남자의 입 속으로 집어넣고 남자의 손을 만지작하더니 펜처럼 생긴 물건으로 종이 위에 알 수 없는 기호들을 적었다. 남자가 "몇 도지?"라고 묻자, 그 여인은 "어제와 같아요"라고 답했다. 어머니도 그제야 여자인 걸 눈치챈 듯했다. '몇 도'라는 말이 하도 생소하고 이상하여 모녀는 입을 가린 채 마주 보며 웃었다.

생경해하는 모녀의 모습이 신기했는지 흰색 파오즈의 여인도 바로 자리를 뜨지 않았다.

그때 남자가 말했다. "저우周 양, 여기 와서 친구 한 명도 못

---

* 袍子: 소매가 길고 발목까지 내려오는 중국 고유의 긴 옷.

사귀었지요? 이 아가씨와 친구처럼 지내면 어때요? 방앗간 집 따님인데, 계곡 상류에 가면 멋진 물레방아도 있고 방죽도 볼 수 있어요. 서로 친구하면서 낚시도 하고 숲에도 가고 함께 놀면 좋을 텐데. 이 아가씨가 꽃 이름이며 풀이름도 알려줄 거고."

저우는 웃으며 다가와 싼싼의 손을 끌어당겼다. 싼싼은 내키지 않은 표정으로 어머니를 처다봤지만 입짓으로 나가보라고 해서 나가지 않을 수가 없었다.

하지만 두 사람은 금방 친해졌다. 그 간호사는 시골에 관해 이것저것 물었고, 싼싼은 조목조목 대답해주었다. 싼싼도 내심 궁금한 게 있었지만 적절한 표현이 생각나지 않았다. 그 대신 저우의 머리에 얹은 우스운 흰색 모자에 자꾸 시선이 갔다. 머리에 올려져 있는데 어떻게 떨어지지 않는지 신기할 따름이었다.

잠시 후 정원 쪽에서 어머니가 부르는 소리가 들려왔다. 싼싼은 간호사에게 어떻게 작별 인사를 건네야 할지 몰라 어머니가 불러서 가봐야겠다고 하고는 혼자서 총총히 어머니 곁으로 돌아왔다.

모녀는 집으로 돌아가는 길에 대나무 숲을 지나갔다. 때마침 대나무 숲은 저녁노을에 반사되어 황금빛으로 젖어들고 있었다. 싼싼은 빈 바구니를 머리에 얹어 낚시꾼 흉내를 내다가 종 영감 댁에서 환자를 돌보던 그 흰색 모자의 여자아이가 다시 생각났다.

"어머니, 그 여자아이 어떤 것 같아요?"

"여자아이라니?"

싼싼은 어머니가 일부러 모른 척하는 줄 알고 실망한 표정으로 앞서 걸어나갔다.

"싼싼, 누구를 말하는 거니?"

"누구냐고요, 좀 전에 봤던 여자아이 말이에요. 어째서 또 물어보세요!"

"내가 어떻게 알겠니? 얼굴이 하얗고 발그레했던 아까 그 아이 말이야?"

싼싼은 걸음을 멈추고 어머니를 기다렸다. 괜한 심통을 부린 듯해 멋쩍은 웃음이 났다. 싼싼을 따라잡은 어머니가 등을 밀면서 말했다. "싼싼, 그 아가씨 말이야, 야무져 보이더라, 그렇지 않든?"

싼싼도 같은 생각을 하고 있었지만 막상 어머니의 입에서 먼저 칭찬이 나오자 일부러 반박했다. "야무지다고요? 키는 멀끔하니 크더라고요!"

"글을 배워서 그런가 봐. 글자 쓰는 거 봤지?"

"그럼 내일 가서 수양딸 삼자고 해보세요. 요즘 어머니도 배운 사람들을 좋아하시잖아요."

"교육을 받는 게 좋겠다고 해서 화가 난 모양이구나. 그런데…… 너는 학교 가는 게 싫으니?"

"남자들은 교육을 받는 게 낫겠지만 교육받은 여자는 별로예요."

"아까 그 아가씨도 별로면 우리 앞으로 상대하지 말자꾸나."

"싫어요, 어째서 그런 말씀을 하세요? 어머니는 그 아이를 싫어하지 않잖아요!"

"너는 싫다면서."

"저도 싫지는 않아요!"

"그럼 그 아이를 무작정 싫어해도 될까?"

"누구든 싫어하면 안 되겠죠."

그 말의 뜻을 헤아리던 어머니가 웃음을 짓자 싼싼도 따라 웃었다.

다시 발길을 재촉하던 싼싼은 아름다운 해거름 풍경에 매료되어 단풍나무 아래 잠시 멈추어 섰다. 구름이 지나갈 때까지만 잠시 앉아 쉬어가자고 하자 어머니도 흔쾌히 응했다. 두 사람은 바위에 걸터앉았다. 싼싼은 머리 위의 대나무 바구니를 내려놓고 손으로 머리를 정리하다가 남자처럼 머리를 짧게 자른 그 여자아이가 또 떠올랐다. "싼싼, 얼굴이 온통 땀투성이구나. 앞치마로 닦으렴." 어머니의 말이 들리지 않는지 싼싼은 줄곧 한곳을 응시하고 있었다. 차꽃처럼 새하얀 얼굴을 가진 사람들이 왜 그렇게 많은지 속으로 의아해하다가 그 말이 저도 모르게 입 밖으로 나와버렸다. 어머니는 그게 바로 그들이 도시 사람이라고 불리는 이유라고, 도시 사람들은 얼굴에 분칠을 하지 않아도 원래 하얗다고 했다.

싼싼이 말했다. "별로 좋아 보이진 않아요." 어머니도 거들었다. "물론 그렇지." 그러자 싼싼은 또 말을 바꾸었다. "송씨 아주머니네 까무잡잡한 그 여자아이가 별로라고요." 어머니는 딸의 의중을 헤아릴 수 없어 더 이상 끼어들지 않았다. 스스로 생각을 정리하고 결정하도록 가만히 듣고만 있었다.

싼싼은 단지 어머니의 의견과 엇나가고 싶을 뿐이었다. 하지만 어머니가 더 이상 말을 이어나가지 않자 그녀도 이내 입을 다물었다.

며칠 후 마을 사람들이 곡식을 들쳐 메고 방앗간을 찾아왔다. 곡식을 메고 온 남자가 작업을 마치고 가자 아주머니 하나가 남아 옆에서 일을 거들었다. 수다스러운 여자는 얼마 전에 60리나 떨어진 마을에 잔치가 있어 다녀왔다며 이야기보따리를 한 아름 풀어놓았다. 그녀는 방앗간 모녀를 찾아와서 이런저런 마을 소식들을 전하곤 했다. 어머니도 딸이 있는 입장이라 호기심이 동했던지 어디에서 잔칫술을 얻어먹었는지, 새색시는 고운지, 어떤 혼수를 해왔는지 이것저것 꼬치꼬치 물어보며 그녀에게서 정보를 얻어냈다.

한쪽에 멀찍이 앉아 있던 싼싼은 두 사람의 대화를 엿들으면서도 함께 말을 섞지는 않았다. 간혹 여자가 아이에게 들려주기 부적절한 내용들을 언급하며 목소리를 낮출 때면 싼싼은 무심한 표정으로 매듭놀이에 열중하는 척하면서 귀를 쫑긋 세웠다. 웃음이 터질 뻔한 순간도 있었으나 수다쟁이 아주머니가 눈치채지 않도록 고개를 숙이며 숨죽여 웃었다.

어머니와 아주머니는 자연스럽게 종 영감 댁 손님에게로 화제를 돌렸고, 흰색 파오즈에 흰색 모자를 쓴 여자아이도 거론되었다. 아주머니 말로는 흰색 모자를 쓴 여자가 돈을 받고 고용되었으며, 그 도련님을 보살피는 대가로 하루에 수십 냥의 은을 받는다고 했다. 그러면서 이 소문도 확실하게 믿을 만한 건 아니라고 했다. 아주머니는 그 여자가 틀림없이 도시 청년의 아내이거나 첩일 거라고 넘겨짚었다.

하지만 싼싼의 어머니는 의견이 달랐다. 여자가 그 남자의 아내는 아닐 거라고 반박했다.

"아내가 아니라는 걸 어찌 확신하는데?"

"아내일 리 없어."

"그렇게 생각하는 이유라도 있어?"

"이유야 있지만 말로 설명하긴 그렇고."

"직접 본 것도 아니면서 어찌 아누?"

"못 보긴……"

두 사람의 의견이 좁혀지지 않았지만 누구도 확실한 이유를 대지는 못했다. 특히 싼싼의 어머니는 도시 도련님이 그 여인을 저우 양이라고 부르는 걸 봤으면서도 그 사실을 잊어버렸는지 증거로 내세우지 못했다. 둘이 부부가 아님을 확신했지만 대화에 끼고 싶지 않았던 싼싼은 결론 없는 문제를 붙잡고 왈가왈부하는 두 사람을 다른 방식으로 떼어놓았다. "어머니, 이제 제 머리나 감겨주세요. 물 데워 올게요."

그제야 아주머니는 다 찧어진 쌀을 짊어지고 떠났다. 물을 데워 온 싼싼은 의자에 앉아 머리를 풀어 헤치며 볼멘소리로 투덜거렸다.

"어머니, 왜 그런 쓸데없는 이야기를 자꾸 하세요. 이해가 안돼요."

"내가 무슨 쓸데없는 소리를 하든?"

"그 여자가 그 집 며느리건 말건 어머니와 무슨 상관이에요."

……

뭔가 떠오른 듯한 어머니는 입을 가린 채 한동안 멍한 표정을 짓더니 가볍게 한숨을 내뱉었다.

며칠 후 흰색 모자 여자가 종 영감 댁 어린 여자아이 하나를 데리고 방앗간으로 놀러왔다. 그녀들은 한참 수다를 떨며 반나절 내내 놀았다. 귀한 손님맞이가 처음인 어머니는 암탉 한 마리라도 잡아야 하나 싶어 분위기를 살폈지만 입을 떼지 못했다.

싼싼은 손님들을 계곡 하류 물레방아가 있는 곳으로 데리고 가서 물가의 원추리꽃을 한 아름 꺾으며 놀았다. 돌아오는 길에는 낚싯대와 작은 의자를 가져다가 계곡가에서 낚시도 했다.

물속 물고기들도 모처럼 손님의 기분을 맞춰주려고 작정했는지 여자가 드리운 낚싯대에만 커다란 붕어 네 마리가 딸려 올라왔다. 집으로 돌아갈 때 어머니는 여자가 두고 가겠다는 물고기를 기어코 들려 보냈다. 게다가 호박씨를 좋아한다는 말에 호박씨도 한 주머니 담아 같이 온 여자아이의 손에 쥐어주었다.

며칠 후에는 도시 남자가 종 영감 댁 집사와 낚시를 하러 와서는 어머니가 주는 선물을 잔뜩 받아 갔다.

그리고 또 며칠이 지나서는 그 남자가 여자와 함께 병에 담긴 설탕과 여러 가지 선물을 들고 갑자기 나타났다. 귀한 두 손님에게 변변한 식사 대접도 못 한 게 미안해 싼싼의 어머니는 그들이 돌아갈 때 살아 있는 닭 두 마리를 붙잡아 가져가라고 했다. 알을 낳게 그냥 두라고 손님들이 한사코 만류하고서야 어머니는 다음을 기약하자며 닭들을 손에서 풀어주었다.

두 손님이 다녀간 후로 방앗간에는 전과 다른 미묘한 변화가 있었다. 두 모녀의 대화에 '도시'라는 단어가 자주 등장하게 된 것이다. 도시가 어떻게 생겼고, 어떤 면에서 좋은지 두 사람은 전혀 알 길이 없었다. 종 영감 댁의 외관에서 풍기는 위엄이나 그 희멀건 남자와 흰색 모자 여자의 당당한 표정, 평소 시골 사람들에게 귀동냥하며 얻어들은 정보들을 그러모아 도시의 정경을 상상하고 짐작해볼 뿐이었다. 그들이 생각하는 도시의 모습은 대략 이러했다. 돌을 쌓아 만든 커다란 성안에 수많은 집들이 모여 있고, 집집마다 주인 어르신과 도련님 여럿이 살고 있으며, 비단옷을 입은 여인들이 하루 종일 신부처럼 곱게 치장한 채 손 하나 까딱하지 않고 한가롭게 앉아 있을 것이다. 상주하는 시종들은 대문 앞을 지키며 찾아온 손님들에게 명함을 받아 확인하고 하녀들은 주인을 위해 연밥을 까거나 제비집의 털을 제거하고 있다. 도시를 종횡으로 가로지르는 길마다 수레와 말로 가득하고 다리가 긴 서양 사람들이 행인 무리에 섞여 오갈 것이다. 도시의 큰 관청에서는 포청천 같은 관리들이 근엄한 기세로 크고 작은 사건들을 처리하고 어두워지면 등을 밝히면서 밤늦게까지 일을 할 것이다. 도시에는 신기하고 희한한 물건들을 파는 상점들도 널려 있을 것이며 곳곳의 사찰 안은 공연하는 사람, 의자에 앉아 씨앗을 까먹으며 관람하는 사람들이 뒤섞여 북적일 것이다.

　이러한 모습들은 모두 실제와 크게 다르지 않았다. 상상으로 그려내는 도시의 장면들이 모녀의 마음에 감동스럽게 박혔지만, 그렇다고 두 사람을 뒤흔들지는 못했다. 모녀는 습관처럼 지속되는 일상이 행복했고, 때로는 환상에 잠기며 그 안에서 즐거움을 얻었다. 과거부터 지금까지도 좋았고, 앞으로는 더 좋을 거라고 믿었다.

하지만 불현듯 떠오르는 어떤 기억 때문에 싼싼의 어머니는 딸과 도시 이야기를 하다가 갑자기 말문이 막히기도 했다. 싼싼이 이유를 물어도 별것 아니라며 쓸쓸한 미소만 지었다.

싼싼은 어머니의 웃음 뒤에 뭔가 있음을 짐작했지만, 그 실체를 종잡을 수는 없었다. 도시로 나갈 준비를 하려는 것일 수도 있고 도시에 가는 꿈을 꾼 것일 수도 있으며, 어느새 자라 시집갈 나이가 된 싼싼의 뒤태에서 제법 처녀티가 나서 놀란 것일 수도 있다. 어느 순간부터 어머니는 마음속으로 많은 생각들을 남몰래 쌓으며 묵혀두는 듯했다. 싼싼도 가끔 웃음이 새어 나왔는데, 때로는 어머니에게 이유를 비밀로 하고 싶었다. 계곡가에 놀러 나갔다가 "싼싼, 돌아오너라"라는 어머니의 외침이 들릴 때면 그녀는 걸어가면서도 나직이 "싼싼은 돌아가지 않아요, 영원히 돌아가지 않아요"라고 읊조리곤 했다. 돌아가지 않겠다는 말이 왜 무심코 나오는지, 돌아가지 않으면 어디로 가서 안착하고 싶은지 싼싼 스스로도 진지하게 고민해본 적이 없지만 말이다.

때로 두 사람은 지난밤 꿈에서 본 도시의 커다란 관청과 사찰의 모습들을 서로에게 이야기해주었다. 그럴 때마다 싼싼은 어머니가 본 도시와 자신이 본 도시가 다르다고 생각했다. 도시의 형태는 다양할 테니 산촌의 읍내와 크게 다르지 않은 곳도 있을 것이다. 하지만 싼싼이 꿈에서 만났던 도시는 어머니가 본 도시보다 더 멀리 있는 곳인 듯했다. 어머니는 꿈에서 본 도시가 종 영감 댁이 있는 마을보다 훨씬 크지만 형태는 비슷하더라고 했다. 하지만 도시에는 간호사가 적어도 200명이 넘는다고 했던 흰색 모자 여자의 말을 싼싼은 기억하고 있었다. 적어도 싼싼의 꿈에 나오는 도시는 흰색 모자를 쓴 여자들이 족히 200명은 넘는 그런 도시임이 분명했다.

간혹 어머니 혼자 마을에 달걀을 전해주러 가면, 어머니는 그들이 싼싼의 안부를 물으며 함께 놀고 싶어 하더라고 알려주었다. 그럴 때마다 싼싼은 어머니가 빗질을 해주지 않은 탓에 못 따라간 것이라고 했다. 그러면서 머리를 곱게 땋은 날이면 또 깨끗한 옷이 없어서 못 가겠다고 했다. 어떤 날은 외출 준비를 끝내고도 갑자기 가기 싫다며 변덕을 부리기도 했다. 그럴 때면 어머니도 강요하지 않았다. 어머니의 기분이 언짢아 보이는 날에는 내키지 않아도 알아서 먼저 따라나서기도 했다. 하지만 일단 함께 길을 나서면 늘 그렇듯 두 사람은 즐거웠다.

싼싼은 마을에 따라가지 않아도 어머니가 돌아오면 그쪽에서 들은 이야기들을 궁금해했다. 이야기를 듣는 딸의 눈빛에 걱정이 어리기 시작하면 어머니는 자질구레한 것들로 화제를 돌리며 일부러 말을 더 보탰다. 이를테면 흰색 모자 여자가 그날은 창백한 도시 청년을 어떻게 돌봐주었는지에 관한 것들이었다. 어머니는 싼싼의 눈을 따뜻하게 바라보며 다정하게 이야기를 하다가 문득 미래에 닥칠 일들이 떠올라 대화를 이어나가지 못했다. 싼싼도 뭔가가 떠올랐지만 굳이 내색하지는 않았다. 이렇게 모녀의 침묵이 한동안 이어졌다.

며칠 후, 방앗간에 손님이 오자 싼싼은 계곡가 물레방아 근처로 원추리꽃을 꺾으러 나갔다. 돌아와 보니 어머니가 집사와 뭔가를 의논하고 있었다. 집사는 싼싼을 보더니 아무 말 없이 웃음을 지었다. 싼싼은 그 순간 어머니의 얼굴에 어린 수상쩍은 기운을 감지했다.

집사가 싼싼에게 말했다. "싼싼, 요즘은 어째서 마을로 놀러 오지 않니? 널 기다리는 사람이 있단다."

싼싼은 손에 쥔 노란 꽃에 시선을 고정한 채 고개를 들지 않았다. "절 기다리는 사람은 없어요."

"네 친구가 기다리는데."

"전 친구가 없다고요."

"분명 있단다!"

"그럼 있다고 해두지요."

"네가 올해 몇 살이지? 용띠였지 아마?"

싼싼은 이상한 방향으로 틀어지는 질문에 선뜻 대답하지 않고 어머니에게로 시선을 돌렸다.

그러자 집사가 얼른 말을 이었다. "얘기 안 해도 이미 알고 있다. 어머니가 방금 알려줬거든. 4월 17일생 맞지?"

싼싼은 속으로 생일이 며칠이든 축하해줄 것도 아니면서 무슨 상관인가 싶었다. 그러다 어머니가 알려주었다는 말에 왜 그런 대화를 나누었는지 의아해졌다. 그녀는 원망 섞인 표정으로 어머니를 향해 작은 입을 뾰로통하게 내밀었다. 그리고는 어머니에게 주려고 꺾어왔던 꽃을 받침돌 위에 내팽개치고 다시 계곡가로 뛰어가 물수제비를 떴다.

잠시 후 어머니가 집사를 배웅하는 소리가 들리자, 싼싼은 다급히 몸을 틀어 계곡 반대편의 소들을 보는 척했다. 집사는 물가에 서 있는 싼싼을 발견하고 몇 번 부르다가 대꾸가 없자 웃으며 가버렸다.

집사가 떠난 후 어머니는 싼싼을 불렀다. "싼싼, 들어오너라. 할 이야기가 있다." 싼싼은 여전히 못 들은 척 고개를 돌리지도 대답을 하지도 않았다. 집사가 좀 전에 가면서 "싼싼, 이 아저씨가 너한테 술 한잔 얻어먹어야겠구나"라고 말한 것 같았기 때문이다. '술을 얻어먹는다'라는 말의 의미를 알기에 오늘따라 집사가 더더욱 얄밉고 거슬렸다. 그런 그와 한참 이야기를 나눈 어머니도 못마땅했다.

저녁 무렵 어머니는 평소와 달리 좀처럼 입을 열지 않고 시무룩한 싼싼에게 먼저 말을 걸었다. "싼싼, 왜 그러니? 화난 거야?"

싼싼은 "아니요"라고 애써 부정했지만 마음은 이미 울기 직전이었다.

그로부터 며칠 후 싼싼은 다시 어머니와 평소처럼 지냈고, 모든 일을 잊은 듯했다. 하지만 마을에 놀러간다거나 달걀을 갖다주러 함께 가겠다는 말은 일절 꺼내지 않았다. 어머니도 그 일이 있고 난 후에는 도시에 대한 이야기를 거론하지 않았고, 마을에 다녀오자며 먼저 제안하지도 않았다.

그사이 시간은 흘러 볕살과 빗살을 맞아가며 잘 여문 벼이삭들이 논 곳곳에서 고개를 떨구기 시작했다. 햇곡식을 이미 수확해 창고에 넣어둔 집들이 있는가 하면, 또 어떤 집은 여문 벼를 따서 햅쌀로 도정한 후 여기저기 보내기도 했다.

시집간다는 마을 처녀의 혼삿일이 다가왔고, 모녀도 신부 집에 초대를 받았다. 어머니는 싼싼에게 연두색 치마를 지어주며 한 이틀 가서 놀다 오자고 했다. 싼싼도 가지 않을 이유가 없어서 모녀는 선물을 들고 새색시 집으로 갔다. 이 산촌 마을에서는 예로부터 신부가 출가하기 전에 손님들에게 혼수품을 펼쳐 보여주는 풍습이 있었다. 구경 삼아 몰려온 마을 여인들 사이에 흰색 모자 여자도 섞여 있었다. 시골에 머물며 환자 간호 말고는 달리 할 일이 없어서 가끔 마을 여인들과 어울리곤 했는데, 마침 그 친구들을 따라 혼수 구경을 왔다가 두 모녀와 마주친 것이다.

흰색 모자 여자는 싼싼의 어머니에게 왜 한동안 종 영감 댁에 들르지 않았느냐며, 싼싼에게는 왜 자신을 잊었냐며 도시인 특유의 격식을 유지한 어조로 원망했다. 뭐라 설명할 길이 없었던 모녀는 수척해진 흰색 모자 여자를 바라보며, 시골 사람들이 그렇듯 웃음으로 무안함을 넘기려 했다. 그녀의 말에 따르면 환자의 병세가 좋지 않아서 도시에서 의사도 한 번 다녀갔고, 가을에는 요양 장소를 바꿔야 한다고 했다. 8월쯤 도시에 다녀왔다가 바다가 있는 더 먼 지역으로 떠날 수도 있다는 것이었다. 그러면서 조만간 떠날 생각을 하니 자신도 환자도 모녀와 소박한 물레방앗간이 애틋하고 그립다고 했다.

인편에 부탁해 모녀에게 놀러오라는 편지를 전하기도 했는데 왜 오지 않았느냐고 물었고, 마음 같아선 물레방앗간 계곡에 낚시하러 가고 싶지만 날씨가 더워서 문제라고도 했다.

흰색 모자 여자는 싼싼의 새 치마를 보며 물었다.

"싼싼, 치마가 정말 예쁘네. 어머니가 직접 만들어주신 거지?"

싼싼은 한 달 사이에 빨갛게 탄 여자의 얼굴이 어딘지 우스꽝스럽다는 생각을 하고 있었다.

그때 어머니가 나서서 대답했다. "우리 시골 사람들은 신경을 좀 썼다는 걸 옷차림으로 드러내거든요." 어머니의 말이 사실과 달라서 싼싼은 나지막이 꼬투리를 잡았다. "세 번이나 수선한 거잖아요."

그 말을 들은 흰색 모자 여자는 어머니를 보며 웃음 지었다. "아주머니는 정말 복이 많으세요. 따님도 그렇고요."

"이게 복이 많은 거라고? 우리 같은 시골 사람들이야 어디 도시 사람들에 비하겠어요?"

두 사람이 예물 상자를 들고 지나가자 싼싼은 안에 무엇이 들었는지 궁금해서 쫓아갔고, 여자는 그런 싼싼의 뒷모습을 바라보았다. "아주머니 댁 따님 혼수는 이 집보다 훨씬 많겠죠."

어머니도 같은 방향을 보며 대답했다. "우린 가난해서 딸 시집도 못 보내요."

그 말을 들은 싼싼은 예물 구경을 하고 나서도 그들 곁으로 다시 가지 않았다.

한동안 이야기를 나누던 흰색 모자 여자는 종 영감 댁으로 함께 가서 환자의 얼굴이라도 보고 가라고 했다. 하지만 싼싼의 기분이 좋지 않음을 눈치챈 어머니는, 시골에서는 빈손으로 갑자기 방문하는 것은 예의가 아니라며 조만간 꼭 찾아가겠다고 다음을 기약했다.

며칠 후, 모녀는 물레방앗간에서 신부 얼굴의 분칠 이야기를 하다가 흰색 모자 여자의 얼굴이 시골에 와서 왜 그렇게 빨갛게 타버렸는지 궁금해졌다. 마침 여자와의 약속이 떠오른 어머니가 싼싼에게 언제면 아무렇지도 않게 종 영감 댁으로 가서 '도시 남자'를 만날 수 있겠는지 물었다. 싼싼은 처음에는 내키지 않아 했지만, 잠시 생각하더니 못 갈 것도 없으니 언제든 한번 가자고 대답했다. 기왕 마음을 먹었으니 다음 날 바로 가도 좋겠다 싶었다.

물레방앗간에 또 놀러오고 싶다는 흰색 모자 여자의 말이 자꾸 걸렸던 싼싼은 어머니에게 아침 일찍 가서 손님을 집으로 데리고 와서 놀다가 저녁에 다시 데려다주자고 했다. 어머니는 지난번 닭 두 마리를 들려 보내려다가 다음에 와서 먹겠다고 고사했던 것이 떠올라, 이번에는 일찌감치 닭을 잡아서 손님 대접을 꼭 해야겠다고 다짐했다.

다음 날 아침 모녀는 달걀 바구니를 들고 마을 방향으로 걸어가고 있었다. 다리를 건너 대나무 숲과 낮은 구릉을 지나가는데, 길가 풀숲이 여전히 이슬에 덮여 촉촉하게 젖어 있었다. 풀 속을 뚫고 나오는 방울벌레 소리가 지르렁지르렁 진동하며 머리 위로 날아드는 까치 울음소리와 절묘하게 섞여들었다. 뒤에서 걷던 어머니는 죽순처럼 날씬한 싼싼이 채찍으로 길가의 풀들을 훑어내며 가는 모습을 가만히 바라보았다. 어떤 의중인지는 알 수 없었지만 지난번 종 영감 댁 집사가 묻던 말이 떠올랐고, 며칠 전 흰색 모자 여자가 했던 말도 생각났다. 그녀는 싼싼이 성숙해가면서 앞으로 많은 일이 벌어질 것임을 막연하게나마 직감하고 있었다.

쏸쏸이 다른 사람에게 가버리는 장면들이 그녀의 머릿속에 단편적으로 스쳐 지나갔다. 구슬로 장식한 봉관鳳冠…… 예물 스무 짐, 황금 자물쇠와 황금 물고기, 침대 가득 흩뿌려진 꽃과 각종 과일, 연자, 대추…… 쏸쏸은 도시 사람이 되는 건가? ……

그 순간 미끄러지면서 몸이 앞으로 휘청거리지 않았다면 끝없이 이어지는 상상 속에서 헤어나지 못했을 것이다.

어머니가 연속으로 퉤퉤 침을 뱉는 소리에 쏸쏸은 뒤돌아보았다. "어머니, 왜 그러세요? 어디에 정신이 팔려 계시길래 달걀 바구니까지 떨어뜨릴 뻔했어요? 무슨 생각하세요?"

"이제 나이가 들면 도시로 가서 세상 구경을 할 수 없겠지?"

"어머니는 그렇게 도시가 좋아요?"

"너는 조만간 꼭 도시로 가야 할 거야!"

"왜 꼭 가야 해요? 전 도시로 나가기 싫어요!"

"그럼 다행이구나."

다시 걸음을 재촉하던 쏸쏸이 물었다. "어머니, 왜 또 도시 이야기를 꺼내세요? 갑자기 왜요?"

어머니는 황급히 해명했다. "네가 안 가면 나도 안 가. 도시는 원래 도시 사람들을 위해 준비된 곳일 테니까. 우리는 여기에 방앗간이 있잖아. 여길 떠날 수는 없지."

잠시 후 커다란 느릅나무와 오동나무들이 늘어서 있는 마을 초입에 다다랐다. 입구로 들어서던 모녀의 눈에 느릅나무 아래에 사람들이 웅성대며 모여 있는 모습이 들어왔다. 그중 몇몇 사람은 다급하게 뭔가를 옮겨 나르고 있었다. 보아하니 종 영감 댁에 무슨 일이 벌어졌거나 멀리서 손님이 왔거나, 뭔가 다른 사정이 있는 듯했다. 모녀는 대수롭지 않게 여기며 천천히 걸어갔다. 그러나 싼싼이 좀 걷다가 말했다. "관청에서 높은 사람이 왔나 봐요. 전 여기서 기다리고 있을 테니 어머니가 한번 보고 오세요." 그러지 않아도 낌새가 이상하다 생각했던 어머니는 바구니를 내려놓고 싼싼에게 기다리라고 한 후 그쪽으로 다가갔다.

마침 마을 아낙 하나가 아이를 안고 반대편으로 걸어가다가 싼싼을 발견하고 말을 걸었다. "싼싼, 이렇게 일찍 무슨 일이야?" 그녀는 바구니 속 달걀을 보더니 바로 물었다. "누구에게 선물이라도 하려고?"

"그냥 몇 개 가져오는 길이에요." 싼싼은 말하는 것이 내키지 않은 듯 고개를 떨구고 초록색 복대에 달린 단추만 만지작거렸다.

"어머니는?"

싼싼은 여전히 고개를 숙인 채 손가락으로 남쪽을 가리켰다. "저쪽으로 갔어요."

"저쪽에 사람이 죽었다는데."

"누가 죽었어요?"

"지난달에 도시에서 요양하러 왔다는 종 영감 댁 도련님 말이야. 아프다고는 해도 요 며칠 자주 외출하길래 괜찮은가 했지. 이렇게 갑자기 죽을 줄 누가 알았겠니?"

싼싼은 심장이 쿵 내려앉았다. 지금 이 말이 사실일까?

그때 어머니가 소식을 듣고는 헐레벌떡 뛰어왔다. 안색이 창백해진 어머니는 놀란 가슴이 진정되지 않는지 조용히 싼싼을 끌고 돌아섰다. 그러고는 싼싼이 들으라는 말인지 혼잣말인지 구분되지 않게 중얼거렸다. "죽었다니, 죽었다고? 그럴 리가!"

싼싼이 멈추며 물었다. "어머니, 그 도시 남자가 죽었어요?"
"그렇다는구나."
"우리 이대로 돌아가는 거예요?"
어머니도 이렇게 돌아가도 되는지 의문스러웠다.
결국 모녀는 도대체 어찌 된 영문인지 직접 가서 알아보기로 했다. 싼싼은 그 흰색 모자 여자를 만나고 싶었다. 그녀를 찾으면 모든 상황을 파악할 수 있을 것 같았다. 하지만 활짝 열린 대문 입구에는 이미 수많은 사람들이 모여 있었다. 두 사람은 선물을 주러 오던 길임을 알아차릴까 봐 차마 들어가지는 못했다. 사람들은 그 희멀건 도시 남자에 대해서, 그 흰색 모자 여자에 대해서 이야기하고 있었다. 도시에서 온 두 사람을 잘 알지도 못하면서 여자가 환자의 아내였다는 둥, 아니라는 둥 저들끼리 이러쿵저러쿵 입방아에 올리고 있었다.
창백해진 싼싼은 어머니의 옷깃을 잡아당기며 낮은 목소리로 말했다. "어머니, 돌아가요." 두 사람은 그 자리를 떠났다.
......
방앗간에 돌아오니 쌀을 빻으려는 손님이 기다리고 있었다. 어머니는 달걀 바구니를 그대로 들고 안으로 들어갔다. 싼싼은 계곡가에 멈춰 서서 푸른빛이 감도는 계곡의 물줄기를 가만히 바라보았다. 마음속에서 뭔가 뚝 떨어져나간 기분이 들었지만,

잃어버린 그 뭔가의 실체가 선명하게 와닿지는 않았다.

어머니가 안에서 싼싼을 불렀다. "어머니, 저 새우 구경하고 있어요."

"와서 달걀을 단지 안에 넣어주럼. 새우는 언제든 볼 수 있잖니!" 어머니의 재촉에 싼싼은 마지못해 들어가야 했다. 물레방아가 움직이며 방앗공이가 돌아가기 시작하자, 어머니는 방아축에 기름칠을 해야 한다며 두리번두리번 기름병을 찾아 한참을 헤맸다. 싼싼은 그 기름병이 문 뒤에 걸려 있는 것을 알면서도 어머니가 여기저기 뒤지도록 그대로 두었다. 도정하러 온 손님이 쪼그려 앉은 채 바구니 안의 달걀을 세고 있는 그녀를 보더니 이른 아침부터 누구에게 달걀을 주러 다녀왔느냐며 슬쩍 물었다. 싼싼은 못 들은 척 그대로 일어서서 밖으로 휑하니 나갔다.

8월 5일부터 9월 17일 (칭다오)*

---

* 본 작품은 1931년 9월 15일 『문예월간文藝月刊』 제2권 제9호에 발표되었다. 필명은 선충원.

바이쯔

배 한 척이 천저우辰州의 강기슭에 안착했다.

배에서 뭍에 닿으려면 중간 발판을 밟고 건너가야 했다. 발판 한쪽은 선창 돌계단이나 갯벌에 고정되고, 다른 한쪽은 뱃전에 걸쳐져 있어 건널 때마다 삐걱대며 흔들거렸다. 배에서 지상까지는 휘청휘청 조심스럽게 움직여야 했다.

강가는 정박한 배들로 가득했다. 크기가 제각각인 수많은 돛대들이 공중에 높이 솟아 있었고, 돛대에 내걸린 밧줄들이 어수선한 가운데 나름 질서 있게 널려 있었다.

뱃머리와 후미마다 검은색 혹은 푸른색 천의 민소매 상의를 입은 사내들이 기다란 담뱃대를 입에 문 채 서 있었다. 시원하게 드러낸 팔다리는 덥수룩한 털로 뒤덮여 있어 어린아이들의 상상 속에 등장하는 동굴 속 털보 요괴를 연상케 했다. 이들의 손발만 보면 '준족駿足'이라는 수식어가 절로 떠오른다. 돛대 위의 밧줄이 도르래에 눌려 속수무책으로 끌려다닐 때면 이들 '준족'의 실력이 한껏 발휘된다. 털로 뒤덮인 그들은 손에 갈고리 같은 것도 들고 있어서 미끄러운 돛대에 몸을 바짝 밀착시켜 순식간에 타고 올라갔다. 그 정도쯤은 일도 아니라는 듯 가뿐하게 올라가 밧줄을 정리하며 노래까지 흥얼거렸다. 이 젊은 선원들의 구성진 소리는 다른 배에서 들려오는 노랫소리와 합쳐져 한껏 증폭되었다.

밑에서 올려다보는 사람들도 각 배의 일꾼들이었다. 돛대 위 광경을 보는 아래쪽에서도 고함과 고성이 오갔다. 그들에게 돛대 위로 올라가는 것쯤은 어렵지 않은 일이었다. 선장의 지시 없이 마음대로 할 수 없을 뿐이었다. 아래에서 올려다보는 사람들은 내심 돛대로 올라가 노래를 부르고 싶어 입이 근질거렸지만, 마음대로 할 수는 없어서 괜히 다른 배 계집들을 희롱하거나 악담을 내뱉었다.

"떨어져, 뒈질라!"

"제기랄, 떨어져 죽을 지경인데 흥얼대기는!"

"……"

모두가 떠들썩하게 웃으며 고성을 주고받았지만 악의는 없었다.

노랫소리는 여전히 끊이지 않았고, 오히려 더 힘이 실렸다. 「꽃 한 송이」로 시작하더니 밑에서 욕하는 사람들 보란 듯이 「졸개무리」라는 노래를 이어 불렀다. 그래도 아래쪽 '졸개무리'들은 빙글거리며 으레 그러려니 하는 표정으로 노래하는 자들을 올려다보고 있었다.

이러한 광경과는 별개로 어떤 배에서는 검은 사내 무리가 털이 가득한 팔다리에 크고 둥근 흑색 철통을 걸머진 채 선실에서 나와 휘청휘청 진흙밭 둔덕 쪽으로 건너왔다. 거기에는 얇은 철판으로 중간을 감싸 맨 네모 형태의 서양식 천도 있고, 해초, 오징어, 약상자들도 있었다…… 뱃손님들과 함께 스무날 혹은 열이틀 정도 선실 틈에 끼어 누워 있던 물건들도 모두 뭍에 내려졌다. 뭍에 도착한 사람들은 각자 집으로 돌아가거나, 객잔을 찾거나, 밥을 먹기 위해 흩어졌다. 물건들도 짐꾼들에게 둘러메어 강가의 임시 창고로 옮겨졌다.

각양각색으로 분주한 가운데 아직 한가하고 유유한 무리들도 있었다. 이들은 별도의 공간에 머물며 떠들썩한 주변의 잡음들에 초연한 채 돛대 위 사내들의 노랫소리에만 집중했다. 하지만 마음은 바빴다. 노랫소리가 잦아들고 돛대에 홍등이 걸리면 노래를 부르던 사내들이 이들 곁으로 올 것이었기 때문이다. 돛대 위에 홍등이 내걸리는 것은 곧 밤의 시작을 알리는 신호였다. 이 강변 선창가의 밤은 결코 예사롭지 않았다.

비가 내리고 바람이 불면 배들마다 덮개가 드리워졌고, 사람들은 덮개 아래로 모여들어 비바람 소리를 들었다. 강물이 거칠게 소용돌이치면 서로 매어져 의지하던 배들도 끊임없이 요동쳤다. 이 일대에서는 흔한 광경이다. 이에 대해 뱃사람들은 의아해하는 기색도 없고, 좋거나 싫은 감정도 없다. 배에서만 생활하는 뱃사람들의 마음속에는 일반인들이 자연스럽게 느끼는 애증의 감정들이 번식할 새가 없다. (달빛이 내려앉는 순간에도, 석양이 물들고 새벽이슬이 내리는 순간에도) 그들의 마음은 꿈쩍도 하지 않는다. 뱃사람들의 마음 상태를 가르는 것은 따로 있었다. 그들에게는 쇠고기를 먹을 수 있는지, 절임 채소만 먹어야 하는지가 더 중요했다. 강 한가운데에 계속 머무느냐, 물가 부두에 정박하느냐에 따라 밥상 사정이 달라졌다. 이들 '준족'의 입을 만족시키기에는 절임 채소보다 쇠고기가 나을 것이므로 배가 부둣가에 정박하는 순간에는 그들의 기분도 한껏 고조되었다.

한밤중인 데다 비까지 내려 강변 진흙은 미끌미끌하고 질퍽거렸다. 걸음조차 떼기 어려운 그 길을 기어이 뚫고 뭍으로 걸어 나가는 한 사람이 있었다.

선원 중 하나인 바이쯔柏子였다. 낮에 돛대 위에서 작업하고 노래하느라 지칠 법도 하지만 피곤한 기색을 찾아볼 수 없었다. 그는 여느 선원들처럼 허리춤 요대 안에 동전을 가득 쑤셔 넣고는 조심조심 발판을 건너 뭍에 닿았다. 별빛도 달빛도 없는 어둠 속에서 추적추적 내리는 비를 그대로 맞으며 갯벌 진흙 속을 파고드는 두 발을 높이 들어 올리면서 힘겹게 움직이고 있었다. 진흙이 뭉치고 엉겨 붙어 속도를 낼 수는 없었다. 그의 목적지는 강변 길가의 홍등이 비치는 작은 집이었다. 그 불빛 아래에 바이쯔의 마음에 꽃을 피워줄 존재가 기다리고 있었다.

노변에는 등불이 새어 나오는 작은 집들이 줄지어 있었다. 집집마다 안에 한 명 혹은 한 무리의 뱃사람들이 들어앉아 한담을 즐기고 있었다. 등불의 빛은 집 안을 온전히 채우지 못했지만, 뱃사람들의 마음은 쾌락의 감정으로 꽉 채워지고 있었다. 붉은 불빛과 더불어 안에서 새어 나오는 걸걸한 노랫소리, 웃음소리가 주머니 사정이 좋지 않아 배를 지켜야 하는 외로운 뱃사람들의 귓속과 눈 속으로까지 흘러들어 왔다. 뭍으로 올라가지 못하는 자들의 가장 흔한 반응은 저주였다. 하지만 그들은 저주를 퍼부으면서도 마음 한구석은 이미 비척비척 뭍에 닿아 있었다. 미끄러워 자빠지는 위험을 무릅쓸 필요 없이 각자 예전의 황홀했던 기억을 더듬고, 그 익숙한 공간을 떠올리며 애써 위안을 삼았다.

술과 담배와 여인은 낭만파 문인들이 필수로 내세우는 세 가지로 뱃사람들도 늘 향유하는 것들이다. 비록 술은 더 독한 술을, 담배는 더 평범한 담배를 즐길지언정 여색 앞에서는……신분에 상관없이 가슴이 벌렁대고 혼이 쏙 빠지는 건 매한가지였다. 평소엔 절임 채소나 호박, 비린 쇠고기를 씹어대고 상스러운 말을 내뱉지만, 그들의 입도 여자 앞에서는 나긋나긋하고 끈적끈적해졌다. 속에 묵혀두었던 입발림 소리를 면전의 여자에게 바칠 줄도 알았고, 여자의 얼굴, 다리 그리고 또 다른 부위들을 우악스럽고도 능숙하게 다스릴 줄도 알았다. 그 순간만큼은 그들도 흥분에 젖어 세상의 현실을 잊고 과거와 미래도 내려놓는다. 여인들은 거처 없는 이 가련한 자들을 위해 고단함과 부담감을 털어주고 술, 담배와 흡사한 흥분감과 도취감을 불어넣는다. 뱃사람들은 현실적이고 과감한 꿈을 키우며 한 달 내내 모아놓은 동전과 정력을 여인의 몸에 모조리 쏟아붓는다. 그러면서도 누군가의 연민을 구하거나 스스로를 가련하게 여기지 않는다.

돌이켜 반성할 기회를 준다고 해도 그들은 삶의 우선순위로 쾌락을 선택할 것이다. 눈물은 마를지언정 쾌감을 포기할 수는 없으니!

그중 하나인 바이쯔도 그만의 행복을 찾아 뭍으로 올랐고,

마침내 어딘가에 도착했다.

문을 두드리고 뱃사람 특유의 방식으로 휘파람을 불었다.

문이 열리자 진흙투성이의 발 한쪽을 안쪽에 들여놓기 무섭게 누군가의 두 팔이 그의 몸을 감싸안았다. 면도를 해도 거칠고 투박한 그의 얼굴에 후덕하고 따뜻한 얼굴이 다가와 붙었다.

익숙한 머릿기름 향이 느껴졌다. 이러한 포옹 방식은 말로 설명하기 힘들지만 몸에 닿는 순간 자연스레 익숙해졌다. 분향이 나는 부드러운 얼굴을 입으로 빨아대다가 여자의 입술을 벌려 촉촉한 혀를 찾아내 물었다.

여자가 애써 버티며 볼멘소리를 했다.

"공치는 날인가 했네! 난 당신이 다른 년이랑 놀아났나 했지 뭐예요."

"혀를 깨물어 분질러버릴 테다."

"내가 할 소리……"

여인은 방을 붉게 물들이고 있는 등불 아래에 서 있는 바이쯔를 보며 배시시 웃었다. 어깨를 나란히 하고 서니 그는 여자보다 머리 하나가 더 컸다. 그가 몸을 살짝 웅크려 노를 정리하듯 허리를 확 잡아당기자 여자의 몸이 앞으로 기울었다.

"허구한 날 노만 젓자니 어찌나 따분하던지. 좀 밀어 넣어야 하는데 말이지."

"밀어 넣기는!" 여자는 바이쯔의 몸을 더듬으며 가져온 물건들을 탐색했고, 하나씩 찾아내며 침대 위로 던졌다. "화장품 한 병, 종이 두루마리 하나, 수건 하나, 깡통 하나— 이 깡통엔 뭐가 들어 있는데요?"

"맞혀보게."

"맞혀서 뭐 해요. 분 사다 주기로 한 건 잊었소?"

"그 깡통이 무슨 상표인지 보라니까! 열어봐."

글자를 모르는 여자는 겉면에 그려진 미인 초상화만 대충 훑어보았다. 깡통을 등불 가까이에 가져간 여자는 뚜껑을 열어 향을 맡더니 재채기를 했다. 그 모습을 즐기던 바이쯔는 다짜고짜 깡통을 낚아채 흰색 나무 탁자에 올려놓고는 여자의 허리를 붙잡고 침대 쪽으로 가서 눕혔다.

방에 걸린 홍등이 누런색 바닥 위에 어지럽게 찍힌 진흙 발자국을 비추었다.

바깥의 빗줄기는 점점 세지고 있었다.

노랫소리와 웃고 떠드는 소리, 욕설을 퍼붓는 소리들이 갈마들며 들려왔다. 방 사이사이마다 얇은 흰색 나무판자로 가림막을 했을 뿐이어서 담배를 뿜어대는 소리는 물론 그보다 더 작은 소리들도 적나라하게 들렸지만, 사람들은 옆방 소리에 귀 기울이지 않고 무신경했다.

바이쯔가 바닥에 사방팔방으로 어지럽게 찍어놓은 진흙 발자국은 어느새 말라붙어서 더욱 선명해졌다. 등불은 침대에 가로누운 두 사람을 또렷하게 비추고 있었다.

"바이쯔, 당신은 정말 소 같아."

"이러지 않으면 내가 밑에서 얼마나 우직한지 믿기나 하겠어?"

"우직하지. 당신이 맹세했잖아. 천왕 묘에 들어가도 될 정도로 깨끗하다고!"

"그 맹세는 당신이나 실컷 믿어, 난 안 믿을라니까."

여자의 말처럼 바이쯔는 한 마리의 거친 수소 같았다. 할 일을 마치고 숨을 헐떡거리며 널브러져 있는 모습은 흡사 흙 범벅된 선박 밧줄이 침대 위에 산만하게 널려 있는 듯했다.

그는 여자의 풍만한 젖가슴을 두 손으로 움켜쥐어 입으로 깨물고 아랫입술에서 어깨, 다리 순으로 훑어 내렸다…… 돛을 타고 올라가 힘차게 노래를 불러대던 낮 시간의 바이쯔와 다를 바 없었다.

그의 행동에 여자는 웃음으로 응수하며 몸을 뒤집어 누웠다.

잠시 후 두 사람은 아편을 꽂아놓은 쟁반을 가운데에 두고 각자 줄담배를 피웠다.

여자는 담배를 태우면서 「맹강녀孟姜女」를 흥얼거렸고, 바이쯔는 세상 부러울 것 없는 듯한 표정을 지으며 차 한 모금으로 목을 축인 후 다시 담배를 빨아들였다.

"요즘 아랫동네 여인네들이 죽여준다고 하더군!"

"어째 당신은 그쪽으로 못 가고 또 이리로 오게 될 팔자가 된 거야?"

"내가 가도 그 여자들이 원치 않을걸."

"거절당할 몸이라 내 차례가 된 건가."

"그런 셈인가? 자네야말로…… 한참 만에 내 차례가 된 거지! 도대체 얼마 만인 거야?"

입을 실룩거리던 여자는 입막음을 하려는 듯 담뱃대에 아편환을 넣어 바이쯔의 입에 물려주었다.

바이쓰는 한 모금 깊게 빨아들이면서 말했다. "어제도 누가 왔었는가?"

"오긴, 제길! 당신만 기다렸지. 올 날만 손꼽아 셌다니까. 당신이 오기를……"

"이 몸이 여기서 죽치다 망가져야 속이 시원하겠나!"

"그래, 그럼 좋겠네!" 여인이 뾰로통하게 말했다.

바이쓰는 못마땅해하는 여자의 모습에 웃음이 났다. 여자가 머리를 눕히자 그는 서둘러 아편 쟁반을 침대 밑으로 옮겼다. 상황은 순식간에 역전되었다. 진흙 묻은 바이쓰의 다리가 침대가에 늘어져 있고, 붉은 비단 덧신을 신은 작은 발이 위에서 그의 다리를 에두르고 있었다.

그의 거칠고 성난 몸부림은 계속되었고, 끝날 듯하다가도 다시 시작되었다.

바이쓰는 제법 굵어진 빗줄기를 맞으며 강가의 갯벌을 밟으면서 천천히 되돌아가고 있었다. 그의 손에 든 굵은 밧줄 횃불이 주변을 환하게 비추었다. 반사된 불빛 속에서 흩뿌리는 빗줄기가 무수한 세로선을 그리며 내리꽂혔다. 비가 그리는 선들의 숲을 맨몸으로 통과하는 바이쓰는 진흙 속으로 묵직하게 가라앉는 두 발을 경중경중 움직였다. 모든 일을 마치고 배로 돌아가는 길이었다.

빗발이 거셌지만 서두르지 않았다. 미끄러지지 않으려고 조심하는 것도 있었지만, 그 정도 비쯤은 거뜬히 견디거나 잊을 수 있는 뭔가가 있었으리라.

그는 정사의 여운으로 마음이 한껏 달아올라 있었다. 그 모든 순간이 아직도 눈앞에 아른거려 머리 위로 내리꽂는 빗줄기나 발에 들러붙는 진흙 따위는 대수롭지 않았다.

지금쯤 여자는 잠들었을 수도 있고, 그와 뒹굴던 침대 위에서 또 다른 선원 품에 안겨 뒤섞여 있을지도 모를 일이다. 바이쯔는 거기까지 생각하고 싶지는 않았다. 그는 익숙한 여자의 육체를 다시금 기억으로 생생하게 더듬었다. 굴곡진 몸에 무덤처럼 봉긋 솟은 젖가슴과 은밀한 구멍. 여자의 몸과는 멀어졌지만 구석구석 주무르던 손의 감촉은 남아 있었다. 기억을 더듬으면 그녀의 치수까지 가늠할 수 있었다. 여자의 웃음과 움직임 하나까지 그의 마음에 찰거머리처럼 집요하게 달라붙어 있었다. 그것으로 충분했다. 그렇게 그는 한 달간의 모든 고생을 감내할 수 있었고, 항해 중에 만나는 비바람과 뜨거운 태양을 견딜 수 있었으며, 노름판에서 돈이 털려도 그럭저럭 버틸 수 있었다…… 배 위에서 지내야 하는 후일의 여정에서 심적 쾌락을 이어가기 위해 미리 값을 치른 셈이었다. 이렇게 떠나면 또 보름 혹은 한 달을 물 위에서 표류하게 될지도 모를 일이었다. 오늘 밤 얻은 희망의 기운으로 한동안은 신바람 나게 일하고 즐겁게 먹고 잘 수 있을 터였다. 오늘 밤의 기억을 곱씹으며 두 달은 너끈히 버틸 수 있을 것이고, 잊을 만하면 또다시 뭍으로 돌아오게 될 것이다.

허리춤의 주머니는 텅 비었지만 그에게 이런 지출은 꽤 값어치 있는 일이었다. 게다가 계산 없이 무작정 쏟아부은 것도 아니었다. 노름용으로 쓸 여분의 돈은 따로 여투어놓았다. 그는 돈을 써서 무엇을 얻느냐에 그다지 집착하지 않았다. 돈이 어떻게 들어오고 어떻게 빠져나가는지 일일이 따질 겨를이 없었다. 아무리 따져도 결국 그에게는 지금과 같은 선택이 '수지맞는' 장사였다.

「맹강녀」와 「아패牙牌놀이」를 흥얼거리며 발판까지 도착한 바이쯔는 조심조심 발걸음을 옮기며 배로 건너갔다. 흥얼대던 노래는 차마 더 이어갈 수 없었다. 안주인의 젖가슴에 파묻힌 선주가 젖꼭지를 더듬으며 빨고 있었기 때문이다.

천저우 강변의 배들은 각지에서 모여들었지만 제각각 정박하는 자리가 있었고, 서로 섞이지 않았다. 이 배들은 하역하고 나면 새로운 짐을 실으러 어딘가로 또다시 떠나야 한다. 바이쯔가 흔들거리는 발판을 건너 뭍에 두어 번 오갔을 즈음 배는 다시 출항했다.

『비 온 후雨後』에서 발췌*

---

* 본 작품은 1928년 8월 10일 『소설월보小說月報』 제19권 제8호에 발표되었다. 필명은 갑진甲辰.

남편

일주일째 내린 봄비에 강물이 불어났다.

물이 차오르며 수위가 상승하자 평소대로라면 모래톱에 정박했을 아편 배와 기녀 배들이 뭍으로 바투 다가와 수상가옥인 조각루吊脚樓 기둥에 줄을 비끄러매고 있었다.

조각루 위 '쓰하이춘四海春' 찻집에서 한가로이 차를 마시던 남자가 강가 쪽으로 난 창문에 기대어 몸을 숙였다. 맞은편 보탑寶塔 주변으로 피어난 붉은 복숭아꽃들이 안개비와 절묘하게 어우러져 존재감을 드러냈다. 배 위의 일부 아낙들은 손님들과 어울려 담배를 피우고 있었다. 배들끼리 지척인 데다 오르내리기도 편한 구조라, 위아래에서 누군가를 부르거나 중간에서 만나 수다를 떨거나 거칠게 욕설이 오가는 소리들이 귓가에 어지럽게 뒤엉켰다. 찻값을 계산한 위층 남자는 눅눅하고 퀴퀴한 통로를 지나 그 지저분한 곳을 빠져나와 배에 올랐다.

배에서는 단 몇 푼으로 담배를 실컷 피우고 여인네들과도 거리낌 없이 하룻밤 재미를 볼 수 있었다. 이런 배에서 생활하는 육덕진 몸매의 젊은 아낙들은 여자라는 태생적 조건을 이용해 사내들의 시중을 들며 밤을 보냈다.

배 위의 그녀들은 이러한 행위를 으레 '장사'라고 불렀다. 장사를 위해 여기까지 들어와 있는 것이라고 했다. 그렇게 부르면 명목상으로나마 여타 상거래들과 동격이라는 느낌이 들었고, 부도덕하거나 불건전하다는 어감을 배제할 수 있었다. '장사'를 하는 아낙들은 대부분 시골에서 농사일을 하다가 젊고 건장한 지아비를 고향에 두고 알음알음 이 배까지 흘러들어왔다. 이곳 아낙들은 '장사'를 하면서 서서히 시골과 멀어져 도시 사람으로 변해가고, 도시 생존에 필요한 악바리 기질이 몸에 배며 점점 망가져버린다. 그런데 이러한 '망가짐'은 시간이 흐르며 조금씩 더디게 진행되므로 누구도 확연히 깨닫지 못한다. 그럼에도 순박한 시골 여인들은 끊임없이 이곳으로 밀려들었고, 도시 강가의 기녀 배에는 젊은 여인들이 꾸준히 채워졌다.

이유는 단순했다. 당장 출산이 절실하지 않은 시골 여인들은 도시에서 이틀 밤 동안 번 돈을 고향의 지아비에게 매달 부칠 수 있어 금전적으로 큰 보탬이 되었다. 그럴듯한 돈벌이 명분이 있었으므로, 젊은 남자들이 혼인 후 아내를 흔쾌히 도시로 보내놓고 홀로 편히 지내는 것이 시골에서는 그리 낯선 풍경이 아니었다.

이러한 남편들은 '장사'를 하는 아내가 보고 싶거나 명절 즈음이 되면 직접 보러 상경했다. 빳빳하게 풀 먹인 옷을 차려입은 남자는 일할 때 필수품인 짧은 담뱃대를 허리춤에 매달고, 고구마 츠바* 같은 간식거리를 광주리에 잔뜩 담아 등에 맨 다음,

---

* 糍粑: 찹쌀을 쪄서 이겨 떡 모양으로 빚은 후 말린 간식.

친척을 방문하는 모양새로 도시로 올라갔다. 나루터 초입의 첫 번째 배부터 물어물어 자신의 아내가 있는 배를 찾고는 선창 밖 버팀목을 조심스레 밟으며 가져온 물건들을 건네는데, 처음에는 진심으로 놀란 표정으로 여자의 모습을 위아래로 쓰윽 훑어본다. 남편 앞에 서 있는 여자가 이미 몰라보게 달라져 있기 때문이다.

반들반들하게 빗어 풍성하게 틀어 올린 머리, 집게로 한 올 한 올 추어올린 속눈썹, 하얗게 분칠하고 연지를 찍어 바른 얼굴, 제법 도회지물을 먹은 듯한 자태와 세련된 옷까지 시골에서 올라온 남편에게는 놀랍고 당혹스럽기 그지없는 장면이다. 남편의 어리둥절한 표정을 여자는 금방 읽어낸다. 결국 여자가 "지난번 보낸 돈은 받았소?" 혹은 "집돼지는 새끼를 쳤소?" 같은 질문을 던지며 먼저 운을 뗀다. 여자는 말투도 어느새 고분고분함이 사라지고 도시 여자들처럼 대범하고 호기롭게 바뀌어 있다.

여자가 돈 이야기며 축사의 돼지 이야기를 하면, 남편은 상전 대접을 받던 이전의 지위가 아직 유효함을 깨닫는다. 아내가 도시에서도 고향을 완전히 잊지 않았음에 안도하며 남편은 허리춤에서 담뱃대와 부시를 주섬주섬 꺼낸다. 그러다가 그의 거칠고 두툼한 손에서 담뱃대를 휙 낚아채고 하더먼* 담배 한 개비를 쑤셔 넣어주는 아내의 호탕함에 또 한 번 소스라치게 놀란다. 그러나 놀라움도 잠시뿐, 남편은 곧 적응하고 담배를

---

* 哈德門: 1920~30년대 중국에서 유행하던 고급 담배 브랜드.

피우며 대화를 나눈다.

저녁 식사를 마치고 신세계와도 같은 잎담배를 또다시 물어들 무렵, 아내의 장사 손님들이 들이닥친다. 주로 소가죽 장화에 허리춤 주머니 옆으로 번쩍이는 굵은 은 체인을 늘어뜨린 선주나 상인들이 이미 얼근히 취한 상태로 비틀거리며 배로 올라온다. 배에 오른 사내들은 입술이 고프다느니, 살이 그립다느니 요란스럽기 그지없는데, 남편은 그 우악스럽고 걸걸한 목소리에 기가 눌리고 만다. 그 정도 기세면 고향에서는 마을 촌장이나 거물 유지급의 위엄과 맞먹는 것이었기에, 그는 주눅든 채 뱃고물 귀퉁이 쪽으로 군말 없이 숨어든다. 낮은 한숨을 내뱉으며 입에 물고 있던 담배를 빼들고 저녁 강가의 풍경을 멍한 시선으로 응시한다. 밤 시간대 강가에는 낮과는 전혀 딴판인 새로운 세계가 펼쳐져 있다. 강가의 둔덕 위도, 강물의 수면 위도 불빛으로 환하게 뒤덮여 있다. 이쯤 되면 남편은 고향집 닭과 돼지들만이 유일한 가족처럼 느껴진다. 아내 곁에 가까이 와 있지만 미묘한 외로움이 엄습해오고, 당장이라도 돌아가고 싶은 마음이 굴뚝같아진다.

그가 정말 이대로 돌아갈까? 그것도 아니다. 승냥이며 살쾡이, 야간 순찰을 도는 보초병까지 만만치 않은 장애물들을 감수하며 걸어온 30리 길을 다시 되돌아가기란 쉽지 않은 결정이다. 배 위의 아내도 더 머물다 가라며 남편을 만류한다. 싼위안궁三元宮에서 열리는 야간 공연도 보고, '쓰하이춘'에서 차도 마시고, 도시에 온 이상 대로변의 화려한 등불과 도시 사람들도 직접 봐야 한다며 어르고 달랠 것이었다. 그렇게 남아 있기로 해도 후미에서 강가를 바라보며 아내가 틈이 날 때까지 마냥 기다려야 하는 신세는 여전했다. 뭍으로 갈 때는 아치형 다리로 올라가는 용도의 작은 배를 뱃머리에 연결해놓고 나갔다가 같은 방법으로 되돌아왔다. 혹여나 배에 남아서 담배를 태우며 쉬고 있을 때에도 손님들의 화를 돋우지 않게 최대한 숨죽이며 조심스럽게 다녀야 했다.

해가 지고 시량산西梁山의 경고*가 울려 퍼지면 남편은 벌어진 틈새로 안쪽의 동태를 슬쩍 살핀다. 손님이 떠날 기미가 없으면 구석에서 조용히 이불을 펴고 혼자 잠을 청한다. 한밤중에 눈을 붙이거나 뒤척거리고 있으면 부인이 짬을 내어 올라와서 얼음사탕을 먹겠냐고 한마디 건넨다. 그래도 마누라라고 남편의 취향을 기억하는 모양이다. 남자가 자는 척하거나 이미 먹었다고 말해도 아내는 작은 얼음사탕을 기어이 입에 욱여넣는다. 아내가 자책하는 표정으로 돌아가면 얼음사탕을 입에 문 남편은 아내의 행동을 받아들이고 손님 시중을 마칠 때까지 고분고분하게 잠이 든다.

이러한 남편들이 황창黃庄에는 널리고 널렸다! 그곳의 여인들은 강인했고 사내들은 충직했다. 여자들이 돈벌이를 위해 고향을 떠나면 남자들은 살림에 도움이 되는 아내들의 이 '장사'를 인정할 수밖에 없었다. 남자들은 그래도 남편이라는 엄연한 명분이 있기에 피붙이들을 키우는 것도 으레 제 일이라고 여겼

---

* 更鼓: 저녁 시각을 알리는 북. 일몰 후 저녁 7시부터 일출까지 하룻밤을 일경一更부터 오경五更까지 다섯 구간으로 나누어 북을 울려 시각을 알렸다.

다. 아내가 돈을 벌면 결국 일부는 남자의 몫이었기 때문이다.

　강가에 줄지어 늘어선 배들이 얼마나 되는지 이곳 풍경이 낯선 이방인들은 가늠할 수 없다. 그 많은 배들의 숫자와 배의 주인들을 하나하나 꿰고 있으며 이 지역의 규칙들까지 훤히 알고 있는 자가 있었으니, 바로 5구역의 관리인이었다.

　관리인은 애꾸눈이었다. 소문에 따르면 젊은 시절 악질인 뱃사람에게 구타를 당했고, 상대를 죽이려고 덤비다가 한쪽 눈을 맞아 실명했다고 한다. 두 눈 멀쩡한 사람들도 육안으로 구분하지 못하는 것을 그는 한쪽 눈만으로도 귀신같이 잡아냈다. 이 강의 주변은 모두 그가 관리했다. 이곳 배들 사이에서 그가 지닌 권력은 중국 황제의 권력보다 훨씬 집약적이고 강력했다.

　강물이 불어나면 관리인은 평소보다 더 분주해졌다. 부모와 아이가 함께 지내는 배에서 아이들이 배고프다고 보채지는 않는지, 싸움이 나서 중재를 해야 하는 곳은 없는지, 주인 없이 떠내려가는 배는 없는지 등 구석구석 동향을 살피는 것이 그의 일이었다. 오늘 그에게 떨어진 임무는 뭍에서 발생한 사건의 범인이 이곳 강변까지 내려왔는지를 파악하는 것이었다. 얼마 전 약탈 사건이 세 차례나 일어났는데, 공안국 관계자의 말로는 육지 쪽을 이 잡듯이 뒤져도 범인의 행방이 묘연하다고 했다. 말단 공무원들이 육지를 샅샅이 뒤지고 다녀도 진척이 없으니 이제 일선에 있는 강변 관리인들도 나서서 협조하라는 것이었다. 강변 무장 경찰과 함께 다니면서 배들을 수색하라는 것이 공안국 사무처 통보의 요지였다.

관리인이 이 소식을 전달받은 건 오전이었다. 낮에는 온종일 해야 할 일이 많았다. 접대를 모두 끝내고 강가를 따라 첫번째 배부터 일일이 돌면서 조사했다. 그는 배마다 돌아다니며 수상한 외지 사람들을 받은 적이 있는지 물었다.

관리인은 이곳 강가를 쥐락펴락하는 그야말로 실세 중의 실세였다. 강변에서 일어나는 일들은 속속들이 다 알고 있었다. 배 밥을 먹던 뱃사람 출신인 그는 한때 법이나 관청의 지시에 순순히 응하지 않으며 관리인 신분을 내세워 이곳의 모든 것을 멋대로 주무르곤 했다. 그러나 나이가 들고 세상이 변하면서 그도 달라지기 시작했다. 경제적으로 풍족해지고 가정도 이룬 데다 생활이 넉넉해지자 점점 욱성을 누르며 원만하고 곧은 사람으로 바뀌었다. 관청 업무에 협조적으로 나섰고 뱃사공들에게도 친밀하게 대했다. 도덕적으로도 모범적인 모습을 보이며 관청 윗선 관리들 못지않은 존경을 받았고, 배 위에서 생계를 꾸리는 많은 기녀들의 수양아버지 노릇도 마다하지 않았다.

그가 나무 발판을 밟고 꽃무늬 페인트칠을 한 배의 뱃전으로 뛰어올랐다. 연밥을 파는 조각루 아래 한적한 공간에 머물러 있던 배였다. 그는 배의 주인을 잘 알고 있는지 배에 오르자마자 "라오치야"라고 큰 소리로 불렀다.

아무런 반응이 없었다. 젊은 여자도 나이 든 포주도 나와보지 않았다. 백주 대낮부터 어느 젊은 놈이 기방에 머무르고 있나 싶어 뱃전에 서서 잠시 기다렸다.

기다려도 조용하자 이번에는 우두어를 불렀다. 우두어는 배 위에서 함께 지내는 열두 살짜리 여자아이로, 새된 목소리에 깡마른 체격을 지녔다. 평소 어른들이 뭍으로 나가면 배를 지키거나 장을 봐다가 밥 짓는 일을 했다. 매 맞고 눈물 바람을 하는 일이 잦았지만 금세 아무 일 없다는 듯 노래를 흥얼거리는 아이였다. 우두어를 불러도 대꾸가 없긴 마찬가지였다. 선실에서 어렴풋한 소리가 들리고 인기척이 나는 것으로 보아 모두가 외출했거나 자고 있는 것 같지는 않았다. 관리인은 몸을 굽혀 선실 입구 쪽을 살피며 어두운 곳을 향해 누가 있는지 물었다.

안에서는 계속 묵묵부답이었다.

관리인이 엄한 목소리로 소리쳤다. "거기 누구야?"

그제야 겁에 질린 낯선 남자의 목소리가 자그마하게 들려왔다. "저, 다들 뭍으로 나갔습니다."

"모두 뭍으로 나갔다고?"

"뭍에 갔습니다, 다들……"

남자는 손님을 세워두고 숨어서 말로만 대꾸하는 것이 예의가 아니라는 생각에 어두운 곳에서 기어 나왔고, 선실 입구 가림막을 조심스레 걷어 쭈뼛쭈뼛 올려보았다.

가장 먼저 눈에 들어온 것은 감 기름을 바른 돼지가죽 장화였다. 그다음은 부드러운 사슴가죽으로 만든 홍갈색 주머니, 그 위로는 팔짱을 낀 손이 보였다. 곳곳에 핏줄이 도드라지게 솟아난 팔은 온통 노란 털로 덥수룩했고, 손에는 큼지막한 금반지가 끼워져 있었다. 마지막으로 귤껍질을 붙여놓은 듯한 사각형 얼굴에 시선이 닿았다. 남자는 지체 높은 단골손님이겠거니 생각하고 도시 사람 말투를 흉내 내며 말했다. "어르신, 안으로 드십시오. 다들 곧 돌아올 겁니다."

말투로 보나 풀 먹인 옷 냄새로 보나 영락없이 막 상경한 시골 농사꾼이었다. 여자들이 없으니 바로 자리를 뜨려던 관리인은 이 젊은 남자에게 불현듯 호기심이 생겼다.

"자넨 어디에서 왔지?" 관리인은 긴장감을 풀어주려는 듯 최대한 온화한 표정으로 남자를 바라보았다. "처음 보는 얼굴인데."

남자는 초면의 손님 앞에서 잠시 생각에 잠기더니 대답했다. "어제 왔습니다."

"시골에서는 지금 한창 밀 이삭이 나오는 때지?"

"밀 말입니까? 물레방아 앞에 우리 그 밀이, 하하, 우리 그 돼지가 하하, 그러니까……"

두서없이 더듬거리던 남자는 높은 신분의 도시 사람과 대화 중이라는 사실을 문득 떠올렸다. '우리'라는 호칭이나 '물레방아'니 '돼지'니 하는 말들은 적절하지 못했다. 말실수를 깨달은 남자는 더 이상 대화를 잇지 못했다.

말문이 막혀 잔뜩 주눅 든 그가 이해를 갈구하는 표정으로 관리인을 향해 쑥스럽게 미소 지었다.

이를 눈치챈 관리인은 남자가 배에 있는 누군가의 친척이려니 생각하며 물었다. "라오치는 어디 갔는가? 언제 돌아온다고 하던가?"

이때 젊은 남자가 조심스럽게 입을 떼며 앞서 했던 말을 반복했다. "어제 온 겁니다." 관리인에게 어제 왔다는 말을 거듭 말하고서야 여자가 포주, 우두어와 함께 분향하러 가면서 자신에게 배를 지키라고 했다고 덧붙였다. 남자는 자신이 라오치의 '남편'이라고 신분을 밝혔다.

평소 남자의 아내가 수양아버지라고 부르며 따랐던지라, 관리인도 아버지로서 처음 만나는 사위가 반가웠다. 둘은 몇 마디 더 나누다가 내친김에 함께 선실 안으로 들어갔다.

선실 안 작은 침대 위에는 비단과 붉은색 꽃무늬 천으로 만든 요와 이불이 가지런히 개켜져 있었다. 관리인은 침대 맡에 걸터앉았다. 선실 안으로 빛이 새어 들어왔다. 겉보기엔 어두워 보여도 내부는 환한 빛이 들이쳐 그다지 어둡지 않았다.

젊은 남자는 손님을 위해 담배와 불을 찾으려고 밤을 넣어둔 단지를 어설프게 뒤적거렸다. 반질반질 윤이 나는 둥근 알밤들이 선실 바닥 여기저기로 굴러떨어졌다. 바닥에 나뒹구는 밤을 주워 단지 안에 다시 집어넣으면서도 손님에게 뭘 대접해야 하나 고민했다. 그때 손님이 바닥에서 밤 한 알을 주워 입에 넣어 깨물고는, 자연 바람에 말려서 그런지 맛있다고 했다.

"이거 참 맛있구먼. 자네는 좋아하지 않나?" 밤들이 껍질째 그대로인 걸 보고 관리인이 물었다.

"좋아합죠. 시골집 뒷마당 밤나무에서 따온 겁니다. 작년에 어찌나 주렁주렁 많이 열렸는지 말도 마십시오. 안에서 얌전히 여물다가 가시 돋친 밤송이를 깨고 후두둑 떨어져 나오는 모양이 얼마나 재미있는지 모릅니다." 그는 자식 자랑을 하듯 신나게 말했다.

"이렇게 큰 밤은 보기 힘든데."

"제가 하나하나 골라낸 겁니다."

"자네가?"

"맞습니다. 아내가 좋아해서 따로 챙겨두었습죠."

"자네 고향에 원숭이 밤도 있는가?"

"원숭이 밤이라니요?"

관리인의 말로는 산에 사는 원숭이가 사람들에게 욕을 들으면 주먹만 한 밤을 내팽개치며 달려드는데, 사람들이 이때 떨어뜨린 밤을 주우려고 일부러 산에 가서 욕을 한다고 했다.

그래도 밤 덕분에 남자는 대화거리가 없어 난처해지는 상황을 피할 수 있었다. 그는 관리인에게 밤에 얽힌 여러 가지 이야기를 꺼냈다. 고향에서 '밤골'이라고 불리는 곳에 대해서, 그리고 밤나무로 만든 쟁기가 얼마나 견고하고 실용적인지에 대해서도 이야기했다. 마치 대화를 나눌 상대가 절실히 필요했던 것처럼 끝없이 물고 늘어졌다. 어젯밤 도착한 이후 연달아 밀려드는 술손님들 때문에 좁은 배 구석에 내내 숨어 있어야 했다. 우두어가 몇 마디 상대를 해주었지만, 이내 누가 업어 가도 모를 것처럼 뻗어버렸다. 아침에 아내와 고향 이야기를 나눌 시간이 좀 있을까 했지만, 여자는 또 분향하러 뭍에 다녀와야 한다며 일찌감치 나가버렸다. 우두커니 앉아 한참을 기다려도 돌아올 기미가 없어 구석에서 강가 경치를 구경하던 중이었다. 생소한 풍경 속에서 혼자 겉도는 처지가 서럽기만 했다. 잠깐 눈이라도 붙이려는데, 문득 이 강물이 고향까지 불어나면 통발에 잉어들이 몇 마리나 잡힐까 하는 생각이 들었다. 잡힌 물고기를 꺼내다가 버드나무 가지로 아가미를 꿰어서 햇볕에 말리는 상상을 하며 볕 아래 늘어선 물고기의 수를 세려고 하던 찰나 관리인이 배에 찾아온 것이었다. 그 순간 상상 속 잉어들은 감쪽같이 다시 물속으로 사라졌다.

낯선 손님이 그와의 대화를 싫어하지 않는 눈치여서 젊은 남자는 잠자리에서 아내에게 하려고 아껴두었던 이야깃거리들을 기다렸다는 듯이 풀어놓았다.

그는 관리인에게 '꽈이꽈이'라는 돼지가 소란을 피웠던 일이며, 석공이 돌절구를 수리했던 일이며, 낫을 잃어버려 한참 찾지 못하다가 황당한 곳에서 발견했던 일까지 구구절절 늘어놓았다.

"이상하지요? 맹세코 집 안 구석구석 찾아보지 않은 곳이 없었어요. 침대 밑, 문틈, 창고까지 살살이 뒤져도 없더군요. 어디 꽁꽁 숨은 건지 보이지 않더라고요. 그 일 때문에 역정을 내서 마누라를 울리기도 했다니까요. 귀신에 씌었는지 나중에 보니 대들보 위 새참 광주리 안에 떡하니 있지 않겠어요! 부스럼이 붙은 것처럼 온통 녹이 슬어 있더라고요. 참 교활한 놈이죠! 어떻게 광주리 속에서 반년이나 숨어 있었을까요? 그 괘씸한 물건을 창에 걸어두었다가 다시 꺼내 무뎌진 날을 갈려고 했더니 손바닥 껍질이 벗겨지고 피가 나길래 홧김에 집어 던졌답니다. ……물가에 가서 한참을 갈았더니 좀 나아졌지만 그래도 방심하면 상처가 나기 일쑤지요. 마누라한테는 아직 찾았다고 말하지 못했어요. 서러워서 펑펑 울던 그 일을 잊지 못했을 겁니다. 드디어 찾았는데 말입니다. 하하하."

"찾았으면 됐네."

"맞습니다. 찾은 건 다행입죠. 마누라가 계곡에 떨어뜨린 건 아닌지 계속 의심하고 있었거든요. 대놓고 말은 못 했지만 말입니다. 속인 건 아니었어요. 마누라 딴에도 억울했을 겁니다. '못 찾으면 가만있지 않겠다'고 어깃장을 놓았으니까요. 손찌검을 한 적은 없지만, 제가 제대로 화내면 무섭거든요. 마누라가 밤새 눈물 바람이었습죠."

"풀이나 베는 낫이 뭐 그리 대단하다고?"

"아이참, 어르신도. 쓰임새가 얼마나 많다고요. 별거 아닌 것처럼 보여도 그 낫이란 물건이 참 야무져요. 풀이나 베다니요? 감자 껍질도 깎고 피리도 만들고, 작아도 쓸모가 많다니까요. 단단해서 오래 써도 거뜬하단 말입죠. 우리 같은 시골 놈들한테는 항시 곁에 두어야 하는 필수품이라고요. 아시겠어요?"

"그렇군, 알겠네. 듣고 보니 없으면 안 되는 물건이로군."

남자는 진심으로 맞장구를 쳐주는 관리인에게 이런저런 말들을 거르지 않고 쏟아냈다. 심지어 내년에 아이를 가지고 싶다는 둥 잠자리에서 아내와 상의해야 할 말들도 서슴없이 꺼냈다. 관리인과 처음 마주했을 때의 어색함은 완전히 사라진 듯했다. 고삐가 풀리니 걸쭉한 상소리도 섞여 나오고 군소리도 많아졌다. 한참 이야기를 나누던 관리인이 몸을 일으키자 그제야 남자는 손님에게 이름을 물었다.

"어르신, 성이 어찌 되십니까? 연락이라도 드리게 명함 한 장 남겨주시렵니까?"

"이런 장화를 신은 키 큰 사람이 다녀갔다고 전하면 알 걸세. 저녁에는 손님을 받지 말라고 전해주게. 내가 다시 올 거라고."

"어르신이 오시니 손님을 받지 말라고요?"

"그렇게만 전하면 되네. 내 다시 오겠네. 내가 언제 술 한잔 대접하지. 우리 친구 아닌가."

"친구라. 네, 친구 맞습죠."

관리인은 크고 두터운 손바닥으로 젊은 남자의 어깨를 툭 치고는 뱃머리 쪽에서 뭍으로 건너갔다가 다시 다른 배로 올라탔다.

관리인이 떠난 뒤 젊은 남자는 아내의 일행을 기다리며 방금 전 다녀간 어르신이 누구일지 곰곰이 생각했다. 그렇게 귀티가 흐르는 사람과 대화를 나눈 것이 처음이었고, 좋은 기억으로 남을 거라는 확신이 들었다. 대화는 물론이고 친구라며 술까지 대접하겠다고 하지 않았는가! 남자는 분명 단골손님 중 한 명일 거라 추측했고, 아내의 수입 중 상당 부분이 그의 주머니에서 나오겠구나, 하고 생각했다. 갑자기 기분이 좋아진 그는 고향 산촌에서 부르던 노래를 흥얼거렸다. "물이 불어나 잉어가 올라오네. 큰 것은 어른 짚신만 하고, 작은 것은 아기 짚신만 하구나."

라오치는 여전히 돌아올 기미가 없었다. 남자의 머릿속에 아까 그 관리인의 풍채와 말투가 또다시 떠올랐다. 반짝반짝 광택이 나던 장화도 아른거렸다. 그렇게 매끈하고 반지르르한 것을 보면 분명 최고급 감 기름으로 칠했을 것이다. 값조차 가늠하기 어려운 묵직한 황금 반지가 사내의 크고 투박한 손가락에 끼워지니 앙증맞아 보이기까지 했다. 동작과 말투에서는 지방 최고 관리나 군관급의 기운이 뿜어져 나왔다. 라오치의 물주라! 남자는 고향 억양으로 다시 노래 가사를 읊조렸다. "산자락의 산적 두목은 숯을 피우고, 산기슭의 마을 관리들은 재를 긁어모으네. 재 위의 고구마는 실하고, 숯을 피운 얼굴은 까맣구나."

정오가 되자 배들마다 밥을 짓기 시작했다. 물먹은 땔감에 불이 제대로 붙지 않는지 도처에서 자욱한 연기가 뿜어져 나왔다. 맵싸한 연기가 퍼지니 눈물과 재채기가 절로 나왔다. 땔감 연기가 얇은 비단 이불처럼 수면 위를 덮고 있었다. 강가 식당의 주방장이 주걱으로 솥을 두드리는 소리, 이웃 배에서 배추를 팬에 볶는 소리가 들려왔다. 라오치는 여전히 함흥차사였다. 남자가 젖은 땔감에 불을 지펴보려고 했지만 서툰 탓에 아궁이의 불씨는 좀처럼 반응이 없었다. 한참을 혼자 실랑이하다 결국 그만두고 말았다.

밥때가 되어도 굶을 수밖에 없던 그는 허기를 달래며 의자에 앉아 다시 생각에 잠겼다. 그러다 불쑥 심사가 뒤틀리기 시작했다. 관리인의 허리춤에 거만스럽게 매달려 있던 두둑한 돈주머니가 눈앞에 다시 떠오르면서 좀 전까지 차분했던 마음이 요동쳤다. 술지게미와 피를 섞은 듯 불그스름한 낯빛에 귤껍질처럼 거칠었던 사각형 얼굴, 가증스러운 표정이 겹쳐졌다. 이제와 떠올려도 소용없겠지만 부탁이랍시고 남편 앞에서 대놓고 내뱉은 그 말이 아직도 귓전에 생생했다. "저녁에는 손님을 받지 말라고 전해주게. 내가 다시 올 거라고." 빌어먹을, 고구마나 먹게 생긴 입으로 그런 막말을 하다니! 왜 그런 말을 한 거지? 무슨 의도란 말인가? ……

상상이 더해질수록 분노의 크기는 커졌고, 허기까지 더해져 노여움의 강도가 더욱 짙어졌다. 원시적인 감정들이 이 젊고 단순한 남자의 마음에 들러붙어 계속 뻗어나가고 있었다.

그는 더 이상 노래를 흥얼거릴 수 없었다. 일순간 솟구친 질투심이 목울대를 틀어쥔 듯했다. 기분이 처참하게 가라앉으며 당장 내일이라도 돌아가고 싶어졌다.

화가 치민 상태에서 다시 불을 붙이려니 더더욱 될 리가 없었다. 그는 급기야 장작을 모두 강가로 내던져버렸다.

"벼락이나 맞아라! 바다로 떠내려가든지!"

하지만 장작들은 멀리 안 가 다른 배에 있던 사람에게 건져졌다. 그 사람은 마치 작정이라도 하고 대기하고 있던 것처럼 강가로 떠내려오는 젖은 장작들을 잽싸게 건져 올리고는 낡은 밧줄을 불쏘시개 삼아 불을 붙였다. 배 주변이 연기로 자욱해졌고, 타닥타닥 소리와 함께 장작에 불이 일었다. 이 과정을 지켜보던 젊은 남자는 분노를 넘어 치욕스러움이 밀려왔다. 사람들이 오기 전에 당장이라도 이곳을 뜨고 싶은 심정이었다.

그때 길 끝자락에서 여자와 우두어의 모습이 보였다. 둘은 손을 잡고 환한 얼굴로 이야기하며 걸어오고 있었다. 우두어의 손에는 새로 산 듯한 호금胡琴이 들려 있었다. 꿈에서조차 본 적 없던 물건이었다!

"당신 어디 가요?"

"나— 그냥 돌아가야겠어."

"배 지키라고 했더니 배는 돌보지 않고 돌아가다니요? 누가 서운하게 하던가요? 소심하게 왜 그래요?"

"갈 거야. 돌아가게 해줘."

"배로 돌아가요!"

아내의 태도는 단호해 보였다. 남자는 호금이 자신을 위한 것임을 직감하고는 슬그머니 고집을 꺾었다. 그는 붉어진 관자놀이를 만지며 기어들어가는 목소리로 "그럼 돌아가지"라고 말하고는 아내의 뒤를 따라 배에 다시 올랐다.

포주 아주머니도 곧 뒤따라왔다. 돼지 허파를 손에 들고 있었는데, 누가 뒤에서 쫓아오기라도 하는 것처럼 헐레벌떡 뛰어오고 있었다. 광대뼈 부위가 발그스름해져서는 헐떡대며 가쁜 숨을 몰아쉬고 있었다. 포주가 배에 올라오자 여자가 소리쳤다.

"아주머니, 우리 집 양반이 돌아가고 싶다네요!"

"무슨 소리야? 연극도 보지 않고 간다니!"

"길 입구에서 막 마주쳤는데 잔뜩 골이 나서는. 우리가 늦게 와서 그런 게 틀림없어요."

"나 때문에 늦은 거네. 보살님 잘못이기도 하고, 푸줏간 사장 탓이기도 하고. 한 푼 더 아껴보겠다고 푸줏간 사장하고 한참 실랑이를 하느라 그랬다네. 푸줏간 놈도 너무했어. 허파에다 그렇게 물을 섞는 법이 어디 있어."

"다 제 잘못이지요." 남자와 함께 선실에 있던 여자가 한마디 하고는 앉았다. 맞은편에는 남자가 앉아 있었다. 그녀는 옷을 갈아입으면서 붉은 비단 가슴띠를 보란 듯이 드러내 보였다. 가슴띠에는 연꽃 사이에서 노니는 원앙 문양이 수놓아져 있었다.

남자는 아무 말 없이 힐끔 엿보았다. 말로 표현할 수 없는 뭔가가 핏속에서 끓어올랐다.

배 후미 쪽에서 포주 아주머니와 우두어가 장작에 관해 이야기하는 것이 들렸다.

"우리 장작을 다 도둑맞았다고!"

"쌀은 누가 다 씻어놓은 거야?"

"불을 지피지는 못했을 거예요. ……형부는 시골 사람이라 송진이나 피워봤겠지요."

"어제 장작을 가져다가 풀어놓았잖니?"

"그런데 하나도 없어요."

"앞에 가서 한 묶음 더 옮겨오거라. 아무 말 하지 말고."

"형부는 쌀을 씻을 줄만 알아요!"

대화를 듣던 남자는 아내가 사온 호금을 말없이 바라보며 선실에 가만히 앉아 있었다.

여자가 말했다. "줄도 다 맞춰서 온 거니까 한번 연주해봐요."

말이 없던 남자가 호금을 무릎 위에 올려놓고 송진을 찾았다. 조율하는 동안 낯선 소리가 손가락 사이로 흘러나오자 남자의 얼굴에 기분 좋은 미소가 번졌다.

얼마 후 배 전체가 연기로 가득했다. 여자의 부름에 밖으로 나온 남자는 호금을 들고 나가 뱃전에 서서 연주했다.

점심을 먹으면서 우두어가 말했다.

"형부, 이따가 「맹강녀가 장성에서 운다네」를 연주해줘요.

노래는 내가 한 곡 뽑아볼 테니."

"그건 못 해."

"잘 켠다고 하더니 거짓말을 한 거예요?"

"그런 건 아니고."

포주 아주머니가 끼어들었다. "라오치가 그러던걸. 자네가 연주를 곧잘 한다고 말이야. 그래서 사원에서 호금이 보이길래 냉큼 사온 거라네. 운 좋게 싼값에 구했지 뭔가. 시골에서는 구경하기도 힘들지 않나?"

"맞습니다. 얼마 주셨소?"

"동전 몇 꾸러미 찔러줬지. 그 정도 값은 한다던데!"

우두어가 말했다. "누가 그래요?"

그러자 포주 아주머니가 지청구를 주었다. "요 계집애가, 그럼 아니라고 한 사람이 있더냐? 뭘 안다고 나불거려?"

호금은 잘 아는 악기 장수에게서 거의 거저 가져온 것이나 다름없었다. 포주의 허풍에 우두어가 끼어들자 포주가 괜히 역정을 냈다. 라오치는 두 사람을 보며 웃음을 터뜨렸고, 남자도 귀퉁이에서 쓸쓸한 미소를 지었다.

남자는 밥을 먹고 나서 다시 호금을 켰다. 카랑하고 경쾌한 호금 소리에 흥을 주체하지 못한 우두어가 밥그릇과 젓가락을 내려놓고 노래를 부르기 시작했다. 포주에게 젓가락 끝으로 한 대 맞고서야 후다닥 마저 먹고 그릇 정리와 설거지를 했다.

저녁 무렵 우두어와 라오치는 배 앞쪽 천막 덮개를 내리고 남자가 켜는 호금에 맞춰 노래를 부르고 있었다. 붉은색 종이를 오려 만든 등 가리개 사이로 빛이 번져 나와 배 전체를 불그스름하게 물들이고 있었다. 명절 분위기가 나서 남자의 기분도 들썩거렸다. 그런데 얼마 후 만취한 병사들이 강변 길가를 지나다가 그들의 소리를 들었다.

취기가 잔뜩 오른 병사 둘이 건들건들 비틀거리며 뱃전 쪽으로 다가왔다. 진흙투성이 손으로 배를 끌어당기더니 호두를 우물거리며 고함쳤다.

"방금 누가 노래했어? 이리 나와! 좋다, 상으로 500 주지. 안 들려? 500을 주겠다니까!"

안에서 들려오던 호금 소리가 뚝 그치면서 정적에 휩싸였다.

고주망태가 된 술꾼들이 발로 배를 연신 차대서 쿵쿵 둔탁한 소리가 계속 이어졌다. 천막을 밀어젖히려 바둥거리더니 천막 덮개를 끼운 홈을 찾지 못했는지 또다시 악다구니를 썼다. "상을 준대도 싫어? 창녀 주제에. 모르는 척 입 다물면 모를 줄 알고? 어디 더 노닥거려보지 그래? 무서울 것 없다고! 난 황제도 두렵지 않은 사람이야. 황제 앞에서 쫄면 내가 인간이 아니다! 사단장들도 다 개자식들이야! 병신같이! 하나도 안 무섭다고! ……"

또 다른 병사가 잔뜩 쉰 목소리로 소리를 질렀다.

"이 계집이? 어서 나와서 손님 모시지 못해!"

이윽고 그들은 배의 천막을 향해 돌을 던지며 거친 욕설을 퍼부었다. 배에 있던 사람들은 모두 놀라서 당황한 기색을 내비쳤다. 포주가 서둘러 등불을 약하게 줄인 후 걸어나가서 천막을 들췄다. 밖에서 들려오는 포악한 목소리에 위축된 남자도 호금을 껴안고 뱃고물 쪽으로 피했다. 곧이어 술 취한 병사들이 선실 앞쪽에 들어섰다. 두 사람은 상스럽고 음탕한 말을 늘어놓으며 앞다퉈 라오치에게 입을 맞추려 파고들었고, 포주와 우두어에게도 입술을 들이댔다. 병사 하나는 방금 노래하고 호금 켜던 자들을 불러다 다시 한 곡 뽑아보라고 고집을 부렸다.

포주도 라오치도 묵묵부답으로 반응이 없자, 두 주정뱅이는 또다시 고함을 쳤다.

"못된 것들, 어서 그년 대령시키란 말이야. 이 몸 앞에서 연주하면 천 개 주지! 천하의 영웅 조맹덕曹孟德도 이렇게 손이 크지는 않을걸! 포상으로 고구마 천 개, 어서! 안 나오면 이 배에 불을 질러버릴 테다. 알아들어? 성질 돋우지 말고, 튀어나오는 게 좋을 거야. 사람 말이 말 같지 않아?"

"나리, 우리 식구들끼리 잠시 어울려 논 겁니다. 남이 아니라······"

"아니? 아니? 아니라고? 이 늙다리 화냥년, 넌 필요 없어. 늙어서 단물은 다 빠진 주제에! 어서 깽깽이 나오라고 해! 잡년아! 내가 연주하고 노래할 테니까!" 사내는 벌떡 일어나 배 뒤쪽으로 가서 막무가내로 뒤지기 시작했다. 포주는 질겁한 채 입을 다물지 못했다. 그때 라오치가 얼른 꾀를 내어 주정뱅이 사내의 손을 끌어당겨 젖가슴 위에 얹었다. 주정뱅이들은 알았다는 듯 이내 자리에 앉았다. "오냐, 이 몸이 주머니는 두둑하니 오늘 밤 여기서 자고 가야겠구나!"

사내 하나가 라오치 왼쪽에 벌러덩 눕자, 나머지 하나도 말없이 오른쪽에 드러누웠다.

젊은 남자는 소란스럽던 배 앞쪽이 조용해지자, 칸막이 사이로 조심스럽게 포주를 불렀다. 수치스러워하던 포주가 남자 쪽으로 올라갔고, 남자는 무슨 상황인지 물었다.

　"무슨 일입니까?"

　"부대에 근무하는 사내들인데 술주정을 부리는 통에. 조금 있다가 갈 거야."

　"간다니 다행이네요. 깜빡한 게 있는데, 오늘 어떤 어르신이 다녀갔어요. 각진 얼굴에 지위가 꽤 높은 관리인 같던데요. 그분이 오늘 저녁에 올 테니 손님을 받지 말라고 했습니다."

　"가죽 장화 신고 목소리가 묵직하던가?"

　"맞습니다. 손에 금반지 끼고요."

　"라오치의 수양아버지라네. 오늘 오전에 다녀갔다고?"

　"예, 와서 한참 이야기하다 갔어요. 말린 밤도 드시고."

　"뭐라고 하시던가?"

　"꼭 올 테니 절대 손님을 받지 말라고…… 또 저더러 술 한 잔 대접하겠다고."

　포주 아주머니는 왜 다시 오겠다고 했을지 곰곰이 생각했다. '와서 밤에 쉬다 가려는 건가? 아니면 나한테 볼일이 있나……?' 도통 감이 잡히지 않았다. 한물간 기녀 신세라 이제는 사내들의 온갖 추태에 이골이 났다. 웬만하면 사내들과 얼굴 붉히는 일이 없다지만, '단물 빠진 늙다리'라는 소리를 듣고 나니 굴욕스럽기 그지없었다. 선실 앞쪽으로 동태를 살피러 간 그녀는 입을 삐죽거리며 '짐승만도 못한 놈들'이라고 욕을 해 주고는 다시 뒤쪽으로 돌아왔다.

"어떻습니까?"

"별일 없네."

"그 사람들 갔습니까?"

"아니, 자고 있다네."

"잔다고요—?"

포주는 그 순간 남자의 표정을 확실하게 보지는 못했지만 말투에서 시무룩함을 느꼈다. "제부, 모처럼 도시에 왔는데 뭍에 놀러 나갈 텐가? 오늘 밤 삼원궁에서 「추호희처秋胡戲妻」 야간 공연이 있는데, 명당자리를 잡아주겠네."

남자는 대답 없이 고개만 저었다.

한바탕 난동을 벌이던 병사들이 돌아간 후 우두어와 포주, 라오치는 선실 등불 아래에서 그 사내들의 추태를 화제 삼아 수다를 떨었다. 남자는 배 뒤편에 혼자 남아 나오지 않았다. 포주가 입구에서 여러 번 불렀지만 대꾸하지 않았다. 어디서부터 심사가 뒤틀린 건지 알 수 없었다. 포주는 다시 돌아와서 지폐 넉 장을 이리저리 들춰 보며 진짜 돈이 맞는지 확인했다. 지폐는 진짜였다. 그녀는 기호와 꽃무늬가 그려진 지폐를 등불 아래 비추며 라오치에게 보여주었고, 코에 갖다대더니 우지 냄새가 난다며 이슬람 식당에서 받아온 게 틀림없다고 장담했다.

우두어는 다시 젊은 남자에게 가서 말을 걸었다. "형부, 그 사람들 갔어요. 아까 부르던 노래 마저 불러요. 그리고……"

라오치는 시름에 잠긴 표정으로 우두어를 당기며 말을 막았다.

한동안 정적이 흘렀고, 남자는 뒤쪽에서 호금의 현을 약하게 튕겨보다가 이내 손을 뗐다.

강가로 난 길 쪽에서 징과 북, 태평소 소리가 들려왔다. 번화가 장사꾼 집에서 잔치가 벌어지는 모양이었다. 하객들이 들락날락 오가고 있었고, 마당에서는 연극 공연이 한창이어서 밤새 시끌벅적할 태세였다.

잠시 후 라오치가 혼자 조심스럽게 뒤편으로 갔다가 바로 되돌아왔다.

포주가 물었다. "왜 그래?"

라오치는 고개를 저으며 한숨을 내쉬었다.

관리인이 오지 않을 거라고 생각한 그들은 남자만 뒤에 두고 선실 앞에서 잠을 청했다.

관리인은 한밤중에 수색대를 대동하고 나타났다. 강 주변이 쥐 죽은 듯 조용해진 시간에 완전무장한 경찰 네 명이 뱃머리 쪽을 지키고 있었고, 관리인과 주임 순사는 손전등을 흔들며 선실 안으로 들어왔다. 그때 포주가 일어나 등을 켰다. 이 바닥에서 잔뼈가 굵은 그녀에게 이런 일은 그다지 대수롭지 않은 것이었다. 라오치는 옷을 걸치고 침대 위에 앉아 수양아버지와 주임 순사를 안으로 들이고, 우두어에게 차를 내오라고 시켰다. 잠이 덜 깨 몽롱한 우두어는 고향에서 딸기 따는 꿈에서 깨버린 것이 못내 아쉬웠다.

자다가 포주가 깨워서 끌려 나오다시피한 남자는 관리인과 검은 제복 차림의 인물을 마주했고, 영문을 알 수 없는 심각한 분위기에 주눅이 들어 입이 떨어지지 않았다.

"이 사람은 뭐요?"

관리인이 대신 대답했다. "라오치의 남편이랍니다. 시골에서 막 올라왔습죠."

라오치가 거들었다. "나리, 어제 막 왔습니다."

순사는 관리인의 말이 사실인지 확인하려는 듯 남자를 흘끔 쳐다보고 다시 여자를 한번 훑어보더니, 더 이상 묻지 않고 선 실 곳곳을 샅샅이 뒤졌다. 말린 밤을 넣어둔 작은 단지에 시선 이 멈추자 관리인이 잽싸게 밤을 한 움큼 집어서 순사의 제복 안주머니에 쑤셔 넣었다. 순사는 말없이 웃었다.

잠시 후 수색대 무리는 그들의 배에서 나가 다른 배 쪽으로 걸어갔다. 포주가 막 덮개를 덮으려는 순간, 경찰 하나가 되돌 아와서 말을 전했다.

"이보게, 라오치에게 전하게. 순사가 좀더 조사할 게 있어 다 시 올 거라고. 알겠는가?"

"지금 말이오?"

"야간 순찰이 끝나면 올 걸세."

"진짜 온단 말이오?"

"내가 언제 거짓말한 적이 있던가?"

포주의 싱글거리는 표정을 본 젊은 남자는 의구심이 들었다. 순사가 왜 다시 와서 라오치를 조사하겠다는 건지 이해할 수 없었다. 하지만 라오치가 자려고 누운 모습을 보는 순간, 저녁 나절에 밀려왔던 화가 가라앉았다. 그는 아내와 화해하고 침대 밑에서 소소하게 대화를 나누기 위해 침대 모퉁이에 우두커니 걸터앉았다.

포주는 남자의 마음과 본능을 이해하면서도 한편으로는 철부지 같다는 생각이 들었다. 그녀는 라오치에게 슬쩍 속삭였다. "순사가 곧 올 거야."

라오치는 입술을 잘근 깨물며 별다른 대꾸 없이 한동안 멍하니 있었다.

남자는 이른 아침에 일어나자마자 묵묵히 짚신을 정리하고 담배를 챙기며 떠날 채비를 했다. 원점으로 되돌아가야 하는 순간이었다. 그는 뭔가 할 말이 있지만 차마 입을 떼지 못한 채 낮은 침대에 앉아 있었다.

라오치가 먼저 물었다. "어제저녁에 아버지 집에 가서 점심 먹기로 했다면서요?"

"……" 남자는 대답 없이 고개만 저었다.

"특별히 생각해서 술자리를 마련한다는데 거절할 셈이에요?"

"……"

"연극도 안 보고 갈 거예요?"

"……"

"붉은색 고기만두가 한나절 후에나 나와요. 당신 그거 제일 좋아하잖아요."

"……"

남자의 결심이 확고하다는 것을 확인한 라오치는 난감할 따름이었다. 뱃머리 쪽으로 나와 잠시 머뭇거리더니, 가방에서 어제 그 병사들이 주고 간 지폐 넉 장을 꺼내 남자의 손에 쥐어주었다. 남자는 여전히 말이 없었고, 라오치는 그의 마음을 헤아리려고 애썼다. "아주머니, 나머지 석 장도 주세요." 라오치는 포주에게 건네받은 지폐들도 남자의 오른손에 마저 쑤셔 넣었다.

남자는 체머리를 흔들며 지폐들을 바닥에 내팽개쳤고, 크고 두툼한 손바닥으로 제 얼굴을 가리며 어린아이처럼 울기 시작했다.

심상치 않은 분위기에 우두어와 포주는 배 뒤편으로 슬그머니 빠져나갔다. 우두어는 다 큰 어른이 저렇게 통곡하는 모습이 참 이상하고도 우습다고 속으로 생각했다. 그녀는 조타실에 서서 기둥에 그대로 걸려 있는 호금을 망연히 바라보았다. 노래 한 곡 부르고 싶은 마음이 들었지만, 어찌 된 영문인지 소리를 낼 수 없었다.

관리인이 멀리서 온 손님을 대접한다고 다시 배를 찾아왔을 때, 배에는 포주와 우두어만 덩그러니 남아 있었다. 부부는 이미 고향으로 떠난 뒤였다.

19년 4월 13일 우송吳淞에서 탈고

23년 7월 21일 북평北平에서 수정

(『충원자집從文子集』에서 발췌)*

---

* 본 작품은 1930년 4월 10일 『소설월보』 제21권 제4호에 발표되었다. 필명은 선충원.

부부

신경쇠약증에 걸려 요양차 ××촌에 내려와 머물던 황璜이 앞마당 유자나무 옆에서 저녁 식사를 하던 때였다. 그의 식사에 유난스럽게 신경 쓰는 주인이 차려낸 닭볶음에 피가 그대로 묻어 있었지만 이제는 체념했다. 그때 누군가 밖에서 소리쳤다. "어서 가보자고. 한 쌍을 잡았다는군!" 큰일이라도 터진 듯 다급한 목소리였다. 놓치면 안 되는 볼거리가 생긴 것처럼 온 마을이 들썩였다. 황은 그런 구경꾼 무리에 섞이는 걸 달가워하지 않는 편이었지만, 그날따라 이상하게 마음이 동했다. 밥그릇을 내려놓은 그는 대나무 젓가락을 손에 든 채 문밖으로 나가보았다.

행인 하나가 남쪽으로 달려가며 주변 사람들에게 급히 말을 전했다.

"바다오八道 언덕 쪽이오. 바다오 언덕에 재미난 일이 생겼다는구면요. 생각 있으면 가보시오, 어서요! 곧 연대로 넘겨질 테니."

황은 무슨 상황인지 종잡을 수 없었다. 마을 사람들이 우르르 몰려가는 걸 보니 뭔가 흥미로운 일이겠거니 추측할 뿐이었다. 하지만 이런 시골에서 흔히 '흥미롭다'고 하는 일은 도시 사람들의 상상을 초월하는 것들이었다.

그는 야생 멧돼지 두 마리를 생포했나 싶은 생각에 직접 확인하러 가기로 했다.

옆 사람과 이야기하며 무리를 따라가던 갑甲씨도 평소 잘 다니지 않는 언덕길을 종종걸음으로 올라 모퉁이 뒤편 인파 쪽으로 향했다. 여전히 사태 파악은 되지 않은 가운데 사람들이 뭔가를 겹겹이 에워싸고 있었다. 돌진하여 인파 속을 파고들던 갑씨는 황도 무리에 섞여 올라온 것을 보고, 시골 구경거리를 이 도시 손님에게 꼭 보여줘야 한다는 생각이 스쳤다. 인파를 뚫는 그의 과감한 손짓에 사람들도 흔쾌히 길을 터주었다.

그 순간 눈앞에 모든 실체가 드러났다.

잡혀온 것은 다름 아닌 두 사람이었다. 생포된 멧돼지 구경을 기대했던 황은 실망했다.

반면 마을 사람들은 황이 함께 지켜보고 있다는 사실만으로도 한껏 들썩였다. '도시 사람과 현장에 함께 있다'는 일종의 동질감 때문이었을까, 다들 회심의 미소를 지었다. 생경한 양복 셔츠 차림을 신기한 듯 쳐다보던 시골 아낙들은 '멀끔하게 차려입는 도시 사람들도 이런 일을 겪는지 궁금하다'는 표정들이었다. 황은 자신의 머리며 구두, 밑단을 걷어 올린 얇은 융단 바지에까지 강하게 와서 꽂히는 주변 시선들이 고스란히 느껴졌다. 그는 자신을 향한 사람들의 관심이 포승된 두 사람에 못지않다는 것을 깨달았다. 그런 와중에 무리에 휩쓸려 묶여 있

162

는 두 사람 쪽으로 다가갔다.

그는 밧줄에 묶인 자들이 젊은 남녀라는 사실을 근거리에서 확인하고는 더욱 놀랐다. 남녀는 모두 앳된 시골 사람들이었다. 여자는 동정의 마음이라고는 추호도 없어 보이는 사람들 앞에서 숨죽여 눈물을 흘리고 있었다. 누가 그랬는지 알 수 없지만 여자의 머리 위에는 들꽃 한 줌이 엉성하게 꽂혀 있었다. 등나무 넝쿨로 고정된 꽃부리는 여인의 머리가 흔들릴 때마다 공중에서 우아하게 출렁거렸다.

군이 말로 설명하지 않아도 무슨 상황인지 훤히 보였다. 황은 저들이 죄를 저질렀다고 한들 기껏해야 젊은 남녀들이 흔히 하는 그런 행위가 아니었을까 짐작했다.

눈치 빠른 갑씨가 '도시 손님'인 황에게 자초지종을 설명했다. 상황인즉슨 누군가 남쪽 산을 지나가다 산자락 풀숲에서 이 둘을 발견했다고 한다. 이 젊은이들이 백주 대낮에 남들의 시선은 아랑곳하지도 않고 누가 봐도 볼썽사나운 짓을 하고 있었으며, 그 장면을 목격한 자가 근방 사내들을 불러 모아서 둘을 붙잡아왔다는 것이다.

잡아오기는 했으나 그다음 조치는 그들 몫이 아니었다.

이렇게 붙잡아놓은 이상 번거로워지는 것은 향장이었다. 사람들은 곧이어 붉은 천으로 덮인 탁자 앞에 선글라스를 낀 향장이 앉아 그들을 심문할 거라고 기대했다. 사실 이들이 왜 붙잡혀왔는지에 대해서는 붙잡은 자도 붙잡혀 온 자도 분명히 알지 못했다. 그러나 진땀 나도록 숨을 헐떡거리며 벌이던 그 짓을 그냥 두지 못하고 기어이 붙잡아 끌고 온 사내들은 내심 흡족해 보였다. 부녀자들은 이 남녀의 곁으로 다가와서 남사스럽다는 듯 손가락으로 얼굴을 긁었다. 아무리 날씨가 좋아도 한낮에 남자와 그런 일을 하는 건 아니라는 표정들이었다. 젊은 시절 치기와 어설픔을 잊은 지 오래인 노인들은 자식이 생긴 후로는 마을 규율이 꼭 필요하다고 수긍하는 입장이기에 연신 고개만 내저었다.

산 위에서 들려오는 누군가의 피리 소리에 황은 고개를 들어 하늘을 올려다보았다. 잔잔한 저녁 바람이 얼굴을 스쳤고, 하늘에는 이미 노을이 복숭아꽃 색으로 퍼지고 있었다. 그는 속으로 이 시 같은 풍경에 여자가 빠질 수 없다고 생각했다.

그는 포박된 채 고개를 떨구고 생각에 잠겨 있는 듯한 남자에게 어디에서 왔는지 묻고, 죄를 지은 게 아니라고 말해주고 싶었다.

고개를 숙이고 있던 남자는 황의 검은색 가죽 구두를 발견했다. 시골에서는 흔한 물건이 아니었으므로 제 코가 석 자인 처지에도 검은색 구두의 앞코 부분을 빤히 쳐다보았다. 남자의 눈에는 작은 관처럼 생긴 바지도 신기할 따름이었다. 그때 누군가 남자에게 질문을 툭 던졌다. 다그치고 심문하는 말투가 아닌 온화한 목소리였다. 고개를 들어보니 황이었다. 초면임에도 딱하게 바라봐주는 황을 향해 남자는 억울한 듯 고개를 저으며 애처로운 미소를 지었다.

"여기 사람이 아니요?"

누군가가 나서서 대신 대답했다. "절대 아니지." 워낙 발이 넓은 사람이 한 말이라 틀릴 리는 없었다. 화장을 곱게 한 젊은 여자의 모습만 봐도 이곳 시골 마을 아낙들과는 확연히 달랐다. 그자는 이 마을 여자들의 이름과 생김새를 모두 꿰뚫고 있었다. 황이 도착하기 전부터 여러 번 캐물었지만 젊은 남녀는 묵묵부답이었고, 사람들은 이들의 정체를 알지 못했다.

황은 여자 쪽을 바라보았다. 스무 살이 채 되지 않은 듯한 앳된 여인이었다. 빳빳하게 풀을 먹인 깔끔한 하늘빛 삼베옷을 입고 있었으며, 발그스름하고 곱상한 얼굴에 몸매도 늘씬했다. 여느 시골 여자들과는 사뭇 다른 자태였다. 훌쩍이고 있었지만 수치스러움 때문이라기보다 두려움으로 인한 눈물로 보였다.

황은 젊은 남녀가 가족들 몰래 도망가던 길일 수도 있겠다는 생각에 안쓰러움이 밀려왔다. 그는 이 둘을 붙잡으려고 혈안이 된 무리로부터 벗어나게 해줄 방법을 궁리했다. 하지만 집주인 친구가 시내로 나가서 연대의 수장이 누구인지 알 길이 없었다. 이대로 두었다가 마을 사람들이 얼마나 더 어리석은 짓을 벌일지 알 수 없는 노릇이었다. 그들은 두 사람에 대한 참견이 너무나 당연한 것처럼 행동하고 있었다. 여기까지 생각이 미칠 무렵 누군가가 나서서 제안했다.

부스럼투성이 얼굴에 큼지막한 주먹코가 벌겋게 달아오른 사내가 인파를 비집고 들어왔다. 여태 술을 마시다가 구경거리가 생겼다고 이곳까지 득달같이 달려온 모양이었다. 그는 털이 북슬북슬한 커다란 손으로 여인의 얼굴을 더듬으며, 남녀의 옷을 벗겨 싸리나무대로 흠씬 두들긴 후 향장에게 넘겨야 한다고 주절거렸다. 제 딴에는 그보다 더 합리적인 처분은 없다고 여기는지 꽤나 당당한 모습이었다. 그는 황당하고 기가 막힌 주

장을 계속 큰 소리로 지걸였다. 누군가 이 자리에 '도시 사람'
도 있다고 귀띔하며 끌어내지 않았더라면 주위에서 뭐라고 하
건 계속 꺼떡댈 기세였다.

부녀자들도 치를 떨며 분개하긴 마찬가지였다. 채신없이 산
에서 남자와 동침한 것이 못마땅했던 여자들은 옷을 벗기는 것
에는 동의하지 않았지만 매질로 벌하자는 데는 동조했다. 혼쭐
을 내서 경거망동한 대가를 치르게 하자고 했다.

어른들의 말에 어린아이들도 덩달아 들떠서 여기저기 흩어
져 싸리나무대를 찾아다니기에 바빴다. 집에서 채찍으로 등짝
을 맞는 일이 다반사여서인지 도둑이나 동물을 때리는 일에 아
이들이 유난히 호들갑을 떨었다.

황은 심상치 않은 분위기를 속수무책으로 지켜볼 수밖에 없
었다. 그때 마침 군복 차림을 한 인물이 무리 쪽으로 달려왔다.
그의 등장에 사람들은 술렁였고 앞다퉈 경과를 보고했다. '연
대장'으로 불리는 그가 이 마을의 유력 인물임을 확신한 황은
이제 상황이 어떻게 진행되는지 유심히 지켜보았다.

그는 흐트러짐 없이 근엄한 도시 군관들의 표정을 흉내 내며
찌푸린 미간에 입을 꾹 다문 채 사람들을 주시했다. 주변을 살
피던 그의 눈에 황의 모습도 들어왔다. '도시 사람'이 섞여 있
어서인지 사내는 자신의 신분을 더욱 분명하게 드러내려고 했
다. 아이들과 부녀자들이 대단한 묘안을 기대하며 주변으로 빙
모여들자, 그는 손사래를 치며 사납게 고함을 질렀다. "물러들
서게!"

그의 곁에 몰려 있던 무리들이 비틀비틀 뒷걸음질을 치며 흩

어졌고, 주위 사람들은 그 모습이 웃겨도 차마 웃을 수 없었다.

사내는 길가에서 꺾어온 듯한 강아지풀로 억울해하는 남자의 얼굴을 간질이며 심문하는 말투로 물었다.

"어디서 왔나?"

질문을 받은 남자는 잠시 머뭇거렸다. 연대장의 귀 옆에 난 붉은 사마귀가 눈에 들어왔다.

"야오상黑上 사람입니다."

그 한마디가 이미 충분한 자백이 되었는지, 연대장은 이어서 한결같은 어투로 여자에게도 물었다.

"성이 어떻게 되지?"

말없이 고개를 든 여자는 심문하는 사내와 황을 한 번씩 쳐다보고는 다시 얼굴을 푹 수그려 발만 응시했다. 여자의 신발에는 봉황 한 쌍이 수놓여 있었는데, 이런 시골에서는 형편이 넉넉한 사람들이나 신을 수 있는 고급 신발이었다. 어디선가 여자의 신발을 두고 비아냥거리는 소리가 들려오자, 연대장은 다소 힘을 뺀 어조로 재차 물었다.

"어디서 왔지? 말하지 않으면 당장 현으로 넘길 수밖에 없네."

시골 사람들은 소송에 휘말려 관가로 끌려가는 것을 으레 두려워한다. 그들에게 관청은 늘 무서운 곳이었다. 위압적인 분위기를 감수하더라도 판결로 상대의 코를 납작하게 해야 하는 경우가 아니라면 되도록 피하고 싶은 곳이었다. 길을 잘못 들었어도 도시로 가는 방향이라고 하면 모골이 송연해지는 사람들이 대부분이었다.

그렇거늘 남자와 함께 나무에 묶여 있는 여자는 이미 체념을 한 것인지, 관가로 끌려가도 두려울 게 없는 것인지 여전히 침묵하며 답을 피했다.

그때 누군가가 보다 못해 소리쳤다. "두들겨 패야 해!" 또 시작이었다. 시골 사람들 딴에는 거짓말을 밥 먹듯이 하는 자들은 관가로 끌고 가서 채찍과 몽둥이맛을 보여줘야 이실직고한다는 믿음이 있었다. 매질이 가장 간편한 방법이라는 단순한 발상에 매여 있었다.

누군가는 맷돌에 묶어 연못에 빠뜨리자는 섬뜩한 제안을 했다.

또 다른 누군가는 남자에게 소변을 먹이고 여자에게는 소똥을 먹이자며 희롱하기도 했다.

……

치기 어린 황당한 제안들뿐이었다.

저마다 온갖 가학적인 방법들을 쏟아내는 가운데 두 남녀는 여전히 입을 떼지 않았다. 그들의 무언無言은 뭘 해도 두려울 게 없다는 암시 같았다. 격앙된 연대장은 거칠고 사나운 목소리로 마을 사람들이 제안한 처벌들을 두 사람을 향해 다시 읊었다. 중론이 이러하니 대중을 거스르면 재판은 당연한 수순임을 돌려서 표현했다.

그제야 여인이 고개를 흔들며 작게 대답했다.

"야오상에서 왔습니다. 황포黃坡를 지나 친척을 만나러 가는 길입니다."

여인의 대답에 남자도 주춤거리며 말을 이었다.

"저도 황포 쪽으로 가는 길이었습니다."

연대장이 물었다.

"같이 도주하는 중이었나?"

여인은 '도주'라는 단어가 거슬렸는지 힘없이 반박했다.

"아니요, 가는 방향이 같았을 뿐입니다."

'같이 도주'한 것이 아니라 '같은 방향'이었다고 하자, 사람들은 길에서 만나 눈이 맞았나보다며 히죽거렸다.

그때 남녀를 현장에서 잡아 끌고 왔던 무리 중 한 사람이 나타났다. 여태 연대장을 찾아 헤맸는지 연대장을 발견하고는 신나게 보고를 했다. 그는 교활하고 능글맞은 눈빛으로 곁눈질하면서 방탕한 이 젊은 남녀가 백주 대낮에 벌인 일을 낱낱이 설명했다. 행위 자체는 나무랄 것이 아니지만, '맑은 날 벌건 대낮'에 했다는 것이 문제였다. 훤한 낮 시간대에 이 마을 사람들은 일을 하고 있든지 졸고 있든지 둘 중 하나였다. 그 외의 다른 일을 하는 것은 그들에게 상식 밖의 행동인 듯했다. 더구나 남녀가 즐긴 그 일은 대낮에 밖에서 할 행동은 더더욱 아니라고 여겼다.

내막을 알게 된 연대장은 그들이 돌팔매를 당해도 싸다고 생각했다. 다만 처분을 내리기 전에 좀더 구체적인 신원 파악이 필요했다. 무릇 남녀 관계와 관련된 일들은 관례에 따라 벌금을 물리거나 집안의 소 한 마리를 관가에서 몰수했다. 잘만 하면 관리들은 중간에서 본인의 몫을 슬쩍 따로 챙길 수 있었다. 잿밥에 더 관심이 커진 그는 한층 부드러워진 표정으로 끈질기게 자백을 받아냈다.

남자는 결국 모든 것을 털어놓았다.

연대장은 남자의 집안 사정과 재산, 가족들을 알아내고는 뿌듯한 미소를 지었다. 놀랍게도 포박된 남자가 털어놓은 전말은 다음과 같았다. 그는 사실 여자의 남편이었다. 이제 갓 결혼한 신혼부부였던 것이다. 둘은 함께 황포에 있는 처가로 가는 길에 이곳을 지나게 되었다고 했다. 날씨가 너무 좋아 볏짚 더미 위에 앉아 잠시 쉬던 중 꽃향기가 실린 바람과 새소리에 혈기 왕성한 젊은 남녀의 욕구가 동했고, 그러다가 여기까지 잡혀왔다는 것이다.

남자의 해명에 사람들은 두 남녀가 지나다가 눈이 맞은 사이가 아님을 인정할 수밖에 없었다. 불장난 같은 사랑이 아니어서 시시하게 마무리될 법도 하지만, 어떤 이들은 오히려 처벌 수위를 더 높여야 한다고 했다. 벌금을 물릴 명분이 없어도 여전히 매질은 해야 한다고 주장하는 사람들도 있었다. 연대장도 남자가 그들이 실제 부부임을 털어놓자 태도가 더욱 완고해졌다.

부부가 대낮에 남들의 이목은 신경 쓰지 않고 정사를 벌였다고 하니, 혼자 사는 남자들은 더욱 분노를 금치 못했다. 여자를 원해도 쉽사리 얻지 못하는 사내들에게 이 젊은 부부의 행각은 도저히 용납할 수 없는 것이었다.

사건의 전모를 파악한 황은 마을 사람들의 이러한 반응이 뜻밖이었다. 그는 급기야 연대장에게 다가가서 두 사람을 풀어주어야 한다고 말했다. 연대장은 황의 얼굴을 보며 '서양인의 통역사'가 아닐까 짐작했다. 황의 가죽 허리띠에 당기관이 하사

170

한 특별 증표가 달려 있었기 때문이다. 고지식한 시골 사람처럼 보이기 싫었던 연대장이 손을 내밀어 악수를 청했지만 황은 거절했다. 머쓱해진 연대장은 악수하려던 손으로 바지를 문지르며 단호하게 대답했다.

"풀어줄 수는 없소."

"어째서요?"

"저자들이 우리 마을 사람들을 우롱했으니 처벌은 필요하오."

"저들이 잘못했다고 생각하면 사과만 받고 마저 갈 길 가도록 해야지요. 처벌받을 일은 아니지 않습니까?"

그때 주먹코 사내가 무리 사이에서 소리쳤다. "그럴 수는 없소. 이건 우리 일이오." 주먹코 사내의 어투는 아까보다 한결 누그러져 있었다. 황이 돌아보자 그는 뜨끔해하더니 다급히 고개를 숙이며 쪼그려 앉아 담배를 물었다.

주먹코 사내가 물러나자 황에게 동조하며 죄인들을 두둔하는 사람들도 하나둘 등장했다. 평소 '도시 사람'들을 두려워하고 수다스럽기로는 둘째가라면 서러울 정도로 말이 많은 한 중년 여성도 그중 하나였다. 황의 신분을 알고 있던 마을 사람 중 하나는 연대장의 검은 비단 옷깃을 당기며 그가 누구인지 살짝 귀띔했다. 그 말을 들은 연대장은 고개를 끄덕이며 마음을 누그러뜨렸다. 죄를 뒤집어씌우면 안 된다는 사실은 알지만, 마을 사람들 앞에서 스스로도 면이 서야 하기에 그는 최대한 사무적인 어조를 잃지 않으며 말했다.

"황 선생님 말이 맞습니다. 하지만 마을에서 벌어진 일들은 제 선에서 처리할 게 아니라 부대장님께서 최종 결정해야 합니다."

"제가 부대장을 만나도 되겠습니까?"

"좋습니다. 가시지요. 주민들이 이견이 없다면 저야 괜찮습니다."

황은 연대장의 교묘한 속내를 진작에 간파하고 있었다. 그래서 직접 부대장을 만나서 일을 해결하고자 했던 것이다. 그는 연대장을 따라 나섰고, 사람들은 그 둘을 위해 길을 터주었다.

잡혀온 두 사람도 그들의 뒤를 따랐다. 마을 사람들은 여전히 무리를 지은 채 자리를 뜨지 않고 그들이 부대장의 집으로 가는 모습을 지켜보았다.

어느새 사방에 저녁 어스름이 깔려오고 있었다.

부대장과의 담판에서는 황이 바라던 결과를 얻었다. 더 이상 꼼수를 부릴 수 없게 된 교활한 연대장은 젊은 부부의 손을 묶어놓았던 끈을 풀어주었다. 연대장은 젊은 남자에게 인심 쓰듯 말했다.

"여기 이분에게 감사해야겠군."

사람들이 짓궂게 꽂아놓은 머리 위의 꽃을 빼내던 여인은 꽃을 쥔 손을 그대로 모아 황을 향해 여러 번 읍했다. 남자도 황에게만 공손히 읍을 올렸다. 연대장은 그 사이 아예 자리를 뜬 상태였다. 사건은 이렇게 허무하게 막을 내렸다.

황은 두 젊은이를 배웅하며 밖으로 나왔다. 그들은 여전히 모여서 마당 밖을 지키고 있던 우매하고 참견하기 좋아하는 시골 사람들 앞을 말없이 지나쳤다. 사람들은 황이 옆에 같이 있으니 선뜻 따라붙지도 못했다. 남녀와 함께 산길 입구까지 걸어 나온 황은 걸음을 멈추며 배가 고프지 않느냐고 물었다. 남자는 저녁밥 때 황포에 도착할 수 있다면서, 황포까지 6리 거리밖에 되지 않으니 날이 어두워져도 별빛에 의지해 걸어갈 수 있다고 덧붙였다. '별빛'이라는 단어에 세 사람은 약속이나 한 듯 일제히 하늘을 올려다보았다. 하늘에는 이미 별들이 총총 박히기 시작했고, 먼 산언저리부터 자줏빛 황혼이 퍼지며 지상의 모든 것을 서서히 잠식하고 있었다. 과연 젊은 남녀의 본능을 충동질하고도 남을 환상적인 날씨였다.

황이 그들을 재촉했다. "어서 가보게, 이제는 저들이 더 곤란하게 하지는 않을 걸세."

남자가 대답했다. "선생님, 여기 계속 머무르신다면 며칠 후에 찾아뵙겠습니다."

여자도 거들었다. "하늘이 선생님을 지켜줄 거예요."

그렇게 젊은 부부는 길을 떠났다.

산자락 작은 다리 근처에 홀로 남은 황은 꽃향기가 실린 잔잔한 바람을 맞으며 그대로 서 있었다. 이번 일을 오래도록 잊을 수 없을 것 같았다. 그는 여인의 손에 계속 들려 있던 꽃이 떠올라 먼발치에서 소리쳤다.

"천천히들 가게. 그 꽃은 땅에 버리게나. 내가 처리할 테니."

여자는 미소 지으며 길가의 돌 위에 꽃을 올려놓고 황이 와서 가져가기를 기다렸다. 황이 가만히 있자 남자가 직접 꽃을 들고 되돌아와 주고 갔다.

두 사람의 그림자가 대나무 숲 뒤로 사라진 후 황은 반쯤 시

들어버린 이름 모를 꽃을 들고 돌다리 옆에 앉았다. 잠시나마 젊은 여자의 머리에 머물렀던 희귀한 기억을 지닌 꽃의 향을 맡으니 정체를 알 수 없는 욕망이 스멀거리며 차올랐다.

그는 그날의 일들을 떠올리며 세상이 참으로 편협하다고 느꼈다. 그런 아내가 있었다면 그 자신도 그런 위협에 몰릴 수 있었으리라는 생각에 진저리가 났고, 이곳에 머무는 것이 섬뜩해졌다. 경치는 아름다울지언정 이곳 시골 사람들도 도시인들과 다를 바 없이 매정하고 무미건조하긴 마찬가지였다. 그는 날이 밝는 대로 도시로 돌아가기로 했다.

18년 7월 14일 탈고

22년 11월 수정

(『소설월보』에서 발췌)*

---

* 본 작품은 1929년 11월 10일 『소설월보』 제20권 제11호에 발표되었다. 필명은 선충원.

아진

황니우黃牛 마을 야라鴉拉 대대의 지보*는 시장 어귀 개고기 점포에서 과부와 결혼을 앞둔 아진阿金과 이야기를 나누고 있었다. 그의 언변은 개고기를 먹는 재주만큼이나 좋아서 하루 종일 떠들어도 지치지 않았다.

"아진 간사, 말 돌리지 않고 있는 그대로 다 말하겠네. 듣고 말고는 자네 뜻에 달렸어. 내가 하는 말들은 다 사실이거든. 자네 앞에 닥친 일이니 정말 원하는 결혼인지 따져보고 과감하게 결정하게. 이제 철부지가 아니니까 말일세. 자네는 남들이 못 하는 것들도 척척 해내지 않나. 주판알을 튀기는 솜씨만 해도 대단하지. 술에 취했을 때 아니면 사리 분별도 잘하고. 아내를 들이는 일은 자네가 선택할 부분이네만, 내 말은 여자들이란 성질을 헤아리기 어려운 존재란 거야. 돈 관리를 업으로 하면서도 자기 마누라는 제대로 통제 못 하는 인간들이 쌔고 쌨지 않은가. 군대를 통솔하는 장수들은 또 어떤가. 아무리 독단

---

* 地保: 청대와 중화민국 초기에 지방에서 관청의 업무를 돕는 마을 내 치안 담당자.

적이고 유능해도 여자 앞에서 무너지는 일이 허다하지. 순찰부대 유격대장이 여자 앞에 무릎을 꿇었다는 소문이 왜 파다하게 퍼졌겠나? 현감이 마누라를 무서워하면서 밖에서 연기한다는 말은 또 왜 나왔고? 우리 대대에서 정직하기로 정평이 난 자네도……"

지보는 아내를 들이면 안 되는 사람도 있다는 말을 애써 길게 늘어놓는 참이었다. 어디까지나 좋은 뜻에서 시작했겠지만, 아진은 이쯤 되니 듣기 거북해져 자리를 뜨려고 몸을 일으켰다.

지보는 탁자 위로 손을 뻗어 아진을 잡아당겼다. 꼭 부여잡은 지보의 아귀힘이 어찌나 센지 두 명쯤 거뜬히 눌러 앉힐 법했다.

"뭐가 그리도 급한가! 내 말 듣고 가도 늦지 않네! 우리 대대의 바른 사나이 아진을 내가 조카사위로 찍었다고 사람들이 수군대도 상관없네. 재물에 눈독 들이는 것도 아니고, 명예를 좋겠다는 것도 아니라네. 그저 자네가 하루이틀만 더 생각해봤으면 하네. 어찌 이리 서두르는가? 내 말을 등한시하고 당장 데리고 온들 자네가 그 여자와 오래 살 수 있을 것 같은가?"

"형님, 이거 놓으시지요. 형님 말을 들을 테니!"

지보는 아진을 향해 웃음을 보였다. 그는 아진이 뜬금없이 여자에게 사로잡혀 있는 모습이 우스웠다. 이 지경이면 앞뒤 재지 않고 여자를 들여앉힐 궁리만 하는 것처럼 보였다. 게다가 자신은 왜 오늘따라 이렇게 유독 흥분하며 물고 늘어지는지 스스로도 어처구니없어 웃음이 났다. 결과적으로 아진이 사정하는 모양새가 된 것도 웃겼다. 다만 예전이나 지금이나 지보가 아진에게 늘 진심이라는 것은 분명한 사실이다.

수다스럽고 오지랖이 넓은 지보는 대대 내에서도 '호인'으로 통했다. 이러쿵저러쿵 말이 많기는 해도 악의가 있는 것은 아니었다. 하지만 온종일 도처의 술자리를 돌아다녀야 하는 지보의 입장에서 과묵하고 말을 아끼는 성격이었다면 버티기 힘들었을 것이다. 지현知縣 정도 된다면야 전용 가마에 건장한 몸을 싣고 가마꾼을 부리며 슬슬 다닐 수 있겠지만, 일개 지보로서 언변마저 능하지 못하면 자리보전조차 어려웠을 것이다.

아진이 다시 앉자 지보는 그를 붙잡았던 오른손으로 탁자 위 칼을 집어 들더니 뭉텅 베어서 입 속으로 넣었다. (칼로 벤 것은 개고기다!) 그는 기름진 개고기를 질겅질겅 씹으며 잠시 음미하다가 또다시 아진의 혼사 이야기로 돌아갔다.

"……"

결국 그는 아진에게 하루 더 여유를 두고 생각하도록 했다. 단 하루, 친구의 제안인데 그 정도는 미뤄줄 수 있을 거라고 믿었다. 대놓고 반대할 수는 없기에 지보는 일단 내일 다시 생각해보자며 시간을 벌었다. 내일이 되면 '혁명' 같은 일이 벌어져 세상이 바뀌기라도 할 것처럼 말이다. 아진은 원래 오늘 저녁에 혼사를 확정 지을 생각이었다. 주머니 속 지폐 다발은 예물을 마련할 용도였다. 올해 서른셋인 이 시골 사람은 손으로 지폐를 만지는 데에는 이골이 난 상태였다. 늘 돈만 만지던 손으로 이제는 여자도 품어보고 싶다는 간절함이 마냥 부당한 욕망은 아니지 않은가! 그러나 그는 오랜 친구인 지보의 조언이기도 하고, 게다가 단 하루라고 하니 마지못해 좀더 고민해보기로 했다. 더 생각하고 말고는 자신이 결정하면 되는 것이었다. 좋은 뜻으로 충고하는 친구의 면을 세워주자는 심산으로 결국 승낙하고 말았다.

지보에게 믿음을 주기 위해, 아니 어쩌면 지보가 믿어야 이 자리를 벗어날 수 있을 것 같아서 아진은 백주를 한잔 들이키며 오늘은 절대 중매인 집에 얼씬도 하지 않고 바로 집으로 돌아가겠다고 맹세했다. 지보는 그제야 안심하며 그를 놓아주었다.

아진이 지나가는 시장에는 오늘따라 곳곳에 젊고 고운 자태의 묘족苗族 여인들이 유난히 많았다. 여자들의 목소리가 들려오고 향이 퍼질 때마다 아진은 그 과부 생각이 더더욱 간절해졌다. 오파족烏婆族 여인은 요염하고 신비로운 매력이 있어서 술보다 더 빠져들게 된다고들 했다. 아진이 신부로 맞이하려는 여인도 실한 몸매에 뽀얗고 하얀 피부가 아름다운 오파족 여인 중 하나였다!

어디에서든 돈이 많으면 원하는 일들을 마음껏 할 수 있었다. 돈만 있다면 쓸 곳은 넘쳐났다. 은전 500냥만 지불하면 '나폴레옹'이라고 불리는 셰퍼드 한 마리를 살 수 있고, 은전 천냥이면 송대宋代에 인쇄된 고서적을 손에 넣을 수 있었다. 묘족 자치구에서 나고 자란 아진은 도시 사람들의 생활이 어떤지 알 방법이 없었다. 그는 자신의 넘치는 정력을 한 여인에게 쏟아부을 기회를 얻고 싶다는 지극히 평범한 희망이 있을 뿐이었다. 고급스러운 물건은 부자들이나 누리는 전유물이었다. 여인을 신부로 맞이하기 위한 지참금 비용은 황소 다섯 마리와 맞먹는 액수였다. 그 정도 금액은 내놓아야 남편 자격이 된다고 하니, 그런 여인이라면 아내로 들일 만한 이유가 충분했다.

최근에 과부가 되었다는 여자는 미색이 출중하다고 했다. 미모 때문에 뭇사람들의 입길에 오르내리는 모양인지 항간에 퍼지는 소문들이 지보의 귀에도 들어갔고, 지보는 아진의 오랜 친구로서 책임감을 느꼈던 것이다. 지보가 아진을 그토록 말린 것은 조카딸이 그를 마음에 두고 있어서도 아니고, 자신이 그 여인에게 흑심을 품고 있어서도 아니었다. 이미 약속을 한 이상 아진도 오늘 당장은 중매인 집에 갈 수 없었다.

아진이 곧 새신랑이 된다는 걸 아는 사람들은 꽤 많았다. 오늘 우시장에서 아진을 마주칠 때마다 사람들은 언제 술을 먹여줄 건지 넌지시 물었다. 이 순박한 시골 남자는 "곧이요, 한 달 내로요."라고 신나게 대답했다. 그들이 말하는 '술'이란 곧 잔칫술을 뜻하는 것이었다. 지금이 10월이니 양메이 나무에 꽃이 피는 음력 10월쯤이면 잔치를 치르기에 제격이었다.

여인 생각이 간절해진 아진은 뽀얀 다리를 매만지고 얼굴을 어루만지는 장면이 떠올라 형용할 수 없는 흥분감에 사로잡혔다. 그의 몸은 시장을 배회하고 있지만 마음은 이미 중매인에게 가 있었다.

하루 더 말미를 두고 다시 생각해보기로 맹세했지만, 결국 그의 발걸음은 중매인의 집 쪽으로 향하고 있었다. 하지만 길가 입구 개고기 식당 앞에 다다를 무렵 지보에게 가로막히고 말았다.

"아진, 자네 일이니 난 크게 상관없네만, 그래도 하루 더 생각해보겠다고 약속했잖은가?"

지보는 아진의 마음이 바뀔 줄 알고 미리 기다리고 있었던 것이다. 아진은 그의 말이 채 끝나기도 전에 되돌아갔다.

심지어 지보는 아예 중매인 집으로 가는 길목 어귀로 가서 작정하고 대기했다. 참으로 눈물겨운 관심이었다. 아진은 서둘러 돌아서는 것 말고는 다른 방법이 없었다.

무작정 걷던 아진은 소와 양을 파는 곳에 이르렀다. 아진을 알아본 주인이 소나 양이 필요하냐고 물었지만, 지금 그에게 필요한 것은 사람이었다. 그는 황소 다섯 마리를 살 수 있는 돈을 풍만하고 뽀얀 한 여인에게 쓸 계획이었다. 다른 사람들이 소와 양을 거래하는 모습을 보며 심란해진 그는 자기도 모르게 또다시 중매인 집 쪽으로 발길을 돌리고 있었다. 그러나 멀리서 지보가 누군가와 대화하는 소리가 들렸다. 아직도 그곳을 지키고 있는 지보를 보며 아진은 다시 돌아섰다.

세번째 시도에서는 지보의 옆을 무사히 지나쳤나 싶었지만, 다른 사람이 그를 붙잡고 말을 거는 바람에 들키고 말았다.

네번째 시도를 해볼까 했으나 지인이 지나가며 지보가 아직도 개고깃집에서 꿈쩍도 하지 않고 있다는 말을 전했다. 게다가 자신에게도 아진의 혼사 이야기를 했다는 말에 더 이상 모험을 강행할 마음이 들지 않았다.

지보의 호의는 분명 아진을 위한 것이었다. 그는 그런 마음을 차마 외면할 수 없었다. 그들의 관계가 깨지는 것도 원하지 않았다. 도대체 왜 그토록 중매인에게 주머닛돈을 쏟아붓지 말라고 말리는지 납득이 되지 않았지만, 그의 말도 일리가 있었다. 지보가 남의 일에 이렇게 고집스럽게 오지랖을 부리는 것은 그리 흔한 일이 아니었다. 오늘따라 아진의 혼사에 유독 집착하는 것은 이유가 있어서였다. 관상학 책에 여자의 미색이 너무 뛰어나 남편을 잡아먹을 상이라고 적혀 있었기 때문이다. 오랜 친구가 평생 고생하며 모은 돈을 탕진하지 않았으면 했던 것이다.

결국 아진은 피차 난처해지는 상황을 피하기 위해 지보가 집에 돌아간 늦은 시간에 중매인을 찾아가기로 결정했고, 그사이 시간이나 때우려고 무심코 도박장 안으로 들어갔다. 그가 도박장에서 나왔을 때는 깊은 밤이었다. 지보가 집에 돌아갔는지는 이제 중요하지 않았다. 아진의 주머니는 이미 텅 비어버린 뒤였다. 주머니에 뭉쳐 있던 돈을 순식간에 판돈으로 날려버려서 중매인을 찾아갈 필요도, 이유도 없어 보였다.

며칠 후 아진의 중매인을 길에서 우연히 만난 지보는 혼사가 어떻게 되었는지 물었다. 중매인의 말로는 아진이 지참금을 제때 내지 못했고, 그 바람에 여자는 먼 도시의 비단 장수에게 시집갔다고 했다. 아진의 주머니에 있던 두둑한 지폐 묶음을 직접 목격했던 지보는 그가 자신의 충고를 듣고 미녀 아내를 단념했다며 안도했다. 친구의 앞날을 위해 뭔가 했다는 마음에 왠지 당당해졌다. 그는 오랜 친구의 결단을 축하해주기 위해 술 단지를 들고 한달음에 달려갔다.

17년 12월 완성

(『여관과 기타旅店及其他』에서 발췌)*

---

* 본 작품은 1929년 1월 10일 『신월新月』 제1권 제11호에 발표되었다. 필명은 선충원.

후이밍

가장 먼저 작업에 투입되지만 늘 마지막에 불리는 것이 후이밍會明의 운명이었다. 그가 지내는 곳은 특별할 것 없는 누추한 공간이었다. 솥, 광주리, 쌀자루, 땔감나무 등 보잘것없는 물건들 틈에서 30년을 보내며 그는 지극히 평범한 사람이 되어갔다. 한때 농민이었던 그는 신해혁명辛亥革命 후 직업을 바꿔 부대에서 취사병으로 일해왔다. 윈난雲南의 한 군사단 소속 부대에 있으면서 불 피워 밥을 하고 먼 길을 오가며 물을 길어 나르는 것 외에 별다른 일이 없었다.

그의 생김새는 대략 이러했다—

제법 큰 키에 손과 발, 얼굴이 길었고, 코가 유난히 큼지막했다. 잡초처럼 덥수룩한 수염이 눈에 띄었는데, 길어지면 바로 잘라내서 아래로 늘어지진 않았지만 하관 전체를 넓게 뒤덮고 있었다.

생김새만 보면 장군감이라고 해도 손색이 없었다. 장군의 외형 요건 중 하나가 수염이라면 이미 자격은 충분해 보였다. 역사서에는 신체나 얼굴의 두드러진 특징 때문에 평범한 서민에서 한 시대를 주름잡는 거물로 거듭난 사례들이 종종 등장하지만, 후이밍은 외모적 특징 때문에 오히려 인생을 망친 경우이다.

현재 그는 육군 제47단 33연대의 취사병이다. 33연대 하면 사람들은 홍헌제제 시기* 국민당 군대가 위안스카이袁世凱를 토벌할 당시 구이저우성貴州省과 후난성湖南省 경계 일대에서 벌어졌던 혈투를 함께 떠올릴 것이다. 이미 10년이나 지난 일이었다. 그 당시에도 취사병으로 함께했던 후이밍은 평소에는 요리를 하고 유사시에는 연대장을 따라 총알을 나르며 동분서주했다. 그는 지금도 변함없이 같은 자리에서 일하고 있다. 취사병이 응당 해야 할 일을 하고 있고, 명목상 수입도 여느 취사병들과 크게 다를 바 없다.

지금 33연대에서는 후이밍과 깃발 하나만이 유일하게 10년 전 혁명전쟁에 참가한 전적이 있었다. 33연대의 화려했던 과거를 기억하는 것은 그가 유일했다. 깃발은 늘 후이밍의 몸에 걸쳐져 있었다. 그는 늘 그래왔듯, 취사병으로서의 직무와 부대 내의 거칠고 지저분한 잡무들을 도맡아 하고 있었다. 새로 온 연대장도 이 부대의 역사를 잊은 지 오래된 듯했다.

인간의 야심이 시간에 정비례하여 계속 확장되는 거라면 후이밍은 지금쯤 사령이 되고 싶은 희망을 품었을지도 모른다. 그러나 이자의 삶은 누군가에게 지배당하는 것 같았다. 누군가

---

* 홍헌제제洪憲帝制 시기: 위안스카이가 군주제를 도입하며 스스로 황제라 칭하고 민국 5년(1916)을 홍헌원년洪憲元年으로 고친 시기.

그에게 유난히 과장된 육체와 정신을 부여하고, 그 거대한 육신에 지극히 평범한 마음을 주입해놓은 듯했다. 후이밍은 꼭 두각시나 다름없었다. 경외감을 자아낼 만큼의 거구이지만 실은 강아지처럼 천진난만하고 소처럼 우직하며 온순한 면이 있었다. 그를 영원히 취사병으로 주저앉도록 만든 근원이 어쩌면 그런 천진함과 선량함일지도 모른다. 그는 겉보기와 다르게 마음이 선량한 사람이었다. 사람이 좋으면 바보 취급을 하며 건드리는 자가 종종 있게 마련이었다. 누가 자극해도 그는 늘 너그럽고 여유로웠으며, 분노의 기색을 드러내는 법이 없었다. 하지만 쉽게 화내지 않는 성격 때문에 남들보다 덜 똑똑한 사람으로 치부되며, 결국 취사병 신세에서 벗어나지 못했다.

어느 부대든 원숭이처럼 사지가 짧고 약삭빠른 동료가 존재했다. 이런 동료들이 주동해 바람을 넣기 시작하면 모든 중대원들이 합세하여 후이밍을 바보 취급했다. 군벌 전쟁이 벌어지는 동안 부대 사람들은 별의별 별명을 붙여대며 갖은 방법으로 그를 괴롭혔다. 그는 사람들의 하대와 희롱을 온전히 받아내야 했으며, 달리 저항할 방법도 의지도 없었기에 그렇게 똑똑함과는 자연히 멀어져갔다.

위안스카이 토벌 후 꼬박 10년이 흘렀다. 10년이라는 세월 속에 많은 것들이 변했다. 그사이 호위병이나 건달짓을 하다가 관리까지 올라간 사람들도 많았다. 겉보기에는 후이밍도 미련한 태를 벗은 듯했지만, 그 외에는 거의 변한 것이 없었다. 그는 모진 풍상에도 휩쓸리지 않고 어디에서나 건실하게 잘 자라는 은백양나무 같았다. 여기저기서 날아드는 희롱들을 마음에 담아두지 않았고, 그저 넓은 숲만을 떠올렸다. 숲속에는 가소로운 군법도 없고 겉모습만 따지는 중위도 없으며, 훈장도 돈도 없고, 조소와 옹졸함도 없으리라 생각했다. 그가 떠올린 '숲'은 차이어* 도독都督의 연설에 등장한 것이었다. 그 '숲'은 중국의 변경을 가리킬 수도 있고, 외국일 수도 있다. 그곳에는 국가 보위를 위한 원정군이 개간한 황무지에서 식량을 생산하며 변방을 지키고 있을 터였다.

그곳에서도 여느 곳과 다름없이 명절을 쇠고 보초를 서고 총성이 들리며 잎담배도 피울 테지만, 지금 속한 군영의 모습과는 확연히 다를 거라고 후이밍은 상상했다. 언제 어떻게 그러한 생활을 할 수 있을지 묻는다면 그도 확실히 대답할 수 없었다. 혹은 그런 삶이 관리로 승진해서 돈을 버는 것보다 의미가 있을지에 대해서도 확신이 없었다. 다만 그는 "너의 군기를 보루 위에 꽂으라"고 했던 도독의 그 한마디가 뇌리에 강하게 박혀 있었다. 군기를 늘 몸에 감싸고 다니는 것도 그런 이유였다. 잘 간직하고 있으면 언젠가 쓰일 날이 있으리라는 믿음 때문이었다. 그날이 오면 그는 도독이 지시했던 대로 실행할 것이다.

'바보'라는 소리까지 감수하며 고이 간직한 군기와 그의 근거 없는 이상은 일말의 책임감이었다. 부질없다는 것을 깨닫기 시작하면서부터 그도 이 군기에 대해 함구했고, 그만의 원대한 희망도 혼자 새길 뿐 다른 사람들에게 드러내지 않았다.

---

* 蔡鍔: 민국民國 시대의 군사가로 신해혁명 시기에 윈난에서 신군(新軍, 청일전쟁 후 조직된 근대적 군대) 봉기를 일으켰고, 위안스카이의 황제 등극을 반대했다. 후에 윈난 대한군정부雲南大漢軍政府 도독과 윈난 민정장雲南民政長을 지냈다.

그 무렵 군벌과 반혁명 세력 타도를 목적으로 33연대는 후베이 황저우黃州 전방으로 배치되었다.

지금부터 하는 이야기는 그가 전방으로 간 후의 상황이다.

전쟁은 두려운 일이 아니었다. 이 땅에서 군인이 되면 아무리 겁이 많아도 1년 내에 전방으로 한 번쯤은 배치되어야 했다. 후이밍은 10년이 넘도록 취사병으로 부대를 지켰다. 10년이라는 세월은 중국에서 고위직 관리들이 전쟁에만 혈안이 된 시대였다. 그사이 우매한 자들은 피를 흘렸고, 영민한 자들은 잽싸게 관직을 차지했다. 그동안 숱한 일들을 보고 겪은 후이밍에게 사람을 죽이는 것쯤은 대수로운 일이 아니었다. "군자는 주방을 멀리해야 한다(君子遠庖廚)"느니 하는 소리를 그가 들었다면 책상물림 샌님들이 무심하게 내뱉는 '연민'이란 것이 도대체 뭐냐며 하루 종일 비웃었을 것이다. 땀 흘리고, 굶주리고, 심지어 피를 흘리고 썩어 문드러지는 이곳 생활을 알지도 못하면서 군대 밖 사람들이 '동정' 운운할 자격이나 있는가? 그는 동정 때문도 아니고, 국가의 천도나 통일을 위해서도 아니고, 단지 전방에 나가면 석 달간 보조금이 지급되기 때문에 따라나섰던 것이었다. 본받을 만한 유능한 상관이 있으면 그 뒤를 진지하게 따랐을 뿐이었다.

전방에 배치된 후에도 그의 신분은 여전히 취사병이었다. 그는 늘 그랬듯 주어진 임무에 열의를 다할 것이었다. 일찌감치 짚신 세 켤레와 끈, 철 밥그릇, 잎담배 묶음까지 완벽히 준비했고, 단단한 재질의 부시도 꽤 비싼 값을 주고 사두었다. 드디어 출발일이 다가왔다. 도중에 육중한 군수품을 운송하는 마차가 그의 곁을 지나가다 진흙 모래에 빠져 바퀴가 깊숙이 박혔다. 이를 본 그는 마차를 끄는 말도 다 소용없다며 비웃었다. 어깨에 실린 짐은 무거웠지만 전방으로 향하는 내내 노래를 흥얼거리거나 큰 소리로 떠들었다.

양측 군대는 서로 부딪치는 일 없이 각각 연대 단위로 흩어져서 주둔하고 있었다. 33연대는 언덕 변에 자리를 잡았다. 후이밍은 평소처럼 물을 길러 와서 식재료를 씻고 식사를 준비했다. 힘을 써야 하는 중노동에도 늘 호출되었다. 사무장은 유난히 눈에 띄는 그의 거대한 체구를 비꼬듯이 '과녁'이라고 부르곤 했다. 그럴 때마다 그는 체념한 듯 미소로 응수하며 언제 작전을 개시하는지 나지막이 물었다. 이유는 묻지 않았다. 군벌을 타도해 나라를 구하는 것이 전쟁의 목적이라는 것쯤은 묻지 않아도 알고 있었다. 그런 면에서 그도 마냥 미련한 것은 아니었다.

전방에 군대가 배치된 지 사흘째가 지나도 아무런 움직임이 없었다. 그는 온종일 작전 생각뿐이었다. 낮에는 고되어서 풀밭에 쓰러져 잠들기도 하지만 한밤중에 홀연히 깨어나면 마치 총소리가 환청으로 들리는 것 같았다. 그러면 더 이상 잠이 오지 않았다. 최전선에서 이미 명령이 떨어진 것은 아닐까? 야간 습격이 진행되고 있지 않을까? 다른 곳에서 작전을 개시해서 이미 맞붙은 것은 아닐까? 온갖 상상이 그의 뇌리를 스쳤다. 그는 부들부들 떨리는 몸을 일으켜 조심스럽게 걸어나가 천막 밖의 날씨를 확인했다. 보초병이 제자리에 꼿꼿하게 서 있는지, 아니면 어깨에 총을 메고 왔다 갔다 하고 있는지도 살폈다.

그는 이야기를 나누려고 다가가면서 행여 상대가 놀랄까 봐 기침을 하며 인기척을 냈다. 그의 기침 소리는 부대 내에서 모르는 사람이 없었다. 보초병은 후이밍임을 바로 알아차렸다. 평소 짓궂은 농담을 좋아하는 보초병이 일부러 "구호!"라고 외쳤다. 저녁 구호를 잊어버릴 리는 없으나 그는 "취사병 후이밍"이라고 대답했다. 군대마다 구호는 제각각이었지만 그의 구호는 항상 '취사병 후이밍'이었다. 별다른 저지가 없자 그는 바투 다가가 조심스러운 표정으로 물었다. "형님, 어떻습니까? 별일 없습니까?" "없네." 보초병은 무심하게 한마디 내뱉고는 걸음을 떼며 움직였다. "총소리를 들은 것 같습니다." "꿈이겠지." "깬 지 한참 되었습니다." "허튼소리." 대화가 잠시 끊겼지만 그는 온 정신을 집중해 먼 곳의 소리에 귀 기울이며 곧바로 다시 말을 걸었다. "들어보십시오, 형님, 뭔가 심상치 않습니다. 못 느끼시겠습니까?" 그런 일 없다는 대답이 돌아와도 그는 고집스러운 아이처럼 목소리를 낮춰 말했다. "분명 뭔가 있습니다. 말이 울부짖는 소리를 들었단 말이죠." "자네 숨소리겠지." 지청구를 듣고도 그는 마음이 놓이지 않았고 무슨 이야기든 하고 싶었다…… 전투 사망자 숫자에 관한 이야기도 좋고, 생사를 다투는 현장에서 겪었던 일화도 좋으니, 뭐라도 이야기하고 싶은 마음이 굴뚝같았다. 하지만 더 이상 되돌아오지 않는 반응에 돌아설 수밖에 없었다. 으슬으슬 한기를 느낀 그는 크고 작은 별들로 뒤덮인 하늘을 올려다본 뒤 평소와 다름이 없음을 확인하고 막사 안으로 돌아갔다.

전투는 그에게 이로운 것이기도 했다. 싸움이 벌어지면 매번 피로와 허기에 시달려야 했지만, 팽팽한 긴장 속에 얻는 묘한 쾌감도 있었다. 적들이 퇴각하며 무질서하게 엉키는 모습, 허둥지둥하는 모습, 공포스럽고 침울한 모습들을 지켜보는 것이 그에게는 소득이었다. 그러나 이 전방에서 그가 기대하는 것은 그뿐만이 아니었다. 그는 기왕 전투를 벌일 요량이면 최대한 일찍 손을 쓰는 게 낫다는 생각이었다. 날씨가 좋아야 사람들의 정신도 온전할 테니 말이다. 작년 6월 무렵 후베이성 서쪽에서 벌어졌던 전투가 그의 머릿속에 맴돌았다. 널브러진 시체 더미에서 악취가 진동했고, 하루만 지나도 온몸에 구더기가 들끓었다. 죽은 사람들의 얼굴은 시퍼렇게 변해 됫박처럼 부어오르고 배도 금방이라도 터질 것처럼 부풀었다. 군인으로서 목숨을 바쳤으나 죽어서는 구더기투성이에 악취로 뒤덮인 추한 주검으로 남을 뿐이었으니, 비록 '적'이라 해도 총알이 머리를 스치듯 섬뜩하고 불쾌한 기분이 드는 것은 어쩔 수 없었다. 날씨가 하루가 다르게 더워지는데 전투를 계속 미루다가는 머지않아 작년과 같은 상황이 재연될 것이 뻔했다.

악취가 코를 찌르는 처참한 6월을 다시 겪지 않기 위해서라도 그는 작전 개시 명령이 하루라도 빨리 떨어지기를 간절히 기다렸다.

하지만 전방은 고요했다. 후이밍이 원하는 동요의 조짐은 전혀 보이지 않았다. 대대가 ×× 지역에 집중 배치된 후로는 평화 국면이 이어지고 있었다. 이대로 계속 유지될 가능성이 있다는 희망적인 소식도 전해져왔다.

이러한 평화 상태가 유지되는 것이 사실이라면, 그로서는 달

갑지 않은 소식이었다. 이 전쟁은 시작만 했지 종전에 대한 기약 없이 한없이 늘어지고 있었다. 그 과정에서 이미 많은 이들이 인내심에 한계를 느끼고 있었다. 사람들은 전투를 진심으로 원하지는 않지만, 필요하다면 전쟁을 통해 해결책이 나오기를 기대했다. 전쟁에서 이긴 자들은 승전고를 울리고 진 자들은 물러나기에, 결국 충돌을 거쳐야 진정한 평화가 찾아오기 때문이다. 두 진영이 한결같은 지위를 유지하며 버티는 상황은 군인 입장에서 보기에 매우 무료한 것이었다. 그는 그들과 같은 마음이었다. 생사 문제는 지체 없이 해결되는 것이 나았다. 진격도 후퇴도 없이 주둔지에서 제자리걸음으로 버티기만 해서는 득이 될 게 없었다. 더구나 6월까지 미뤄지면 최악의 상황이 된다는 사실은 누구나 다 알고 있었다!

후이밍은 어차피 붙어야 한다면 제대로 싸웠으면 했다. 전투가 시작되면 국경 변방에서 나라를 구하는 그의 상상이 곧 현실로 다가올 것이었다. 그는 낮 시간대에는 만나는 사람마다 붙잡고 도대체 언제 작전이 개시되는지 물었다. 마치 전쟁이 나면 대대장으로 승격되기라도 할 것처럼 진지하고 적극적이었다. 하지만 누구 하나 명확히 알거나 속 시원히 답해주지 않았다. 알고 싶은 마음은 다들 매한가지였지만 명령 하달 전에는 그 누구도 먼저 물을 권리가 없었다. 보아하니 이곳에서 6월을 보내지 않으면 안 될 분위기였다.

닷새 후에도 특별한 징조는 없었다.

엿새째가 되어도 지난 며칠간 그랬듯 모든 것이 조용했다.

열흘이 지나도 별다른 동요가 없자 야간 작전에 대한 그의 관심도 점점 무디어졌다. 한밤중에 요의를 해결하러 막사 밖으로 나갔다가 보초병과 말을 섞는 횟수도 점점 줄어들었다.

그들의 주둔지에서 멀지 않은 곳에 작은 마을이 있었다. 너른 평지에 자리하고 있어서 군대 주둔지로 낙점될 가능성이 희박한 곳이었지만 마을 사람들은 이미 깊은 산속으로 강제 피난을 간 상태였다. 수일간 낌새를 살펴도 긴박한 상황이 벌어지지 않자 산에 올라갔던 마을 사람들이 밭을 살피러 몰래 내려왔다가 가기도 했다. 또 몇몇 대담한 주민들은 황량한 마을 입구에 달걀 같은 팔 거리들을 펼쳐놓고 부대 사람들을 상대로 장사를 하기도 했다.

취사병 신분이었던 후이밍은 전투 시작 전에 포로로 붙잡히지 않게 조심하는 조건으로 어디든 자유롭게 다닐 수 있었다. 마을에 장사하는 사람들이 생기고 나서부터는 그도 하루에 몇 번씩 마을을 들락거렸다. 부대 안 대원들 대신 물건을 사기도 하고 나이 지긋한 시골 농부들과 한담을 나누기도 했다. 특히 마을에서 직접 키워서 파는 작은 잎담배는 그를 마을로 끌어들이는 가장 큰 기쁨 중 하나였다. 금처럼 노르스름한 빛깔에 맛도 나쁘지 않았다. 당장 전투가 시작되지 않는 한 담배는 줄곧 피우게 될 것이다. 마을에서 주는 담배를 피우면 주둔지에 올 때 챙겨온 잎담배 세 묶음은 손대지 않고 그대로 간직할 수 있으니 그로서는 남는 장사였다. 그렇다고 전투를 망각한 건 아니었지만, 그는 귀한 잎담배를 얻어 피우며 수다 떠는 재미에 매일 마을 주민들을 찾아왔다. 이렇게 어울리다 보면 속절없이 기다리는 시간도 그럭저럭 버틸 수 있겠다 싶었다.

마을에서는 지하 토굴에서 묵혔다가 꺼내오는 백주도 맛볼수 있었다. 주량이 세지 않은 그였지만 한 잔 들이키면 기분이좋아졌다.

마을에 가면 대화 상대를 찾기가 쉬웠다. 그가 고수하는 덥수룩한 수염의 내력을 알고 싶어 하는 사람들이 제법 있었다. 그러면 그는 10년 전 이야기를 무용담처럼 늘어놓았다. 거침없이 이야기하다가 중간중간 소심한 허풍을 곁들여 부풀리기도했다. 차이어 도독을 단 두 번밖에 만나보지 못했지만 내친김에 다섯 번이라고 늘려서 말하는 식이었다. 하지만 그렇게 말하고도 금세 잊어버리곤 했다. 한번은 차이어 도독의 목소리와사상에 대해 이야기하다가 허리춤에 숨겨놓은 깃발이 떠올랐다. 그는 사람들의 눈빛을 자세히 바라보았다. 이 마을에 남겨진 이들은 모두 나이 든 노인들이었다. 이야기를 듣는 그들의사뭇 진지한 눈빛에 웃음이 비어져 나왔다. 그 순간 그는 허리에 말아놓은 세모 모양의 작은 깃발을 획 꺼냈다. "보세요. 여기요!" 사람들이 놀란 눈을 크게 뜨자 그는 우쭐해졌다. "보시라고요. 이게 바로 그분이 준 겁니다. 그분은 '용감하게 그곳에 가서 꽂아주게!'라고 말하더군요. 이것을 어디에 꽂아야 하는지 알아요?" 듣고 있던 사람들은 고개를 내저었다. '그분'이누구인지, '어디'에 꽂는다는 것인지 이해할 수 없다는 표정이었다. 그는 천천히 담뱃대를 물며 케케묵은 시절의 이야기를 꺼내기 시작했다. 듣는 사람들도 금세 동화되어 마치 군인들이 꽂은 깃발이 바람에 펄럭이는 현장에 함께 있는 듯한 착각이 들었다. 부동자세로 뙤약볕에 서 있어야 하는 벌만 아니라면 사람들의 뇌리에 더욱 확실히 각인시키기 위해 마을 언덕에 직접 깃발을 꽂아서 보여주었을지도 모른다. '그곳이 일본인지, 영국인지' 묻는 사람도 더러 있었다. 그는 "어떤 나라라고 장담할 수는 없소. 그렇다고 후난성이나 쓰촨성도 아닙니다"라고 대답했다. 그 드넓은 숲을 상상할 때마다 영국이나 일본은 아니지만 중국에서 멀리 떨어진 어딘가일 거라고 생각했다.

러시아라고도 감히 말할 수 없었다. 두려운 곳이라 군대 내에서도 이 나라의 이름은 거론이 금지되었다.

그는 마을 사람들과 허심탄회하게 대화를 나누며 급격히 친밀해졌다. 한번은 주민 하나가 막사에 데려가 키우라며 그에게 암탉 한 마리를 선물해주었다. 그러면서 이 닭이 매일 똥을 쌀 때마다 큰 알을 하나씩 낳을 거라고 귀띔했다. 그는 닭을 품에 고이 안고 돌아와 막사에 방치되어 있던 백목 탄알 상자 안에 넣어두었다. 다음 날 아침에 가보니 과연 나무 상자에 달걀이 한 알 있었다. 그는 달걀을 꺼내 잘 숨겨놓고는 닭에게 밥알을 먹였다. 닭은 다음 날에도 그다음 날에도 어김없이 알을 하나씩 낳았다. 그는 달걀을 손에 넣을 때마다 '감탄스러운' 표정으로 닭을 바라보았다. 암탉도 그 마음을 헤아리는지 단 한 번도 알을 낳는 데 인색한 적이 없었다.

달걀이 하나씩 늘어가자, 그는 이제 매일 암탉을 안고 마을에 가서 수탉과 짝짓기를 하게 했다. 새로운 관심사에 마음이 쏠리면서 전투는 까맣게 잊었다.

암탉이 생긴 후부터 후이밍은 흡사 모정에 가까운 살뜰함으로 닭을 챙겼다. 사람들과 대화하다가도 닭 이야기가 나오면 어미가 자식 자랑하듯 했다. 밤에도 병아리 스무 마리가 삐악거리며 졸졸 따라다니는 꿈을 꿨다. 꿈에서 깨면 더 이상 총소리가 들리는지 귀를 쫑긋 세우지 않았다. 행여 누가 달걀을 훔쳐 가지는 않는지, 길고양이가 닭을 몰아내지는 않는지가 더 걱정이었다.

달걀은 어느새 스무 알이나 모였다.

그사이 후이밍은 부대 공무 외에 개인적인 일들이 부쩍 늘었다. 병아리가 부화할 무렵이 되자 그는 태어날 자식을 기다리는 초조한 아비처럼 이리저리 동분서주했다. 알을 품는 암탉을 향해서는 '제발 잘 견뎌달라'는 간절한 눈빛을 보냈다.

그는 기대감 속에서, 다른 사람들은 혼란함 속에서, 이 세상 어느 한편 사람들은 악담과 저주가 오가는 시간 속에서 스무 날이 속절없이 또 흘러갔다. 드디어 병아리들은 얇은 알껍데기를 깨고 나와 세상의 빛을 보았다. 연노란빛이 감도는 유백색 솜털에 부산스레 짹짹대는 병아리들의 모습에 후이밍은 신이 나서 날아갈 듯했다. 지금 그가 파견된 이곳이 평소 동경하던 곳이 맞다면, 혼자라도 병아리들을 몰고 가 깃발을 꽂고 싶을 만큼 기뻤다.

후이밍이 둥지에 병아리들을 키우고 있다는 소식이 퍼지자 부대 안 병사들도 구경 삼아 찾아왔다. 성의 표시를 하며 병아리를 달라고 부탁하는 병사도 있었다. 그러면 병아리가 누구에게 속하든 관리는 자신이 직접 하겠다는 조건으로 흔쾌히 승낙했다. 그는 구분을 위해 병아리마다 각기 다른 기호를 부여

했지만 차별 없이 똑같이 키웠다. 어느 막사에 가든 병아리 한 마리 달라고 부탁하는 사람들이 꼭 있어서 그는 매번 병아리들의 근황을 속속들이 설명해야 했다.

볕 좋은 날 낮 시간대에는 나무 상자 안 암탉과 병아리들을 바닥에 쏟아놓고 막사 주변을 노닐도록 했다. 그는 웃통을 벗고 담뱃대를 문 채로 그 모습을 가만히 지켜보거나 장작을 패서 장작더미를 속 빈 탑처럼 차곡차곡 쌓아놓았다.

그는 마을에 갈 일이 있을 때마다 병아리 둥지를 가져갔다. 본가 나들이 가듯 데리고 가서 원래 주인에게 보여주었다. 건강하고 활달한 병아리들의 모습에 주인이 감탄하면, 후이밍도 우쭐한 표정으로 담뱃대를 물고 미소 지으며 겸손하게 말했다. "병아리들 덕입죠. 어찌나 영리하고 움직이는 모양새가 앙증맞은지." 그는 주인에게 일부 공을 돌리듯이 둘러말했다. 주인은 또 그 마음을 알아채고 웃으며 대답했고, 그도 감동스러워서 눈물이 맺혔다.

"군인 나리, 이제 전투는 안 한다고 하오?"

"아직 명령이 떨어지지 않았습니다."

"특별히 들리는 소식도 없고?"

"6월에 시작될지도 모르겠습니다."

"전투가 벌어지면 어떻게 되는 거요?" 노인의 뜻은 병아리들이 어떻게 되는지 묻는 것이었다.

후이밍도 그 의중을 파악했다. "이건 우리 연대 모두의 것입니다." 그는 노인에게 병아리들이 누구에게 소속되어 있는지 일일이 알려주었다. "전투가 시작되어도 함께 데리고 전선으로

갈 거예요. 병아리들이 놀라는 일은 없을 겁니다. 믿기지 않으
십니까? 예전에 고양이 한 마리를 전장에 데려간 적이 있었습
니다. 흑백무늬 고양이였는데, 온몸이 까만데 배와 네 발만 뽀
얗게 하얀 놈이었죠. 이 고양이도 참호에서 두 달을 같이 지내
다가 좋은 곳으로 옮겼습죠."

"고양이가 포성을 무서워하지 않았소?"

"사람과 다를 게 없습니다. 아무리 소심한 녀석도 막상 가면
적응해서 대담해지더군요."

"하긴 외국에서는 개들도 전쟁을 한다 들었소만."

"그렇습죠. 개들도 전쟁을 하지요. 우월한 종들은 사람보다
더 영민하다고 들었습니다. 송아지만 한 개가 마차를 끄는 걸
직접 본 적이 있어요."

고양이와 개까지 들먹이긴 했지만, 이 병아리 무리들의 양
육을 위해서라도 후이밍이 점점 '평화주의' 성향으로 돌아서기
시작했음은 분명해 보였다.

닭을 선물한 마을 노인과 이야기를 나누고 나서 다시 막사로
돌아온 후이밍은 닭 상자 옆에 앉아 담배를 피우면서 병아리들
이 자라서 막사 지붕으로 날아가 싸우는 장면을 상상했다. 그
때 누군가 밖에서 다급히 소식을 전했다. 연대장의 명령을 하
달받은 그는 입구에 서서 오늘 저녁 당장 퇴각 명령이 떨어졌
다고 알렸다. 한달음에 달려나간 후이밍은 그를 붙잡고 따졌
다. "이봐, 거짓말이지!" 후이밍임을 알아본 그는 필사적으로
손을 뿌리치며 다른 막사를 향해 걸어갔다. 후이밍은 그 길로

바로 연대장 막사 쪽으로 뛰어갔다.

그는 막사 앞에서 마침 연대장과 마주쳤다.

"연대장님, 이게 사실입니까?"

"뭐가 사실이냐는 건가?"

"제가 듣기로 우리가 곧……"

연대장은 아무런 반응도 하지 않았다. 후이밍은 헐레벌떡 뛰어오느라 이미 숨이 턱까지 차오른 상태였다. 대답 없는 연대장의 어깨 너머로 막사 안에서 누군가 짐을 정리하는 모습이 보였다. 그는 옅은 미소를 지으며 서둘러 막사로 달려갔다.

화의和議 국면이 무르익으면서 수장들은 화해를 결정했다. 영토를 합당하게 분배하고 각 진영의 군대를 20리 밖으로 철수하기로 약속하면서 각지에 내걸렸던 비방 표어들도 전부 철거되었고, 소위 '태평천하' 국면으로 접어들었다. 후이밍의 재산은 나무 상자 하나에 병아리 가족들까지 늘어났다. 부대가 원주둔지로 철수하던 날 후이밍의 짐꾸러미 한쪽에는 아직 개시하지 않은 잎담배 세 묶음이, 다른 한쪽에는 자식 같은 병아리들이 매달려 있었다. 이곳에 올 때만 해도 피비린내가 진동하고 썩어 문드러진 시체 파편, 부패한 내장들이 널려 있는 장면과 마주하리라 생각했었다. 사실 그런 상상을 하지 않은 사람은 없었다. 그런데 예상은 농담처럼 빗나갔다. 기운을 소진하며 비장하고 삼엄하게 명령을 기다렸지만, 결국 장난처럼 허무하게 장정에 마침표가 찍혔다.

전방에서 취사병이었던 후이밍은 원주둔지로 돌아가서도 여전히 취사병이었다. 전쟁을 하지 않으니 그의 상상 속 숲도 아득하게 느껴질 뿐이었다. 보루에 꽂힌 깃발이 바람에 펄럭이는 모습을 볼 수 있다는 희망도 사그라들었다. 하지만 그는 여전히 정성껏 모이를 주며 닭들을 세심하게 돌봤다. 남은 잎담배로 적어도 한 달 이상은 너끈히 버틸 수 있을 것 같았다. 그것만으로도 행복했다. 6월이 오고 날씨는 무더워졌다. 연대의 군인들은 다행히 길바닥에서 썩어 문드러지는 운명을 피해갔다. 후이밍은 부대원들의 미소를 보면서도 그 웃음의 의미를 이해하지는 못했다.

18년 완성, 23년 수정
(『충원갑집從文甲集』에서 발췌)*

---

* 본 작품은 1929년 9월 10일 『소설월보』 제20권 제9호에 발표되었다. 필명은 선충원.

어두운 밤

　두 사람을 태운 대나무 뗏목이 물살의 흐름을 따라 하류로 흘러가고 있었다. 경비 초소 네 군데를 아무런 제지 없이 무사히 통과하고 목적지까지 불과 5리 정도 남겨두었을 때, 뗏목이 강변 갈대밭 습지에 막혀 느닷없이 멈춰 섰다. 정지된 뗏목 바닥 아래로 쏴쏴 물이 흘러가는 소리와 함께 바람에 사락사락 흔들리는 갈대 소리가 들려왔다.

　×× 부대 통신 연락병 뤄이羅易가 젊은 동행자를 질책하는 걸걸하고도 나직한 목소리가 어둠을 갈랐다.

　"어떻게 된 거야, 핑핑! 정신 나갔어? 장난하나? 여기 멈춰 있다가 저쪽에서 알아채고 우리 가슴팍에 총알이라도 쏘아대면 어쩔 거야?"

　상대는 말없이 무릎을 꿇고 앉았다가 다시 일어났다. 어둠에 침잠한 강물 위로 희미한 빛이 어리자 등을 굽히고 있던 모호한 형상의 그림자가 드러났다. 그는 뗏목 반대편으로 걸어갔다.

　"뭔가에 눌려서 꼼짝할 수 없습니다." 목소리만 들으면 앳된 어린아이 같았다.

말을 끝낸 청년은 노를 당겨놓고 대나무 삿대를 들어 뗏목 좌우로 들쑤셨다. 수심은 얕았지만 물소리가 들리는 것으로 보아 흐르는 물 위에 정지해 있음이 분명했다. 이대로 뗏목이 좌초되는 것을 두고 볼 수는 없었다. 두 사람은 벌떡 일어나 삿대 두 개로 물 밑을 찍고 한 방향으로 기를 쓰며 밀었다. 수면에 걸쳐 있는 배가 다시금 물살에 합류하며 움직이길 간절히 바랐다. 그러나 두 사람의 삿대는 강가 개펄 안으로 깊숙이 파고들기만 했다. 아무리 용을 써도 뗏목은 끽끽 소리만 낼 뿐 꿈쩍도 하지 않았다. 그들은 다시 뽑아낸 삿대로 뗏목 앞뒤가 뭔가에 막히거나 걸린 것은 아닌지 구석구석 살펴보았지만 별다른 문제는 없었다. 사방이 물이었고, 분명 뗏목 아래와 옆으로 물이 흐르고 있었다. 좌초 말고는 다른 원인을 찾을 수 없었다.

상식대로라면 뗏목이 여기에 걸려 있을 이유가 없었다. 초조해진 뤄이가 젊은 동행자를 원망했다.

"아직 5리는 더 가야 하는데, 이게 무슨 일이람! 위험한 곳이라는 걸 감지했어야지. 누가 손전등을 비춰보기라도 하면 우린 끝장이라고!"

두려움이나 걱정의 기색이 없는 청년은 상사의 원망을 묵묵히 들으면서 허리춤에서 소총 탄알 함을 빼낸 후 물속으로 들어가려고 바지 아랫단을 말아 올렸다.

물속으로 들어간 그는 중심을 잡고 서서 묵묵히, 그리고 힘껏 뗏목을 밀어냈다. 뗏목이 움직이면서 관절이 삐걱대는 듯한 소리를 냈다. 한시라도 빨리 이 자리를 벗어나려고 바둥거리는 것처럼 보였다. 하지만 바닥 부분이 뭔가에 단단히 걸렸는지 움직이는가 싶다가도 후련하게 빠져나오지 못했다.

그때 뗏목 위에 있던 남자가 말했다.

"살살, 힘을 더 빼봐. 자네 힘이 세다는 건 나도 알고 있다고. 옷을 벗고 뗏목 구석구석을 손으로 한번 만져보게. 도대체 어떤 귀신이 우리 길을 막고 있는지. 귀신이 틀림없어. 분명해."

청년이 웃으며 답했다. "분명 뭔가 있어요. 그럼 제가 한번……"

그는 뗏목 주변을 빙 둘러가며 차가운 강물 속으로 손을 뻗었다. 칡 줄기로 뗏목을 동여맨 부분을 확인할 때는 엎드린 채 뗏목 바닥까지 두 팔을 쭉 뻗어야 해서 턱이 거의 수면에 닿았다.

강물이 깊지는 않았지만 질퍽한 진흙 바닥에 발이 깊이 박혀서 빼낼 때마다 힘이 들었다. 천천히 뗏목 반대편 칡 매듭이 있는 곳으로 걸어가 다시 손을 뻗자 뭔가 둥글고 딱딱한 것이 만져졌다. 돌절구였다. 그다음 손에 닿은 것은 밧줄과 옷, 얼음장같이 차가운 사람 몸통이었다. 청년은 경악에 가까우면서 약간의 희열이 섞인 목소리로 소리쳤다.

"귀신! 여기 정말 귀신이 있어요! 이거였어요!"

"어떻게 된 거야?"

젊은이는 바로 대답하지 않고 손을 내밀어 이리저리 더듬었다. 머리카락이 당겨지고 얼굴과 팔이 만져졌다. 사람의 시체가 돌절구에 밧줄로 묶여 있었다. 이 밧줄이 뗏목에 걸린 데다 물속에 있던 또 다른 말뚝이 뗏목 바닥 대나무 틈새에 깊이 박혀서 옴짝달싹할 수 없었던 것이다. 청년은 그제야 조심스레 외쳤다.

"성가시게 하는 놈이 있었네요. 돌절구에 묶여서 물속에 빠졌나 봅니다!"

뗏목 위에 있던 남자가 다급히 지시했다. "어서 끌어당겨서 치워버려!" 멀리서 들려오는 닭 울음소리에 초조해진 그가 급기야는 욕을 뱉어냈다. "이런 뒈질. 살아도 쓸데없는 놈이 돌절구에 묶여 빠졌으면 그냥 조용히 가라앉을 것이지. 죽어서도 훼방질이라니."

젊은이가 물속에서 한참 끙끙대는 모습을 보다 못한 남자는 주변에서 칼을 찾아 뗏목 옆을 탁탁 쳤다.

"핑핑, 핑핑, 손 좀 내밀어보게. 이 칼로 베어내. 그 귀신의 손이 뗏목을 단단히 쥐고 있으면 당장 잘라버려. 더 꾸물거릴 시간 없네. 갈 길이 멀어, 이곳은 아주 위험한 곳이라고! …… 어서…… 흔들어 빼내……"

"귀신 손이 뗏목을 단단히 쥐고 있다"며 다급해하는 그의 모습에 젊은이는 헛웃음을 지었다.

물속에서 칼을 휘두르자 뗏목이 기우뚱 움직였다. 젊은이가 뗏목의 한쪽 끝을 어깨에 걸쳐 들어내려고 발악했지만 역부족인지 제자리걸음이었다.

뗏목은 헛돌기만 할 뿐 빠져나오지 못했다. 강 속에 있던 말뚝이 뗏목 바닥을 이은 대나무와 대나무 사이의 벌어진 틈새에 박혀 있었다. 바닥에 심어놓은 말뚝을 칼로 베어내기란 쉽지 않았다. 물속에 있으니 더더욱 힘이 들어가지 않았다. 제거하려면 뗏목을 해체했다가 다시 연결하는 방법 말고는 없었다.

하지만 그들에게는 그럴 시간적 여유가 허락되지 않았다. 이 뗏목은 원래 하류의 부교浮橋 근처에 도착하면 통과하지 못해도 폐기될 예정이었다. 조급해진 뗏목 위의 남자는 온갖 욕을 쏟아내며 모든 것이 젊은이의 탓이라느니, ××로 돌아가면 집행부에 보고해 업무 소홀로 처벌받게 하겠다느니 악담을 퍼부었다. 그러자 젊은이가 대수롭지 않게 제안했다.

"육로로 가시지요. 날이 밝을 즈음에는 도착할 수 있을 겁니다."

"육로로 가면 놈들이 우리 목에 돌절구를 매달아놓을걸."

"그게 무서워서 가야 할 길을 안 가실 겁니까?"

결국 젊은이가 이겼다. 두 사람은 모제르총 두 정, 칼 두 자루와 물건 몇 가지를 챙겨 제방 위로 옮겨놓고 어둠을 가르며 천천히 제방의 높은 쪽으로 기어 올라갔다. 제방에 오른 두 사람은 길가의 무성한 잡초밭에 숨어서 목적지가 얼마나 남았는지 헤아렸다. 두 번이나 오갔던 길이지만 야간에 강을 따라 걸어가본 적은 없었다. 얼마나 많은 개울과 습지를 지나가야 하는지, 가는 길에 민가는 몇 가구나 있는지, 초소는 몇 군데를 거쳐 가야 하는지 판단하기 어려웠다. 깊은 밤이라 익숙한 별이나 뭔가에 기대어 방향을 식별하는 것조차 불가능했다. 손전등에 의지하며 길을 찾아보려 했지만 칠흑 같은 어둠으로 둘러싸인 주변 어딘가에 적의 감시자가 총구를 겨누고 있을 것만 같았다. 멀리서 빛이 살짝 어른거리기만 해도 총알이 거침없이 날아들 것처럼 오싹했다. 여기서 발각되면 이곳을 통과하지 못하는 운명을 받아들여야 할 것이다. 그러면 임무 수행을 위해 제2진이 또 파견되어 이 모험을 되풀이하게 될 터였다.

잠시 걸음을 멈춘 두 사람은 제방 위를 무작정 걷는 것이 무모하다고 판단하고 다시 아래로 내려갔다. 제방 아래 강가를 따라 난 좁은 길이 며칠 새 물이 많이 빠져서 걷기에 괜찮을 것 같아서였다. 운이 좋으면 작은 배라도 얻어 탈 수 있지 않을까 하는 약간의 기대도 있었다. 더 이상 시간을 지체할 수 없던 두 사람은 앞만 보고 하염없이 걸었다.

그들은 갯벌 위를 한참 걷다가 습지로 들어섰다. 좁은 길 주변이 온통 갈대로 뒤덮여 있어서 그나마 마음이 좀 놓였다. 갈대숲에 들어서자 두 사람의 다리 아래가 미끈거리며 척척해졌고, 역겨운 냄새가 확 올라왔다. 걸음을 옮길수록 악취는 점점 더 역하고 심해졌다.

"분명 여기에도 또 한 놈 누워 있는 게 틀림없어. 조심하게. 걸려 넘어지지 않게."

"뗏목 아래에 있던 그 사람을 좀더 더듬어볼 걸 그랬어요. 우리 쪽 사람일 수도 있잖아요."

"아닐 거네. 누구 짚이는 사람이 있는가?"

"74호는 문건을 바지에다 꿰어놓고, 13호는 궐련 안에 숨겨놓거든요. 그리고 그……"

"명심해, 우린 아직 적지에 있어. 여차하면 우리도 이 바닥에서 썩어 문드러질 수 있다고. 발 아래 조심하게."

뤄이는 주변에 시체가 있을 거라는 확신에 손전등을 아래로 비추며 유심히 살폈다.

성격이 쾌활한 젊은이가 갑자기 그를 멈춰 세웠다. 신경을 곤두세운 두 사람은 숨을 죽인 채 귀를 기울였다. 근처 강에서 노 젓는 물소리가 희미하지만 아주 균일하게 들려왔다. 그들이 있는 곳은 강까지 불과 5장* 정도 떨어져 있었으나, 촘촘하고 빽빽한 갈대숲이 가로놓여 있었다. 두 사람은 위험을 직감했다. 이곳을 통과하는 연락병들을 붙잡기 위해 강 주변을 돌아다니는 순찰선일 가능성이 높았다. 그들이 뗏목을 발견하는 것은 시간문제였다. 뗏목을 수색하면서 제방 옆 갯벌에 난 선명한 발자국들을 보고 즉시 뒤쫓아올 터였다. 모든 것은 하늘에 맡길 수밖에 없었다.

두 사람은 간신히 뭍으로 다시 올라왔다. 강가를 따라가는 운명을 건 도박을 피할 길이 없었다.

그 순간 이 둘 때문에 놀랐는지, 아니면 강 쪽에서 들려오는 노 젓는 소리에 놀랐는지 갈대숲 안에 있던 커다란 물새 한 마리가 칠흑 같은 어둠 사이로 퍼드덕 날갯짓을 하며 날아올랐다. 새는 정처 없이 주변을 크게 맴돌다가 강가 맞은편으로 날아갔다. 그때 배에서 들려오는 말소리가 정적을 깼다. 갈대숲을 수상히 여겨 배를 근처에 대려는 듯했다. 그러나 잠시 후 물새가 날아가는 쪽으로 방향을 틀었고, 여전히 일정한 속도로 유유하게 노를 저으며 강 맞은편으로 멀어져갔다.

배가 갈대밭 가까이로 다가올 때 두 사람은 축축하고 질퍽한 땅바닥에 바짝 엎드려 노 젓는 소리가 들려오는 곳을 향해 숨죽여 총을 겨누고 있었다. 이윽고 배가 멀어지고 위험을 모면했다고 느낀 순간, 그들은 어둠 속에 손을 뻗어 더듬어 서로의 손을 꼭 쥐었다.

---

* 1장丈은 약 3미터이다.

1분 1초도 지체할 수 없던 두 사람은 곧바로 다시 전진하기 시작했다.

몇 걸음 더 걷자 또다시 시체의 악취가 코를 후벼 팠지만, 지나치고 나니 괜찮아졌다. 시체가 길 위가 아닌 갈대밭 어딘가에 내팽개쳐져 있는 듯했다.

그때 젊은 청년이 뤄이를 잡아당기며 멈춰 세웠다.

"왜?"

"기다려봐요. 74호 동지가 틀림없어요. 한번 가서 만져봐야겠어요. 1분이면 돼요."

상사의 기분을 헤아릴 생각은 애초에 없어 보였다. 그는 허리를 굽혀 악취가 진동하는 쪽을 향해 빼곡한 갈대들을 헤치며 성큼성큼 나아가더니 몇십 초 만에 다시 돌아왔다.

"제 말이 맞아요. 바로 그 사람이에요. 부패된 냄새에서도 성격이 고스란히 드러나다니. 살아 있을 때도 두려운 게 없더니 쓰러져 썩어가면서도 용감하네요!"

"뭐 얻은 것이 있는가?"

"구더기만 잔뜩 있습니다."

"그자인지 어떻게 알았는가?"

"그 녀석이 문건을 넣고 꿰매놓은 옷깃을 뜯어봤어요. 옷깃을 만져보니 대번에 알겠더군요."

"자네들 모두 대단하군."

두 사람은 다시 길을 나섰다. 운명이나 책임 따위는 거의 망각한 채 캄캄한 어둠 속에서 종착을 알 수 없는 걸음을 막연하지만 묵묵히 내디딜 뿐이었다.

갈대밭 끝자락에 이르자 또 다른 위험이 기다리고 있었다.

전방에 꺾어 도는 험준한 산벼랑이 나타났다. 이곳을 거쳐가야만 목적지에 도달할 수 있었다. 산 아래로 돌아가려면 나루터를 지나쳐야 했는데, 멀리 모닥불이 타오르는 것으로 미루어보아 누군가 지키고 있음이 분명했다. 산속으로 가자니 낯선 길이라 어디에 위험이 도사리고 있을지 알 수 없었다. 두 사람은 위로 갈지 아래로 갈지 쉽사리 결정을 내리지 못했다. 두 길 모두 위험천만하긴 마찬가지였고, 어느 길로 가야 무사히 건너갈 수 있을지 가늠하기 어려웠다.

지체할수록 기회가 사라짐을 알기에 두 사람은 일단 불빛이 보이는 나루터 쪽으로 걸어갔다. 어두운 쪽에서 불이 있는 곳을 주시하는 것이 반대편에서 불빛에 비춰 어두운 곳을 보는 것보다 동태를 살피기 유리할 터였다. 그리고 사실 강가 쪽 길이 그들에게 훨씬 익숙했다. 또한 불가피할 경우에는 강으로 바로 뛰어들 수도 있었다. 가까이 가보니 모닥불이 타오르는 중이 아니라 거의 사그라지고 있었다. 눈치가 빠르고 영민한 젊은이는 그곳에 사람이 있을 리 없다는 대담한 생각을 하며 주저 없이 걸어갔다. 그러자 나이 든 사내가 그를 붙잡았다.

"핑핑, 정신 나갔구나. 계속 걸어가려고? 더 가면 안 돼!"

"안심하십시오. 벼랑에 머무르던 자가 배를 타기 전에 피운 불일 겁니다. 좀 전에 노 젓는 소릴 듣지 않으셨습니까? 눈속임용으로 일부러 피워놓은 것일 수도 있고요."

이번에도 젊은이의 승리였다. 그들은 불 쪽으로 가까이 다가가서도 경계를 늦추지 않았다. 혹시 계략에 걸려들 수도 있다는 생각에 제방 변에 엎드려 잠시 동태를 살핀 후 들개처럼 천천히 조심스럽게 기어 올라갔다. 과연 그곳에는 아무도 없었다! 모닥불을 지나친 두 사람은 산 고개를 끼고 돌아 길고 긴 평지로 들어섰다. 한쪽은 산으로 이어지는 울창한 숲이었고, 반대쪽으로는 강가를 따라 무성한 풀밭이 뻗어 있었다. 목적지인 ××에 근접하기 전까지 별다른 위험이 없어 보여서 두 사람은 좀더 대범하게 풀밭 옆으로 걷기 시작했다.

그러나 걷기도 잠시 어디선가 들려오는 말발굽 소리가 젊은 사내의 귀에 꽂혔고, 뤄이도 그 소리를 감지했다. 두 사람은 적군의 연락병이 말을 타고 지나가는 거라고 확신했다. 연락병이 수색견을 대동하고 나타나면 사람 냄새를 맡을 게 분명했기 때문에 둘은 다급히 산 쪽으로 틀었다. 희미하게 비치는 그림자에 의지하며 허겁지겁 산을 따라 한참 동안 올라갔다. 잠시 후 예상대로 청석돌이 울퉁불퉁 깔린 산길을 타타타타 밟는 말발굽 소리가 산 중턱 아래까지 근접해왔다. 말발굽 편자가 돌에 부딪치는 마찰음과 말의 입에서 새어 나오는 거친 숨소리가 뒤섞이며 검은 그림자 하나가 빠른 속도로 지나갔다.

산허리에서 걸어 돌아갈 무렵 뤄이는 한쪽 발을 접질렸다.

그러나 ××의 마지막 위험 구간을 최대한 빨리 벗어나야 한다는 일념으로 거의 뛰다시피 걸음을 재촉했다.

위험 지역 관문에 도달할 즈음 마을에서 또다시 들려오는 닭 울음소리가 수면 위로 퍼졌다.

원래대로라면 강 아래로 다시 내려가서 총을 강변 갈대숲에 묻어놓고 물살이 흐르는 방향대로 헤엄쳐서 부교를 통과할 계획이었다. 그러나 뤄이의 부상으로 헤엄치는 것은 불가능해졌다. 강으로 갈 수 없다면 산 정상을 넘어가는 방법뿐이었다. 산 정상으로 난 길은 낯설기도 하거니와 뒤편이 온통 깎아지른 절벽이어서 넘어지기라도 하면 목숨을 담보할 수 없었다. 설사 무사히 올라간다고 해도 결국 정상의 보초대에 발각되면 퇴로가 없었다. 그럼에도 두 가지 방법 중 하나를 반드시 선택해야 했다.

고비 앞에서 뤄이는 애써 화를 억누르며 결단을 내렸다.

"펑펑, 얄궂게도 난 여기서 썩어야 할 운명인가 보네. 이다음에 자네가 내 옷깃을 만져봐 주게. 이 발로 더 이상은 무리야. 물에 들어가도 소용없으니 우리 각자 흩어져서 가는 게 어떤가? 총을 내게 주고 자네는 강으로 건너가게. 나는 산길을 더 들어 천천히 올라갈 테니."

"그럴 수야 있나요? 다리까지 다치셨는데, 제가 더욱 함께 가야지요. 당장 산 위로 가시죠. 여기서 같이 썩는 한이 있더라도!"

그러자 뤄이가 버럭 화를 냈다.

"자네에게 죽을 권리가 있나? 철이 없기는. 둘이 같이 여기서 썩어 문드러지라고? 명령이네. 총 이리 주게. 더 지체하지 말고. 알겠나?"

뤄이가 한 번 더 반복해서 말하자, 묵묵부답이던 젊은이는 그제야 기어들어가는 목소리로 대답했다.

"알겠습니다."

젊은이는 마지못해 허리끈을 풀면서도 뤄이가 걱정되었다. '한 발로 어떻게 산을 오르려고 하지?' 뤄이도 젊은 후임이 마지못해 대답은 했지만 여전히 머뭇거리고 있음을 느꼈다. 두 사람은 작전을 수행하며 이미 여러 번 위험한 고비를 함께 넘긴 각별한 사이였다. 위험천만한 산길을 나이 든 상사 혼자 가도록 차마 두고 보지 못하는 것이다. 하지만 선택의 여지가 없었기에 그는 다시 목소리를 누그러뜨리며 젊은이를 다독였다.

"펑펑, 걱정 말고 자네는 강으로 가게. 나는 총이 두 자루나 있으니 하찮은 목숨 하나 보전은 가능할 걸세. 어서 지체 말고 이 길로 바로 내려가게. 자네가 가는 길도 위험하긴 마찬가지야. 부교 근처에 가서 물속 철망에 막히면 다시 부교 위로 건너가야 할 테니 꽤 힘들 거네! 나는 지금부터 이쪽으로 올라가겠네. 잘 찾아갈 수 있어. 도착하면 이 총을 자네에게 돌려주지. 꼭 돌려주겠네. 목적지에 도착해서 보자고. 이따 만나세."

말하는 자도 듣는 자도 '이따 만나자'는 말이 무모하고 터무니없는 약속임을 잘 알고 있었다.

뤄이는 펑펑의 허리춤에 걸쳐진 총과 탄알 상자를 풀어서 자신의 몸에 매달고는 그의 어깨를 토닥거렸다. 그는 펑펑이 입수하는 것을 직접 확인하고 나서야 산 쪽으로 발걸음을 옮겼다. 펑펑은 이 독단적이고도 친절한 상사가 조직의 규율과 우정까지 들먹이며 등을 떠미는 통에 둔덕에서 서둘러 강가로 이동할 수밖에 없었다.

차가운 강물은 유유히 흐르고 있었다.

강의 중앙까지 묵묵히 헤엄쳐 간 젊은이는 둔덕에 서 있는 상사를 향해 물새 소리를 흉내 내며 알림을 보냈고, 잠시 후 강변 쪽에서 돌이 날아와 물속으로 떨어졌다. 이렇게 두 사람은 신호를 주고받은 후 각자의 길을 갔다.

젊은이는 하류를 향해 조심스럽게 헤엄쳐 가면서도 그간 함께했던 동행자를 계속 떠올렸다. 부교 근처에 거의 다다르자 멀리 양쪽으로 활활 타오르는 횃불이 강물 위로 비치며 일렁였다. 부교는 적군들이 작은 뗏목 어선을 굵은 철망으로 묶어서 만든 다리였다. 양쪽 끝에 보초가 하나씩 있었고, 다리 위에도 순찰 보병이 배치되어 있었다. 그는 머리 일부만 수면 위로 내민 채 강물의 흐름을 타며 움직이고 있었다. 부교에 다다른 그가 물속 철망에 가로막히면 어떻게 건널지 고민하던 찰나, 산쪽에서 연이은 총소리가 들려왔다. 총소리만 듣고도 적군 보병이 쏜 것임을 알 수 있었다. 그 총성 뒤로 뤄이가 지니고 있던 모제르총의 소리는 이어지지 않았다. 이미 적에게 발각되어 총알받이가 되었음이 분명했다. 다행히 강에는 예상과 달리 장애물이 없었다. 부교를 건너 안전거리까지 헤엄쳐 온 젊은이는 고개를 들어 숨을 고르고 있었다. 그때 모제르총 소리가 탕탕탕 일곱 번 울렸고, 다른 종류의 총소리는 멈췄다. 하지만 바로 이어서 또 다른 보병의 총성이 들려왔고, 대응 사격하는 모제르총 소리가 몇 차례 이어졌다.

이후 적군의 총성이 산발적으로 몇 차례 울리더니 한참 후에 모제르총 소리가 한 번 더 울렸다. 그때 부교 옆 모닥불 근처에서 휘파람 소리가 들렸고, 부교 위쪽에서 비치는 작은 손전등 불빛이 수면을 향했다. 젊은이는 재빨리 머리를 물속에 숨기며 필사적으로 다시 하류 쪽으로 헤엄쳐 갔다.

두번째로 머리를 내밀었을 때는 총성이 더 이상 들리지 않았다.

젊은 사병의 몸 아래로는 무심하게 출렁이는 강물이 흐르고 있었고, 사방은 온통 칠흑 같은 어둠뿐이었다. 끝없이 풀어 헤쳐진 어둠에 온 세상이 잠식되어 있었다. 강물의 한기가 그의 몸을 뚫고 들어왔다. 조금 더 내려가면 아군 진영의 횃불이 그를 반길 터였다.

그는 안간힘을 내며 물살을 갈랐다. 곧 그를 비춰줄 빛을 향해 전력으로 질주했다.

......

"구호!"

"1-9, 두건으로 발을 감다."

"한 명인가? 어째서 한 명뿐인가?"

"왜 혼자일 수밖에 없는지 하늘에 따지십시오."

"엇갈린 건가?"

더 이상 대답은 이어지지 않았고, 젊은이가 뭍에 올라 무심하게 물기를 털어내는 소리만 들려왔다.

(전우 정즈찬을 애도하며)

9월 24일 칭다오에서*

---

* 본 작품은 「어둠이 공간을 가득 채운 어느 날 밤黑暗充滿了空間的某夜」이라는 제목으로 1932년 11월 15일 『신보월간申報月刊』 제1권 제5기에 발표되었다. 필명은 선충원. 1934년 5월 『여유집如蕤集』에 수록되면서 「어두운 밤黑夜」으로 변경되었다.

진창

보슬비가 내리던 10월이었다. 창장長江강 중부에 위치한 시내 길가 작은 전당포의 구저분한 탁자 아래에서 추레하고 왜소한 여인 세 명이 각자 가격을 흥정하고 있었다. 그중 한 명은 5마오毛에서 가격을 조금만 더 쳐달라고 실랑이를 벌이다 거래가 무산되기 직전이었다. 여자는 가냘픈 팔을 뻗어 점원이 계산대에서 내던진 낡은 옷 꾸러미를 민첩하게 낚아챘고, 다른 두 여인을 매섭게 흘겨보더니 결연한 표정으로 뒤돌아 나갔다. 하지만 결국은 문밖을 나서려다 말고 머뭇머뭇 돌아보며 다시 물었다.

"이보시오, 1마오만 더 해주면 안 되겠습니까?"

"안 된다니까! 지금 나갔다가 다시 오면 5마오도 못 받을 줄 알아!"

이미 여러 전당포를 전전했지만 5마오까지 부르는 곳은 없었다. 이대로 나갔다 다시 오면 그땐 정말 받아주지도 않을까봐 여자는 마음을 억누르고 문 옆 작은 병풍 모서리 쪽에서 머뭇거리며 하소연했다. "6마오가 꼭 필요해요. 먹을 것을 사려는 것도 아니고 목숨이 달린 약을 사야 한다고요!"

계산대에 앉아 있던 전당포 직원 몇 명이 경멸하는 표정으로 나직하게 비웃었다. 전당포에 옷을 맡기러 온 사람들은 저마다 애처로운 사연과 이유가 있었다. 근래에는 뒷골목 일대에 퍼지고 있는 천연두 때문에 물건을 맡겨서라도 약을 구하려는 사람들이 사방에 널려 있었다. 그러니 약값이라고 호소해도 그들의 눈에는 가소로울 뿐이었다.

냉담한 반응에 울컥한 여인은 문을 박차고 나서려다, 결국 마지못해 계산대 쪽으로 되돌아갔다. 그녀가 꾀죄죄하고 지저분한 보따리를 다시 올려놓았지만 계산대 점원은 바로 가져가지 않았다. "5마오야, 그 이상은 안 돼!"라고 못 박고 여자의 확답을 듣고서야 보따리를 접수했다. 그는 계산대 위에서 보따리를 풀어 헤쳐 낡은 옷 두 벌을 가볍게 털어보더니, 일반인들이 알아들을 수 없는 말들로 상부에 보고했다. 잠시 후 위에서 종이에 적힌 전당표 한 장과 돈이 담긴 봉투가 떨어졌다. 전당표를 멍하니 쳐다보던 여자는 앞가슴 주머니에 봉투를 넣고, 창가 옆 긴 의자에 앉아 반으로 접힌 5마오를 세기 시작했다. 여러 번 반복해서 액수를 확인한 후 다시 봉투에 넣고는 탄식하며 문을 나섰다.

밖으로 나오니 빗발이 점차 거세지고 있었다. 여자는 전당포 계산대 바닥에 버려져 있던 낡은 신문지 몇 장이 떠올랐고, 다시 들어가서 챙겨 나왔다. 신문지로 머리와 어깨를 덮고 전당포 열두 곳이 늘어서 있는 골목을 빠져나왔다.

×× 거리는 ×성 ××시 북쪽에 위치해 있었다. 거리상으로

는 최근 시市 정부에서 신설한 제4호 아스팔트 도로까지 1리 남짓이고, 성벽까지는 반 리 정도 떨어져 있었다. 외국 상인들의 자본이 유입되어 시장이 이례적인 속도로 발전했고, 개항장이 남쪽에서 북쪽으로 확장되면서 이 근방 거리들도 하루가 다르게 바뀌고 있었다. 그러나 이곳이 현지인들 사이에서 일명 '백색 화원'이라고 불리는 하층민 범죄자 전용 감옥에 근접해 있다는 이유로, 개항장은 어느 지점까지 확대되다가 방향을 틀어 동쪽으로 뻗어나갔다. 원래 감옥과 멀리 떨어진 동쪽 지역은 유휴지가 많은 데다 낮고 습한 지대여서 버림받거나 신분이 낮은 하층민들이 모여 살았다. 후에 관가에서 이 구역 땅들을 현지 지주나 자본가들에게 무畝 단위로 팔아넘기면서 곳곳이 구획되어 푯말이 세워졌다. 얼마 후에는 엄청난 양의 모래와 바위들이 운반되더니 곧 매립되었고, 그 위로 수많은 집들이 지어 올려졌다. 동쪽 저지대 초가집에 살던 원주민들은 젊고 기력이 왕성한 일부 인원들만 남아 잡역이나마 전전할 수 있었고, 나머지는 남녀노소 할 것 없이 그대로 쫓겨나서 길바닥에 나앉아야 했다. 이들 중에는 더 동쪽으로 옮겨간 사람들도 있고, 상대적으로 이동이 편한 북쪽으로 이주했다가 상상하기 어려울 정도로 고된 나날을 보내는 사람들도 있었다. 북쪽 지역은 이들이 갑자기 섞여 들어가면서 유례없이 시끌벅적하고 난잡해졌다. 공터 곳곳에 천막들이 들어섰고, 오래된 사찰마다 이주민들이 밀려들었다. 골목 곳곳 부뚜막이나 도축장 선반, 점포 계산대에는 밤만 되면 집도 절도 없는 부랑인들이 몰려왔다. 앞다퉈 자리를 잡은 그들은 헌솜을 뒤집어쓰고 잔뜩 웅크린 채

초점 없이 초췌한 눈을 붙이며 길고 긴 겨울밤을 버텼다.

이곳은 ××시에 속하지만 이런저런 이유로 버려지다시피 해 외딴 구역처럼 방치되고 있었다. ××시 남쪽 지역이나 개발지 주택가에 사는 사람들은 특별히 와서 보지 않는 한 같은 하늘 아래의 도시 안에 이런 곳이 있다는 사실조차 믿기 어려울 것이다.

9월부터 이 지역은 지옥을 방불케 할 만큼 어수선했다. 긴 가뭄 끝에 한동안 궂은비가 이어지더니 원인을 알 수 없는 유행병이 돌기 시작했고, 집집마다 아이들이 천연두에 감염되었다. 전염병은 사람들이 밀집한 곳들을 중심으로 광풍처럼 휘몰아쳤다. 아이가 있는 집이면 어김없이 환자가 있었다. 붉은 종이로 머리를 감싼 아이들, 얼굴이 시퍼렇게 부어오른 아이들로 수두룩했다. 작은 관들도 심심치 않게 눈에 띄었다. 백선당*의 관들이 이곳 빈민들에 의해 모두 소진된 뒤에도 천연두의 기세는 꺾일 줄 몰랐다. 거리마다 대충 싸맨 조그만 체구의 시신을 바구니나 낡아빠진 돗자리에 넣어서 도시 밖으로 옮기는 사람들로 넘쳐났다. 심지어 아침마다 공용 화장실이나 너른 공터, 상점 앞에는 온몸이 퉁퉁 붓고 부르터서 형체조차 알아보기 힘든 작은 시신들이 버려져 있었다.

이처럼 비참하고 무기력한 전염병의 나락에서 잘난 지방 당국이 지방 유지들의 제안에 따라 구제책으로 내놓은 유일한 방편은 시내 번화가로 통하는 길목마다 순경을 배치해 아이를 안

---

* 百善堂: 옛날 각 지방에 있던 자선단체.

고 외부로 나가는 일을 금지하는 것뿐이었다. 당국은 거의 손을 놓고 있었다. 늘 그랬듯이 그나마 백선당 옆 공공병원과 백선당에서 운영하는 약방, 관을 짜는 목공소들이 구제에 나섰지만 관은 금세 동났다. `게다가 엎친 데 덮친 격으로 이 끔찍한 괴질은 사라지기는커녕 어른들에게까지 퍼지기 시작했다. 의술로도 고칠 가능성이 희박했다. 사람들은 격한 바람이 한바탕 불어주기를 고대했다. 거대한 바람이 한번 불어닥쳐야 천연두를 퍼뜨리는 악귀를 몰아내 원래대로 돌아갈 수 있다는 근거 없는 소문들이 떠돌았기 때문이다.

악재를 쓸어줄 바람은 언제 불어올까? 하늘도 손을 놓아 버려진 듯한 이곳에 과연 그런 바람이 불기나 할까? 사람들은 막연한 기대 속에 실낱같은 희망을 품다가 견디지 못하고 죽어갔다. 계절이 바뀌어 때는 바야흐로 늦가을로 접어들었다. 벌써 여러 날째 보슬비가 지루하게 이어지고 있었다. 날씨가 바뀌면서 전염병도 한풀 꺾여가는 모습이었다.

신문을 뒤집어쓰고 처마 아래쪽으로 붙어 걸어가던 여자는 작은 골목을 지나 낡은 양철 세숫대야, 너덜한 나무토막, 깨진 벽돌, 온갖 폐기물들을 얼기설기 얽어 지붕을 만든 허름하고 야트막한 집 안으로 들어갔다. 컴컴한 실내로 들어서자 발 아래까지 흥건하게 차오른 물에 소스라치게 놀랐다. 여자는 신경질적인 목소리로 침대 위에 잠들어 있는 어린 환자를 깨웠다.

"쓰룽, 쓰룽! 어째서 온 집 안이 물바다야? 왜 그런지 너도 몰라?"

어디선가 주워다 침대 용도로 재활용 중인 낡은 편액 위에 누워 있던 환자는 온몸이 후끈거리고 입이 바싹바싹 마르던 참이었다. 그는 인기척에 반색하며 꼬질꼬질한 솜이불 사이로 힘겹게 입을 열었다. "어머니, 오셨어요? 물 좀 주세요!" 아이의 기운 없는 외침에 마음이 약해진 여자가 아랫입술을 잘근거리며 감정을 추슬렀다.

그럼에도 화가 완전히 가시지는 않은 듯 입구에 선 채로 물었다. "대체 물을 얼마나 마신 거야? 묻잖니, 왜 집 안이 이 모양이야? 어떻게 된 거야?"

"뒤쪽에서 웅성거리는 걸 들었는데, 다퉁 회사가 도랑을 파서 물을 흘려보낸다는 것 같아요. 잘은 모르겠지만 사람들이 계속 누군가를 욕했어요."

여자는 아이를 거들떠보지도 않은 채 다급히 집 뒤쪽으로 걸어갔다. 사람들이 무리 지어 도구로 흙을 파내며 둑을 만들고 있었다. 워낙 낮은 지대라 연일 퍼부은 비가 고이면서 곳곳에 팬 물웅덩이에 물이 넘쳐 인근 민가까지 들이치기 일보 직전이었다. 그런데 하필 오늘 주변 공장에서 방류한 물줄기가 저지대 마을로 쏟아져 들어오면서 집집마다 물이 차기 시작한 것이었다.

사람들이 합심해 물에서 퍼낸 흙들이 작은 둑처럼 쌓여갔다. 천연두를 앓다가 구사일생으로 살아난 아이들은 아픔과 굶주림에 시달리다 지쳤는지 흐리멍덩한 표정으로 가족들의 모습을 내려다보고 있었다.

여자는 한창 땅을 파고 있던 한 남자를 향해 '쭈구이祖貴'라고 부르며 자초지종을 물었다. 남자도 이 일로 신경이 곤두서 있었다. "왜 이런 일이 벌어졌는지 하늘만 알겠지! 이 동네 집들이 내일이면 모두 물속에 잠기게 생겼소!"

"자네 집도 물이 들었나?"

"물고기 그물을 쳐도 되겠다니까."

"별다른 방법은 없는 거야?"

남자는 실소하며 물었다. "무슨 방법?" 그는 마침 삽으로 퍼낸 진흙을 둑 위로 던져 올리며 덧붙였다. "이 방법 말고 더 있겠소? 몸으로 때워야지."

근심 가득한 표정으로 물가에서 멀찍이 떨어져 서 있던 또 다른 여인이 말을 거들었다. "이미 당국에 신고하러 갔어요." 그녀는 당국이 나서서 공정하게 해결해줄 거라고 철석같이 믿는 표정이었다.

"시 당국에서는 오히려 이번 일을 빌미로 우리를 쫓아내려 할 거요!" 말을 툭 뱉은 남자는 걸음을 옮기며 삽으로 물속을 파더니 죽통 하나를 건져냈다. "당국 사람들은 하나같이 날강도라니까! 집만 불태우지 않았지, 우리를 속이고 욕하고 모함하고 온갖 악행은 다 했던 거 잊었소?"

그때 누군가 끼어들었다. "막말하지 말게!"

얼굴에 마마 자국이 선명한 쭈구이가 다시 푸념했다. "구역장이 진심이었다면 모든 걸 낱낱이 공개했겠지!"

여자가 슬그머니 말했다. "구역장의 말로는 봉급도 기부하고 솜옷도 나누어 준다고 하던데요!"

"그 솜옷 누구 받은 사람이 있답니까? 원래 그자들은 다 그런 식으로 말하는 거요. 더 교묘하게 구슬릴 때도 있고. 그렇게 말해놓고는 사람을 보내 현판 제작 명목으로 집집마다 돌면서 내일이면 돈을 거둬갈 테지. 지난번에는 신문에 기사를 내야 한다고 200전이나 뜯어갔다고요. 장가네 아홉째가 신문에서 내 이름을 봤다고 그럽디다. 신문에 이름 올라가면 뭐 합니까? 돌아오는 것도 없는데!"

그때 고인 물속 진흙을 파내어 집 옆쪽을 막고 있던 한 노인이 끼어들며 말했다. "득이 없기는? 난 100전만 냈더니 이름조차 없던걸! 100전 낸 사람들은 명단에 적어주지도 않았다네."

쭈구이가 노인을 보며 안쓰러운 미소를 지어 보였다. "신문에 이름이 나왔으면 좋겠어요? 화원에서 매번 한 사람을 찍어서……"

그때 여자가 말을 가로채며 근심스럽게 서 있던 그 여인에게 소리쳐 물었다. "당국에는 누가 신고하러 갔는가?" "서신 업무를 도와주는 장張 사부가 갔어요. 당국에 보고해서 현장에 사람을 보내달라고 하겠다며. 워낙 열성적이시잖아요."

그러자 마마 자국 남자가 비아냥거렸다. "신고 핑계로 간 김에 순경 주임한테 담배나 한 대 얻어 태우고 오겠지."

아까부터 걱정이 한가득이던 여인은 그의 말에 반박했다. "담배는 무슨? 얼마나 심성이 착한 분인데! 여태 우리 편지 쓰는 거 도와주면서 돈 한 푼 받는 거 봤어요? 형제들이 죽었을 때도 직접 들쳐 업고 ××까지 다녀왔는데, 돌아오면서도 눈물을 펑펑 흘렸다잖아요. 누가 무슨 부탁을 하든 장 사부는 다 들어줘요. 내게는 청원서도 써줬다고요. 다른 사람의 부탁을 거절하는 법이 없다니까요!"

쭈구이가 그 말을 받아쳤다. "그럼 뭐 합니까? 좋은 사람인 거 누가 몰라요? 그런데 그게 무슨 소용이에요? 도와주는 건 사실이지만, 과거의 신분을 죽어도 내려놓으려 하지 않잖소. 상사上士였던 케케묵은 군인 시절 이야기에 시대를 잘못 타고났다느니 혁명이 일어나는 바람에 억지로 떠밀려났다느니, 하는 시답잖은 소리만 늘어놓지. 그 사람은 기본적으로 우리보다 더 높은 신분이라고 생각한다고요. 우리를 돕는 건 순전히 동정심 때문이라고요. 돈을 빌려주기도 하지만 누군가가 빌려가면 또 누군가는 바로 갚아야 하잖아요. 금단증상이 오면 담배꽁초라도 얻어 태우려고 순경 주임에게 달려갈 생각이나 하지!"

"순경 주임도, 관공서 사람들도 장 사부를 인정하던걸요!"

"순경 주임이 담배꽁초를 줘서?"

"그래도 그분은 식자識者라고요."

"식자? 식자 망신이나 시킬걸!" 남자가 혼잣말하듯 말했다. "가당치도 않지! 난 염치없는 지식인들은 딱 질색이오. 글자깨나 배웠다고 우리 같은 사람들을 기만하고 위협하고 어르고 속이려고나 들잖소. 정말 넌더리가 날 지경이오……"

걱정 많은 여인은 속으로 생각했다. '어디서 저런 황당한 소리를 주워들은 거지?' 그러면서 손가락으로 다급히 귀를 막고 들어서는 안 될 소리를 들은 것처럼 고개를 절레절레 흔들었다. 쭈구이가 이 말을 시작하면 누구도 막을 수 없다는 것을 그녀도 알고 있었다. 여전히 보슬비를 뿌리고 있는 하늘을 멍하니 바라보던 여인은 문득 해야 할 일이 떠올랐다. 그녀는 무의미한 입씨름을 멈추고 어깨에 걸쳤던 낡은 삼베 천을 당겨 내려 작은 고랑을 건너서 집 쪽으로 사라졌다.

그때 어디선가 구슬픈 통곡 소리가 들려왔다. 물이 가득 들어찬 어느 집에서 가녀린 생명 하나가 또 꺼져버린 게 틀림없었다. 물가에 서 있던 사람들은 어느 집에 초상이 났을지 바로 직감했다. 평소 밥 짓는 연기가 거의 올라온 적이 없던 집이었다. 환자가 있는 집이라면 아무리 찢어지게 가난해도 장례에 사용할 지전*을 준비해두는 것이 상례였다. 침대가에서 지전을 태우는지 푸른 연기가 작은 집을 가득 채웠고, 여자의 통곡 소리와 섞이며 문밖으로 새어 나왔다. 동네일에 나서기를 좋아하거나 평소 친분이 있던 몇몇 이웃이 그 집 쪽으로 걸어갔다.

애타게 물을 찾던 아들을 두고 나온 여자도 서둘러 발길을 재촉했다. 그러다 물에 오래 잠겨서 질퍽하게 퍼져 있던 진흙을 잘못 디뎌 미끄러지고 말았다. 넘어지며 부딪친 선반에서 빈 양철통이 땅에 나동그라지며 요란한 소리를 냈고, 손에 들고 있던 돈봉투도 떨어져 물 위로 흩어졌다.

침대에 누워 있던 아이가 가쁜 숨을 내쉬며 힘없이 물었다. "어머니, 무슨 일이에요?"

여자는 힘겹게 몸을 일으켰다. "오늘 귀신이 단단히 씐 날인가 보다!" 그녀는 흩어진 돈을 줍기 전에 아이에게 다가갔고, 낡은 솜이불 안으로 손을 넣어 아이의 이마를 만져보았다. 물

---

* 紙錢: 동전을 본떠서 만든 돈 모양의 종이로, 주로 불교 장례 의식에서 망자에게 노잣돈으로 활용하라고 관에 넣거나 태우며 죽은 사람의 명복을 빌었다.

항아리로 가서 물을 뜨려다가 찬물을 먹이지 말라던 말이 생각났다. "쓰룽, 차가운 물은 마시지 않는 게 좋겠다. 끓인 물을 가져다주마."

거의 혼미한 상태인 아이는 알아듣기 힘든 작은 소리로 웅얼거렸다.

여자는 침대가에 쪼그려 앉아 물에 흩어진 돈을 더듬으며 한참을 건져 올렸다. 건져낸 돈의 액수가 맞는지 여러 번 세어보고 낡은 천에 싸서 침대 깔개 아래에 고이 넣어두고는, 젖은 손으로 아이의 이마를 다시 만져보았다.

"어머니, 목이 너무 말라요. 찬물 조금만 마시게 해주세요. 가슴이 타들어가는 것 같아요!"

여자는 대꾸 없이 양철통 하나를 들고 나가 물을 끓이고 있는 이웃집에 가서 따뜻한 물을 얻어다가 아이에게 주었다. 물을 받아 든 아이는 단숨에 다 마셨다. 물을 마시고 나자 정신이 들었는지 몇 시인지, 밤이 되었는지를 물었다. 여자는 말없이 머리 위 신문을 벗어 네모 모양으로 접은 다음 침대 아래를 받쳤다. 지금 이 순간 그녀는 전당포에서 받은 5마오로 약을 사야 할지 아껴두었다가 쌀을 사야 할지 고민하고 있었다. 수중의 돈은 고작 몇 푼인데 해야 할 일은 너무 많았다. 무엇을 먼저 해야 할지 쉽사리 결정하기 어려웠다.

목을 축인 아이가 일어나 앉고 싶다고 하자, 여자는 그를 부축해 일으켰다. 침대 아래 물이 흥건했기 때문에 침대 위에 그대로 있게 했다.

여자는 병색이 완연한 아이에게 물었다. "쓰룽, 솔직히 말해

보렴. 좀 나아졌니?"

"훨씬 좋아졌어요. 어머니, 뭐가 그리 급하세요? 어차피 목숨은 하늘에 달려 있지, 우리 손으로 어떻게 할 수 있는 게 아니잖아요."

"오늘따라 유난히 열이 심한 것 같더구나."

"그러게요." 아이는 좀 전에 꾸었던 꿈 생각에 옅은 미소를 지었다. "저 아까 꿈에서 복숭아와 배를 실컷 먹었어요. 요즘 복숭아 나는 곳이 있어요?"

"복숭아가 먹고 싶니?"

"귤이 먹고 싶어요."

"요새 시장에 귤이 나오긴 하더구나."

"생각나긴 하지만 정말 먹고 싶은 건 아니에요. 꿈에서 평소 사지 못하는 것들을 잔뜩 손에 넣었어요! 좋은 것들도 많이 봤고요! 큰 물고기도 봤는데, 크기가 3척쯤 되는 물고기가 닭장에서 불쑥 튀어나왔어요. 이건 무슨 징조일까요? 설마 제가 곧 죽는 건 아니겠죠?"

'죽음'이라는 단어에 심란해진 여자가 서둘러 말을 막았다. "물고기 꿈은 길한 거야……"

그때 입구를 지나가던 동네 아낙이 걸걸한 목소리로 불렀다. "리우댁, 리우댁, 집에 있는가? 아이는 좀 괜찮아졌어?"

"좀 괜찮아졌어요. 고마워요. 집이 온통 물바다이긴 한데, 들어와서 좀 앉으실래요?"

"아니야, 우리 집도 물바다이긴 마찬가지라네! 오늘은 왜 화원에 안 갔어? 벽돌 가게에서 치수를 만났는데, 자네를 한참

224

못 봤다며 묻더라고. 뭐 부탁할 일이 있는지."

"치수 아저씨 댁 아이들이 안 좋아요?"

"몇째 말이야? 둘째는 이미 나았고, 넷째, 다섯째는 진작에 저세상 갔잖아."

밖에서 들려오는 이야기를 함께 듣고 있던 아이가 물었다. "어머니, 왜요? 치수 아저씨의 아이가 죽었어요?" 여자는 다급히 문 쪽으로 나가서 입구를 서성이던 아낙을 향해 더 이상 말하지 말라고 손짓했다.

잠시 후 여자는 아들을 두고 현지인들에게 '백색 화원'이라고 불리는 감옥 쪽으로 건너갔다. 그녀는 감옥 외부로 난 길가에 자리한 담배 가게 앞에서 물건 대리 구매, 식사 배달 등 감옥의 잡일을 도맡아하는 치수와 마주쳤다. 대머리에 얼굴빛이 불그스름한 치수는 왜소한 체격의 노인이었다. 그는 14년 동안 감옥을 드나들며 온갖 잡무들을 도맡아했고, 그사이 반신불수의 아내를 얻었다. 평생 침대 신세였던 아내는 누운 채로 다섯 명의 자녀를 낳아 길렀다. 다섯째가 젖을 뗄 무렵 주어진 소임을 다해 더 이상 존재할 이유가 없다는 듯, 갑작스럽게 오한에 시달리다가 생명의 끈을 놓아버렸다. 서럽게 눈물을 쏟아낸 치수는 부인을 침대에서 흰색 나무 관으로 옮긴 후 교외에 고이 묻어주었다. 낮 시간대에 그는 감옥 사람들을 대신해 물건을 전당포에 맡기거나, 필요한 물품을 사다 주거나, 소식을 알아오거나, 편지를 전하는 등 잔심부름을 해서 수고비를 조금씩 받았다. 밤에 집으로 돌아오면 다섯 아이들과 큰 침대에서 함께 잠을 잤는데, 막내를 제일 가까이에 눕혔다. 낮에 일을 나갈 때면 첫째 아이에게 막내를 잘 보살피라고 신신당부하지만, 간혹 아이들이 흥미로운 놀거리에 정신이 팔려 막내 혼자 집에 두고 우르르 나가버리는 날들도 있었다. 그럴 때면 집 안은 대소변 천지로 난장판이 되었고, 홀로 방치된 막내는 악을 쓰며 울다 지쳐 아무 데나 쓰러져 잠들어 있었다.

나이 든 이 아버지는 어린 자식들이 마음에 걸려 낮에도 틈틈이 집에 와서 들여다봤다. 때로는 막내를 데리고 나가 담장 근처에서 죄수들과 놀게 하기도 했다. 그는 동네에서 '리우댁'이라고 불리는 이 여자와 먼 친척뻘 되는 사이였다. 그래서 그녀도 종종 감옥을 오가며, 죄수들이 대머리에게 부탁했지만 손이 모자라 다 하기 힘든 일들을 대신 맡아 처리하기도 했다. 전당포에 물건을 맡기는 일이나 먹거리, 생필품을 사는 일들은 아무래도 그녀가 흥정을 더 야무지게 잘하고 물건도 꼼꼼하게 잘 골라오기에 감옥 사람들이 오히려 더 신뢰하고 좋아했다. 손도 야무진 여자는 옷 수선 솜씨가 좋아서 천에 삼베 실로 꽃을 수놓거나 허리띠에 매듭을 만들어 감옥 사람들에게 소소한 위안을 주기도 했다. 죄수들 중에는 석방 판결을 받거나 사형 구형을 받은 후 유류품들을 대머리 치수와 리우댁에게 전해달라고 하는 경우도 종종 있었다. 별다른 언급이 없으면 자연스럽게 교도관들의 차지였는데, 그들은 괜찮아 보이는 물건은 전당포에서 돈으로 바꿔달라고 했지만 그다지 값어치가 없는 물건들은 여자에게 심부름의 대가로 넘겼다.

천연두가 창궐한 후로는 동네 집집마다 환자가 속출했다. 이발을 배우러 다니던 쓰룽은 평소 기운이 넘치고 건강하던 아이였다. 주홍색 깃대를 꽂은 짐꾸러미를 짊어지고 하루 종일 사부를 따라 이곳저곳을 전전하며 이발 일을 하다가 전염병에 걸리고 말았다. 과부인 리우댁은 병원을 들락거리며 해열제를 받아다 먹이면서, 아들의 병을 낫게 해달라고 빌러 다녔다. 병수발로 바쁘다 보니 한동안 화원 쪽으로는 아예 발걸음을 하지 못했다.

전염병이 퍼지고 불과 며칠 사이에 아이를 허망하게 떠나보낸 집들이 벌써 여럿 되었다.

치수를 발견한 여자는 먼저 다가가 아는 척을 했다. "치수 아저씨!" 대머리 노인은 행여 아이가 잘못된 것은 아닌지 여자의 안색을 유심히 살폈다. "무슨 일이야? 아들이 떠났는가?" 여자가 말했다. "아니요. 듣자니 아저씨 댁 넷째와 다섯째가⋯⋯"

치수의 얼굴에 살짝 당황한 기색이 어렸다. "우리 집에 잠깐 들렀다 가게. 마침 자네한테 할 말도 있고."

그는 담배 가게 입구 좌판의 향불에 담뱃불을 붙인 후, 머리에 얹은 해진 중절모를 바로 쓰며 앞에서 걸음을 재촉했다. 여자는 적절한 대화거리가 떠오르지 않아 착잡한 마음으로 조용히 뒤를 따랐다. 앞장서 가던 치수는 살아도 아버지 밑에서 고생만 하는 아이들이 안쓰러워 생모가 둘을 먼저 데리고 간 것은 아닐지 생각했다.

여자는 지긋지긋한 전염병을 화제 삼아 이런저런 이야기를 나누다 치수가 전당포에 맡겨달라고 부탁한 은팔찌와 반지를 소매에 넣고 그의 집을 나섰다. 일을 처리한 후 다시 치수에게 돈과 전당표를 전해주고, 또 다른 죄수가 부탁한 물건까지 대신 사다 주다 보니 저녁때가 다 되어서야 귀가했다. 쓰룽은 이미 잠들어 있었다. 그녀는 심부름 값으로 노점에서 산 큰 귤 두 개를 침대 밑에 놓아두고 아들이 깨기를 기다리며 상태를 살폈다. 그새 잠에서 깬 쓰룽은 뒤편 물웅덩이에서 흙을 퍼내던 사람들이 시체를 발견해서 한바탕 난리였다고 전해주었다. "누군지 알면 뭐 하겠니, 땅에 묻히면 끝인걸." 여자는 체념한 듯 무심하게 반응하고는 쓰룽에게 귤을 먹어보라고 했다. "귤을 두 개 사왔다. 먹고 싶을 때 먹으렴." 쓰룽은 귤 하나를 까먹으며 말했다. "오늘은 부침개가 먹고 싶어요. 먹을 수 있을지는 모르겠지만." 여자는 천연두만 떨쳐낼 수 있다면 뭐든 못 먹이겠나 싶었다.

잠시 후 문 앞으로 음식 장수가 꽹과리를 치며 지나가자, 여자는 황급히 베개 아래에서 돈을 꺼내 야식으로 먹을 부침개와 구운 감자를 사 가지고 돌아왔다. 간식 한 보따리를 침대 위에 털어놓고는 배시시 웃으며 물에 젖어 척척해진 신발을 벗었다. 쓰룽은 어머니가 웃는 이유가 궁금해서 밖에서 누구를 만났느냐고 물었다. 그러자 여자가 답했다. "누굴 마주친 건 아니고. 쭈구이가 어이없어서 말이야. 낮에 진흙을 파낼 때만 해도 장사부를 그렇게 욕하더니, 방금 보니 두 사람이 노점에서 같이 술을 마셨나 봐. 서로 자기가 계산하겠다고 옥신각신하고 있지 뭐니. 어차피 둘 다 외상으로 달아놓을 거면서 그렇게들 생색을 내다니."

"그분들도 외상을 할 줄 아네요."

"돈만 생기면 떼어먹진 않으니까 못 할 이유는 없지."

228

"쭈구이 아저씨는 다 나았어요?"

"그 아저씨가 언제 아프다고 무너지는 것 봤니? 아무도 그 사람을 넘어뜨리지 못할 거다. 엿새 동안 누워 있더니 물 좀 마시고 금세 회복된 거 보렴."

"법술을 부릴 줄 아시나. 그런 거 보면 아저씨는 신통력이 있는 것 같아요."

"그럴 리가. 워낙 강하고 억센 사람이라 그래. 단단하면 두려울 게 없는 법이거든."

"장 사부도 좋은 분이에요. 저를 볼 때마다 글자를 알려준다고 했거든요. 관리가 될 것도 아닌데 글자 따위 몰라도 되지 않느냐고 했더니, 글은 꼭 알아야 한다고 했어요. 원하면 가르쳐주겠다고, 글을 아는 것만큼 존귀한 일은 없다고 했어요."

"글자를 알면 당연히 좋지. 남들 돕느라 온종일 바쁜 사람을 쭈구이는 왜 입만 열면 욕하나 몰라. 툭하면 머리가 어떻게 됐다는 둥 물속에 머리를 처넣겠다는 둥, 그렇게 악담을 들어도 화 한 번 내질 않으니 말 다했지. 사람이 너무 물러서 팔자가 드세진 걸 거야!"

"그래도 한쪽은 문예에, 다른 한쪽은 무예에 능하니까…… 서로 보완해줄 수 있잖아요!"

"터무니없는 소리, 함부로 막말하다 큰일 날라!"

"사부님이 그렇게 말했어요."

"그런 막말을 하다가 언젠가 자기 면도날에 입을 베일 날이 올지도 몰라."

모자가 부침개를 먹으며 도란도란 이야기를 나누는 사이 밤은 점점 깊어졌다. 주변 구석구석이 짙은 어둠으로 천천히 물들더니 이내 시커멓게 잠겼다.

그 시각 이웃집에서는 젖은 땔감을 넣어 저녁을 짓는지 연기가 피어오르고 있었다. 젖은 땔감이 아궁이 속에서 타닥타닥 타면서 맵싸한 연기가 온 집 안에 퍼졌지만, 안주인은 아궁이 불빛이나 작은 기름등 불빛에 겨우 의지하며 까만 솥 안에 생선 내장 한 사발과 고추 한 움큼을 털어 넣었다. 아궁이 연기에 매운 향까지 뒤섞여 집안사람들이 고개를 외로 꼬며 연거푸 재채기를 해댔다. 그러나 얼마 후에는 약속이나 한 듯이 다시 모여 축축한 바닥에 서거나 쪼그려 앉은 채 어둠 속에서 저녁 한 끼를 때웠다.

다음 날 쭈구이는 새벽 댓바람부터 과거 상사 신분이었음을 항시 잊지 않는 장 사부와 함께 동네를 돌아다녔다. 간밤에 둘이 상의한 대로 종이 한 장과 벼루, 붓을 들고 집집마다 돌아보며 집 안에 물이 새어 들어왔는지를 확인했다. 돈은 낼 필요 없이 서명하고 인장만 찍으면 청원서를 당국에 보낼 것이며 대표단을 꾸려 공장을 찾아가 배수 중단을 요구하려는데, 동의하느냐고 물었다. 당연히 동네 사람들이 원하는 바였다. 구에서 이번 일에 나 몰라라 하더라도 주민들이 청원서를 제출해놓으면 향후 무슨 일이 생겼을 때 항변의 여지가 있었다.

주민 대표로는 '일문일무—文—武' 조합인 장 사부와 쭈구이가 가장 제격이었다. 평소 무슨 일이 생기면 이 둘이 으레 총대를 메고 나섰으니, 주민들은 이번 일도 그들이 나서주길 바랐다. 하지만 이번에는 여자 주민 몇 명이 합류하는 게 낫겠다는 것이 장 사부의 생각이었다. 장 사부는 경전에 나오는 부녀자 부대의 활약상들을 예로 들어가며 설득했다. 그는 이 일과 청원서상의 표현법 때문에 밤새 쭈구이에게 면박을 당했지만, 결국 소신대로 밀어붙였다. 그는 어떻게든 부녀자 몇 명을 대표단에 영입해야 한다는 생각에 '부디 순舜임금의 어진 마음으로 함께 해달라'고 적었다. 그래야 사람들의 마음이 움직일 거라고 믿었다. 쭈구이는 타박하고 윽박지르기도 했지만, 결국은 장 사부의 말에 따르기로 했다. 때로는 쭈구이도 장 사부의 그런 열정에 감복하지 않을 수 없었던 것이다.

두 사람이 쓰룽네 집 입구에 다다랐고, 장 사부는 쉰 목소리로 소리쳤다.

"리우댁, 리우댁, 집에 있는가?"

침대에 앉아 바닥의 물을 보며 한숨짓고 있던 여자는 익숙한 목소리가 들리자 한달음에 달려나갔다.

"네, 무슨 일이에요?" 하지만 그녀는 물로 흥건한 집 안으로 손님을 들일 수가 없어서 양해를 구했다. "미안하지만 집이 온통 물바다라서요!" 쭈구이가 말했다. "안 그래도 그 물 때문인데 말입니다. 여기 서명하고 이따가 공장에 함께 가주시죠."

여자는 돈을 추렴해서 청원서를 쓰려나 보다 하고 생각했고, 면전에서 거절하기 머쓱해서 조심스럽게 물었다. "쭈구이, 각자 얼마씩 내야 해?"

"돈은 필요 없어요. 할 말이 있으니 잠깐 나가시죠."

그제야 문밖으로 나온 여자는 낡은 옷자락을 여미며 진지한 표정의 장 사부를 쳐다보았다. 그가 결연하게 말했다. "우리 모두 물고기가 될 판인데 허구한 날 괄시만 받을 수는 없지 않은 가! 모든 민족이 평등하다는 민국 시대에 이리 당하고만 있을 수는 없네!"

그가 늘 입에 달고 다니는 말이었다. 여자는 그의 의중을 정확하게 짚어내지 못하고 건성으로 맞장구를 쳤다. "맞아요. 민족이 화합하는 시대에 이건 아니죠!"

"우리도 인간으로서 기본 권리를 요구해야지. 공장 사장을 찾아가 담판을 지을 생각이네."

"어제 당국에 가서 이야기하지 않았어요?"

그는 어제 구역장에게 협박당했던 일을 자초지종 말하기 곤란했는지 얼버무리며 하소연했다. "모든 것이 다 이치대로 될 거야. 억지를 쓰면 나라가 잘 굴러갈 수 없는 법이지."

곤죽탕이 된 골목 중간에 서 있던 쭈구이가 뜬구름만 잡는 장 사부를 보다 못해 끼어들었다.

"나라를 잘 다스리면 천하가 평안하기는 개뿔! 다 같이 가서 대책을 요구합시다. 그들이 이치대로 하면 좋겠지만, 억지를 부리면 우리가 나서서라도 수를 써야지요!"

"갈 거면 다 같이 가요. 두려울 게 뭐 있겠어요."

여자가 나서자 장 사부가 답했다. "리우댁 자네가 대표를 해도 되겠네."

여자는 부녀자 대표가 무슨 의미인지도 모른 채 공장과 당국을 찾아간다는 말에, 모두를 위해 바로 승낙했다. 두 사람은 여자의 이름을 적은 후 쭈구이 집에서 다시 모이기로 약속하고 다른 집으로 향했다.

여차저차해서 청원 대표단은 주민 열세 명으로 꾸려졌다. 장 사부와 쭈구이가 수장을 맡았다. 주민 대표단은 먼저 경찰서로 가서 청원서를 전달한 후 입구에서 한참을 기다렸다. 아무 소식이 없어 사람들이 동요하기 시작하자 쭈구이가 장 사부를 들여보냈다. 장 사부는 낡은 외투의 매무새를 잘 가다듬고 미리 할 말을 준비하는 듯 계속 중얼거렸다. 그와 안면이 있는 사람에게 안으로 들어가겠다고 하니 들여보내주었다.

잠시 후 걸어 나오는 장 사부의 얼굴은 꽤 밝아 보였다. 어제 혼자 왔을 때는 구역장에게 다시 오면 잡아다가 말뚝을 먹이겠노라는 위협을 들었던 터였다. 그런데 오늘은 구역장의 기분이 좋아서 의외로 쉽게 일을 처리한 모양이었다. 구역장의 지시 하달 문서를 손에 들고 나온 그는 사람들에게 소리 내어 읽어주었다.

"대표단이 제출한 청원은 이미 알고 있으니 모두 안심하고 돌아가 차분히 조사 결과를 기다리시오."

서로 얼굴만 멀뚱히 쳐다보던 사람들이 할 만큼 했다는 표정으로 해산하려고 하자, 누군가가 저지하는 소리가 들렸다. "여러분, 자, 신중합시다. 장 사부에게 한 번만 더 들어가서 우리 상태를 확인할 조사원 한 명을 파견해달라고 부탁하는 건 어떻겠소? 다른 건 몰라도 지금 우리 거주지 몰골이 어떤지 한번 확인은 해야 하는 것 아니오?"

그 순간 쭈구이는 집들을 살피는 것보다 조사 인원 한 명이 마을 대표들과 공장에 직접 동행해서 주의를 주는 것이 낫겠다는 생각이 들었다.

이번에도 총대를 메고 들어간 장 사부는 잠시 후 당직 경찰한 명과 대화를 나누며 걸어 나왔다. 사람들이 둘러싸자 그는 쭈구이를 끌어당기며 속삭였다. "우선 공장에 가서 이야기해보고, 우리가 생각한 그건 다시 보기로 하지."

잠시 후 ×× 제철 공장에 도착하자 몇몇 사람들이 나와서 경찰을 막아섰다. 문지기가 청원서를 전하러 다녀올 테니 경찰과 쭈구이, 장 사부에게 수위실에 앉아서 기다리라고 했다. 쭈구이는 들어가지 않고 다른 사람들과 밖에 서 있었다. 공장 안 평지에도 배수구가 없어 연못처럼 여기저기 물이 잔뜩 고여 있었다. 얼마 후 문지기가 청원서를 그대로 들고 나오며 말했다. "감독관이 이미 봤으니 다들 돌아가라 합니다."

쭈구이가 말했다. "그냥 이렇게 돌아갈 수는 없소. 수고스럽지만 다시 한번 더 전해주시오. 우리는 직접 만나서 이야기하고 싶소!"

장 사부도 거들었다. "우리는 마을을 대표해서 당신들의 감독관을 만나러 왔소!"

그러자 문지기가 함께 온 경찰에게 난색을 표했다. "아무래도 어렵겠소! 이번 일은 하늘을 탓해야지요. 보다시피 여기 부지도 온통 물바다잖소!"

그러자 경찰이 거들었다. "하늘도 참, 경찰서 정원도 물바다인 건 마찬가지요!"

그때 리우댁이 맞받아쳤다. "하늘 탓이긴요? 당신들이 도랑을 파서 물을 방류하지만 않았어도 마을로 흘러들진 않았을 거라고요."

옆에 있던 다른 여자도 혼잣말하듯 낮게 말했다. "오늘도 물을 내보내면 우린 끝장이야!"

그 말을 들은 문지기는 속으로 생각했다. '끝장은 무슨? 가진 게 있기는 해?'

쭈구이는 문지기에게 청원서를 재차 들이밀며 확답을 받아 줄 것을 요청했다. 경찰까지 옆에서 거들자 문지기는 하는 수 없이 그나마 물기가 덜한 담장가 쪽을 따라 다시 안으로 들어갔다. 얼마 지나지 않아 문지기가 모습을 드러냈고, 그 뒤로 창산*을 걸친 사람이 따라오고 있었다. 중간 관리자급으로 보이는 그는 다시 들여보낸 청원서를 손에 들고 거만하고 유유하게 걸어 나왔다. 언짢은 기색이 역력한 채 천천히 걸어오던 그는 입구에 다다르자 대뜸 물었다. "무슨 일로 꼭 이야기를 해야 한다는 것이오?" 고압적인 말투와 싸늘한 표정에 사람들은 살짝 움찔했다.

아무도 답하지 않자 그는 문지기에게 이들이 청원서를 들려 보낸 것이 맞는지 물었다. 쭈구이는 입술을 잘근 깨물고 화를 억누르며 앞으로 걸어나가 정중하게 말했다. "우리가 보낸 게 맞습니다, 선생님."

"그래서 어쩌라고?" 창산을 걸친 남자는 쭈구이를 흘깃 쳐다보더니 경멸의 눈빛을 드러내며 대답했다.

"사장님이십니까? 아니면 감독관 되십니까?"

---

* 長衫: 발등까지 내려오는 길이에 옆부분을 터서 활동에 편하도록 제작한 두루마기 형태의 중국 전통 남성 의복.

"감독관이니 나한테 말하게!"

"더 이상 물을 방류하지 말아달라고 요청하러 왔습니다. 자세한 내용은 서류에 적혀 있습니다!"

창산 차림의 남자는 손에 들린 청원서 내용을 다시 한번 훑어보더니 고개도 들지 않고 말했다. "열세 명의 대표라! 하지만 이건 우리 공장과는 아무런 관련이 없네. 여기가 무슨 수도 공사도 아니고. 번지수가 틀렸단 말일세! 빌어먹을 날씨를 탓해야지! 하늘을 원망하라고!"

"우리는 그저 물을 다시 내려보내지 않겠다는 약속을 받고 싶은 겁니다."

"물이야 늘 움직이는 것 아닌가? 자연스럽게 흘러가는 걸 달리 막을 방도가 있나!"

그때 장 사부가 중간에 나섰다. "어제 도랑을 파서 일부러 물을 흘려보냈잖소."

공장 관리자가 발끈했다. "일부러 흘려보냈다니. 당신들 이렇게 몰려온 것도 돈이나 뜯어낼 심산으로 수작 부리는 거 아니오?"

그는 경찰을 향해 조소하듯 말했다. "이래도 되는 거요? 재물 갈취를 목적으로 위협하는 건 우리도 그냥 넘길 수 없소. 당국에서도 곧 알게 될 거요! 그저께 경찰 주임이 들러서 우리와 술을 마시며 이야기하기로는……"

쭈구이가 미간을 찌푸리며 말을 잘랐다. "무슨 소리요! 우리가 생떼라도 쓴다는 거요? 조사해보면 알 것 아니오. 여긴 넘치는 게 사람이잖소? 사람을 내려보내서 확인해보면 왜 이러는지 알 거요. 여기 경찰도 우리가 청원해서 함께 온 거요. 경찰 주임이 와서 뭐라고 했는지는 알 바 아니오. 우리는 그저 공정함을 원할 뿐이오!"

"공정함이라? 우리 공장이 당신들에게 떳떳하지 못할 건 없는데."

"주민들이 사는 마을 쪽으로 대놓고 물을 방류하는 것 자체가 부당한 행위요."

"누가 대놓고 물을 흘렸다는 것이오?"

"의도적이든 아니든 그렇게 멸시하는 투로 함부로 말하지 마시오. 가난한 사람들이 돈이나 뜯어내려고 억지를 부린다고 매도하지도 말고. 우리는 누굴 모함할 줄 모릅니다. 적어도 당신들이 사리사욕에 눈멀어 사람 목숨을 하찮게 여기는 부류는 아니길 바라오. 안 그래도 좁은 집에 물까지 들어차서 서 있을 공간조차 없다는 것이 말이 됩니까?"

주민 대표 중 하나가 입을 삐죽 내밀며 거들었다. "임대료도 매달 꼬박꼬박 낸다고요!"

"임대료는 누구한테 내시오?"

"누구한테 내냐고……?" 그 사람은 우물쭈물하다가 쭈구이를 쳐다봤다.

관리자가 말했다. "우리가 임대료를 거두는 게 아니니 당국과 이야기해보시오!"

쭈구이는 못마땅한 내색을 드러냈다. "이봐요, 적당히 하시오. 그게 할 소리요? 우린 욕이나 들으려고 온 게 아니오. 물을 더 내려보내지 말라고 부탁하러 왔을 뿐이오! 당신들이 쏟아낸 물 때문에 가뜩이나 축사 같은 주민들의 집이 어떤 처참한 몰골이 되었는지 와서 확인해보면 될 일 아니오? 그게 내키지 않고 귀찮으면 당장 멈추란 말이오."

"애당초 우리 소관이 아니라니까. 구제 요청을 하려거든 관 공서에나 가서 따지던지."

"언제 구제해달라고 했소? 양심껏 공정하게 처리해달라는 거요!"

"아 글쎄, 뭐가 부당한지는 당국에 가서 따지란 말이오."

"사람을 보내 피해 상황을 확인할 생각도 없다는 거요?"

쭈구이가 사납게 몰아붙이자, 그 사람은 뭔가 속셈이 있는 눈빛으로 더 자극했다. "이봐, 주민 대표 양반, 뭘 이렇게까지 사납게 굴어?"

"뭐라고? 나를 잡아넣기라도 하겠다는 거요?"

"남의 작업장에서 행패를 부리고 있잖나!"

"뭐가 어쩌고 어째? 행패? 누가?" 화가 치민 쭈구이는 손을 뻗어 상대의 멱살을 잡았다. 공장 관리자는 대적할 자신이 없었는지, "지금 이게 행패가 아니고 뭐야"라고 말하며 다급히 물가 쪽으로 물러났다. 사람들은 공장 사람들과 싸움이라도 붙을까 봐 쭈구이를 극구 말렸지만, 결국 두 사람은 주먹다짐을 할 기세였다.

언성이 높아진 쭈구이가 주먹을 날리려던 찰나 공장 안에서 바깥의 소란을 감지했는지 누군가 다급히 뛰어나왔다. 뚱뚱한 체구의 남자 뒤로 서너 사람이 무슨 일이냐며 따라 나왔다. 먼 저 나와 있던 관리자가 자초지종을 설명했고, 장 사부도 옆에서 해명했다. 방금 뛰어나온 사람을 흘끔 보던 쭈구이는 창산 차림의 감독관보다 지위가 높고 말이 더 잘 통할 것이라고 생각했다. 그는 뚱뚱한 남자에게 다가가 하소연했다.

"우리 열세 명은 마을 골목 주민들을 대표해서 찾아왔습니다. 이곳 공장에서 물을 방류하는 바람에 주민들의 집이 모두 물바다가 되었습니다. 공장에서 사람을 파견해 경찰과 함께 현재 상태를 확인하고 더 이상 물을 내려보내지 말아주십사 부탁하러 왔습니다. 그뿐입니다. 싸우자고 온 게 아니란 말이죠."

그는 쭈구이를 슬쩍 곁눈질하며 청원서를 들춰 보더니 좀 전에 싸움을 걸었던 관리자에게 물었다. "겨우 이 일 때문인가?" 그가 대답했다. "맞습니다."

뚱보 남자가 거드름을 피우며 질책했다. "겨우 이따위 일로 회사까지 떼로 몰려와서 소란을 피우게 하다니, 이게 무슨 꼴이야?"

"소란을 피우러 온 게 아니라 이치를 따지러 온 거요!" 장 사부가 재차 강조했다.

상대가 장 사부의 허름한 상사 군복을 같잖게 훑어보며 되받으려던 순간, 쭈구이가 장 사부를 밀어내며 나섰다. "주민들의 뜻을 명확하게 전하고 싶을 뿐이오. 여기 증인도 있소." 그는 같이 따라온 경찰을 가리켰다. "이 사람이 우리가 한 행동들을 직접 다 봤습니다!"

뚱보는 꿈쩍도 하지 않았다. "사연은 다 들었네만 자네들이 따질 곳은 여기가 아니네! 당국으로 가보게! 그곳에 가서 하소연해보든지!" 그는 옆에 서 있던 직원에게 명함을 건네며 이들과 함께 가서 구역장을 만나보라고 지시했다. 그러고는 경찰에게도 물었다. "양 주임님은 퇴근했는가?" 면전에 서 있는 자신이 상사와 친분이 두텁다는 것을 의도적으로 과시하려는 것이었다. 이쯤에서 주민 대표들도 적당히 알아듣고 물러가라는 무언의 압박이기도 했다. 그는 먼저 나와 상대하던 창산 차림의 관리자에게도 더 이상 상대하지 말라고 일렀다.

쭈구이는 뚱보의 일방적인 처사에 기가 막혔다. "이게 뭐요? 이게 당신들 방식이오? 당국에 소송을 제기할 테니 준비하시오."

뚱보는 거들떠보지도 않고 들어가버렸다. 마을 사람들은 어리둥절한 표정으로 서로 바라보기만 했다.

쭈구이는 다시 설득하러 들어가려는 장 사부를 말리며 사람들을 둘러봤다. "갑시다, 제기랄! 일단 돌아갑시다! 아무 말도 할 필요 없어요! 공정은 개뿔!"

쭈구이가 이미 뒤돌아서 내려가자 사람들도 쭈뼛쭈뼛 할 수 없이 그 뒤를 따랐다.

정문을 나서던 장 사부는 허탈한 마음을 달래려는 듯 복수를 하네, 불을 지르네 분노 섞인 말들을 쏟아냈다. 하지만 사람들은 성격으로 보나 인품으로 보나 그가 그런 무시무시한 일을 저지를 인물이 못 된다는 것을 알고 있었다. 골목 입구에 이르자 부녀자들 중 한 명이 경찰도 계속 뒤따라오는 것을 보더니, 마을 집들의 상황을 한번 보여줘야 하는 게 아니냐고 했다. 대표들을 돌려보낸 쭈구이는 장 사부, 경찰과 함께 마을 곳곳을 다니며 피해 상황을 살폈다. 경찰은 아무 말 없이 둘러보고 돌아갔다.

한나절이나 동분서주했던 청원서 소동은 허무하게 무산되고 말았다. 집으로 돌아온 여자는 집 안의 물이 더 불어나 있는 듯해 뒤뜰 쪽으로 나가봤다. 어제 사람들이 파놓은 도랑들이 임시 물막이 역할을 하고 있지만, 오늘 공장에서 또다시 물을 방류하면 무용지물이 될 판이었다. 그 시각 쓰룽은 이미 잠들어 있었다. 예정대로라면 오늘 약을 사러 가야 했지만, 곤히 잠든 아들의 모습을 보니 약값을 다른 용도로 써도 될 것 같았다. 집 안에 물이 너무 많이 들어차서 여간 불편한 것이 아니었다. 뭐라도 하나 찾으려면 물을 퍼내고 진흙을 털어내야 했다. 여기저기 뒤지다가 낡은 철판 하나를 건진 여자가 문 앞에 쪼그려 앉아 한참 물을 퍼내고 있을 때였다. 문 앞을 지나던 이웃이 당국에 따지러 간다고 고집 피우는 장 사부를 말리다가 쭈구이가 욱해서 결국 또 싸움이 났다는 이야기를 전해주었다. 그러면서 원래 당국에 청원을 넣자는 의견은 모두 장 사부에게서 나온 것이고, 쭈구이는 계속 반대하며 힘을 모아 성 주변까지 도랑을 파면 물이 더 넘어오지 않을 거라고 설득했다는 말도 덧붙였다. ……

여자는 쓰룽의 병세가 다소 호전된 모습을 지켜보며 전당포에서 받은 5마오로 약을 사야 할지 밤새 고민했다. 날씨가 곧 추워지고 쓰룽이 나으면 사부와 다시 장사를 시작할 테니 두꺼운 옷을 미리 준비해야 할 것 같기도 했다. 그녀는 낮에 공장으로 따지러 갔던 일이 떠올라서 선잠이 들었다가도 금세 깨어 뒤척거렸다. 그 와중에 불합리하게 수모를 당하는 빈민들의 모습이 꿈에 나타나기도 했다. 꿈에서 누군가와 한참 싸운 것 같기도 하고, 저주에 시달린 것 같기도 했다.

그러다 여자는 잠에서 번쩍 깨어났다. 집 뒤편 호숫가 쪽에서 요란하게 외치는 소리가 들려왔기 때문이다. 처음에는 또 갑자기 불어난 물에 누군가의 집이 물에 잠겨 무너졌나 싶었다. 여자의 집도 언제든 지붕이 무너져 자신과 쓰룽을 덮칠 수도 있다는 생각이 들자 마음이 싱숭생숭해졌다. 그녀는 가만히 손을 뻗어 쓰룽의 발을 주물렀고, 마침 잠에서 깬 쓰룽이 밖이 왜 이렇게 시끄러운지 물었다. 문 앞에서 누군가 물이 들어찬 길 위를 첨벙첨벙 달려가는 소리가 들려왔다. 바로 이어서 두 사람이 후다닥 물을 헤치며 뛰어갔다. 멀리서 수선스러운 소리가 들려왔고, 개들이 요란하게 짖어댔다. 여자는 뭔가 큰일이 터졌음을 직감했다. '물이 심하게 불었나? 아니면 어디서 불이라도 났나?' 일어나 보니 집의 벽 한쪽이 붉은빛으로 어른거리고 있었다. 불이 났음이 틀림없었다. 이웃집 사람들도 밖에 나와 있는 듯했다. 다급하게 옷을 걸친 여자는 맨발로 물을 헤치며 달려가 문을 열었다. 문 앞에서 이야기를 나누는 사람들에게 무슨 일인지 물었다.

그 무렵 동이 트기 시작했고, 잠에서 깬 사람들이 몰려나왔다. 공장 쪽으로 달려가는 사람들도 여럿 있었다. "불이야" "불이야" 소리만 들렸지 다들 어리둥절 경황이 없어서 도대체 어디에서 불이 났는지 아는 이가 없었다. 골목 뒤쪽 어딘가라고만 짐작할 뿐이었다. 거대한 화염이 하늘로 연달아 치솟아 올랐고, 마침 불어온 바람에 불길이 번지면서 부서지고 무너지는

242

굉음들이 요란하게 울렸다. 여자는 영문을 알 수 없었지만 사람들을 따라 불길이 솟구치는 방향으로 쫓아갔다. 되돌아오던 사람들의 말로는 화원에 불이 났다고 했다. 죄수들이 모두 도망가는 바람에 수비대가 거리 입구마다 막아서서 통행을 금하고 있고, 그냥 지나가려고 하면 그 자리에서 사살하는데, 벌써 그렇게 죽은 사람이 넷이나 된다고 했다.

여자는 걸어가면서 치수의 가족들이 화재에 변을 당한 것은 아닌지 가슴이 덜컥 내려앉았다. 게다가 쓰룽의 혼사 준비 비용을 화원에서 빌리려던 참이어서 속은 바짝 타들어갔다. 감옥이 불타서 사람들이 죽었다면 그 계획도 수포로 돌아갈 수밖에 없을 터였다.

인파를 따라 계속 걷는데 마침 맞은편에서 되돌아 달려오던 사람이 입구를 수비대가 막고 아무도 통과시켜주지 않으니 더 갈 수 없다고 알려주었다. 지나가겠다고 고집을 피우면 사살될 거라고 했다. 호기심이나 일말의 기대를 품고 가도 모두 허탈하게 돌아오고 있었다. 그 말에 사람들은 집 문을 잠그지 않고 왔다는 둥, 아픈 아이를 두고 왔다는 둥, 허리가 아프다는 둥 이유를 대며 하나둘 발길을 돌렸다. 통행금지라고 해도 끝까지 가서 확인하려는 사람들도 적지 않았다. 여자는 이들 무리에 휩쓸려 화원 근처 골목 어귀까지 갔다. 무리를 비집고 앞으로 나와 보니, 과연 수비대가 총을 장착한 채 입구를 막아서고 있었다. 길거리에는 물건을 짊어지고 쫓기듯 피하는 사람들과 물을 지고 다급히 달려가는 사람들이 뒤엉켜 난장판이었다. 근거리에서 확인해도 골목이 꺾여 있어서 불의 진원지를 명확히 알 수 없었다.

　그때 누군가 도사들이 법술을 행할 때 쓰는 징을 요란하게 쳐대며 수비대 쪽으로 돌진했고, 골목을 향해 달려가며 악을 썼다. "물을 길어 오시오! 물 한 통에 100전!" 돈 벌 기회라고 생각한 사람들은 물통을 찾느라 정신이 없었다. 벌떼처럼 몰려든 인파가 밀치락달치락 실랑이하며 날뛰고 고함치는 모습은 아수라장 그 자체였다.

　수비대가 물을 옮기는 사람들을 지나가게 해주자, 이를 지켜보던 여자는 그 틈에 끼어 빠져나가기로 결심했다. 불길이 어느 정도 퍼졌는지, 앞 골목집 들까지 번졌는지 알 길이 없으니 치수네 아이들이 걱정되어 견딜 수 없었다. 무리에 묻혀 지나가려다가 병사에게 발각되긴 했지만, 손짓발짓하며 애걸하자 여자여서 그랬는지 결국은 눈감아주었다. 현장 가까이 가보니 치수네 집 근처에서 불이 난 것이 맞았다. 여기저기서 물을 끼얹고 부어대서 골목 도처가 흥건하게 젖어 있었다. 겁에 질린 표정으로 나무판자나 의자를 끌어안고 혼비백산해 도망가는 사람들도 보였다. 아직 불길과 거리가 있는 곳에서는 사람들이 막대기로 처마를 이리저리 찌르며 구멍을 냈다. 여자가 좀더 안으로 진입하려고 하자 낯선 남자 하나가 고함치며 끌어당겼고, 해명할 겨를도 없이 뭘 하려고만 하면 막무가내로 밀쳐냈다. 큰불에 질겁해 발작에 가까운 반응을 보이던 남자는 잠시 후 사라졌다.

　여자도 엉겁결에 골목 밖으로 밀려나 있었다. 화재 현장에서 좀 떨어진 곳에는 몇몇 부녀자들이 불길 속에서 다급하게 집어온 듯한 짐 보따리를 지키며 길가에 주저앉아 하염없이 흐느끼고 있었다. 물건을 옮기는 사람들도 어수선하게 뒤섞여서 무질서하고 혼란스러웠다. 날이 밝아오면서 불이 화원에서 시작된 게 아니라는 소문이 돌았다. 감옥에서 발화한 것이 아니라 화원 앞 골목에서 불이 나서 그 일대 집들이 모두 전소되었다고 했다. 불이 처음 발생한 곳은 감옥과는 다소 거리가 있다고 했다. 그녀는 그제야 자신이 맨발로 뛰쳐나왔다는 사실을 깨달았다. 계속 있어도 무의미하다는 생각이 들면서 애타게 기다리고 있을 쓰룽이 떠올라 얼른 집으로 달려갔다.

쓰룽은 어머니가 뛰쳐나간 후 밖에서 "불이야"라는 소리가 계속 들려와서 바깥 상황이 궁금하던 차였다. 나가보고 싶었지만 바닥이 온통 물이라 선뜻 침대에서 내려오지 못하고 마음만 졸이고 있었다. 아침이 밝아서야 집으로 돌아온 여자는 치수네 아이들이 불타 죽은 건 아닌지 모르겠다며 노심초사했다. 잠시 후 문밖에서 욕을 하며 껄껄대는 소리가 들려왔다. 쭈구이임을 직감한 여자가 나가보았다. 머리를 두건으로 감싼 그는 온몸이 흠뻑 젖은 채 재를 뒤집어쓰고 있었다. 얼굴은 온통 연기에 그을려 원래 모습을 찾아볼 수 없었고, 귓가에서 흘러내린 피가 뺨을 타고 흐르고 있었다. 화재 현장에서 불을 끄고 오는 길인 모양이었다.

"쭈구이, 다친 거야?"

"다치긴요, 여자들은 항상 이렇게 호들갑이라니까. 별일 아니에요."

"불이 얼마나 번졌어? 아직도 타고 있어?"

"급한 불은 껐으니 더 번지지는 않을 겁니다."

"감옥에 음식 배달하는 대머리 치수 알지? 그 집은 어떻게 됐어?"

"끝장났죠. 송씨네 담배 가게부터 시작해서 그 길 따라 네번째 골목에 있는 재신묘財神廟까지 다 전멸이라고요."

"아이고, 이를 어째!" 여자는 탄식하며 더 묻지 않고 집 안으로 되돌아갔다. 물속에서 낡은 신발을 찾아 신고는 쓰룽에게 침대 위에 그대로 있으라고 당부한 뒤, 불이 났던 거리 쪽으로 다시 뛰어갔다. 집에 들어가려던 쭈구이가 여자가 다시 나온 걸 보더니 친척 가족들의 행방을 수소문하러 나섰으려니 짐작하며 소리쳤다. 피신 나온 사람들이 악비묘岳飛廟에 대피하고 있으니 그쪽으로 가보라고 일러주었다.

악비묘 입구에 다다르자, 무리에서 누군가 비집고 나와 여자의 어깨를 잡아당겼다. 대머리 치수였다. 치수는 아이들이 넋이 나간 채 솜이불 위에 누워 있는 곳으로 그녀를 데려갔다. 막내는 이미 지쳤는지 곯아떨어져 있었다.

여자는 그제야 마음이 놓였다. "아이고, 하늘이 도왔네요. 새까맣게 다 타버린 줄 알고 가슴이 철렁했지 뭐예요."

치수는 한나절 내내 연기와 사투를 벌이며 침구와 아이들만 안고 겨우 빠져나왔다. 자신의 물건은 모두 불에 타버렸지만, 이웃들의 물건을 대신 건져주거나 피신 온 아이들을 보살피며 도움을 자처했다. 날이 밝으면서 불길이 잡혀갔지만, 그는 계속 이리저리 뛰어다니며 필사적으로 주변 사람들에게 도움을 요청했다. 물을 뿌려달라고 소리치면서 불타는 집들의 지붕을 기다란 삼지창으로 쳐내거나 불 가까이 다가가 공중에 매달려 위태롭게 타고 있는 서까래들을 떨궈냈다. 이웃 사람들이 그를 끌어내며 아이들은 구했냐고 묻자, 그는 모든 것이 다 타버린 현실을 깨닫고 황급히 악비묘로 아이들을 보러 달려갔다. 그렇게 돌아오는 길에 여자와 마주친 것이었다. 걱정 가득한 여자의 표정을 보자 그는 멋쩍은 웃음이 새어 나왔다.

"하늘이 도와서 목숨은 건졌네만, 그간 모아둔 쌀이며 다른 것들은……"

그때 이불 더미 옆에 있던 한 여인이 느닷없이 울음을 터뜨렸다. 갑작스러운 불길에 놀라 천연두에 걸린 지 얼마 되지 않은 아이를 안고 뛰쳐나왔는데, 바람을 맞은 탓인지 품속에서 숨이 멎어버린 것이다. 여기저기서 훌쩍대던 사람들은 여인의 울음소리에 놀라 일제히 얼어붙었다. 다들 지금의 불행한 처지를 잠시나마 잊은 듯 여인을 물끄러미 바라보았다.

울고 있는 여인이 화원 앞 골목 대장장이의 아내임을 알아본 여자는 곁으로 다가가 품속의 아이를 쭈뼛쭈뼛 조심스레 만졌다. "저우댁, 모든 게 운명인 거야. 남편은?"

어디선가 여인을 대신해 대답했다. "강어귀로 일 나간 지 며칠 됐네. 모레나 되어야 돌아올 거야."

그러자 누군가가 반박했다. "어제 돌아왔는데 무슨 소리. 지금 한창 물을 나르며 불을 끄고 있을 걸세."

이어서 또 누가 불평했다. "물을 부어대면 무슨 소용이겠어요, 이미 다 타버렸는걸!" 그 사람은 화재로 잃은 여섯 살 딸이 생각나 꺼이꺼이 울다가 밖으로 뛰쳐나갔다. 사람들은 그 뒷모습을 가련하게 바라보다가 이내 (자신들의 처지도 다르지 않음을 기억해내고는) 여기저기서 탄식을 내뱉거나 저주와 불평을 쏟아냈다.

잠시 후 한 남자가 악비묘 입구에서 다급히 달려왔다. 얼굴을 알아본 어떤 여자 하나가 새된 목소리로 "대장장이!"라고 소리쳐 부르자, 남자가 안으로 들어왔다. 그 젊은 남자는 다친 머리를 천으로 감쌌는데, 이미 천이 축축해져 있었다. 남편을 발견한 대장장이의 아내는 숨을 거둔 아이를 건네며 목 놓아 서럽게 울었다. 대장장이는 눈썹을 찌푸리며 역정을 냈다. "죽었으면 할 수 없지 뭘 그리 울어?" 여인은 남자가 내던지기라도 할까 봐 두려웠는지 아이의 주검을 다시 품에 안고 낡은 솜이불에 웅크려 앉아 눈물을 흘렸다.

그때 누군가가 그 모습을 보고 지전을 가져와 여인 앞에서 태웠다.

대장장이가 바닥 중간에 널브러져 있는 깨진 그릇을 주워 다시 나가려고 하자, 옆에 있던 여자가 한마디 거들었다. "저우댁 좀 다독여주게. 잘 달래봐. 작은 관이라도 하나 짜서 저 어린것을 잘 보내줘야 하지 않겠나."

쓰룽의 엄마인 리우댁이 자처하고 나섰다. "내가 관을 구하러 다녀올게." 그녀는 치수의 아이들 곁으로 가서 지저분해진 얼굴을 하나하나 어루만져주고는 발걸음을 재촉하며 나갔다.

백선당에 도착했을 때는 아무도 없었다. 관리인도 아직 출근 전이고 문지기도 화재 현장에 나갔는지 부재중이었다. 입구의 긴 의자에 앉아 한참을 기다려 문지기와 마주쳤지만, 그의 말로는 관리가 와서 서류를 써줘야 한다고 했다. 게다가 가장 작은 크기의 관은 이미 동이 나서 다른 공장으로 가봐야 하고, 조금 큰 관이 남아 있기는 하지만 혼자 결정해서 내줄 수는 없으니 관리인이 올 때까지 기다려야 한다고 했다.

잠시 후 남자 둘이 또 들어왔다. 화재 현장에서 관을 구하러 오는 길인 듯했다. 그중 한 사람과는 안면이 있어서 여자가 먼저 물었다. "어느 집 아이예요?" "아이가 아니라 어른이네― 장 사부!"

화들짝 놀란 그녀가 되물었다. "뭐라고요, 장 사부라고요? 그저께 저녁에 쭈구이와 술도 마셨는걸요. 어제는 같이 공장에 따지러 갔다가 돌아오면서 내내 억울해하며 욕하는 것도 봤다고요. 그런데 이렇게 갑자기 죽다니요?"

"난 심지어 오늘도 만났다네. 현장에서 사람들을 구하고 있었어. 어린아이들도, 심지어 닭과 고양이도. 제 몸 상하는 줄 모르고 불길을 보자마자 달려가서 돕고 있었지. 미친개처럼 이리 뛰고 저리 뛰며 정신없이 말이야. 헛수고라고 해도 악착같이 현장에 남아 지휘하더니. 무모한 짓이라고 뜯어말려도 소용없었어. 그러다 결국 떨어진 벽돌에 맞아 그 자리에서 즉사했다네."

문지기도 거들었다. "담배 가게에서 불이 나서 더 그랬나 보군. 워낙 정이 넘치는 의리파였지 않은가!"

여자는 '하늘도 무심하시지'라고 말하려다가 황급히 달려오는 쭈구이를 발견했다. 그는 오자마자 관리인이 왔는지 물었고, 문지기는 아직이라고 답했다. 여자에게도 치수를 만났냐고 묻자, 여자는 여긴 어쩐 일인지 되물었다. 쭈구이 역시 장 사부의 관을 구하러 온 것이었다.

"장 사부처럼 좋은 사람이 이렇게 허망하게 가시다니."

그러자 쭈구이가 단호하게 받아쳤다. "어째서 그런 사람을 여태 데려가지 않았겠소?"

"하늘도 무심하시지—"

쭈구이는 꾹 다물었던 입술을 떼며 대답했다. "하늘이 무심한 일들이 어디 한둘이오?" 말을 하면서도 욱하고 치밀어 오르는 마음에 문지기를 재촉했다. "이보시오, 관리자에게 좀 빨리 오라고 해요! 그 말라깽이 관리자 양반 원래 여기 사는 것 아니었소?"

문지기가 즉답을 피하자, 먼저 왔던 두 사람 중 하나가 말했다. "쭈구이, 자네는 일단 먼저 돌아가게나. 구역장이 현장 조사를 위해 사람을 보낸다니, 말주변이 있는 자네가 가서 대응해야 하지 않겠나? 여기서는 우리가 좀더 기다려보겠네."

"사람을 보내든지 말든지 알 게 뭐요, 제기랄. 구역장이 친히 오면 장 사부가 벌떡 일어나 실실 웃으며 얼마나 다쳤는지 보여줄지도 모르겠소. 워낙 친했으니 다시 살아날 만도 하지! 다른 사람을 파견해 확인하는 거면 적어도 우리가 보상이나 노린다고 의심하지는 않겠지!"

말은 그렇게 하면서도 그는 먼저 자리를 떠났다. 여자는 속으로 '벽돌 열 개가 떨어져도 거뜬할 사람'이라고 생각하며 씁쓸한 웃음을 지었다.

백선당 관리인은 한참 후에야 왔다. 배를 두드리며 들어오던 그는 마침 한 상인과 화재 이야기를 나누고 있었다. 장씨 성을 가진 사람이 죽었다는 소식도 이미 들어서 아는 모양인지 사람들이 관을 구하러 왔다고 하자, 문지기에게 뒤채에 가서 보고 오라고 지시했다. 그사이 그는 곁채의 사무실 문을 열어 관을 가지러 온 사람들에게 사망자의 이름, 나이, 거주지 등 정보를 물었다. 그중 한 사람이 대답했다. "장 사부입니다."

공교롭게 관리인의 성도 한자는 다르나 발음이 같은 '장章' 씨였다. 관리인이 퉁명스럽게 물었다. "뭐라고? 장씨면 장씨고 이씨면 이씨지 사부는 또 뭐요?"

"다들 장 사부라고 불렀습니다."

관리인은 정색하며 역정을 냈다. "이곳에 있는 관들은 그런 어른들을 위해 마련된 것이 아니오. 손바닥만 한 판때기도 내줄 수 없소. 마을 보갑에 가서 이야기해보시오. 여기는 빈민들을 위해 자선을 베푸는 기관이지, 그런 사부를 위해 봉사하는 곳이 아니란 말이오!"

심지어 그는 홧김에 "직접 오라고 하든가, 그 사부라는 자 면상 좀 보게!"라는 망언까지 서슴지 않았다.

백선당 관리인과 함께 들어왔던 상인은 '장 사부'라는 호칭이 살아 있는 또 다른 장씨가 듣기에 거북했음을 알아차리고 중재에 나섰다. "그렇게까지 말할 거 있나. 잘 몰라서들 하는 소리야. 서신을 쓰거나 글을 쓸 때 종종 도움을 주니 사람들이 사부라고 존칭으로 부르는 거라네. 장 아무개가 관을 받아갔다고 대충 쓰게나. 아니면 이 아무개라고 쓰든지. 살아 있을 때도 워낙 소탈하고 자유로운 사람이었으니 죽어서도 온순한 귀신이 될 거네. 장 아무개라는 이름으로 관을 받았다고 죽어서까지 괴롭힐 사람은 아니니까."

그 말에 말문이 막힌 관리인은 대꾸 없이 장부를 들추고 잉크통을 열었다. 한 줄에 세 자루씩 꽂혀 있는 펜 걸이에서 초록색 바탕에 꽃무늬가 있는 펜대의 만년필을 집어 기록하기 시작했다. 다음으로 쓰룽 엄마의 차례가 되었다. 한 살짜리 아기가 죽어서 관이 필요하다고 하니, 관리인은 고개를 갸웃하다가 난색을 표하며 절레절레 흔들었다. 그렇게 어린 아기에게 맞는 관은 남아 있지 않다는 것이었다. 그러면서 갓난아기면 차라리 바구니 같은 걸 쓰는 게 들기에도 편하고 가볍지 않겠냐고 혼잣말하듯이 덧붙였다. 재차 간청해봐도 그렇게 작은 관은 없다는 대답만 되돌아왔다. 여자는 괴롭고 안타까웠지만 차마 더는 부탁할 수가 없어 상황을 알리기 위해 악비묘로 발길을 돌렸다.

악비묘에 도착하니 대장장이의 아내는 더 이상 울고 있지 않았다. 부부는 아기의 주검을 잘 수습하고서 관이 오기만을 기다리고 있었다. 백선당에 관이 없다는 여자의 말에 대장장이가 답했다. "필요 없습니다. 이따가 데리고 가서 묻으면 되지요." 하지만 쌀국수로 요기를 하던 아내는 또다시 울음을 쏟아냈다.

여자는 치수의 거처가 마땅치 않은 것이 마음에 걸렸다. 아이들만이라도 집에 데리고 간다고 말하려다가 쓰룽의 병이 전염될까 봐 차마 입을 열지 못하고 이 묘에 계속 있을 계획인지 다른 곳으로 갈 건지 물었다. 치수는 이따가 화원에 가볼 생각이라고 했다. 그쪽 유치장에 방이 하나 있는데 소장이 허락하면 그곳으로 옮기고, 허락하지 않으면 당분간은 이곳에서 사람들과 지내겠다고 했다. 여자는 집에 두고 온 쓰룽이 눈에 밟혀 일단 다시 돌아갔다. 집에 들어오니 죽은 장 사부 생각이 났다. 살아 있을 때 잘해주던 모습이 눈에 선해 다시 문을 나섰다. 그의 시신은 구 당국 사람들의 조사를 거쳐 이미 관에 안장되어 있었다. 나무판자 네 개를 이어붙인 장방형의 목관이었는데, 관의 길이가 조금 짧아서 영웅이나 다름없던 그의 무릎이 살짝 구부려진 채 눕혀 있었다. 사람들은 관 옆을 둘러싸고 소리 없이 서 있었다. 쭈구이가 망치로 네 모퉁이에 못을 박고 있었고, 나무 틈새로 해어지고 빛바랜 상사 군복이 보였다. 관은 호숫가 근처에 놓여 있었다. 지전 한 움큼을 태운 자리에는 아직도 불씨가 남아 있었다. 관의 머리맡에는 풍습에 따라 구운 닭고기와 물에 만 밥이 담긴 이 빠진 그릇 하나가 놓여 있었다. 쭈구이는 관의 네 귀퉁이를 박은 후 고개를 들어 안쓰러운 미소를 짓는 사람들을 바라보았다. 여자는 가운데 서서 축축한 땅 위에 가로놓인 흰색 나무 관을 향해 사람들을 일렬로 세웠다.

"자, 늘 점잖았던 분이 세상을 떠났습니다. 마지막 가는 길에 인사를 올립시다. 장 사부님, 영면하십시오. 이젠 구더기 밥 신세가 되시겠구려. 행여 다시 나와서 아이들을 놀라게 할 생각은 하지 마시오. 이제 더 이상 한때 잘나갔다며 케케묵은 상사 시절 이야기를 꺼낼 필요도, 먼저 계산하겠다고 고집을 피울 필요도 없소이다. 정작 본인은 굶주리면서 남들을 돕겠다고 나설 필요도 없고요. 남들처럼 말을 할 필요도, 밥을 먹을 필요도, 친구나 지인들 뒤치다꺼리를 할 필요도 없습니다. 모든 게 끝났으니까요!"

이쯤 되니 한없이 강해 보이던 그도 슬픈 감정이 차오르는지

목이 메기 시작했다. 결국 더 이상 말을 잇지 못하며 코를 팽 풀고는 허리를 세우고 물가로 걸어갔다. 그 모습을 지켜보던 사람들도 비통하긴 마찬가지였다. 그러나 무슨 말을 어떻게 꺼내야 할지 막막해 서로 쳐다만 보다가 하나둘 자리를 떠났다.

호숫가의 물은 어느새 많이 줄어 있었다. 화재 진화를 위해 수많은 사람들이 이곳에 몰려와서 물을 떠간 탓이었다. 여자는 집의 처참한 몰골이 다시 아른거려서 서둘러 귀가했고, 쪼그려 앉아 양철통으로 바닥에 고인 물을 계속 퍼냈다. 한참을 퍼내고 물이 어느 정도 빠지자 빈 아궁이에서 풀을 태운 재를 그러모아서 축축한 바닥에 뿌렸다.

오후에는 다시 악비묘로 갔다. 이미 짐을 빼는 사람들도 보였고, 장기간 머무를 생각으로 아예 처마 밑에 침구를 펼쳐놓고 돗자리로 자기 공간을 구분해놓은 사람들도 있었다. 어떤 이들은 평지에 솥과 임시 부뚜막을 설치해서 이미 밥을 짓기 시작했으며, 그 가족들은 바닥에 주저앉아 식사를 기다리고 있었다. 대장장이 가족은 어디로 떠났는지 보이지 않았다. 치수는 화원 안의 새 공간으로 짐들을 옮기고 있었다. 여자는 물건을 함께 나르며 세 아이와 함께 화원으로 갔다. 치수의 임시 거처가 마련되자, 그녀는 화원 죄수들을 위해 물건을 사다 주고 수선도 해주었다. 그들과 화재에 대해 이야기를 나누는데, 감옥 뒤편 훈련장에서 돼지의 비명 소리가 들려왔다. 불을 끄느라 고생한 사람들에게 대접하려고 돼지를 잡고 있었다. 화재 진화에 참여한 사람들이라면 누구나 돼지고기 한 접시를 얻어먹을 수 있었다. 죄수 중 한 사람이 고기를 받아도 아까워서 먹지 못하는 사람이 있으면 돈을 얹어서 사달라고 여자에게 부탁했다.

여자가 일을 마치고 돌아갈 즈음에는 이미 해가 뉘엿뉘엿 지고 있었다. 멀리서 징 소리가 들려왔다. 그녀는 사람들이 도사를 불러다가 마지막까지 화재 현장에 남아 기꺼이 희생을 감내했던 장 사부의 마지막 길을 배웅하고 있는 거라고 믿었다. 그런 장면을 떠올리며 걷다가 문득 생각에 잠겼다. '저분은 마지막 돌아가는 길도 요란하고 북적대는구나.' 그녀는 이 모든 것을 주도하고 있는 것이 쭈구이가 아닐까 짐작했다. 그러나 근처에 와보고서야 모든 게 자신의 착각임을 깨달았다. 요란한 징 소리는 더 먼 곳에서 들려오는 것이었다. 여자는 집 뒤에 우두커니 서서 어두컴컴한 호숫가에 덩그러니 방치된 나무 관의 형체를 바라보았다. 빛이 어린 강 수면이 희미하게 반짝이는 그곳은 인적 없이 처량한 기운만 가득했다!

멍하니 서 있던 여자는 죽은 자의 쓸쓸한 마지막 모습과 쭈구이가 낮에 내뱉었던 말들이 차례로 떠올라 진저리를 치다가 유유히 집 안으로 사라졌다.

21년 1월 25일

(『시보時報』에 게재)*

---

* 본 작품은 1932년 3월 16일부터 4월 15일까지 24회에 걸쳐 『시보』에 연재되었다. 필명은 선충원.

등불

청록색 옷을 입은 여인이 ×의 숙소를 찾아와서 × 탁자 위에 있는 반질반질한 구식 남포등을 보더니, 이 등을 그토록 아끼는 연유를 물었다. 이에 주인이 청록색 옷의 여인에게 등에 얽힌 사연을 들려주었다.

2년 전부터 나는 이곳에 머물며 ××에서 교편을 잡고 있었다. 방 두 칸짜리 작은 공간에서 혼자 지냈는데, 앞방은 일할 때 주로 머물렀고 뒷방은 잠만 자는 침실로 썼다. 5월경이었다. 영문은 알 수 없으나 숙소의 등이 툭하면 본분을 다하지 못하고 꺼져버리곤 했다. 수저와 그릇들이 놓인 저녁상을 받아들고 반찬을 살피려다 홀연히 등이 나가서 식사조차 제대로 못하는 날이 빈번했다. 간혹 저녁 식사를 마치고 일을 막 시작하거나 책을 보려는 순간, 질문하러 찾아온 손님과 토론을 시작하려는 순간, 일부러 딴지를 걸 듯 불쑥 등이 꺼져버리기도 했다. 친구와 주해註解가 없는 초서체 문장을 놓고 형체만으로 의미를 추측하거나 낙관의 진위를 파악하기 위해 집중하려는 찰나, 갑자기 먹통이 되어서 흥이 깨진 적도 여러 번이었다. 평생 욕이라고는 입에 담지 않던 서예가 ××도 이번 일은 도저히 화를 참지 못하겠는지 전등 회사의 무책임을 여지없이 힐난했다.

보름 가까이 이런 현상이 반복되자 전등 회사에 따지는 사람들도 있었지만, 회사 측은 회사 과실이 아니라 온전히 날씨 탓이라는 형식적인 해명 기사만 내놓았을 뿐이다. 그러는 사이 가게에서 파는 양초 한 상자의 가격이 지난달보다 5각이나 올랐다. 양초 가격이 그렇게 올랐다는 소식은 내 식사를 챙겨주던 집사에게서 들은 것이었다. 그는 저녁 식사를 차리고 전등이 나갈 것에 대비해 미리 촛불 하나를 켜두면서 상하이 상인들의 매점매석 행위에 대해 매일같이 볼멘소리를 했다.

나의 집사는 성실한 중년 남자였다. 젊은 시절 내 부친을 따라 서북지역, 동북지역, 몽골, 쓰촨 등지를 다녔다고 했다. 혼자서 윈난의 광시에 갔다가 고향으로 돌아가 내 조부의 묘소를 지키며 한동안 지내기도 했다. 그 후 북벌군을 따라 산둥에 갔다가 지난濟南에서 ××군이 민간인들에게 가한 폭행을 직접 목격했다. 당시 71사단 소속 연대에서 사무장을 하던 그는 간밤에 터진 기관총 사격 소리에 가까스로 몸만 빠져나왔다고 했다. 빈손으로 난징까지 도망 왔다가 내가 여기에 머물고 있다는 소식을 우연히 전해 듣고 내 시중을 들고 싶다는 내용의 서신을 보내왔다. 나는 잠시 놀러오는 것은 괜찮지만 내 생활이 워낙 단조로워서 맡길 일이 없다고 회신했다. 놀러오면 며칠 머물다 고향에 돌아갈 여비를 챙겨줄 수는 있으나 너무 큰 기대는 하지 말라고 미리 언질을 주었다. 그는 정말로 찾아왔다.

중산복 형태의 잿빛 군복 차림이었는데, 해어질 대로 해진 군복이 그에게는 꽉 끼어 작아 보였다. 3년 전 국민혁명군이 후난에 처음 당도했던 시절에 제작된 옷 같았다. 우람한 풍채의 몸을 군복 안에 억지로 욱여넣은 듯 불편해 보였다. 짐은 단출했다. 작은 보따리와 보온병, 칫솔, 황양목 젓가락이 전부였다. 보온병은 망원경처럼 허리춤에 매달려 있고, 칫솔은 주머니에 꽂혀 있으며, 젓가락은 통상 군대에서 그렇듯 보따리 밖으로 삐죽 나와 있었다. 그는 내가 늘 꿈꾸던 일꾼의 모습이었다! 외모는 물론이고 단순하면서도 선한 내면까지 그의 모든 것이 마음에 들었다. 굳이 깊은 대화를 나누지 않아도 첫눈에 통하는 뭔가가 있었다.

그가 도착하던 날 우리는 한참 동안 이야기를 나누었다. 내 조부에 관한 것부터 아직 태어나지 않은 손자에 대해 부친이 했던 말들까지 그는 다 들려주고 싶어 했다. 우리 집안에 관해서라면 아무리 얘기해도 질리지 않을 기세였다. 그동안 자신이 겪었던 경험담도 들려주었는데, 오십 평생 중국 대륙의 절반 이상을 직접 누볐던 그가 꺼내놓은 이야기는 실로 흥미진진했다. 경자년庚子年 아편전쟁부터 신해혁명, 수차례에 걸친 북벌전쟁까지 산전수전을 다 겪으며 온갖 종류의 음식과 온갖 형태의 잠자리를 경험해봤다고 했다. 그의 파란만장한 인생은 소설책 한 권으로 엮어도 다 담아내기에 부족했다. 그런 그에게 호감을 느끼며 깊이 감화되어갔다. 나는 틈만 나면 이런저런 질문을 던졌고, 그럴 때마다 그가 실제로 겪었던 경험들을 전해 들었다.

그가 오기 전까지 내 식사 준비는 집주인 아주머니의 몫이었다. 매일 두 끼를 차려주고 한 달에 16원씩 받았다. 반찬은 북방 출신인 아주머니가 알아서 차려주었다. 아주머니는 음식에 그다지 까다롭지 않고 무던한 내 성격을 알아차리자, 누에콩 반찬과 조개무침을 하루씩 번갈아가며 상에 올렸다. 누에콩과 조개는 늘 빠지지 않는 반찬이었다. 고기반찬은 설탕 범벅이었고, 생선은 기름에 튀기거나 굽는 게 아니라 그대로 쪄서 밥 위에 올려놓고 간장과 함께 내왔다. 손님으로 온 그가 이틀 정도 그 밥을 얻어먹더니 사흘째에는 도저히 성에 차지 않는지 돈을 좀 달라고 했다. 가타부타 아무 설명 없이 10원을 받아간 그는 오후에 식재료를 잔뜩 사 가지고 돌아왔다. 그가 장을 보고 온 사실을 나는 저녁 무렵이 될 때까지도 전혀 눈치채지 못했다. 이 노병은 직접 만든 음식들을 날라와 내 책상에 공손하게 올려놓았다. 그는 슬쩍 미소를 지으며 앞으로도 이렇게 차려줄 수 있다고 공언했다. 사람 자체도 그랬지만, 그가 만든 음식 역시 군대 시절의 향수를 불러일으키는 묘한 매력이 있었다. 우리는 식사를 하면서 부대에서 지내던 시절의 이야기를 나누었다. 식사를 마친 후 그는 그릇을 치워 주방으로 갔고, 나는 책상 앞에 앉아 촛불 빛에 의지해 학교에서 가져온 원고를 수정했다. 잠시 후 문이 벌컥 열리더니 노병이 다시 들어왔다. 그는 꺼진 전등 대신 촛불을 켜놓고 연대장처럼 책상 앞에 꼿꼿이 앉아 있는 나를 보더니 장난기가 발동했는지 "신고합니다!"라고 군대식 거수경례를 하며 문가에 서 있었다. "무슨 일입니까?" 내 질문에 그제야 다가온 그가 지출 내역이 적힌 종이 한 장을 들이밀었다. 음식 재료비를 일일이 계산해 가지고 온 것이었다! 나는 순간 발끈했지만 그의 얼굴을 마주하자 피식 웃음이 나왔다. "왜 이렇게까지 번거롭게 하십니까?" "확실히 해야지요. 제가 식사를 준비하면 우리 둘이 매달 16원도 들지 않을 겁니다. 속 알맹이 없는 조개껍데기만 가득한 반찬에 하루 지난 묵은 밥을 얻어먹으면서 16원이나 주다니요!" "너무 힘들지 않겠습니까?" "힘들다니요! 요리하는데 강에 가서 직접 재료를 잡아오는 것도 아니고. 도련님도 참!" 사뭇 진지한 그의 표정에 말문이 막혔다. 승낙하지 않으면 안 될 것 같았다. 결국 이렇게 노병이 내 식사를 책임지게 되었다.

그가 여기에 머물기로 한 후 나는 노병의 낡고 해진 군복이 계속 마음에 걸렸다. 새 옷 한 벌 해주려고 취향을 물어도 데면데면 넘기며 대답하지 않더니, 내 원고료가 들어오던 날 그가 20원만 달라고 했다. 저녁 무렵 어디서 구했는지 모직 중산복 두 벌, 중고 가죽 장화와 뒤축에 다는 쇠붙이를 사들고 와서 흡족해하며 펼쳐놓았다. "현역 군관도 아닌데 여기에서까지 그런 옷을 입게요? 나처럼 창산*을 걸치면 더 편할 텐데요." "한번 군인은 영원한 군인입니다." 여기까지가 군관 조리사 출신 노병이 내 곁에 오게 된 내막이다.

전등 꺼짐 현상은 처음에는 잠시 꺼졌다가 금방 다시 불이 들어와서 견딜 만하더니, 갈수록 심해져서 급기야는 식사 때마

---

* 長衫: 발등까지 내려오는 길이에 옆부분을 터서 활동에 편하도록 제작한 두루마기 형태의 중국 전통 남성 의복.

다 촛불을 켜야 할 지경에 이르렀다. 결국 노병은 어디선가 또 낡은 남포등을 하나 사다가 둥근 등피를 깨끗이 닦은 후 내 책상 위에 올려놓았다. 그의 성격을 알기에 상하이에서 이런 구닥다리 등을 쓰는 게 얼마나 고리타분하고 미련한 일인지 차마 입에 올리지 못했다. 전등이 제 몫을 못 하는 상황에서 그나마 이 남포등이 적잖은 활약을 한 건 사실이었다. 꺼졌다 켜지기를 반복하는 전등의 농락에 놀아나느니 이게 낫겠다 싶어 아예 남포등을 책상에 올려놓고 썼다. 밤마다 투명한 등피 사이로 은은하게 번져 나오는 노란색 불빛과 앞에 서 있는 예스러운 노병을 보고 있노라면 과거 부대가 주둔해 있던 오래된 사당이나 시골 여관들이 떠오르며 추억에 젖어들곤 했다. 나 역시 이러한 것들이 더 익숙한 시절이 있었다. 도시 생활에 얽매여 지내는 사이 그런 세계와 너무 멀어져버렸다. 그 무렵 나는 현재의 삶에 염증을 느끼고 있었다. 당시 내 삶은 어떤 모습이던가? 매일 네모난 강단에 서서 엄숙하고 진지하게, 때로는 가식적인 표정을 섞어가며 공허한 일장연설을 늘어놓고, 이 책 저 책 들먹이며 열변을 토하는 일상의 반복이었다. 최면에 걸린 것처럼 문제를 심각하게 몰아가며 혼자 떠들다가 강단 아래에서 불쑥 난입한 소리에 정신을 퍼뜩 차려보면, 이번 학기를 마치고 학사모를 쓰게 될 몇몇 학생들이 책상에 엎드려 졸고 있는 현실과 마주하게 된다. 그 순간부터는 나 스스로도 갈피를 잡지 못하고 혼란에 빠지고 만다. 간혹 교수 휴게실에 들르면 교양이 철철 넘치는 '신사'들이 기회가 있을 때마다 "날씨가 좋군! 소설 소재로 제격이야!"라며 지적 취향을 드러내곤 했다. 그들 딴에는 교수 신분과 체면에 걸맞은 고상한 농담이라고 여기며 만족할 테지만, 나는 그 납작한 면상들이 그런 말을 해댈 때마다 불편하고 거북했다. 배불리 먹고 자며 농담이나 던지는 사람들과의 미묘한 신경전은 질색인 터라, 아예 그들과 섞이기를 체념하고 조용히 복도로 나가 햇볕을 쬐었다. 밖에 있다 보면 또 우르르 몰려와 에워싸는 학생들의 이런저런 질문을 받아줘야 했다. 문학을 가르치고 있다는 사명감이 발동한 것일까. 나는 작가들의 일화나 문단 소식을 늘 꿰고 있다가 학생들에게 의무적으로 알려주려고 애썼다. 그들은 내가 늘어놓는 공염불을 귀동냥한 얕은 지식만으로 문학깨나 아는 척했다. 집으로 돌아오면 책상에 잔뜩 쌓인 원고와 책, 잡지들을 한편으로 밀어서 작업할 만큼의 빈 공간을 확보한 다음, 학교에서 가져온 원고 뭉치를 내려놓고 한 줄씩 읽어 내려갔다. 첫번째 장은 다섯 개 절에 걸쳐 '사랑으로 인한 내면의 상처'를 다루고 있고, 두번째 장은 일곱 개 절로 나뉘며, 세번째 장은 혁명에 관한 내용이 주를 이루었다. 작품 속에 피와 눈물, '사랑' 어느 것 하나 빠지지 않고 모두 들어 있었다. 원고를 읽다 보니 어느새 해가 뉘엿뉘엿 저물었다. 골목 맞은편 왕씨 과붓집의 젊은 딸 셋이 평소처럼 이야기꽃을 피우면서 이탈리아 가곡을 부르는 소리가 들렸다. 그 순간 나는 울컥 북받치는 감정에 사로잡혀 일할 의욕이 나지 않았다. 본래 시골 태생인 내게 지금 머물고 있는 이 세계는 여전히 낯설고 익숙지 않았다. 도시 속 삶에 신물이 났고 생존 자체가 권태로웠다. 이곳의 편리한 모든 것들과 과감히 결별해 품삯이 변변치 않았던 도살세 수

금원 시절로 돌아가고 싶기도 했다. 단방국*에 앉아 빗물 고인 정원의 웅덩이에서 들려오는 청개구리 울음소리를 들으며 색정**의 『출사송出師頌』과 종요***의 『선시표宣示表』를 붓으로 필사하던 시절이 그리웠다. 당시 나는 불의 밝기가 일정치 않은 남포등 옆에서 안온한 표정을 짓고 있는 노병의 얼굴이나 예스럽고 투박한 그의 구부정한 상체를 바라볼 때마다 낮에 쌓였던 피로와 혼란한 심사가 잠시나마 잊혀졌다.

"군가도 부를 줄 아십니까?" 내가 장난스럽게 물었다.

"군인이 군가를 몰라서야 쓰겠습니까? 서양 노래들은 잘 모르지만요."

"모르면 어떻습니까? 산가****는 좀 아십니까?"

"어떤 산가인지에 따라 다르지요."

"산가야 다 거기서 거기 아니겠습니까? '하늘 위로 구름 일어나 층층 구름이 되고'나 '하늘 위로 구름 일어나 구름꽃이 피고***** 모두 다 좋은 노래이지요. 어릴 땐 그렇게 좋은지 몰랐지만 말입니다. 유격대 양楊 사령관 밑에서 사병으로 지내던 시절에는 너무 방탕한 시간을 보냈어요. 매일 개고기를 뜯고

---

* 團防局: 제1차 국내 혁명전쟁 시기 지주계급으로 구성된 무장 지휘 기관.

** 索靖: 중국 서진 때의 서예가로 초서草書와 팔분八分에 뛰어났으며, 주요 작품으로 『인소원법첩』『월의첩』『출사표』 등이 있다.

*** 鍾繇: 중국 삼국시대 위나라의 저명한 서예가로 해서楷書와 예서隷書에 능했다.

**** 山歌: 중국 남방의 농촌 혹은 산촌에서 유행하던 것으로, 산이나 들에서 일을 할 때 부르는 민간 가곡.

***** '天上起雲雲重雲' '天上起雲雲起花': 봉황鳳凰 산가 두 곡의 첫 마디(작가 주).

산가를 흥얼거리면서 신선놀음이 따로 없었으니까요."

"저희는 산가 자체를 차마 입에 올리지 못했습니다. 혁명 군인들이 그렇게 멋대로 행동하는 건 범죄나 다름없지요."

"그 시절에는 저도 죄를 많이 지었습니다. 가끔은 고향 부모님 곁에서 자라던 철없던 시절이 그립습니다. 지금은 날씨가 좋아도 그 유려한 산가를 다시 듣지 못하니."

"호시절은 다 갔지요. 낯선 기운이 세상을 잠식하면서 좋은 사람들도, 좋은 풍습들도 알 수 없는 분위기에 휩쓸려 모조리 사라져갔습죠. 이 남포등만 해도 그렇습니다. 지난해 고향 어르신 곁에서 지낼 때만 해도 늘 이런 등을 썼습니다."

노병은 남포등이 점점 사라져가는 현실을 시골의 나이 든 퇴직 관리처럼 개탄했다.

이렇게 이야기를 나누다 보면 어느새 그 공기와 소리에 몰입되어 과거의 세계 속으로 빠져들었다. 그 시간이 내게는 마냥 즐거웠다. 그러나 바깥 복도 쪽에서 집주인의 시계가 아홉 번 울리거나 주인이 나무라는 소리가 들리면 내가 좀더 대화하자고 붙잡아도 소용없었다. 그는 침실을 세심하게 둘러보고 온화한 표정으로 깍듯이 군대식 인사를 하고는 쪽방으로 잠을 청하러 내려갔다. 내 작업이 너무 미뤄지거나 늦은 시간까지 이어질까 봐 제 딴에는 배려하는 것이었다. 할 말이 많지만 내일을 기약하며 적당히 흐름을 끊어주는 것이 그의 역할이기도 했다. 한담 시간은 저녁 9시를 넘기지 않는 것이 노병의 철칙이었다. 조금도 봐주거나 어기는 법이 없었다. 그가 그렇게 나가면 마음 한구석에 또 다른 적막감이 들어차면서 일이 손에 잡히지 않았다.

　이 노병은 오십 평생 겪은 놀랍고도 풍부한 경험들을 기억 속에서 소환해 특유의 입담으로 그에게 들려주었다. 농촌사회의 변화를 소재로 다룬 단편소설은 내가 늘 선호하는 장르였다. 하지만 지금은 아무리 짧은 단편이어도 쉽사리 펜대가 움직여지지 않는다. 이 사람의 순박하고 선한 영혼을 과연 어떤 방법으로 지면에 담아낼 수 있을까? 그의 표정과 목소리를 마주하면서 그동안 내가 글로 써냈던 삶의 모습들은 지극히 평범한 것에 지나지 않았음을 깨달았다. 내가 알던 세계는 아주 협소한 것이었다. 수심이 역력한 그의 눈에는 미래를 낙관하는 희망의 빛도 함께 어려 있었다. 누군가를 바라볼 때도 무심하게 쳐다보는 듯하지만, 옅은 갈색 눈동자에서 그만의 진실 어린 속삭임이 전해졌다. 내 설명에는 힘이 부족했다. 간혹 고향의 전쟁 이야기를 하던 그는 무고한 서민들의 집이 불타고 농가의 어미 소가 채찍질당하며 부대로 끌려가는 장면들을 회상하다가 울컥해서 말을 잇지 못한 적도 있었다. 할 말이 더 남은 것 같았지만, 그는 머릿속에 맴도는 장면들을 언어로 형용할 길이 없는지 입을 다문 채 나를 쳐다보기만 했다. 나에게 인정받고 있다고 느낄 때면 온화하고 부드러운 미소로 고개를 까딱이며 산가를 흥얼거리기도 했다. 그 순간 내 마음에 일었던 동요를 그가 예측이나 할 수 있을까? 나는 노병의 동작 하나하나에서 생면부지의 새로운 친구들과 조우하는 듯했다. 그들은 순박하고 정직했다. 동쪽 변방의 온화한 영혼들은 돌연 몰아친 시대의 소용돌이에 떠밀려 삭막한 전란의 세상으로 내

몰리고 말았다. 그로 인한 우울감과 속박감이 삶을 담보로 새로운 세상과 타협하게 만들었던 것이다. 그들이 꾸었던 꿈들은 영원히 가닿을 수 없는 세상의 빛과 색으로 희미하게 전락해버리고 말았다. 그런 그가 나는 진심으로 눈물겨웠다.

간혹 이러한 감정들이 어지럽게 혼재하며 나조차 원망과 분노를 주체하지 못한 적도 있었는데, 그럴 때면 그를 내 방에서 내보내기도 했다. 그는 일언반구도 없이 물고기처럼 조용히 빠져나갔고, 나는 또 그 모습이 안쓰러워 물었다. "나가서 연극이나 한 편 보고 오시겠습니까?" 돈이 부족할까 싶어 2원을 찔러주며 오락장에 가서 마음껏 쓰든지, 아니면 극장에라도 다녀오라고 했다. 그는 나를 빤히 쳐다보다가 멋쩍게 웃으며 돈을 받아 내려갔다. 그날 밤 나는 일을 하다가 12시가 넘어서야 잠자리에 들었다. 대략 10시가 넘어갈 무렵에 외출했던 노병이 문을 열고 들어오는 소리가 들렸다. 연극을 보지 않았다면 술 한잔하거나 오락장에서 놀다가 왔으려니 생각하며 일부러 나가보지는 않았다. 그런데 다음 날 점심상에 뜬금없이 닭찜이 올라왔다. 닭이 어디서 났는지 차마 물어볼 수 없었다. 서로 웃으며 어색함을 무마할 뿐이었다. 그 순간 나는 뭔가 속삭이는 듯한 그의 갈색 눈동자와 또다시 마주쳤다. "술이나 한잔하시지 그랬습니까? 잘 드시잖아요?" "당연히 샀지요. 여기 술이 워낙 독하지 않습니까? 여러 점포를 헤매다가 훙커우虹口 근처 동향인이 하는 가게에서 미주米酒를 좀 구해왔습죠." 초반에는 차마 술을 권하지 못하더니 내가 술 이야기를 꺼내자 그는 총총히 내려가 술병을 들고 와서는 작은 잔에 반 정도 채워주었다. "조금만 드십시오. 무리하지는 말고." 나는 술을 마실 줄도 모르고 즐기지도 않았지만 매몰차게 거절하지도 못했다. 내가 비운 잔을 다시 받더니 그도 잔을 반쯤 채워 입으로 털어 넣었다. 그는 입가를 닦으며 씩 웃고는 술병을 도로 가지고 내려갔다. 다음 날 상에도 역시 닭 요리가 올라왔다. 그도 그럴 것이 상하이에서는 1원이면 닭 한 마리를 살 수 있었다.

평소 노병은 내 학교 일에 대해서는 그다지 관심이 없어 보였다. 한번은 그가 내게 대학생들은 나중에 무슨 일을 하는지, 졸업하면 현장縣長급 관리가 되는지 물은 적이 있었다. 그러면서 내가 학교에서 매달 얼마나 받으며 군대 봉급과 비슷한 수준인지, 전쟁이 나면 지장이 있는지도 궁금해했다. 그가 이런 질문을 던진 데에는 나름의 의도가 있었다. 학생들이 현장이 되는지 여부를 물은 것은 장래에 높은 관직을 꿰차게 될 나의 제자가 과연 몇 명이나 될지 궁금했던 것이고, 월급에 대해 물은 것은 내게 금전적으로 충분한 여유가 있는지 확인하려는 것이었다. 그의 관심사는 오로지 내 생활이었다. 그런 그가 어느 순간부터 점점 본분을 넘어서기 시작했다. 처음에는 내 일상에 대해 뭐든지 동조하더니 갈수록 책임 운운하는 횟수가 많아지면서, 내 의사와는 상관없이 기회만 되면 훈수를 두려고 했다. 인생 선배랍시고 물색없이 감 놔라 배 놔라 하지는 않았으나 문제가 되는 부분에서 무심코 내보이는 웃음과 무언의 탄식에 그의 태도가 노골적으로 드러났다. 나는 그 모습이 거슬리고 불안했지만 화를 내지는 않았다. 밖으로 내치거나 욕을 할 수도 없었다. 사실 그는 이런저런 의견을 내는 수준이 아니라

내 삶 자체를 거부하고 부정했다. 내가 이 나이가 되도록 혼사 생각이 없는 것도 그는 불만이었다. 처음에는 그런 그의 마음을 눈치채도 모르는 척 외면했다. 그가 혼잣말을 해도 반응하지 않았고, 대화를 해도 군대 생활이나 지역 풍습에 관한 주제로 유도했다. 하지만 시간이 갈수록 그는 성가실 정도로 나를 들볶았다. 그 집요함에서 그의 충성스러움을 새삼 실감했다. 결국 나는 혼사 문제에 대해서는 정말 어쩔 도리가 없다고 그에게 털어놓았다. 신사* 신분의 특혜를 누릴 수 있는 것도 아니고, 학생 신분이 될 수도 없는 현실에서 그런 무의미한 일에 매달리는 것 자체가 내겐 사치라고 설명했다. 내가 확고한 의지를 내비치면 자연스럽게 용인되리라고 생각했다. 물론 그 후부터 그의 잔소리에서 벗어나기는 했다. 그런데 그로 인해 일이 더 꼬이게 될 줄 누가 알았겠는가. 그는 이제 홀로 막중한 책임을 떠맡기라도 한 듯, 내 주변의 친분 있는 여자들을 주의 깊게 살피기 시작했다. 친구나 제자를 막론하고 여자들이 거처에 찾아오면 그는 내가 따로 부르지 않아도 손님과 이야기를 나누는 중에 불쑥 들어와 과일 접시를 정중하게 올려놓고 나갔다. 그러고는 문밖 계단 입구에 서서 대화를 엿들었다. 손님을 배웅하러 나올 때마다 계단 근처에서 뭔가를 찾는 척하며 유심히 살피는 그의 시선과 항상 마주치곤 했다. 손님이 가고 나면 태연하게 다가와서 그 여자에 대해 꼬치꼬치 캐물으며 내 의중을 떠보았다. 게다가 손님의 언행을 놓고 이러쿵저러쿵 평가

* 紳士: 지역에서 영향력을 행사한 지주나 퇴직 관리를 지칭하는 말.

하기도 했는데, 관상서인 『마의상법』*을 들먹이며 어떤 여자가 자식 복이 많다느니, 또 어떤 여자가 지혜롭고 현명하다느니 읊어댔다. 일단 말문을 열면 내가 싫은 내색을 내비칠 때까지 다른 화제로 돌리는 법이 없었다. 이런 여자는 다복하네, 또 저런 여자는 명이 질기네 하며 틈날 때마다 에둘러서 세뇌시켰다. 저런 방식이 집요한 관심을 교묘하게 감추는 나름의 묘안이라고 여겼을지도 모르겠다. 그도 자신의 신분과 지위를 모르는 게 아니었다. 사실, 처음에는 나도 크게 의식하지 못했다. 하지만 시간이 지나면서 오지랖 넓은 이 노병이 나와 교류하는 모든 여자들을 유심히 살피며 분석하고 있음을 알아챘다. 그럼에도 나는 그를 질책할 수 없었고 그에게 해명을 요구할 수도 없었으며, 그와 함께 의논할 수도 없었다. 혼사와 관련된 내용은 아예 거론하지 않는 것이 상책이라고 판단했다.

노병은 그 단순하고 정직한 머리를 굴리며 온갖 방법으로 내 짝을 찾는 의무를 다하고 있었다. 속내를 숨긴다고 숨겼겠지만, 사실 나는 모두 눈치채고 있었다. 그는 시장에서 사온 모직 군복을 정갈하게 차려입고 내 결혼식장 입구에 서서 하객들을 맞이할 기회가 오기를 간절히 바라고 있었다. 더 나아가 아이가 생기면 장군의 아들처럼 입혀 공원에 데리고 가서 같이 놀 수 있는 날이 오기를 꿈꿨다. 그는 나를 내세워 실로 허황된 환상에 젖어 있었다. 내가 돈과 명예를 거머쥐고 처자식과 함

---

* 『마의상법麻衣相法』: 구전으로만 전해지던 송나라 마의도사麻衣道士의 관상학을 제자 진박이 체계적으로 저술한 책으로, 달마대사가 지은 『달마상법達磨相法』과 함께 중국 관상학의 2대 경전이다.

께 금의환향하는 장면을 상상하며 말을 몰고 앞장서서 당당히 입성하는 자신의 모습도 함께 그려 넣었다. 심지어 마중 나온 고향 친척과 친구들의 질문 세례에 어떻게 응답할지, 고향집 주인마님을 어떻게 놀라게 해줄지도 면밀히 구상하고 있었다. 사실 이런 장면은 40여 년 전 내 부친에게 기대했다가 이루지 못한 것이었다. 내 형제들에게도 눈을 돌려봤지만 역시나 실패했다. 지금은 내가 그의 가련한 희망을 채워줄 유일한 보루였던 것이다. 내 부친과 형제들이 몰락한 집안을 일으켜 권세를 회복하기를 바라던 그의 희망은 내 아버지 때 이미 무산되었다. 서북지방과 몽골 지역을 누비다가 귀향한 옛 주인은 마적들과 싸우며 생긴 허리 통증에 시달렸다. 귀향한 후에는 황량한 사막 생활과 빈번한 전투로 부쩍 쇠약해져 무명의 군의관으로 조용히 지내야 했다. 동북지역에서 군대 생활을 하며 북방인 특유의 호방함과 담대함이 몸에 배었던 형은 방황하던 시절 상하이의 현란한 분위기에 도취되어 고향에 돌아온 후에도 그림에만 파묻혀 지냈다. 노병이 동지처럼 여기지만 만날 기회가 없었던 내 동생은 광둥廣東학교를 졸업해 차가운 무기와 뜨거운 피가 난무하는 혁명의 현장을 누볐다. 그는 하급 군관 신분으로 웨저우岳州, 우창武昌, 난창南昌, 룽탄龍潭 등지에서 혁명전쟁에 참전했다. 유혈이 낭자한 전투 판에서 간신히 목숨은 보전했지만, 전선으로 돌진하다 죽어서 썩어가는 인류의 가장 어리석고 비참한 모습들을 수없이 목격하며 인생무상을 느낀 후, 고향에서 퇴역 군인으로 쓸쓸하게 요양하며 보냈다. 결국 노병은 이 무용한 나에게 마지막으로 사심 없이 간절한 희망을 걸어보려는 듯했다. 고향 사람들에게 과시하기에는 부친이나 형제들보다 내 직업이 더 낫다고 생각하는 모양이었다. 부러움과 경탄의 시선을 받으며 귀향하는 영광의 순간이 찾아오기를 그는 내심 기대하고 있었다.

그런 그를 볼 때마다 나는 우울감이 더해졌고, 수치심마저 느꼈다. 그러한 장면들은 그가 상상 속에 지어놓은 공중누각 같은 것이었다. 그 기묘한 누각의 주인공으로 나를 눌러 앉혀놓고 순진하게 맹신하고 있었다. 그럼에도 난 노병의 꿈을 쉽사리 깨뜨리지 못했다. 그 꿈을 산산조각 낼 권리가 내게는 없는 것 같았다.

과연 이런 식으로 노병과 평온하게 계속 지낼 수 있을까? 내가 하는 일은 실상 그의 이상과 거리가 있었다. 언젠가부터 나는 그를 마주하기가 진심으로 두려워졌다. 나는 글이나 좀 쓰며 교편을 잡고 있을 뿐이고, 사회적으로 그다지 인정받지 못한다고 알려주어도 제대로 먹히지 않았다. 그는 내가 높은 신분의 멀끔한 친구들과 교류하고 능력 있는 젊은 여인들이 내 거처로 드나드는 모습을 보며 늘 그 이상을 상상했다. 겉으로 보이는 정황만으로 그의 꿈은 더욱 견고해졌다. 그는 하인으로서의 본분을 지키려 최대한 자제하고 억제했지만, 그럴수록 외로운 나를 향한 연민의 크기가 더 커지는 듯했다. 반평생 다른 세계에서 살아온 그는 이 바닥이 그가 살아온 세계와는 전혀 딴판이라는 사실을 납득하지 못했다. 사람들이 나를 찾아온다고 해서 그들과 나의 심리적 거리가 반드시 가까운 건 아닌데도 그는 이해하지 못했다. 그는 내가 단편소설을 한 편 쓰는

데 얼마나 많은 에너지를 쏟아부어야 하는지, 내가 왜 여자들을 소원하게 대하고 행복을 외면하는지 속속들이 알지 못했다. 그도 여느 사람들처럼 외양으로만 나를 판단했다. 학식이 뛰어나고 인품이 좋다고 치켜세웠고, 온량하고 무던한 건 좋지만 건강에 소홀하면 안 된다고 충고했다. 그는 또 내가 굳은 심지의 소유자이며 군인 집안 출신 특유의 기개를 지녔다고 믿었다. 그런 그의 착각이 말과 눈빛, 행동 하나하나에 여실히 드러났다. 그와 말을 섞고 싶지 않은 날들이 점점 많아졌고, 할 수만 있다면 그를 한번 흠씬 때려주고 싶었다.

그 무렵 나를 가장 자주 찾아왔던 이는 파란색 옷을 즐겨 입는 젊은 여학생이었다. 그녀는 1년 내내 파란색 계열의 옷만 입었고, 파란색이 유일하게 잘 어울리기도 했다. 워낙 익숙한 지인이어서 매번 올 때마다 오랜 시간 이야기를 나누었다. ××쪽 일원이기도 했던 그녀는 종종 글을 들고 상의하러 찾아왔다. 여인은 나를 가장 믿음직한 친구로 생각했고, 나 역시도 그녀에게 이런저런 이야기를 서슴없이 하곤 했다. 그러다 보니 자연스럽게 노 집사의 예의 주시 대상이 되었다. 노병은 이 여인이 나와 모든 면에서 어울린다고 확신했다. 그는 모든 것을 인정했다. 모든 기준에 통과했다 싶었는지 그는 모친보다 더 세심하게 신경을 썼다. 매번 그녀가 찾아올 때면 일부러 내 방에 머무르며, 어디선가 귀동냥한 전형적인 관료풍 말투로 이것저것을 물었다. 나는 그러한 노골적인 관심을 차단할 방법이 없어서 노병이 살아온 삶과 곧은 성품, 범상치 않은 경험들에 대해 여인에게 미리 알려주었다. 시간이 흐를수록 그녀도 노병

272

에게 일종의 동지애를 느꼈다. 그러나 그와 나 단둘이 있을 때가 문제였다. 군 시절 온갖 풍상으로 단련된 노병의 단단한 마음이 내 혼사 문제에 있어서만큼은 봉인이 해제된 듯 유연해졌다. 내가 그 파란색 옷의 여인과 동거할 마음이 전혀 없다고 하자 그는 내가 죄라도 지은 것처럼 심각하게 책망했다.

초반에 노병은 여인과 직접 대화하는 것을 쑥스러워했다. 하지만 여자가 먼저 이것저것에 대해 묻고 말을 걸자 겸연쩍은 표정으로 조심스레 말문을 열기 시작하더니, 어느새 익숙해져서 나를 대화의 화제로 삼기도 했다! 일을 좀 적당히 하라고 타일러달라거나 옷차림이나 식사에서 체통을 유지하라고 조언해달라는 등…… 내가 버젓이 앞에 있어도 그는 제 딴에 가장 혹할 것 같은 이야기들을 골라 열변을 토했다. 내 부친이 얼마나 형식을 중시하던 분이었는지, 유독 형제들의 우애가 깊어서 고향 사람들이 얼마나 감탄했는지, 어머니는 얼마나 지혜롭고 온화한 분이었는지. 그는 이 여인이 내 아내가 되어야 하는 합리적인 이유를 누가 봐도 가장 어리석은 방식으로 돌려 표현하고 있었다. 심지어 군데군데 과장을 보탰다. 노병은 언짢아하는 나를 의식했지만 찡긋 웃어 보이며 입막음 신호를 보냈다. 자신의 이야기에 여인이 진심으로 마음이 흔들리는 징조가 보이면, 그는 그제야 흡족한 표정으로 나를 흘끔 보고는 개선장군처럼 의기양양하게 아래층으로 내려가 과일을 준비했다.

내가 고향에 편지를 쓰고 있으면 그는 마님에게 아주 ……한 여인이 있다고 알렸는지 굳이 참견하며 묻곤 했다. 이를테면 '친밀한'이나 '잘 어울리는' 류의 형용사가 수식어로 붙기를 바라는 마음이었을 것이다. 하지만 잔뜩 찌푸린 내 미간을 발견하고는 나직이 "허허" 소리를 내며 '좋은 마음으로 농담한 거니 노여워하지 말라는' 표정으로 멀찍이 물러났다. 내가 홧김에 먹물병이라도 집어던지리라 예상했는지 방 한쪽 구석에 바투 붙어 피해 서 있었다.

그럼에도 그는 시시때때로 파란색 옷의 여인을 들먹였다.

이런 상황에서 나는 어떻게 해야 하는가? 입방정을 떠는 부하의 입에 마분馬糞을 쑤셔 넣었던 동생이나 장황하게 구슬려 그를 쫓아냈던 부친의 방식을 따라 할 수는 없었다. 노병이 희망을 부풀리며 떠드는 이야기를 그저 쓰디쓴 미소로 체념한 채 들어줄 뿐이었다. 정중하게 부탁해서 고분고분 입을 닫을 그가 아니었다. 부득이하게 침묵해야 할 때도 그는 몸짓과 표정 하나하나에 모든 것이 나를 위한 배려이자 호의임을 기어코 드러냈다. 연기에도 타고난 재주가 있는지 그의 기교가 늘 감탄스러울 따름이었다.

한번은 내가 집을 비운 사이에 파란색 옷의 여인이 찾아온 적이 있었다. 노병은 그때 여인과 한참 이야기를 나눴다(그의 표정에서 나는 그가 주인을 대하듯 친밀하고 깍듯하게 그녀를 응대했음을 알아챘다). 여자는 내 귀가가 늦어지자 우선 돌아갔다. 그런데 노병이 나를 붙잡고 여자 이야기를 하려던 무렵 다시 찾아왔다. 아직 저녁 식사 전이라는 말에 노병은 손님 대접을 해야겠다며 잔뜩 들떠서 아래층으로 내려갔다. 한가득 차려낸 저녁상이 제법 풍성했다. 고추를 먹지 않는 여자 손님의 식성을 어떻게 알았는지, 우리가 평소 즐겨 먹던 고추 없은 생선

볶음이 새콤달콤한 양념으로 바뀌어 있었다.

식사 후에는 따로 부르지 않아도 알아서 사과를 가져오고 난로에서 끓인 물을 찻잔에 따라주며 살뜰히 챙겼다. 한참 주변을 맴돌다 아래층으로 내려간 그는 홀로 술잔을 기울였다. 그는 흡족했다. 눈앞에 자신의 꿈이 펼쳐지고 있었다. 주인과 안주인이 함께인 장면, 더 나아가 육군 제복을 입은 어린 주인이 주변의 서양 아이들처럼 작은 가죽 구두에 희고 보드라운 발을 끼워 넣고 꼿꼿이 앞장서 걷는 장면, 자신은 군관의 품위를 유지하며 느긋하게 뒤따라가고 있는 장면이 술잔 위로 얼비쳤다. 이 손님이 등장하고부터 그의 공상은 고삐가 풀린 듯 거침이 없었다. 하지만 애석하게도 나를 찾아온 그 여자는 애인인 W군과 다음 달에 베이핑北平으로 가서 결혼한다는 소식을 전했다. 그런데 이 '결혼'이라는 단어가 앞뒤 맥락이 잘린 채 청력이 남다른 노병의 귀에 무심코 꽂힌 모양이었다. 그는 모든 것이 자신의 예상과 맞아떨어진다고 여겼으며, 예감을 확신으로 돌리는 듯했다. 여인이 돌아간 뒤 나는 그녀의 희소식에 기쁨과 약간의 아쉬움을 동시에 느끼며 책상 옆에 엎드려 있었다. 그때 술기운에 불콰해진 노병이 내 앞에 와서 서성거렸다.

"오늘 많이 드셨나 봅니다. 저녁상이 진수성찬이더군요. 아까 그 손님도 그런 요리는 처음 먹어본다고 했어요."

웃음을 지으려던 그가 더욱 다소곳해졌다. "오늘따라 기분이 좋아서요."

"어련하시겠습니까."

그는 맞서듯이 해명했다. "어련하다니요? 이해할 수 없네요.

진심으로 오늘처럼 즐거웠던 적이 없습니다! 백주를 반병이나 마셨어요!"

"내일 가서 또 사오시죠. 내친김에 여러 병 사다 놓으세요. 여기서는 즐길 만한 게 딱히 없으니. 물론 적당히 마시는 한에서 말입니다."

"이렇게 마셔본 것도 처음입니다. 당연히 기분이 좋아야죠. 왜 당연하냐고요? 저는 그동안 즐거울 일이 없었습니다. 어르신 때는 늘 운이 따르지 않아 좌절했고, 큰 도련님은 체격이 워낙 좋아 모시기 힘들었습죠. 셋째 도련님은 표범이라 불릴 정도로 성격도 강하고 능력도 뛰어난 분이라고 들었습니다. 도련님을 따라 혁명전쟁에 참여해보고 싶었답니다. 적진으로 돌진하며 총도 쥐어보고, 장애물을 뛰어넘으며 포효하기도 하고, 북방인들 가슴팍에 총검을 겨눠보고도 싶었습니다. 도련님에게 안전핀을 뽑아 수류탄을 투척하는 방법도 배웠으면 했지요. 그런데 그 부대가 몰살당해 한꺼번에 매장되지 않았습니까. 듣자 하니 황푸黃埔 군관학교 출신 하급 군관들이 룽탄 작전에서 거의 전멸해 시체가 무더기로 방치되었다고 하더군요. 당시 그 인근에 역겨운 냄새가 진동했다고 합니다. 그 와중에 셋째 도련님은 구사일생으로 살아남았고, 황뤄자이黃羅寨로 돌아와 멧돼지 사냥을 하며 보낼 수 있었지요. 영웅답긴 하지만 그분이 사단장까지 오르지 못한 것은 저에게도 천추의 한입니다. 도련님도 제가 마음을 놓을 수가 없어요. 몸이 너무 망가졌어요. 어째서—"

"일찍 주무시는 건 어때요? 일을 좀 해야 합니다. 말할 기분도 아니고요."

"속이려고 하시는군요. 역시 남은 남인가 봅니다. 제 귀가 워낙 밝아서 다 들렸습니다. 곧 좋은 일이 생긴다는 거. 말하고 싶지 않으시다면 저는 내일 돌아가겠습니다."

"도대체 무슨 말을 들었다는 겁니까? 뭘 속인다는 거요?"

"알겠습니다. 부탁입니다. 지금 제 심정이 어떤지 모르시겠습니까?"

급기야 노병은 흐느끼기 시작했다. 나이 지긋한 노병이…… 어린아이처럼 울었다. 하지만 나는 이 눈물이 기쁨을 주체하지 못해 터져 나온 것임을 알고 있었다. 그는 내가 방금 나간 여인과 곧 결혼할 거라고 철석같이 믿고 있었다. 내가 그를 속일 수 없고 그럴 마음도 없음을 그는 잘 알고 있었다. 내 삶의 많은 부분에서 그의 손길이 필요하다고, 특히 혼사에 있어서는 크든 작든 떠안아야 하는 역할이 있다고 믿는 사람이었다. 그는 내게 안주인이 생기면 오래 품어왔던 꿈이 현실화될 수 있다는 기대에 기쁨의 눈물을 흘리고 있는 것이었다. 그의 감정적 동요를 나는 즉각 알아챘다. 그도 갑자기 울음이 터진 이유를 털어놓았다. 그러고는 머쓱해하며 털이 수북한 커다란 손으로 급히 눈물을 훔치면서 혼인을 언제쯤 하면 좋을지, 이곳에도 택일 풍습이 있는지 물었다.

나는 참으로 난감했다. 그가 완전히 취한 것도 아니어서 무작정 때리거나 욕할 수도 없었다. 그는 혼사 같은 거사를 숨기면 안 된다며 고집스럽게 설득해댔고, 어서 전보를 쳐서 가족들에게 알리라고 했다. 그것도 모자라 낮에 여인과 대화해보니 영락없이 마님이 좋아할 며느릿감이라며 설레발을 쳤다.

나는 이쯤에서 차분하고 침착하게 모든 사실을 그에게 해명해야 했다. 그는 입을 벌린 채 설명을 한참 듣고서야 내 말을 믿었다. 의기소침해진 그의 표정에 나는 파란색 옷의 여인처럼 품성이 고운 여자가 또 있다고 본의 아닌 거짓말을 할 수밖에 없었다. 하지만 노병은 앞서 설명한 부분만 사실이고 후반부는 거짓말임을 알고 있는 눈치였다. 내 말이 끝날 때까지 아무 반응이 없던 그의 누리끼리한 작은 눈에 눈물이 그렁그렁 들어차며 노병은 또 흐느끼기 시작했다. 그 건장한 체구가 한없이 나약해 보였다.

그 무렵 복도의 시계가 10시를 알렸다.

"가서 주무세요. 내일 다시 이야기하죠."

내 부탁에 노병은 그제야 자신의 실수를 깨달았는지 술기운 탓에 경솔했던 행동을 자책했다. 억지웃음을 지으며 술을 끊겠다고 맹세하면서 내일 붕어 요리를 먹겠냐고 물었다. 나는 아무 대답도 하지 않았다. 그는 난처한 내 마음을 헤아린 듯 사과 껍질만 덩그러니 쌓여 있는 칠기 접시를 들고 슬그머니 나가서 문을 닫았다. 힘없이 계단을 밟고 내려가는 소리에 애처로움이 묻어났다. 이러한 노병의 모습을 마주하며 나는 내 인생을 돌아보았다. 인간관계에서 누군가의 일방적이고 지나친 선심에 얽히면 때로는 헤어 나오기 힘들 만큼 고통스러워질 수 있음을 깨달았다. 그가 나가고 12시를 알리는 시계 소리가 들릴 때까지도 나는 잠을 이루지 못했다. 자질구레한 인정에 이끌려 고심하다가 마음의 평정이 무너지고 말았다. 그때 계단에서 방문 입구까지 다가오는 발걸음 소리가 희미하게 들렸고, 나는 그가 다시 올라왔음을 직감했다. 내가 아직 깨어 있는 걸 알고 어서 자라고 재촉하러 왔을 터였다. 황급히 책상 등의 조도를 약하게 낮췄지만 문밖에서 낮은 탄식 소리가 들려왔다. 노병의 선의를 마다할 수 없어 내가 선수를 치며 말했다. "주무십시오. 이제 일을 마쳤으니 저도 잘 겁니다." 인기척이 사라져 문을 열어보니 그는 이미 내려가고 없었다.

연극 같은 그 일이 있고 나서 노병의 성격은 완전히 바뀌었다. 그는 그 뒤로 술을 사다 마시지 않았다. 연유를 물어도 상하이 상인이 편법을 써서 도수를 높인 가짜 술을 섞어 판다고만 했다. 그는 더 이상 '여자'라는 단어를 입 밖에 내지 않았다. 여자 손님이 찾아와도 그다지 관심을 두지 않았다. 그는 이제 내 일에 대해서도 전처럼 낙관적으로만 보지 않고 고충을 이해하려고 애썼다. 내가 말을 하지 않으면 그도 먼저 나서서 괜한 희망을 얻으려 하지 않았다. 그는 더욱 대범하고 과장스러운 방식으로 새로운 꿈을 키우기 시작했다. 겉으로는 밝아 보였지만 마음속에 들어찼던 희망은 이미 작게 쪼그라든 후였다. 그는 더 이상 가정 꾸릴 비용을 모아야 한다고 나를 책망하지 않았고, 옷매무새가 흐트러져도 힐난하지 않았다.

우리는 서로를 좀더 이해했다. 세상과 고립된 나의 적막한 삶은 똑같이 이어졌다. 상태나 시간이 맞지 않아서가 아니었다. 굳이 몰라도 될 사실을 알고 그의 꿈은 산산조각 났으며, 다시 온전하게 이어붙일 이유가 사라져버렸다. 그런 노병에게 찾아든 절망감은 더욱 딱하고 강렬했다. 장밋빛 미래는 순전히 그 혼자만의 상상이었다. 애써 부인하면서도 좌절한 그의 모습을 마주할 용기가 나지 않아 나는 그저 지켜보기만 했다. 나중에는 오히려 내가 나서서 꿈의 실현 가능성을 설명하며 꿈이 계속 지속될 수 있다고 다독이는 처지가 되었다.

그러나 결국 그 파란색 옷의 여인은 혼인을 위해 베이핑으로 떠난다며 작별 인사를 하러 찾아왔다. 노병은 밥을 한 번 더 얻어먹고 싶다는 여인의 말에 평소 먹는 반찬에 나물 하나 얹어서 소박하게 차려왔다. 음식을 내오는 그의 얼굴에 마뜩잖은 표정이 고스란히 드러났다. 그 미묘한 분위기는 나만 느낄 수 있었다. 이유는 알 수 없으나 나는 복잡한 감정이 뒤엉킨 가운데 진지함을 유지하려는 노병의 모습에 약간의 희열을 느꼈다. 그는 집요하게 남아 있는 미련의 감정을 끝까지 놓치지 않으려 애쓰고 있었다. 그도 가엾고 내 처지도 가련했다. 하지만 애초에 여자에게 별 감정이 없던 내가 노병의 황당한 꿈 때문에 마음고생을 해야 했던 지난 시간들을 생각하니, 서먹해하는 그의 표정 앞에서 동정심보다는 소소한 복수의 쾌감이 앞섰다.

그 뒤로 파란색 옷의 여인은 자취를 감추었다. 설상가상으로 젊은 남녀 둘이 톈진에서 체포되었다는 소식이 들려왔다. 나는 그 일을 노병에게 알리지 않았고 노병도 궁금해하지 않았다. 여자를 원망하는 마음도 컸지만 한편으로는 나에 대한 불평도 있었으리라.

원래 계획대로라면 우리는 7월 여름방학에 고향에 함께 내려가기로 했다. 나도 8년 가까이 고향 땅을 밟아보지 못했고 그도 6년째 돌아가지 못했기 때문이다. 그런데 방학까지 3주가 채 남지 않은 6월 초 푸젠福建 지역에서 전쟁이 시작됐다. 그 무렵 그가 난징에 가서 바람이나 좀 쐬고 싶다며 내게 여비를 달라고 했다. 가뜩이나 과묵해지고 웃음을 잃어가는 그가 주방에서 물건을 마음대로 가져다 쓰는 집주인 아주머니와 툭하면 시비가 붙기도 해서 난징에서 며칠 쉬다 오는 것도 좋겠다는 생각이 들었다. 그러나 그렇게 떠난 그는 다시 돌아오지 않았다. 나는 그의 이야기가 전쟁터에서 마무리되길 원하지 않는다. 그가 아직 버젓이 살아 있기를 바란다. 상급 사무장이 주둔하는 사찰에서 새벽부터 부대 취사병들과 함께 시내에 장을 보러 나가 단골 쌀가게에서 한담을 나누거나 강가에 들러 배를 보고 있을지도 모르겠다. 밤이 되면 동료 대원들과 탄알 상자 위에 앉아 등불 아래에서 식재료비를 결산하고, 행여 계산이 맞지 않으면 침대에서 솜이불을 감싼 채 잠이 드는 순간까지 온갖 저주를 퍼붓고 있을지도 모르겠다. 그러고는 점검 위원과 술을 마시거나, 도적을 잡으러 고향에 가서 마을 관리의 집을 지나다가 거위찜을 얻어먹는 꿈을 꾸고 있으리라. 그는 이렇게 영원히 이 세상에 살아야 했다. 중국 땅에서 적어도 20년은 더 살아야 할 사람이었다. 그가 더 이상 안부 서신을 보내오지 않아도 나는 그가 여전히 어딘가에 살아 있다고 믿었다.

여기까지가 바로 남포등이 책상 위에 놓이게 된 연유이다. 나는 이 등을 좋아하고 아직까지도 즐겨 쓴다. 그 당시를 환기하며 글을 쓸 때나 그 시간 속으로 다시 빠져들고 싶을 때마다 나는 전등 스위치를 끄고 남포등에 불을 붙여 내 방 모든 것들의 형체를 어둠에 가두어놓았다. 그러면 등불 아래 그 노병 집사의 울긋불긋한 얼굴과 예스러운 구닥다리 군복이 어른거렸다. 특히 그의 작은 눈에서 뿜어져 나오던 소리 없는 언어들은 뇌리에서 좀처럼 지워지지 않았다.

이야기가 모두 끝날 때쯤 청록색 옷을 입은 여인은 낮은 한숨을 토해내며 책상 옆으로 걸어가 부드러운 손길로 그 작은 남포등을 매만졌다. 여인은 두 해가 지나도 아직 기름이 남아 있다는 사실에 살짝 놀랐다. 주인의 말처럼 저녁에 등을 켜면 불빛 아래 노병의 목소리와 모습이 나타날 것만 같았다. 여인은 호기심이 가득한 표정으로 정말 사무장을 볼 수 있는지 저녁에도 한번 와봐야겠다고 했다. 주인의 이야기 속 노병에 흠뻑 매료되었음이 분명했다.

저녁 무렵 ×의 방 안, 그 오래된 등은 은은한 빛을 발산하고 있었다. 미미하게 흔들리는 불꽃이 지지직 약하게 소리를 냈다. 촛불 사용이 익숙한 사람은 은은하고 몽환적인 느낌의 남포등 불빛이 색다르게 느껴질 것이다. 주인 ×와 청록색 옷을 입은 손님은 팔걸이가 있는 둥근 의자에 앉아 있었다. 주인은 여인에게 그 등불에 얽힌 이야기를 이어서 해주었다. 노병이 주로 서 있던 자리가 어디였는지, 말할 때 표정이 어떠했는지, 노병의 손을 거치면 등갓이 얼마나 투명하고 깨끗해졌는지, 당시 내 책상이 얼마나 너저분했는지…… 그리고 마지막으로 파란색 옷의 여인이 앉았던 곳이 바로 지금 그녀가 앉아 있는 자리라는 이야기도 했다.

그 말에 청록색 옷의 여인은 웃으며 가볍게 탄식했고, 애석해하는 표정으로 말했다,

"그 사람은 진작에 죽었을 거예요!"

남자 ×가 말했다. "그럴 수도. 이미 저세상 사람이 되었을지도 모르지요. 파란색 옷 여인의 마음속에서도 그는 사라졌겠죠. 하지만 대신 이제는 당신의 마음속에 살아 있지 않소. 꽤나 호감 가는 모습으로 말이오. 그렇지 않습니까?"

"직접 만나보지 못한 것이 아쉽네요."

"그도 당신을 보지 못해 아쉬울 겁니다."

"알고 싶어요. 이야기도 나눠보고 싶고……"

"그런들 무슨 소용이겠소! 만나면 여러 사람 번거로워지지 않겠소?"

그러자 여자는 그의 말이 다소 과하다고 느꼈는지 얼굴이 발그레해졌다.

불빛 아래에서 두 사람의 어색한 침묵이 이어졌다.

어느 날 저녁, 그 청록색 옷의 여인은 갑자기 파란색 옷으로 갈아입고 찾아왔다. ×는 미완성으로 끝났던 이야기의 마침표를 찍어주려는 여인의 의중을 헤아리고 기쁨을 감추지 못했다. 두 사람은 노병을 즐겁게 해주려는 듯 묘한 긴장감 속에서 아무 말 없이 끌어안고 입을 맞췄다. 그제야 방이 너무 밝다고 느낀 여인이 오늘 저녁에는 왜 남포등이 책상 위에 없는지 묻자 ×가 웃었다.

"전등 불빛이 너무 강하오?"

"또 다른 파란색 옷을 입은 여자가 당신 방에 있는 모습을 노병에게도 보여줘야지요."

장난기 섞인 말에 ×가 등을 가지러 아래층으로 내려가려고 하자 여인이 물었다.

"등을 아래층에 뒀어요?"

"아래층에 있소."

"왜 아래층에 있어요?"

"지난번에는 전등이 고장 나서 일을 할 수 없어서 아래층 주인아주머니에게 등을 빌려 온 거였다오. 다시 가서 가져오겠소."

"아주머니의 등이라고요?"

"아니요, 노병이 사온 등이라고 했던 것 같은데요!" 남자 ×가 다급히 해명하며 말을 이어나갔다. "노병이 산 거라는 걸 당신도 알잖아요."

"당신이 지어낸 거짓말 아닌가요!"

"거짓이 진실보다 아름답다면요⋯⋯ 게다가 파란색 옷을 입은 여인은 지금 여기 이렇게 실제로 있잖소?"

여인은 수긍했다. "파란색 옷의 여인은 하나뿐이지만, 그 여자가 노병을 즐겁게 해주진 못할 거예요."

"동감하오. 노병이 이 자리에 있었어도 그를 만족시킬 수는 없었을 거요."

"정말 나쁜 사람이네요. 지금까지 한 말들이 모두 헛소리였군요!"

"하지만 주인 남자에게 극진한 집사가 있었다는 건 사실이잖아요. 그 집사의 표정이나 행동이 어땠는지 알려주었을 뿐이오. 그걸 들은 누군가가 주인에게 호감과 동정을 느끼게 말이오. 이 나쁜 사람이 사실은⋯⋯"

여인은 참지 못하고 웃음을 터뜨렸다. 두 사람은 다음 주에 쑤저우蘇州에 들렀다가 난징으로 가기로 약속했다. 남자는 이번 여행에서 노병의 행방을 수소문해보자고 여자와 약속했다.

(『충원자집』에서 발췌)*

* 본 작품은 1930년 2월 10일 『신월』 제2권 제12호에 발표되었다. 필명은 선충원.

의사 뤄모

　내 서랍 안에는 친구들의 사진이 많다. 그중에는 이미 고인이 된 친구도 상당수이다. 살아 있는 친구들은 내 서랍 속 소장품들을 살피다가 자신의 사진이 고인의 사진들과 뒤섞여 있는 걸 발견하면 경악스럽고 불쾌한 기색을 드러내곤 한다. 그들은 친구의 이미지를 기억할 때 생사 여부나 빈부의 차이 등에 따라 서로 섞이지 않도록 따로 구분해놓는 듯했다. 나는 성격상 그렇게 선긋기나 구별 짓기에 익숙한 사람이 아니다. 아이들 사진도 꽤 되는데, 그들 중에는 집에서 공주나 왕자처럼 극진한 대접을 받으며 자라는 아이들이 있는가 하면, 고아원에 맡겨져 자라는 아이들도 있었다. 개중에는 아버지나 어머니가 인류의 미래를 위해 발 벗고 나섰다가 젊은 나이에 희생되어 세상에 혼자 남겨진 아이들도 있었다. 나는 그런 고아들의 사진과 그들 부모의 영정 사진을 겹쳐서 또 다른 서랍 한쪽 구석에 별도로 쌓아놓고 시린 마음을 달래곤 한다. 사진을 넣어두는 네 개의 서랍 중 세 개가 이런 안타까운 사연을 가진 가정의 사진들로 채워져 있다.

근래 이런 사진의 주인공이 한 식구 더 늘었다. 의사 뤄모若墨 씨와 그의 아내, 딸 샤오칭小青이다. 의사와 그의 아내는 얼마 전 한날한시에 같은 사건으로 한커우에서 목숨을 잃었고, 두 사람 사이에 남겨진 샤오칭은 태어난 지 6개월이 채 안 된 여자아기였다. 이 아이의 출생은 내가 지금 살고 있는 거처와 관련이 있으며, 나와도 연관이 있다.

돌이켜보면 슬프고 아련한 기억이다. 세 사람이 찍힌 사진 일곱 장을 책상에 늘어놓을 때마다 당사자들은 사라졌지만 내 뇌리에만큼은 깊이 각인된 과거의 흔적들을 조심스레 꺼내놓는다. 홀로 과거를 들춰낼 때마다 내 감정은 그 당시 기억들로 겹겹이 포위되고 만다. 누군가보다 좀더 오래 산다는 것은 정말 두려운 일이다. 죽어간 모든 것들이 내 기억 속에서는 언제든 부활할 여지가 있기 때문이다. 이는 실로 무겁고 부담스러운 짐이다. 사라진 우정, 사그라든 사랑, 죽은 사람, 끝난 일, 그리고 접어두었던 상상들이 긴 세월이 지나도 종종 뜬금없이 내 삶에 끼어들어 일상을 헝클어놓곤 한다. 특히 절제되지 않는 상상은 질척대며 들러붙는 벌떼와 같다! 나는 왜 이러한 것들에 얽매이는가? 나라는 인간의 삶이 시쳇말로 '이상주의자'에 가깝기 때문이리라!

내가 지금부터 10년을 더 산다면 우정이라는 감정에서 비롯된 무게감과 그동안 보고 듣고 겪은 인간의 애환, 진귀함과 고상함, 어리석음과 천박함의 기억들이 마구잡이로 뒤섞여 내 신경을 짓누르고 망가뜨리지는 않을지 우려된다. 사실 내 신경은 이미 노인의 척추처럼 휘어서 구부정해진 지 오래이다.

16개월 전……

하얀 삼각돛에 의지한 작은 배 한 척이 정박처인 강기슭을 벗어나 쪽빛 보석처럼 빛나는 수면을 향해 미끄러져 갔다. 청량하고 부드러운 바람이 불어오자 일렁이는 파도가 뱃머리와 뱃전을 가볍게 두드렸고, 선체가 물 찬 제비처럼 한쪽으로 기우뚱했다. 당시 나는 배 중앙의 돛대 아래에서 손 베개를 하고 누운 채 배와 경주하듯 같은 방향으로 흘러가는 흰 구름을 바라보고 있었다. 친구이자 의사인 뤄모는 둥글둥글한 얼굴이 벌겋게 상기된 채 담뱃대를 물고 있었는데, 폴로 칼라 셔츠와 노란색 반바지 차림이었다. 그는 바지 아래로 드러난 건장하고 탄탄한 종아리를 살짝 벌린 자세로, 한 손으로는 배를 조종하고 다른 손으로는 뱃전 옆 갈고리에 걸어놓은 용총줄을 두드리며 앞쪽을 주시하고 있었다.

전방으로 펼쳐진 매끈한 표면의 바다 위로 햇빛과 부딪쳐 보석처럼 빛나는 물비늘이 일렁였다. 하늘과 맞닿은 바다 끝자락에는 반시간 전 수출 무역선이 지나가며 남겨놓은 보랏빛 연기 흔적이 옅게 남아 있었다. 친구는 선장이라는 중책에 최선을 다하는 표정으로 작은 배를 몰고 있었다. 그의 진지함은 천연덕스러운 구석이 있었다. 평소 해부실에서 크기가 제각각인 칼들을 노련하게 다루며 인체를 해부할 때보다 자못 더 결연해 보였다. 그 모습을 보며 나는 웃음을 터뜨렸다. 조소 섞인 웃음으로 그의 반응을 이끌어낼 수밖에 없는 내 나름의 이유가 있었다.

그는 내가 웃어도 처음에는 무심하더니 나중에는 눈을 껌뻑이며 다리 사이로 키를 고정해놓고 담배 파이프를 입에서 빼냈다.

나는 그가 드디어 언쟁을 시작하려는 것임을 알아챘다. 이것은 오랜 불문율 같은 것이었다. 그는 담배 파이프를 입에서 좀처럼 빼지 않았다. 담배를 다 태워도 늘 물고 있었다. 심지어 밤에 잘 때에도 파이프를 물고 자다가 베개와 이불에 군데군데 구멍을 뚫어놓는 일이 다반사였다. 칭다오에서 함께 지내는 동안 나는 매일 밤 그가 자는 침대 주변에 물을 한 잔씩 놓아두었다. 좀처럼 고쳐지지 않는 그의 버릇 때문에 혹여 담뱃재 불똥이 튀기라도 하면 임시로나마 진화하기 위해서였다. 내가 아는 한 그가 파이프를 입에서 빼는 유일한 순간은 식사를 할 때와 입씨름을 할 때였다.

실로 인간은 희한한 존재이다. 사람들은 저마다 입으로 즐기는 특별한 기호들이 있다. 어떤 이들은 손가락을 물어뜯는 걸 좋아하고, 어떤 이들은 종이를 씹어대는 걸 좋아한다. 또 어떤 이들은 입에 연초煙草 따위를 수시로 쑤셔 넣는데, 특히 일부 여인들이 즐긴다는 소문 속 그것은 어지간해서는 거의 필수품에 가까울 정도이다. 동물 중 말이 유독 풀을 즐겨 먹는데, 그 특정 무리의 조상들이 말과 모종의 혈연관계에 있지 않았는지 합리적 의심이 든다. 이 부분에 대해서는 '진화론'자인 친구들이 더 훤할 것이므로 문외한인 내가 굳이 더 첨언하지는 않겠다. 담배를 애정하는 내 친구의 기호는 의사라는 직업 때문에 생겨난 것이었다. 그와 친분을 쌓아가며 가장 먼저 든 생각은 바로 이 담배가 그를 더 근엄하고 비합리적으로 만들고 있다는 것이었다. 의사라는 신분의 특성상 침착하고 근엄해야 하는 건 맞지만, 그의 성정이나 나이에는 그다지 걸맞지 않는다. 나는 아직 장가도 가지 않은 서른 살 미혼남의 입에서 어떻게든 담배 파이프를 빼내야 한다고 생각했다. 숱한 방법을 시도한 끝에 마침내 터득한 사실은, 나와 언쟁을 벌이는 상황이 되어서야 담배 파이프가 입에서 제거된다는 것이었다. 솔직히 나는 내가 선물한 담배 파이프가 그의 입에서 온종일 잘근잘근 씹히는 것이 애처로워서라도 그를 붙잡고 한없이 늘어지는 언쟁을 이끌어내야 했다.

나는 이런 내 행동이 옳다고 믿었다. 그와의 논쟁은 내게도 꽤 소득이 있었다. 생리학, 병리학, 화학 등 다양한 관점으로 사회현상을 설명할 수 있는 혜안을 얻었고, 내 일에도 적잖은 도움이 되었다. 무엇보다 내 친구를 훨씬 젊고 활기차게 만들어줄 수 있었다. 이번에 그는 피서 명목으로 멀리 베이징에서 여기까지 내려왔다. 이제 겨우 5월이므로 더위를 피해 떠나왔다고 하기에는 이른 감이 있었다. 그럼에도 일을 내려놓고 여기까지 온 것은 우리 사이에 오간 논쟁의 결과였다. 올 2월 베이징에 갔을 때 세뇌에 가까운 나의 잔소리에 '일'과 '담배'에 집착하던 그의 고집스런 습관은 조금씩 흔들리고 있었다. 헤어진 후 두 차례의 서신을 주고받는 동안에도 나는 '일' '담배'에만 고루하게 얽매이는 그의 삶이 노인들과 다를 바 없고 이치에도 맞지 않는다는 충고를 멈추지 않았다. 그도 자신의 습관을 합리화하는 장문의 답신을 여러 번 보내왔다. 하지만 결국 승복하고 홀연히 칭다오로 와서 나와 함께 머물고 있는 것이다.

그가 칭다오에 있는 동안 날씨는 그다지 덥지 않았다. 나는 그를 데리고 산이며 해안가며 며칠을 돌아다녔다. 웬만큼 둘러본 후에는 둘이서 매일 아침마다 해변에 나가 보트를 타고 해질 무렵에는 회화나무가 양쪽으로 늘어선 숙소 근처 오솔길을 따라 산책을 했다. 배에서든 오솔길에서든 말할 때를 제외하고 그의 담배 파이프는 늘 같은 자리에 한결같이 물려 있었다. 나는 수시로 그를 자극하며 대화를 유도했고, 말수가 많아질수록 그의 파이프도 자연스럽게 입이 아닌 손으로 옮겨졌다. 파이프를 빼는 순간에는 입에 문 담배 때문에 칙칙해 보였던 그의 얼굴에 환한 생기가 돌았다.

모든 토론과 주장에서 나는 늘 그 친구보다 감정적이고 급진적이었으며, 극좌파와 환상주의자 성향에 더 가까웠다. 미래에 경도되어 과거나 현재에 대해 염세적이고 부정적으로 발언하는 편이었다. 의사 친구는 모든 면에서 나와 반대였다. 그가 나와 엇박자를 내는 것은 토론 상대로서의 본분에 최선을 다함으로써 얻는 쾌감 때문이었다. 나는 그에게 즐거움과 생기를 되찾아주기 위해 궁지에 몰아넣지 않는 선에서 끊임없이 그를 끌어내고 자극했다.

의사 친구는 진지하게 무슨 말을 하려다가 내 웃음의 의중을 간파한 듯했다. 패기 넘치는 그의 말투가 새벽 공기를 갈랐다.

"뭘 웃는가? 배를 이렇게 몰면 안 되는 건가?"

"선장이니 당연히 그렇게 진지하게 조종해야지." 중간에서 말을 끊었지만, 실은 그가 선장 같지 않다는 말을 하고 싶었다.

잘 먹고 푹 자고 일어나서 비릿한 내음이 섞인 선선한 초여름 바다의 새벽 공기를 맞는 그의 기분이 어떤지 듣고 싶었다. 그런데 그때 보트가 갑자기 불어온 바람 탓에 한쪽으로 기우뚱했다. 선체의 균형과 방향을 맞추기 위해 돛의 일부를 거둬 밧줄을 바짝 당겨야 했으므로, 친구는 담배 파이프를 도로 입에 채워 넣었다.

내가 이어서 말했다.

"그냥 두게, 급할 거 있는가? 해수면이 저리 평온하게 뻗어 있는데 자유롭게 흘러가도록 내버려두게나. 예전에도 말했네만, 본업을 벗어난 일상에서는 감정이 어딘가에 매이지 않고 이리저리 거닐도록 두어도 무방하지 않겠나? 자네는 의사라는 본업에 대해서는 과할 정도로 진지하지 않은가. 다른 분야나 상상 속에서는 좀더 대범하고 거침없어도 괜찮아. 근엄하게 굴면 우리 둘이 영원한 친구가 되는데도 걸림돌이 될 뿐이네. 이유 없는 근엄함은 더더욱 그렇고!"

나는 단지 배를 조정하는 그의 모습을 두고 한 말이었다. 불필요한 '근엄함'은 덜어내고 잔잔한 해수면 위에서 적당한 자유와 즐거움을 만끽하라는 뜻이었다.

의사는 내 말의 의도를 오해했는지 담배 파이프를 덥석 빼면서 말했다. "동의할 수 없네!"

정색하는 그의 어조와 표정은 흡사 연극 속 성省위원회의 강경파 위원처럼 단호했다. 사실 이것은 그에게 일종의 습관이었다. 내가 문학가 입장에서 인생 다원론多元論을 펼칠 때마다 그는 자신이 의사이고 나는 정신적으로 나약한 환자의 입장임을,

그 자신은 과학적이고 합리적인 반면 나는 병적이고 무책임하다는 사실을 떠올리는 듯했다. 그는 의무감처럼 늘 반대 견해를 내세우며 나를 비판하고 반박하고 교화했고, 동시에 나를 구원하려고 했다. 설사 막판에 가서 내 말에 수긍하며 태세 전환을 할지라도 일단 처음에는 '동의할 수 없다'고 선을 그어놓고 시작했다. 나는 그의 의도를 십분 이해했다. 다만 그가 반론부터 들이미는 통에 내 의견이 시험 대상이 되고 비판당하는 이유들을 곱씹어야 했고, 덕분에 같은 문제나 주장에 대해 비교학적 관점으로 접근하는 진리를 터득할 수 있었다.

내가 그에게 말했다. "그럼 자네 의견을 말해보게. 고매한 학구파 의사 선생의 인생철학 좀 들어보고 싶네." 그는 입가로 가져가려던 담배 파이프를 도로 빼냈다.

"감정에 이리저리 휩쓸려도 늘 방향은 주시해야 한다네. 정처 없이 발길 닿는 대로 다니는 것이 산책이라지만 분명한 방향성은 있어야 하지 않겠나. 거리낌 없고 자의적인 행동은 권태로움을 표출하는 하나의 방식일 뿐일세. 인생의 어느 순간 도덕적 책임이 느슨해지면서 나타나는 전형적인 모습이지. 물론 때로는 그럴 필요도 있지만 필수적인 것은 아니라네. 나태해져서, 그리고 인생을 직시할 용기가 없어서 초연하고 거침없는 인생철학을 운운하며 살아가는 사람들이 어디 좀 많은가! 인생이 살아갈 만하다면 보다 정확한 방향을 고민하고 인류의 진보를 위해 기꺼이 책임을 짊어져야 하지 않겠는가. 조직적이고 질서 정연한 아름다움이 곧 진정한 아름다움이라네. 패기 넘치는 삶이야말로 높이 평가받아야 한다고 생각하네. 패기가 어떤 모습으로 드러나느냐고? 시인이 근엄하게 시어를 고르고, 화가가 근엄하게 색채를 배합하며, 음악가가 근엄하게 악보에 몰입하고, 사상가가 근엄하게 사색하고, 정치가가 근엄하게 눈앞의 난제에 대처하는 것. 위대한 결과물들은 모두 이처럼 진지하고 근엄한 태도에서 출발한다네. 농담도 정도껏 진지해야 마음이 동하는 법일세. 진지함 없이는 어느 누구도 절정에 도달할 수 없을 걸세. 그러니 놓쳐서야 되겠는가? 사람들은 쾌락과 행복이 근엄함, 진지함과는 완전히 상반된 개념이라고 착각하고 있네. 쾌락은 제약 없이 제멋대로 구는 것, 행복은 마냥 자유로운 것, 엄숙함과 진지함은 무미건조하고 경직된 것이라고 흔히들 생각하지. 근엄함이 모든 것을 이룬다네. 근엄함의 반대편에는 경박함이 있을 뿐이야. 그러나 쾌락과 행복에는 근엄함과 경박함 두 가지 면이 모두 있다네. 평범한 자들과 여자들은 경박한 쾌락에 안주하겠지. 하지만 그것이 포부 있는 번듯한 남자들이 원하는 경지는 아니지 않은가! 매사에 엄숙하고 진지할지라도 그 심연에서 원하는 것을 찾아낼 수 있다면 고독 속에서도 위대한 쾌락을 향유할 수 있네. 생각해보게, 자네만 하더라도 근엄함 없이 사색하고 글을 쓸 수 있는가? ……"

그의 변론은 그다지 고명하지 못했다. 온갖 이치로 무장하지만 너무 열중하다 보면 스스로 모순에 빠지기 일쑤였다. 오로지 나와 상반된 입장을 견지해야 한다는 일념 때문인지, 언젠가 다른 데서 내가 주장했던 견해들 중 그가 동조하는 부분들을 은연중에 인용하며 반박의 근거로 삼는 일도 종종 있었다. 처음에 나는 그가 '과학적' 근거에 입각하여 확신에 찬 주장을

294

할 수 있도록 이끌며 도와주곤 했다. 그러다 어느 순간부터 그는 치밀한 주장을 내세우며 스스로를 방어하기 시작했다. 때로는 그간 습득한 것들을 바탕으로 내 주장의 허를 찔러 바로잡으며 나를 당황시키곤 했다.

하지만 이번에는 그가 틀렸다. 아침부터 내 맥을 짚어보더니, 내가 정신적으로 온전치 못하기 때문에 영혼에도 문제가 생겼다고 생각하나 보다. 의사로서의 책임감이 발동한 그는 사설이 꽤 길었지만 뒤로 갈수록 모순을 드러냈다. 어떤 건 말해놓고도 잊어버려서 내가 예전에 했던 말을 무심코 가져다 반격하며 나를 웃게 만들었다. 그토록 '과학적'인 삶을 살지만 언쟁에서는 지극히 소탈하고 순수한 것이 그의 인간적인 매력이었다.

나는 미소 지으며 대응했다. "의사 선생, 자가당착에 빠지셨군. 그래서 결국 내 의견에 반대하는 것인가, 아니면 인정하는 것인가? 근엄함에 대해 해명하면서 자네 논리만으로는 설득이 어려우니 내 의견까지 갖다 쓰고 있지 않은가. 자네는 도대체 내가 말한 어느 부분에 동의할 수 없다는 건가? 나야말로 자네 의견에 공감할 수 없네. 난 그저 배를 제어하며 방향타를 조종하는 자네의 태도를 문제 삼았을 뿐이야. 그런 허세가 자네 눈에는 우습지 않은가? 담배를 물고 그렇게 근엄하고 꼿꼿하게 앉아 있으면 바람 따라 해수면을 떠다니는 작은 배 위에서 재미와 여유를 제대로 누릴 수나 있겠는가? 그게 궁금했을 뿐일세. 너무 멀리 나아가지 말게. 토론할 때는 주제에서 지나치게 벗어나면 안 돼. 이 배를 뭍에서 동떨어진 곳으로 몰아서는 안 되는 것처럼 말이네. 뭍에서 멀어지면 우리 모두 빼도 박도 못하는 지경이 될 테니까."

그 순간 그는 자신이 거론했던 이론의 출처가 기억난 듯 한바탕 웃었다. "그럼 안 되지. 무기가 엇갈렸나 보네. 내가 자네의 방패를 들고 방어하고 있었군. 자네야말로 이론적으로 진지해야 한다고 주장하는 사람이 아니던가! 아무럼 어떤가. 자네가 삶의 진지함을 강조한다면 나는 행동이 진지해야 한다는 입장이네. 자네는 생각이 근엄하지만 나는 일상이 근엄하달까."

"그렇다면 도대체 누가 맞는 건지 한번 말해보게."

"내 의견을 듣고 싶은가? 사실 우리 모두 맞네. 서로 위치가 다르니 관점이 다를 뿐이지. 이 배만 봐도 그렇지 않은가. 배를 몰 줄 알아도 그대로 두라고? 키 옆에 앉아서 그게 마음대로 되는지 한번 해보게나. 자네의 그 자유지향론에 따라 방향을 잡지 않고 흘러가는 대로 둔다면 이 배가 저 작은 섬 주변을 돌아 부표가 있는 곳까지 온전히 되돌아올 수 있을 것 같은가? 불가능할 걸세."

그가 담배 파이프를 도로 입가에 가져가려 하자 나는 다급히 다시 물었다. "그리고?"

"그리고 또 많지." 그가 파이프로 뱃전을 가볍게 두드리며 말을 이어나갔다. "지금 이 나라도 정처 없이 표류하며 목적지를 잃어버린 형국이지 않은가. 방향타를 잡은 자가 속수무책이니 배에 탄 사람들도 무방비 상태일 수밖에. 다른 배들을 보면서는 부러워하거나 적대시하는 감정을 드러내면서 정작 자신이 탄 배는 운명에 순응하도록 내버려두고 있는 거지. 위기가 닥쳐도 선장을 어떻게 도와야 할지, 눈앞의 곤경에 어떻게 맞서야 할지 모르고 있어. 민족의 운명을 싣고 나아가는 배를 초조하게 지켜볼 뿐 그것을 위험에서 구해내기에는 역부족인 거지. 그 이유가 뭔지 아는가? 진지하게 일하는 사람, 진지하게 사색하는 사람들이 없기 때문이라네. 배의 조정자도, 승선자도 구제 가망이 없다는 말일세. 배가 위험해지면 가장 먼저 평정심을 잃게 되지. 선상에서 여태껏 춤추고 즐기기만 하던 사람들은 전방을 보지도 못하고 바람 방향에도 익숙하지 않으면서 돛을 당겨야 하네, 키를 틀어야 하네, 온갖 트집을 잡고 훈수를 두겠지. 그러면 방향타를 잡은 선장이 아무리 용을 쓴다 한들 목적지에 안전하게 도달하기는 힘들 걸세!"

현재 통치자의 합법성을 인정하고 신뢰하는 듯한 그의 발언은 의사의 입장에서 보자면 일종의 수술적 처방과도 같았다.

내가 반문했다. "입장을 명확히 하게. 자네의 뜻은 지금 이 나라에서 키를 잡은 선장이 무능하다는 것인가, 아니면 배에 탄 자들이 소란을 피운다는 것인가?"

"풍랑이 심하지만 않으면 사실 문제의 소지는 없다네. '중국'이라는 배는 크기만 컸지 낡은 목재들을 옛날 방식으로 대충 얽어서 만든 뗏목에 불과해. 게다가 사방이 막힌 고요한 호수에만 있다가 거칠고 사나운 파도가 몰아치는 바다로 흘러나온 상황이야. 여태껏 풍랑을 만난 적이 없던 승선객들도, 노련미가 부족한 젊은 선장도 모두가 혼돈 속에서 우왕좌왕하다가 결국 지금의 형국에 이르렀다고 생각하네."

"그럼 미래에는 어떻게 될 것 같은가?"

"미래가 어떨지 누가 알 수 있겠는가? 의사는 절대 미래를 예단하지 않네. 현재만 볼 뿐. 향후를 명확히 내다보려면 현재 상태부터 진단해야 하지 않겠나. 환자를 다룰 때도 마찬가지라네, 어지럽거나 발광할 정도까지 열이 치솟지 않도록만 조치해주면 그래도 방법은 있을 걸세!"

의사 친구는 내가 뱃전 밖으로 손을 뻗어 바닷물을 만지작거리자 뱃머리를 틀 때 다칠까 봐 걱정되었는지 손을 내저으며 말했다. "이봐, 조심하라고. 손 집어넣게나. 선장의 지휘에 따르지 않으면 위험해질 수 있어."

나는 그의 명령에 순순히 손을 거두고 머리를 감쌌다. 그가 아직 파이프를 입안에 넣지 않은 걸로 보아 아직 할 말이 더 있어 보였기 때문이다.

"배에 탄 모든 이들이 고분고분 선장의 능력을 믿고 맡긴다면 중국이 그렇게 무너질 일은 없을 걸세!"

그 말에 차마 동조할 수 없었던 나는 다시 반박했다. "그렇지 않네. 배에 탄 승선객의 입장에서 말해보겠네. 선장이 모든 것을 처리하도록 믿고 맡기라고 했나. 물론 지배자에 대한 믿음이 두텁지 못하면 한 민족의 일이 틀어질 수밖에 없네. 하지만 지금은 믿고 맡겨야 하는지 여부는 차치하고, 믿고 맡길 만한지부터 따져야 한다는 것이 문제야! 시대가 왜 이렇게 혼란스러운지 아는가? 이미 불신이 팽배해 선장 자체를 바꾸고 싶은 거라네. 앞으로 선장이 되려면 새로운 방법으로 새로운 항로를 찾을 수 있어야 할 걸세!"

"자네 논리대로라면 지금 이 순간은 어떤가?"

"작은 배들만 타봤으나 그간의 경험에 비추어보면 나보다 자네가 낫네. 그래서 자네를 믿는 거지! 하지만 한 민족을 싣고 가는 거대 뗏목의 선장에 대해 평해야 한다면 미덥지 못한 게 사실이네……"

"그렇지. 다들 의심을 품으니 또 다른 믿을 구석을 기다리는 것이겠지. 모두가 지금 여기 있는 자보다 여기 없는 또 다른 누군가가 더 나을 거라고, 세대교체가 되어야 나아질 거라고 믿고 있어. 미래에 대해서는 희망을 품지만 현실에서는 회의감만 들 뿐이지. 사실은 틀렸다네. 혁명이 시험대에 올랐지만 이 실패가 결코 혁명의 실패로 귀결되는 것은 아닐세. 이전 세대 책임자들이 실패한 것일 뿐. 결핵에 걸린 환자는 3년 내지 5년 요양하면 되겠지만, 국가라면 말이 다르지 않겠나. 구제 방법이 없는 국가를 누가 3년에서 5년 만에 책임지고 호전시킬 수 있겠는가?"

나는 짧게 대답했다. "하지만 이 나라에서 이미 20년이나 시험을 해왔다면 결코 짧은 시간은 아니지 않은가!"

"그다지 긴 시간도 아니라고 생각하네. 자네는 20년간 얼마나 많은 관리자들이 교체되었는지 기억하는가? 러시아의 전례를 찾아본들 무슨 소용이 있겠나? 비교 자체가 되지 않는걸. 그들의 배는 우리보다 훨씬 견고해서 배에 탄 사람들이 수월하게 대응할 수 있다네. 선장을 바꾼 이후로는 권력과 두뇌 집단이 합심해 노동자들을 채찍질하며 오로지 국가자본주의 그 하나의 길을 향해 질주하고 있지 않은가. 그들의 배가 개조 후에 속도가 더 빨라지고 안정화된 것은 우리보다 환경이 훨씬 낫기 때문이네. 그들의 성공을 부러워해도 우리에겐 무용지물이지.

새로 다시 만들거나 기존의 배를 해체해 따라 만들고 싶어도 재료나 수준 모두 역부족이거든. 우리가 지금 할 수 있는 것은 보수하는 것뿐이라네. 가령 지금의 선장이 보수라도 해보겠다고 결단을 내려 걸림돌을 줄여나간다면, 그리고 학자들과 협력해 승선객들에게 각자 위치에 합당하게 일을 배당한다면 이 험난한 급류를 무사히 넘기고 배의 침몰도 막을 수 있을 걸세."

"하지만 여기저기 중독 증상이 심하고 썩어 문드러진 지 오래라 과연 쓸 만한 것이⋯⋯"

"그렇네만, 의사 입장에서는 심각한 중독 증상에 대해서도 진단을 내려야 하네. 그나마 다행인 것은 중독 현상은 유전될 가능성이 적다는 거지. 이전 세대가 중독에 빠졌던 원인만 파악되면 다음 세대는 늘 경계하며 주의할 수 있으니 말이야. 그러니 사상에 영양분을 불어넣을 전문가들을 확보해야 한다는 말일세. 전문가들이 나서야 해!"

"자네는 중국에 전문가가 있다고 믿나? 나랏일을 하는 부서나 관청에 앉아 있는 인물들을 과연 전문가라고 할 수 있는가?"

"없으면 키워내야지! 누에를 키우듯이 공리주의적 차원에서 적극 배양해내야 하네! 이전 세대의 절망감을 분명히 인지했다면 다음 세대는 소학교 교육부터 엄격하고 계획적으로 훈련해야⋯⋯"

"그게 말처럼 그렇게 쉽다고 보나?"

의사는 진중하게 대답했다. "쉬울 거라고 생각하지 않네. 하지만 내겐 그런 믿음이 있어. 우리에게 필요한 것은 바로 믿음일세. 우리의 두려움과 낙담은 심리적인 나약함에서 비롯된 것이거든. 믿음이 선행되어야 그 안에서 구원을 바랄 수 있다네!"

이러한 그의 믿음은 어디에서 왔을까? 참 흥미롭다. 나는 그때 일부러 언성을 좀더 높였다. "믿음? 지금 믿음이라고 했나? 의사라는 사람이 그런 단방약 처방을 내려서야 쓰나. 그건 하느님을 명분으로 살아가는 자들의 전용 구호가 아니던가. 자네는 신자가 아니고 의사라네! 믿음 자체는 원래 순수한 것이었지. 하지만 이제 그 두 글자는 천하고 파렴치한 부류들 때문에 진작에 시궁창 속에 처박히지 않았는가. 사리사욕으로 얼룩져서 때 묻고 빛바랜 지 오래됐어! 교회 소속이 아니지만 온종일 믿음을 외치는 일반인들도 있지 않은가? 과연 그런 믿음이 무슨 의미가 있으며, 어떤 결론을 얻을 수 있겠나?"

난색을 표하는 의사의 얼굴이 붉어졌다. 말문이 막힌 듯했지만 파이프를 입에 넣었다가 바로 다시 꺼내더니 나를 향해 고개를 저었다. "그래도 동의할 수 없네."

"그런가, 그럼 어디 자네 의견을 말해보게."

"난 여전히 믿음이 필요하다고 보네. 믿음 말고 민족을 하나의 방향으로 끌어모을 수 있는 다른 권력이나 수단이 있는가? 믿음을 가져야 하네. 믿음을 기반으로 통치권을 쥔 자에게 충분한 자유와 권리를 보장해서 최고의 결단을 내리도록 해야해. 믿음은 꼭 필요하네!"

"그래. 믿음의 필요성에는 나도 동의하네. 다만 낡은 것을 불신하는 상태라면 새로운 대안이 있어야 한다는 걸세. 새로운 것으로 대체하고 새로운 기반 위에 새롭게 믿음을 쌓아야만 돌파구가 생긴다는 거지. 이것이 내 믿음이네!"

"그건 요행일세. '요행'이라는 단어는 20세기에 적합하지 않아. 민족의 출로出路는 요행으로 얻을 수 있는 게 아니라네. 고대 그리스 전쟁이나 기원전 중국의 전차戰車 전투에서는 요행으로 성공한 사례들이 꽤 있긴 하지. 그렇지만 지금은 '연금술'이 그랬듯이 그 효력이나 마력이 거의 사라졌다고 봐야 하네."

"하지만 자네가 분명 의사는 현재만 진단할 수 있을 뿐 미래를 결정할 수 없다고 하지 않았나? 어째서 중국의 완전한 개조가 실패하리라고 단정하는가? 이 민족의 운명이 다수의 믿음에 달려 있다는 것이 자네의 논리 아닌가? 새로운 믿음이 우리 민족은 물론 다른 민족들에게까지 막대한 영향을 줄 여지도 있지 않겠나? 이건 부인할 수는 없을 걸세. 그렇지 않은가?"

"인정하네. 기독교 정서가 그렇게 변화해왔지. 막막한 절망감에 시달리기도 했고, 우매와 허세로 천국을 위해 희생되었던 근대 인류의 해묵은 감정들도 남아 있었어. 그런데 기독교가 쇠퇴하고 신이 해체되면서 '새롭게 등장한 뭔가'가 새로운 신앙의 대상이 되었고, 이것이 세계 각 민족을 통합하며 인류 종교의 감정적 귀착점이 되었다네. 흡입력 있는 미신임에는 분명하지만 난 거기에 믿음은 없네!"

"그럼 자네의 믿음은?"

"내 믿음 말인가? 나는……"

언쟁으로 감정이 다소 격해진 나머지 배를 몰아야 하는 그가 본분을 잠시 잊어버리고 말았다. 그 순간 배는 상선의 방향을 표시하는 부표 쪽으로 흘러갔고, 여차하면 해상의 부표와 부딪칠 수도 있는 아찔한 장면이 벌어졌다. 위험을 감지한 친구가 다급히 방향키를 한쪽으로 한껏 틀자 배가 멈칫하며 가까스로 부표를 비켜 지나갔다. 두 사람은 생각지도 못한 광경에 어리둥절해졌다. 그러나 사고로 이어질 뻔한 위험한 순간을 모면하자, 의사 친구는 나를 향해 혀를 내밀며 장난스러운 표정으로 눈을 찡긋했다.

"보게나, 방향키를 잡은 사람이 동행인과 사소한 언쟁으로 직무에 소홀했더니 어떤 상황이 벌어졌는지! 선장에게 도리 운운하지 말게. 키를 쥔 사람은 대부분 도의가 아니라 권력으로 그 자리를 차지한다네. 선장은 배 전체의 안위를 돌봐야지 한 사람의 편협한 의견에 흔들리면 안 되는 것일세. 선장의 항해 방식이 만족스럽지 않다면 도리를 따지며 말씨름을 걸기보다 차라리 유혈 투쟁을 하는 게 나을지도 모르지. 그런데 지금 중국의 형국이 어째서 이렇게 혼란스러운지 아는가? 지난 20년간 벌였던 지리멸렬한 투쟁 때문이라네! 새로운 방법으로 싸워보게. 멀리 내다보고 말이네…… 역사는 무수한 사슬이 서로 연결되어 끝없이 길게 이어져 있다네. 그것을 끊어내려면 믿음이 필요하다고!"

그는 자신의 믿음에 대해 설명하기 전에 물고기들이 엿들을까 봐 걱정이라도 되는 듯한 표정으로 바닷물을 바라보더니, 미소 지으며 파이프를 다시 입속으로 집어넣었다.

결론 없는 논쟁은 늘 그렇듯 매듭을 짓지 못한 채 마무리되었지만, 이러한 훈련 덕분에 내 친구가 전보다 당당해진 것은 분명했다. 그는 자신이 도대체 무엇을 믿는지 직접 입으로 말하지는 않았다. 어쩌면 말할 거리가 없는 것인지도 모른다. 내가 믿지 않는 것을 믿는 것처럼 행세할 뿐이었다. 내 의견에 의도적으로 엇박자를 내는 것은 앞에서도 말했듯이 본업인 의사로서의 직업정신이 배어 있는 탓이다. 다만 몸을 치료하는 그가 내 영혼도 즉시 고칠 수 있다고 착각하는 게 문제였다.

우리가 탄 작은 배는 이미 먼바다로 흘러가고 있었다. 나는 바다처럼 끝없고 광범위한 문제로 화제를 바꿀지, 배의 크기처럼 소소하고 일상적인 질문을 할지 잠시 고민했다. 마침 그가 평소에 여자 이야기를 일절 하지 않는다는 사실을 떠올렸다. 지금 그의 모습이 마치 새 신부와 작은 배에서 밀월을 즐기는 남편 같기도 하여 돌발 질문을 던졌다. "결혼 생각은 없는가? 연애도 좀 해야지." 그 순간 놀라서 얼굴이 붉어지는 그의 표정을 나는 분명 보았다.

예상치 못한 질문에 그가 대답을 피하자, 내가 또 물었다.

"어째서 그러나? 자네가 노인도 아니지 않은가? 그 파이프 좀 빼고 얼른 답해보게."

그는 정말로 파이프를 빼서 손에 쥐었다.

"여자가 뭐 그리 대수라고? 곁에 있으면 몸을 괴롭히고, 곁을 떠나면 영혼을 괴롭히는 존재일 뿐. 여자라는 존재가 시인들에게는 상상을 자극하는 신이오, 방탕아들에게는 관능을 자극하는 신이지만, 우리 같은 사람들에게 그런 신이 굳이 필요한가? 우리는 해야 할 일도, 져야 할 책임도 많은 사람들 아닌가. 한 여자를 위해 과도하게 시간과 정력을 소모하는 것은 실로 무의미한 일일세."

"시인이나 방탕아들에게만 신이 필요하다는 법 있나? 솔직히 내가 자네 입장이라면 시인이 공들이는 그런 신보다는 방탕아들의 신을 찾아보겠네. 자네처럼 좋은 사람에게는 신이 되기를 자처하는 여자들이 틀림없이 많을 걸세. 자네는 그렇게 믿지 않나?"

"그런 믿음은 부질없다는 게 내 지론일세. 솔직히 말하지. 누군가 내게 가장 싫어하는 것이 뭐냐고 물어본다면 두말없이 답할 자신이 있네. 기독교 청년회 신자들과 제멋대로 해석하는 여자들이라고. 이 두 부류 모두 내가 기피하는 대상이지."

부언하자면 내가 알기로 이 의사 친구가 절대 타협하지 않는 세 가지가 있는데, 앞서 말한 두 부류와 중국공산당 혁명에 극단적으로 회의적인 사람들이다.

편견인지는 몰라도 나는 좋고 싫음이 확고한 이 친구의 감정이 썩 미덥지 않았다. 그의 말을 더 이상 듣고 싶지 않았다. 계속 듣고 있다가는 내게 괜찮은 기억으로 남아 있는 몇몇 교회 친구들과 여자에 대한 개인적 호감마저 흔들릴 것 같았다. 여자 이야기가 거론되자, 어제 또 다른 친구로부터 받은 편지가 갑자기 떠올랐다. 목사의 딸이 조만간 칭다오에 도착할 예정이니 머물 거처를 알아봐달라는 내용이었다. 위 질환 때문에 몇 주간 요양하기 위해 칭다오에 오는 것이라고 했다. 친구는 편지에서 여자의 장점들을 장황하게 나열하며 공들여 소개했다. 지난 몇 년간 내게 힘든 일이 있었음을 아는 친구였기에 칭다오에서 함께 시간을 보내며 그간의 정신적인 시달림을 잊고 위안을 받으라는 배려였을 터이다. 의사의 말대로라면 목사의 딸인 그 여자는 나의 의사 친구가 경멸하는 두 부류의 특징을 모두 지닌 결정체였다.

나는 문득 친구의 말처럼 완벽한 여자라면 칭다오에 있는 동안 기회를 봐서 의사 친구에게 소개시켜주고 어떤 반응을 보일지 지켜봐야겠다고 생각했다. 사실 호기심 반 걱정 반이었다. 여자라면 질색이라는 그였지만, 실상은 그를 가까이서 보살펴줄 여자의 손길이 필요해 보였다. 게다가 나와 지내는 것보다 마음 맞는 배우자와 붙어 지내는 것이 훨씬 낫지 않겠는가. 그래서 사전에 언질 없이 혼자 결정한 후 두 사람을 맺어줄 나름의 묘안을 몇 가지 생각해두었지만, 결과적으로 그 방법들을 쓸 필요는 없었다.

10시 즈음 배를 돌려 뭍으로 돌아온 우리는 모래사장에 기다란 발자국을 찍으며 집으로 돌아왔다. 때마침 공교롭게도 목사의 딸이라는 ××가 이미 거실에서 기다리고 있었다. 내가 뤄모 의사와 함께 거실로 들어서자, 그녀는 의사 친구가 내게 써준 족자에 시선을 고정하고 있다가 우리를 보더니 다급히 몸을 돌려 의사에게 인사를 했다. 그녀는 의사가 주인이고 내가 주인의 친구라고 착각한 듯했다. 그녀를 탓할 이유도 없는 것이, 평소에 나는 워낙 옷차림에 무심했다. 중학생스러운 남색 무명천 파오즈*를 대충 걸친 후줄근한 행색과, 고운 여자 앞에 서면 쥐구멍이라도 찾고 싶어지는 시골뜨기 특유의 궁색함은

---

* 袍子: 소매가 길고 발목까지 내려오는 중국 고유의 긴 옷.

늘 내가 사는 곳의 화려한 거실과 어울리지 않고 겉돌았다. 일
전에도 궁색한 차림 탓에 처음 찾아온 방문객에게 하인으로 오
인받은 적이 있었다. 그가 주인의 근황에 대해 하도 캐묻기에
내게 관심이 많은 이 손님을 어떻게 대응해야 할지 몰라 난처
했었다. 겉모습만으로 상대의 신분을 단정하는 세상인지라 나
는 종종 부끄럽고 난감한 처지에 몰리곤 했다.

　내 의사 친구는 그녀가 기다리던 상대가 자신이 아니라고 곧
장 바로잡았다. 그제야 나는 주인 자격으로 그 손님에게 의사
친구를 소개했다. 거실이 너무 더워서였는지, 순간 손님의 얼
굴이 발그레 상기되었다.

　목사의 딸은 편지에 묘사된 것처럼 곱고 단정했으며, 온화하
고 자애로운 인상을 지니고 있었다. 그녀 곁에 있으면 남자들
도 행복해할 것 같았다. 그녀를 얻으면 시인의 신과 방탕아의
신을 모두 얻는 것이라고 해도 과언이 아니겠구나 싶었다. 나
는 그녀를 대면하는 순간 더욱 마음을 굳혔다. 첫 만남에서 그
녀가 의사를 나로 오인한 순간부터 두 사람이 천생연분일 거라
는 예감이 들었다.

　나는 점심 식사를 대접하고 한담을 나누며 여인을 좀더 붙잡
아두었다. 그사이 의사 친구가 목사의 딸이라는 존재가 불편해
자리를 피하지는 않는지 주시했다. 그가 자리를 뜰 생각은 없
어 보여서 일단 안심했다. 이야기를 나누는 동안 그는 파이프
를 입에 문 채 묵묵히 듣고 있었다. 파이프를 입에 물고 있으
면 확실히 나이가 더 들어 보이기에, 나는 어떻게든 그가 파이
프를 빼내고 대화에 동참하도록 만들어야 했다. 쑥스러운 모양

인지 단둘이 배에 있을 때 보여줬던 적극적인 기세는 찾아보기 힘들었다. 그가 말을 하도록 이끌어내는 것이 내게는 다른 어떤 일보다도 어렵고 버거웠다.

요양 명분이었지만 여자가 칭다오에 온 것은 나를 보기 위한 목적도 있었다. 오후에 그녀의 거처를 알아보러 셋이 함께 나서는 길에, 몇몇 지인이 위통이니 치통이니 여러 질환을 앓고 있다는 이야기가 나왔다. 나는 이때다 싶어 옆에 있는 친구가 얼마나 유능하고 믿음직한 의사인지 알려주었다. 진료를 받으러 찾아가면 흔쾌히 살펴봐줄 것이라고 장담하며, 그에게 진료를 맡기는 것이 최적의 선택일 수밖에 없는 이유를 구구절절 늘어놓았다. 이런 대화가 오가는 동안에도 의사 친구는 꿋꿋하게 파이프를 문 채 '책상물림 이상주의자 친구여! 제발 그만하시게. 그 정도로 충분하니 이제 그만. 이건 좋은 방법이 아니네'라고 말하는 듯한 표정으로 묵묵히 쳐다보았다. 나도 그다지 좋은 방법은 아닌 듯싶었지만, 적어도 환자가 내 제안을 마음에 들어한다는 것을 직감했다.

여인은 그가 위 질환 전문의라는 말에 처음에는 반신반의하는 표정으로 나를 쳐다보다가 의사 쪽을 돌아보았다. 나는 의사 친구가 무슨 말이라도 대신해주었으면 했지만, 그는 언짢은 기색으로 여전히 파이프를 내려놓지 않고 있었다. 나 역시도 호감이 없는 여자 앞에서 무표정하게 침묵하는 일이 다반사인지라 정색하는 그의 심정을 이해 못 하는 건 아니었다. 그 순간 진료 받으러 그를 찾아가라고 부추긴 경솔함에 후회가 밀려들었고, 나중에 그에게 원망을 들을 각오도 하고 있었다.

그런데 여인이 숙소로 돌아간 후 친구가 내뱉은 말은 의외였다. "저 여인의 말과 웃음에는 독과 같은 위험한 뭔가가 있는 듯하군."

나는 그게 무슨 뜻인지 알 수 있었다. 자기애가 강한 진중한 남자가 여자로 인해 평정심이 흔들려도 겉으로는 침묵하려고 애쓰는 상황을 나는 십분 이해했다. 나는 그 여인에 대한 언급을 최대한 자제했다. 그는 누군가에게서 그녀가 거론되는 것을 원하지 않을 터였다. 타인의 입에서 그녀의 이름이 오르내릴까 봐 두려워하면서도 정작 마음속으로는 영혼마저 말랑하게 만들어놓은 여인의 이름을 숱하게 부르고 있을 것이었다.

목사의 딸도 우리와 헤어진 후 오늘의 만남이 예사롭지 않다고 느꼈을 가능성이 컸다. 위 질환 치료에 능한 의사가 곁에 있는 데다 한 달 만에 완치가 가능하다는 말에 들떴을 것이다.

그날 이후로 의사 친구는 나와 배를 타고 산책하는 일 외에 해야 할 일이 하나 더 늘었다. 약속 시간이 되면 파이프를 문 채 여자의 숙소 쪽으로 갔다. 그곳에 도착하면 그는 입에서 파이프를 뺐다. 위 질환 치료에 가장 좋은 방법은 산책이었다. 칭다오 곳곳으로 이어진 크고 작은 길들은 산책하기에 최적이었으므로, 의사는 의무감 혹은 도덕심을 빌미로 환자와 동행하며 여기저기를 거닐었다. 그렇게 둘이 함께하는 시간은 갈수록 길어졌고, 횟수도 잦아졌다.

칭다오의 5월과 6월은 날씨가 좋아서 어딜 가나 짙은 녹음을 드리운다. 이름 모를 꽃들이 흐드러지게 피어나고, 하늘의 구름과 바다가 시시각각 다채로운 색을 만들어낸다. 건장하고 반듯한 그는 수려하고 단아한 여인의 치료를 위해 새벽과 황혼 무렵마다 다소 텁텁하지만 쾌적하고 부드럽게 감기는 노곤한 공기 속에서 꽃이 만발한 한적한 산책길을 함께 걸었다. 결과적으로 서로의 마음을 조금씩 차지하기 시작했다. 기호도 바뀌었는지 늘 그의 입을 보호하듯 틀어막고 있던 파이프도 어느새 사라졌다.

두 사람의 관계가 무르익으며 이전과 다른 기운이 감지될 즈음, 의사 친구는 한결 젊어 보이긴 했지만 내 앞에선 더 과묵해졌다. 간혹 여자가 내 거처로 올 때면 그들은 일부러 어색한 척했다. 여자가 귀가할 때는 친구가 배웅을 나갔다가 한참 지나서야 혼자 돌아왔는데, 들어와도 나를 피해 자기 방으로 얼른 숨어버렸다. 두 사람은 나를 어수룩한 책상물림 샌님으로 취급하는 듯했다. 그 무렵 책을 필사하느라 온종일 도서관에 틀어박혀 지냈던 건 사실이다. 하지만 실상은 친구가 불편할까 봐 도서관으로 자리를 피해서 일했던 것이다. 그의 침묵이 어떤 징후인지 나는 진작에 알아차렸다. 나의 판단을 확신했지만, 한편으로는 견디기 힘들었다. 당시 내가 심증으로 확신하고 있던 그들의 관계를 두 사람 중 어느 누구도 먼저 털어놓지 않았기 때문이다. 누구든 내게 터놓고 이야기해주길 바랐지만 아무도 언급하지 않았다.

나는 당시 서글픈 마음을 담아 50쪽이 넘는 분량의 일기를 써두었다. 두 사람에게 내가 신뢰의 대상이 아니라는 사실에 울컥했고, 나에게조차 감정을 은폐하는 의사 친구의 태도를 용

서할 수 없었다.

　결국 얼마 후 여자가 나를 찾아와 베이핑으로 돌아갈 예정
이라고 통보했다. 그 무렵 의사 친구도 베이핑으로 돌아가겠다
고 했다. 심지어 두 사람은 마침 목적지가 같으니 적적함도 달
랠 겸 같은 기차를 타겠다고 했다. 나는 누구도 붙잡거나 만류
하지 않았다. 두 사람을 데리고 나가 식사를 대접한 다음, 이등
칸 기차표 두 장을 사서 태워 보냈다. 그들이 차에 오르는 순
간에도 나는 예전처럼 적극적으로 나서지 않고 침묵했다. 그들
의 삶과 겉도는 고독한 내 모습만 다시 확인했을 뿐이다. 우리
는 각자 상대가 기피하는 부분을 건드리지 않도록 은연중에 서
로 말을 아꼈다. 떠나면서 두 사람이 계속 말을 건네기는 했으
나, 이별을 앞두고 억지로 쥐어짜는 빈말에 불과했다. 나는 여
인이 찾아온 첫날 의사 친구가 배에서 '여자'라는 존재에 대해
펼쳤던 지론들을 환기했다. 그 순간 의사 친구를 궁지에 몰아
넣을 수도 있었지만 애써 참아냈다.

　그 후로부터 10주가 지난 어느 날, 의사 친구는 베이핑에서
장문의 편지와 함께 붉은 꽃이 인쇄된 청첩장을 보내왔다. 편
지에는 내가 진작부터 알고 있던 사실들을 그제야 절절하게 털
어놓고 있었다. 진실한 우정을 추억하듯 행간마다 감성이 가득
했다. 편지 말미에는 '여자와 신자들을 무조건 배척하던 의사
가 어쩌다 보니 그 안에서 행복을 얻으며 자책하고 있다네'라
고 적혀 있었다. 내가 이미 알고 있다는 사실도 모른 채 마치
나에 대한 믿음과 고마움의 보답인 양 생색내는 뒤늦은 고백에
속이 쓰라렸다. 나는 그때 50쪽에 달하는 내 일기를 그들에게

부쳤다. 내가 결코 눈치 없는 답답한 샌님이 아니며 두 사람의
인연이 맺어진 배후에는 나의 의도적인 도움이 있었으나, 오히
려 그들이 눈치채지 못했던 것임을 깨닫게 해주고 싶었다.

불과 16개월 사이에 벌어진 일이었지만, 이 모든 과정이 내
기억 속에는 어두운 그림자로 깔려 있다. 지금의 내게 유일한
관심사는 중국이 어떻게 다시 일어서야 할지 고민하는 것이다.
나는 지금 『황인의 출로黃人之出路』라는 책의 집필에 진지하게
몰두 중이다. 나약하고 무력한 삶의 가치관을 어떻게 개조해야
할지, 젊은 친구들의 가슴에 어떻게 강인하고 견고한 인생관을
새로 불어넣어야 할지 참으로 복잡한 문제라서 선뜻 펜이 움직
여지지 않는다. 평소 입을 열지도 않고 글을 쓰지도 않으며 생
각이라고는 없어 보이는 사람들이 침묵 속에서 조용히 돌발적
으로 벌이는 놀라운 행위들이 내게는 그저 불가사의한 기적 같
을 뿐이다.

기억하건대 그러한 자들이 일상에서 만들어내는 기적들이
점점 많아지고 있다.

> 20년 7월 15일 칭다오에서 탈고
> 23년 10월 베이핑에서 수정
> (차이전을 기념하며)*

---

* 본 작품은 1932년 10월 1일 『신월』 제4권 제3호에 발표되었다. 필명은 선충원.

봄

　의과대학 3학년 학생인 판루스樊陸士는 키가 크고 준수한 외모에 은행나무처럼 듬직한 청년이었다. 지금 그는 미모의 여인과 함께 거실에서 걸어 나오고 있다. 그는 오늘 이 친구에게 할 말이 있어 여기까지 왔다. 독자들이여, 이 봄날 두 젊은 남녀가 이야기를 나누는 장소로는 거실보다 탁 트인 하늘 아래 꽃나무가 어우러진 조용한 정원이 더 제격이지 않겠는가. 그들은 이제 막 정원으로 건너가려는 참이다.

　그런데 두 사람이 정원 통로에 다다를 즈음, 종달새의 지저귀는 소리가 둘의 발길을 붙잡았다.

　의대생은 구리 재질인 새장 옆에 서서 옥구슬을 뽑아내는 듯한 종달새의 목과 입을 쳐다보며 진심으로 궁금하다는 표정으로 물었다. "누구한테 배웠길래 그렇게 즐겁게 노래하니?"

　그 장면을 보던 여인이 웃으며 말했다. "그 아이는 하루 종일 이렇게 즐거워 보여요." 그녀가 놀라게 하려는 듯 새하얀 손을 새장 쪽으로 뻗었다. 새는 폴짝 뛰어 옆으로 비켜 가서 또 태연하게 지저귀었다.

의대생이 새를 향해 말했다. "도도한 표정하고는. 내가 모를
까 봐? 네 녀석이 마냥 즐거운 이유를 난 다 알고 있지!" 아름
다운 주인이 있어서 그렇다는 의미였다.

여인이 미소 지었다. "이 아이는 자신에게 호의적인 상대를
용케 알아채는 것 같아요. 내가 와도, 우리 집 흰 고양이가 와
도 전혀 겁내지 않는다니까요." 이를 증명해 보이려는 듯 여인
은 손으로 다시 새장을 흔들었다. 영민한 새는 머리를 한쪽으
로 갸우뚱 기울이며 '아무리 건드려도 꿈쩍할 생각이 없다'는
듯 빤히 쳐다보다가 여인이 손을 거두고서야 다시 즐겁게 노래
하기 시작했다.

그 모습을 말없이 바라보던 의대생은 웃음을 터뜨렸다. "영
악하긴. 네 주인을 알아보는구나! 의사로서 경고하는데, 이렇
게 막무가내로 노래하다가는 언젠가 목소리가 망가지고 말 거
야. 한기가 들면 기침도 나고……"

새는 마치 인간의 언어를 알아듣고 앞에 서 있는 사람이 의
사임을 알아차린 것 같았다. 병이니 약이니 하는 말들이 들리
자 종달새는 진짜 알아들은 것처럼 머뭇대며 더 이상 목청 높
여 울어대지 않았다. 오종종한 머리를 옆으로 갸우뚱한 채 '그
럼 어떻게 해요'라고 묻는 듯한 다부지고도 다소곳한 표정을
지었다. 그런 새의 표정에 의대생은 한술 더 떠서 장단을 맞췄
다. "잘 들어. 좀더 자중하고 절제하렴. 매일 조금이라도 덜 지
저귀는 게 너한테 좋을 거야. 지금 네 옷도 너무 두꺼워 보이
는걸. 봄인데 왜 아직 털갈이를 하지 않니?"

옆에서 웃으며 지켜보던 여인이 남자에게 속삭였다. "이제

됐으니 그만해요. 계속 당신을 빤히 보고 있잖아요. 그러다간 저 아이가 매일 아침에 뭘 먹어야 하는지, 저녁에는 발을 씻어야 하는지까지 물어볼걸요."

"그럼 먹는 것은 뭘 먹어도 상관없다고 말해주면 되겠네요. 그 대신 평소에 좀더 자중하고 신중하기만 하면 된다고요……"

두 사람이 대화하는 모습을 신기하게 가만히 쳐다보던 종달새가 갑자기 의대생의 조언을 믿을 수 없다는 듯 다시 요란하게 지저귀기 시작했다. 의대생은 여인의 손에 이끌려 내리막으로 걸어가며 새를 향해 외쳤다. "못 믿겠다는 거야? 나중에 머리가 아파지면 다시 보자고. 내가 의사라는 걸 알면 믿지 않을 수 없을걸!"

두 사람은 내리막을 지나 정원에 도착했다. 완연한 4월의 봄날씨였다. 연일 맑은 날들이 이어지며 간간이 보슬비가 몇 차례 내리더니, 그사이 정원의 나무들은 새로운 모습으로 단장했다. 지면을 뚫고 올라온 가지각색의 화초들은 따스한 햇살 아래 얌전히 서서 누군가의 지휘에 장단을 맞추는 것처럼 질서정연하게 잎을 틔우고 꽃을 피워내고 있었다. 활짝 피었던 꽃들은 남은 소임을 다하기 위해 스스로를 떨구었고, 그 자리에는 대신 앙증맞은 열매들이 맺혀 있었다. 기다란 담장가에는 줄지어 심어진 벽도화가 탐스러운 자태를 뽐냈고, 황금빛에 가까운 노란 개나리와 고아하게 솟아나온 모란꽃들이 사이사이에 어우러져 있었다. 잔디밭 주변에 두 줄로 늘어선 해당화는 가냘픈 은백색 줄기에 수줍은 소녀의 얼굴빛을 닮은 꽃봉오리를 올망졸망 다소곳하게 매달고 있었다. 하늘에 떠 있는 흰 구름은 바람 결을 따라 서서히 움직이며 퍼졌다가 서로 몰리기를 반복했다. 구름이 떠밀려간 자리에는 바다가 연상되는 선명한 파란색 바탕으로 채워져 있었다. 구름을 움직이는 바람이 불 때마다 하늘을 향해 뻗은 연약한 나뭇가지들도 살랑살랑 흔들렸다. 바람이 몸에 닿을 때면 상쾌함과 나른함, 서글픔의 감정들이 한데 겹치며 스쳐갔다. 얼굴과 머리카락을 부드럽게 어루만지고 옷을 매만져주는 할머니 혹은 어머니의 손길이 떠올라서일까. 정원 곳곳에는 온갖 꽃향기와 풀 향기, 신선한 흙 내음이 은은하게 번지고 있었다.

앞서 걷는 여인의 뒤에서 의대생은 말할 기회를 엿보았지만 적절한 순간을 찾지 못하고 있었다. 봄에 어울리는 온화한 뒤태, 새하얀 목덜미와 팔에 시선을 고정한 채 여인을 뒤따르면서 속으로는 계속 궁리했다. 그때 여인이 앞에서 말했다. "여기 해당화 좀 봐요. 숫기 없이 여려 보이죠. 아까 종달새와 대화하던 것처럼 해당화에게도 말을 걸어보지 그래요?" 여인은 말하기를 좋아했고 말주변도 좋았다.

의대생은 앞으로 좀더 다가섰다. "해당화가 말할 줄 안다 해도 지금은 선뜻 입을 열기 어려울 거요."

"의사 앞이라 수줍어한다는 뜻인가요? 아니면……?"

의대생은 잠시 주저하다가 말했다. "주인의 미색이 워낙 출중하니 어떤 말로 찬양해야 할지 몰라서 그러지 않겠소! ……"

"됐어요." 여인은 그의 말을 툭 자르고는 한두 걸음 더 내디뎠다. 때마침 검은색 제비 한 마리가 머리를 스치며 지나가자 과거의 기억이 떠올랐다. "시 한 편 써준다고 하지 않았나요?

오늘 왜 시를 가지고 오지 않았죠?"

"여기 있습니다."

"어디 한번 봐요, 아니면 읊어보든지요. 당신은 세균학 연구 실력만큼이나 시에도 소질이 있어요."

"시는 여기 내 눈 속에 있답니다. 들어볼래요? 하늘의 구름은……"

"됐어요. 또 시작이군요. 내가 대신 읽어볼까요? 하늘의 구름, 땅의 신……, 당신 눈에서 그 시를 굳이 찾아내지 않아도 되겠어요. 예전부터 물어보고 싶은 게 있었는데, 언제쯤이면 나와 대화하며 그 아첨기 좀 덜어내고 진지해질 수 있어요? 아첨은 독약과 같아서 과하면 상대가 힘들어진다고요. 당신이 내 뱉는 말들 참 엉뚱한 거 알아요?"

웃으며 말하던 여인은 남자를 응시하며 '나는 당신의 약점을 다 꿰고 있다'는 듯한 무언의 표정을 지어 보였다.

의대생이 해명했다. "나도 알아요. 당신은 원래 아침 자체가 필요 없는 사람이죠. 하늘의 무지개 같은 당신에게 무슨 칭찬이 더 필요하겠어요? 비와 해가 함께 있어야 존재하는 무지개를 과연 무슨 말로 온전히 형용할 수 있을까요?"

"그만해요. 지금은 비도 내리지 않고 무지개도 없는걸요."

"무지개가 뜨려면 비와 해가 모두 있어야 해요."

"내가 진짜 무지개가 아닌 게 다행이네요. 그랬다면 해에 그을리고 비에 젖어서 어떤 요상한 꼴이 될지 알 수 없으니까요."

"당신은 비나 해의 힘을 빌릴 필요도, 꽃이나 다른 뭔가에 기대어 돋보이게 할 필요도 없는 사람이에요."

"아무래도 난 당신의 그런 시답잖은 빈말이나 받아주는 존재인가 보네요."

"말로 표현하려니 부끄럽군요. 천년이 지난 작품에서 공주의 아름다움이 고스란히 느껴진다면 그 시인의 유려한 필치 덕분이겠지요? 나는 천재 시인 축에는 못 끼는 사람이라 말솜씨가 많이 부족하오."

"겸손할 필요 없어요. 당신의 천재성은 누구나 다 인정하는 걸요. 학교에서 병리학을 가르치는 라크 박사도 극찬했을 정도 잖아요. 내 종달새도 당신의 조언을 다 알아들었고요. 물론 나도 그렇고요."

"시인이 될 수 있는 용기를 줘서 고맙군요."

"시인이 되려면 대화할 때 그렇게 작위적인 농담들은 자제하는 게 좋겠어요. 시인이 되고 싶다면 얼마든지 해요. 내가 반대할 이유는 없으니까."

해당화가 늘어선 오솔길 끝자락에 다다른 두 사람은 자색 등나무가 가득 얽힌 펜스를 돌아 걸어갔다. 야트막한 언덕 뒤 작은 연못에는 잔잔한 물결이 일고 있었고, 그 옆 버드나무 아래에는 등받이형 긴 벤치가 놓여 있었다.

여인이 다시 입을 열었다. "미래의 시인 선생님, 앉으시죠. 시는 언제든지 쓸 수 있지만 이 봄은 순식간에 지나가버린다고요. 저기 물빛 좀 봐요. 어쩜 저리 고울까요!" 여인은 의대생의 손을 끌어당겼고, 두 사람은 나란히 벤치에 앉았다.

의대생은 나란히 앉은 여인의 작고 흰 손을 맞잡고 꼭 감싸 쥐었다. 머리 위로 움직이는 구름에 시선을 고정하니, 먼 미래의 광경과 과거의 장면들이 겹쳐지면서 영혼에 작은 떨림이 일었다.

"어떻게 말해야 할까? 말하는 게 나을까, 말하지 않는 게 나을까?" 남자의 머뭇거림을 눈치챈 여인이 채근했다.

"뭘 그렇게 고민해요? 이 정원의 주인으로서 한마디 해도 될까요? 여기서는 시를 쓰지 말아요. 저기 제비 좀 봐요. 물결은 또 얼마나 고와요! 이 꽃은 내가 예전에 먹어본 적도 있어요. (꽃잎을 먹으며)…… 왜 아무 말이 없죠! 이 정원은 우리 둘이 즐기기 위한 공간이에요. 아버지도 여기저기 거닐며 마음껏 즐기라고 정원을 이렇게 널찍하게 꾸민 거라고요. 당신이 시를 짓다가 병이라도 났다고 하면 아버지도 분명 실망하실 거예요!"

의대생은 온화한 미소를 지으며 여인을 그윽이 바라보다가 고개를 저었다. "계속해봐요."

"계속 이야기하라고요? 난 당신이 하는 말을 듣고 싶다고요. 굳이 말하지 않아도 무슨 말을 할지 뻔하지만요. (남자 목소리를 흉내 내며) '하늘의 무지개와 당신이 어떻게 다른지 생각하고 있었소'라고 말하겠죠?"

의대생은 여인의 손과 포개어진 손에 더욱 힘을 주었다. "계속 말해봐요."

"당신이 이야기해요. 난 이야깃거리를 별로 준비하지 못했다고요! 하지만 당신이 그렇게 궁금하다면 내가 무지개와 어떻게 다른지 알려줄 수는 있어요. 무지개는 비를 두려워하지 않지만 나는 비가 두려워요. 비 오는 날은 견디기 힘들어요. 비가 오면 나의 종달새도 축 처져서 노래 부르기를 멈추죠. 저 제비 좀 봐요. 수면에 미끄러지듯 아슬아슬하게 날아다니는 모습이 물에 빠지는 걸 전혀 두려워하지 않는 것 같죠. 하지만 제비도 비를 두려워해요! 해당화도 마찬가지고요…… 결국 비를 두려워하지 않는 건 당신과 무지개뿐이네요. 대부분 비를 두려워한다고요…… 말해봐요, 비가 너무 좋다고 했었죠? 이젠 당신을 칭찬할 때도 무지개처럼 아름답다고 해야겠네요. 어서 말 좀 해봐요! ……"

여인이 작은 새가 지저귀듯 청아하고 고운 목소리로 한껏 들떠서 재잘거리자, 의대생은 행복에 겨워 그저 듣고만 있었다.

여인은 비밀을 알아냈다는 표정으로 의대생의 눈을 지그시 바라보았다. "당신들 남자들도 스스로를 치켜세울 줄 알아야 해요. 당신도 완벽하잖아요. ××의 이야기에서 나오는 것처럼 번거로움을 마다하지 않으며 당신만을 단장해줄 난쟁이 시종을 하나 두는 거죠. 하루 종일 당신 곁에서 수행하고 당신을 '사자'나 '호랑이' 같은 호칭으로 부르도록 하는 거예요. 당신은 그러한 호칭에 충분히 어울리는 사람이에요! 때로는 당신 앞에서 재주를 부리고 노래도 불러야겠죠? 안 그래요? 그리고 당신을 위한 '공주'도 물색해달라고 해야겠죠? 그 대신 당신도 이상적인 왕자의 모습을 갖추도록 스스로를 꾸며야 할 거예요 보검도 하나 필요할 거고요…… 그렇지 않아요?"

의대생은 마치 종달새 새장 옆에 있는 기분이었다. 그는 이 큰 종달새가 날아가지 않았으면 하는 마음에 여인의 작은 손을 더욱 꼭 붙잡았고, 여전히 고개를 끄덕거리며 한마디 보탰다.

"계속 노래해줘요."

"아, 계속 노래하라고요?" 여인은 다급히 손을 빼내며 당황스러운 기색으로 말했다. "나는 종달새가 아니에요!"

그제야 말실수를 깨달은 의대생은 여자에게 더욱 바짝 다가앉으며 말했다. "화내지 말아요, 당신 말대로 할 테니! 당신 목소리가 너무 듣기 좋아서 잠시 취했었나 봐요. 정말이에요. 방금 좀 특별한 생각을 했어요. 평소 당신과 떨어져 있어도 매 순간 내 영혼은 기억 속에 맴도는 당신 생각으로 붕 떠 있어요. 그럴 때면 난 행복한 사람이라고 생각했죠. 그때도 '행복'이라는 두 글자가 떠올랐는데, 지금 이 순간은 과연 어떤 말로 내 감정을 묘사해야 할까요?"

"이제 그만 띄워요. 남겨놓으면 다음에 쓸 일이 있을 거예요!"

의대생의 말문이 막히자 여인이 계속 말했다.

"그럼 시로 지어봐요! 하늘이여, 땅이여, 나의 이 감정을 어찌 형용할까요! 아아, 나는 선녀와 가까이 있어요…… 시인들은 대부분 그렇게들 시를 쓰고, 시가 완성되면 책으로 내서 파는 것 아니었나요?"

"어느 책에서 읽었던 구절이 떠오르네요. '당신이 내게 불러주는 노래가 형편없어도 내가 어떻게든 적합한 언어를 찾아낼 수 있기를 희망한다'는 주인공의 대사가 있어요. 당신이 내게 주는 행복도 그래요. 이 마음을 충분히 표현할 어휘가 부족해서 순간순간 말문이 막혀요." 그는 진심으로 더 이상 말을 이어가지 못하겠는지 여인의 손등을 자신의 입술 쪽으로 갖다대며 살짝 입을 맞추었다. 그의 행동이 어찌나 조심스러웠던지 여자는 다짜고짜 손을 뿌리치기 무안했다.

슬그머니 손을 빼낸 여인은 발그레해진 얼굴을 푹 숙인 채 웃음 지었다. "이러지 말아요. 그럼 화낼 거예요!" 그러고는 방금 전 남자의 돌발 행동을 잊어버린 듯 앞서 했던 대화를 계속 이어나갔다. "말문이 막히는 일은 없을 테니 걱정 말아요. 다만 진실과 아첨의 구분은 있어야 해요. 당신이 무슨 말을 할 때마다 의도적으로 환심을 사려고 아부하는 것 같은 의심이 들거든요. 적어도 그건 안 된다는 거죠! 내겐 확실히 보이니까요."

"선택할 수 있다면 지금이라도…… 하지만 당신이 정말 내 말에 진실과 아부가 뒤섞여 있다고 느끼고, 그 두 가지를 확실히 구분할 수 있다면 이제 당신이 하라는 대로만 말하겠소."

"구관조가 되겠다는 말인가요?"

"구관조가 되어도 좋아요! 적어도 함께 있는 동안 내가 하는 모든 말을 당신이 좋아해줄 텐데 구관조가 대수겠소?"

"그렇지만 너무 진지한 말도 때로는 듣기 싫어요. 진지함이 사람을 우매하게 만들기도 하거든요. 난 그런 아둔함도 싫어요."

"당신 앞에서는 똑똑한 사람이 되는 것보다 우매한 사람이 되는 게 더 쉬워요."

"그런데 거짓말하는 것과 우매한 척하는 것, 둘 중에는 후자가 더 괴롭죠."

"그럼 구관조 흉내도 낼 수 없겠군요."

"이야기를 잘 만드는 ××가 되어봐요. 나를 공주로 여기고 좀더 아름답고 완벽하게 묘사하는 거죠. 물론 당신도 왕자라는 걸 잊으면 안 되겠죠. 당신의 외모와 골격은 꽤 근사해요.

이 파오즈만 빼면요. 다른 정장으로…… 바꿔 입으면 좋겠어요. 나를 만나서 얼마나 감동인지, 이를테면 심장이 얼마나 뛰는지…… 헛소리라도 좋으니! 나와 함께 앉아 있어서 얼마나 행복한지 표현해봐요. ……주변에 시인 친구들이 많지 않아요? 말해봐요, 아니면 시로 읊어보든지요…… 내가 이렇게 기다리고 있잖아요!"

여인은 남자와 멀찍이 떨어져 앉아서 우아한 귀부인처럼 느긋하게 하늘을 응시했다가 노란 꽃 한 송이를 꺾어 향을 맡으며, 낮은 목소리로 연기하듯 혼잣말을 했다. "새장 속 새는 멀리 날지 못하고, 집에만 있는 사람은 쉽게 만나지 못해요. 내가 만약 여인과 사랑에 빠진 사람이라면 한밤중이라도 여자의 문을 두드릴 텐데." 그때 제비 한 쌍이 미끄러지듯 재빠르게 지나갔고, 공주로 감정이입이 되었던 여인은 화들짝 놀라 현실로 돌아왔다. "아, 저 새들 때문에 깜짝 놀랐어요!"

흐뭇하게 바라보던 의대생은 여인의 손을 멋쩍게 다시 끌어당기더니 "당신은 공주 같아요!"라고 말하며 그녀의 손등에 재차 입을 맞추었다. 여인은 또 재빠르게 떨쳐냈다.

"이건 아니에요. 왕자라면 왕자답게 체통을 지켜야죠! 어서 일어나요. 당신이 얼마나 거짓말을 잘 하는지 봐야겠어요!"

의대생이 아무 대꾸도 하지 않자 여인이 노래를 흥얼거렸다. "어리석은 사람들은 천국의 문이 활짝 열려도 내키지 않는 마음으로 문밖을 배회하기만 해요. 노랫소리가 사랑을 여는 열쇠라면 그 사람은 별빛 아래에서 1년이라도 기꺼이 노래할 거예요." 이어서 여인이 물었다. "나의 왕자님, 소설을 쓰는 친구들에게 듣기 좋은 노래라도 배우지 여태 무얼 했나요?"

의대생은 기회는 이때다 싶어 벌떡 일어났지만, 미세한 떨림이 계속되는 입술을 차마 움직이지 못했다. 여인은 짐짓 모르는 척하며 고개를 떨구었다. 어찌할 바를 몰라하던 의대생도 버드나무 아래쪽으로 비켜서 고개를 숙이고 있다가 다시 머뭇거리며 여인을 바라보았다. "진지하게 할 말이 있어요."

여인이 대답했다. "한번 들어보죠. 하지만 부디 재치 있고 품위 있게 말했으면 좋겠네요. 봐요, 난 이미 당신의 진지한 말을 들을 준비가 되어 있다고요."

"더 이상 놀리지 말아요. 이건 불공평해요." 의대생은 그 와중에도 정색기를 조금이나마 덜어내려고 억지웃음을 지었다.

"왕자가 되기로 한 걸 기억해요. 듣기 좋게 잘 포장해서 말해야 해요. 상처 주지 말고요!"

의대생은 여전히 어색한 웃음을 지으며 입가를 실룩거렸다. 뭔가 말을 꺼내려고 하다가 눈썹이 찌푸려지는 모습에 마지못해 여인이 또 나섰다. "뭐 해요? 그냥 앉아요. 왕자 행세도 할 필요 없어요. 앉아서 내 이야기를 들어봐요. 왕자 흉내가 애초부터 당신에게 무리였다는 거 알아요. 그러니 결국 당신이 나를 공주라고 칭한 것도 믿을 수 없는 거짓말이라는 증거죠."

"하늘에 맹세코 당신을 향한 내 마음은……"

여인 옆에 앉은 의대생이 말을 이어나가려 할 때쯤 노란색 나비 한 쌍이 그들 곁을 맴돌다 날아갔다. 그걸 본 여자가 말했다. "나비, 나비예요! 어서 쫓아가요! 어서! ……" 그러고는 진심인 듯 벌떡 일어나 나비를 쫓기 시작했다. 나비가 언덕 위로 날아가자 여인도 언덕 위로 따라 올라갔다. 의대생도 따라나서려고 할 때쯤 여자가 다시 뛰어내려오며 말했다. "어서, 저쪽으로 한번 가봐요. 내 대나무가 얼마나 자랐는지 보여줄게요!"

두 사람은 정원 모퉁이 대나무 숲으로 갔다. 여인은 여기저기 솟아난 죽순들을 세어보다가 결국은 숫자를 기억하지 못하고 자조적인 목소리로 말했다. "사랑도 불확실하고 죽순은 세어지지도 않네요…… 그냥 저쪽으로 가죠!"

갑작스러운 장면전환에 주춤거리던 의대생은 하던 말을 계속 이어나가기가 어색해졌다. 여인은 왜 그런지 알고 있었지만 무심한 척 연못가로 돌아가자고 제안했다. 두 사람은 좀 전에 앉았던 벤치에 다시 나란히 앉았고, 남자는 여인이 내민 손을 지그시 감싸 쥐었다. 둘은 대화를 계속 이어나가며 분위기를 바꿨다.

여인이 먼저 입을 열었다. "내가 보기에 당신은 왕자 행세도, 시인도 어렵겠어요. 그냥 하던 대로 거짓말 좀 섞어가며 말하는 게 낫겠어요."

"내가 어떻게 말해주길 원해요? 당신이 하라는 대로 하죠. 당신 앞에서 난 정말……."

"됐어요. 내 곁을 떠나면 당신이 얼마나 화끈거리고 머리가 아픈지, 기억력은 얼마나 나빠지는지, 수업 시간에는 어떤 농담을 했는지, 어떤 꿈을 꿨는지…… 그런 걸 이야기해주면 돼요. 거짓말이라는 걸 알지만 듣기는 좋아요."

"그러고 나서 또 어떻게 이어가죠?"

"더 이야기하기 힘든가요?"

"할 수 있어요. 그럼 한번 들어봐요. 나는 혼자 병원에 있으면 정말 견디기 힘들어요. 그런 고통을 어떻게 형언해야 할까요? …… 그러다가 둘째 주에 여기 와서 당신을 보면 기분이 좋아져요. 내 방의 작은 등이 말을 할 수 있다면 내 행동이 얼마나 우스운지, 내가 책상 위에 올려둔 당신의 사진을 얼마나 소중히 여기는지 증언해줄 수 있을 텐데요. 그리고……"

"그만하면 됐어요. 다 알아요. 그다음은 당신 꿈에 내가 관음처럼 흰색 옷을 입고 나타났다고 말하겠죠. 당신은 흙바닥에 무릎을 꿇고 앉아 내 옷자락에 입을 맞추고 내가 지나간 곳마다 입을 맞췄다고 할 거예요…… 늘 그런 식이었어요. 제발 부탁이니 이젠 다른 이야기를 해봐요. 이를테면 지금 이 순간 당신은 어떤 상태인지 같은 거요. 그 대신 너무 감상에 젖지는 말고요. 떨리거나 혀가 굳어서 말이 꼬이는 일은 없었으면 해요. 진지한 듯 미련한 그런 모습이 난 질색이거든요. 자연스럽게 해요. 그러면 우리 대화도 즐거워질 거예요!"

의대생이 고개를 끄덕이자 여인이 계속 말했다. "말해봐요. 당신이 거짓말을 해도 다 들어줄게요. 다 거짓말이라도! ……"

두 사람은 온갖 미사여구를 동원한 거짓말을 진지하게 주고받았다. 나중에는 의대생도 말을 꾸며내는 데 더욱 대담해졌다.

"내가 만약 당신을 받들겠다면, 아니 내가 당신에게 청혼한다면 승낙할 거요?"

여인은 조금의 망설임도 없이 대답했다. "당신이 그렇게 말하면 난 싫다고 거절할 거예요."

"내가 '당신이 거절하면 난 도망가서 다시는 오지 않겠다'고 말한다면요?"

"'당신이 가겠다면 붙잡지 않겠어요. 어서 가요'라고 말하겠죠."

"그럼 공주가 외롭지 않을까요?"

"외롭지 않을 수 있겠어요? 가겠다는데 다른 방법이 있나요? 하지만 이건 진짜가 아니니까 당신은 떠날 리 없는 거죠!"

"공주가 외로울까 봐 곁을 떠나지 않는다면 나는……"

"떠나지 않으면 난 당신과 여전히 함께 있겠죠. 입에 발린 칭찬을 들어주고 황송해하는 모습도 계속 보면서 당신을 가장 좋은 친구로 여기겠지요. 내 종달새에게 물어봐도 그게 맞다고 해줄 거예요."

"만약 내가 죽는다면요?"

"죽을 리 없어요."

"죽지 않을 수야 있나요? 당신이 나를 거절하고 나를 사랑하지 않으면 난 당신을 떠날 수밖에 없고, 결국 죽을 수도 있지요."

"그럴 리 없어요."

"분명 죽을 거예요."

여인은 고개를 한쪽으로 갸웃하며 무심하게 말했다. "왜 꼭 죽는다는 거죠? 이건 진짜가 아니잖아요! 동화 속 왕자들은 그런 결말을 맞이하지 않아요!"

"당신을 사랑하기 때문에 난 죽을 수밖에 없어요."

"당신이 날 사랑하는 건 말리지 않겠지만, 사랑한다면 끝까지 살아남아야 하지 않나요? 죽고 나면 어떻게 사랑할 수 있죠?"

의대생은 낮은 탄식을 내뱉었다. "진심으로 이야기해도 당신이 날 사랑하지 않으면 지금이라도 당장 떠나겠소. 당신을 얻을 수 없다면 나도 더 이상 보고 있는 게 힘드니까요."

"지금 잘 지내고 있잖아요?" 여인은 잠시 생각에 잠겼다. "이미 나를 얻은 것 아닌가요? 원하는 게 뭔가요? 내가 아버지에게 물어볼게요."

"난 당신의 사랑을 원해요!"

"당신이 싫다고 말한 적 없잖아요!"

"하지만 나를 사랑한다고 말한 적도 없어요!"

"만일 내가 '왕자가 진심으로 나에게 청혼한다면 나도……그를 난처하게 하지 않을 거예요'라고 말한다면요. 이걸 당신은 믿어요?"

의대생은 떨군 고개를 차마 들지 못했다. "더 이상 나를 가지고 놀지 말아요. 이제 가야 할 것 같군요. 난 남자니까요!"

"당신이 남자니까 가는 게 맞겠군요." 여인은 입술을 꾹 다물고 웃음을 참다가 슬쩍 말했다. "하지만 내 아버지가 이미 허락했다면요? 당신이 오늘 이것 때문에 올 걸 알고 일부러 자리를 피해주신 거라면요?"

의대생은 고개를 들어 여인의 얼굴을 쓰다듬었다. 여인의 눈을 그윽하게 바라보는 순간 모든 것을 깨달았다.

……

여인이 말했다. "당신은 남자잖아요. 결정적인 순간에 미련하게 굴지 않았으면 했는데, 결국 안 되는군요. 거짓말을 할 줄도 모르고 거짓말을 들어주지도 못하네요. 나의 왕자님, 저쪽으로 갈까요? 저기 해당화 아래에서 멋지게 말해줬으면 좋겠어요. 아까 하려던 말들 다시 듣고 싶어요."

하지만 남자는 한마디도 하지 못했고, 미소를 띤 채 여인과 나란히 걷기만 했다. 온 우주가 아름답게 펼쳐지는 듯했다. 결국 여인이 먼저 원망 섞인 어조로 말을 꺼냈다. "이것 봐요, 이런 날이 올 줄 알았어요. 당신이 더 이상 나를 띄워주지 않는 순간이 오리라는 것도 알아요. 내가 방금 한 말을 후회하고 있다면 당신은 믿겠어요? 당신이 이렇게 꿀 먹은 벙어리가 될 거라는 걸 진작에 예상했다면 믿겠어요? ……왕자가 먼저 행동하도록 기다렸다면, 당신이 내게 하는 달콤한 말들과 모습들을 좀더 즐길 수 있을 텐데 말이죠! ……하지만 나도 이상하게 공주 체질은 아닌가 봐요."

산책길 모퉁이에 다다르자 의대생은 말없이 여인을 품으로 끌어당겨 한참 동안 입을 맞추었다.

두 사람은 다시 묵묵히 오솔길을 따라 나란히 걸었고, 여인은 마음속으로 '이런 면은 또 왕자답네'라고 생각하며 혼자 슬그머니 미소 지었다.

21년 6월 칭다오

23년 10월 베이핑에서 수정

(판하이샨에게 씀)*

---

* 본 작품은 1932년 7월 1일 『현대現代』 제1권 제3기에 발표되었다. 필명은 선충원. 이는 작가가 『봄』이라는 제목으로 발표한 작품들 중 하나이다.

부식腐蝕

아직 잔잔한 열기를 머금은 눅진한 저녁 바람이 우쑹吳淞에서 상하이 자베이閘北 지역으로 불어왔다. 배수구 구정물이 뒤섞이는 작은 개울 일대를 바람이 훑고 지나가자, 인근 빈민가 사람들에게는 새삼스러울 것 없는 지독한 악취가 공기 중에 퍼지며 진동했다. 낮 시간대에 깔끔한 정장 차림으로 ×번 버스를 타고 조계지*의 아스팔트 길로 가는 사람들은 이 개울가를 지날 때마다 마주하는 역겨움과 지저분함에 분노했다. 눈살을 찌푸린 그들은 하얀 거즈 수건으로 코를 틀어막은 채 시 당국의 무책임함을 꼬집으며 비난을 쏟아냈다. 세금은 걷을 대로 걷으면서 이 일대 빈민들을 쫓아내지도 못하고, 불결한 지역을 제대로 정비하지도 못한다며 분통을 터뜨렸다. 누군가는 이런 불결한 사람들이 중국인 망신은 다 시킨다고 노여워하기도 했다. 버스 안에 외국인이 한두 명이라도 함께 타고 있으면 이

---

* 租界地: 청나라 말 서구 열강의 중국 진출로 인하여 중국 내 외국인이 행정 자치권이나 치외법권을 가지고 거주할 수 있도록 타국에 임대해준 지역.

곳 풍경은 버스 안 중국인들의 분노와 수치심을 더욱 끌어올리기에 충분했다. 걸레 같은 너저분한 색감, 염색 공장 혹은 양조장을 방불케 하는 고약한 냄새는 중국 상류층이 그리는 이상향을 보란 듯이 거스르며 현실에 잔존해 있었다. 상하이는 모든 것이 발전하고 뒤바뀌는 중이었다. 건축은 물론 도시에 존재하는 모든 것들, 길거리를 오가는 사람들까지 변화의 조류를 타고 새롭게 바뀌고 있었다. 그런데 유독 이곳만은 시내 관할 구역임에도 불구하고 늘 썩은 내가 진동하는 구차한 모습으로 남아 있었다. 날씨가 더워지면 더욱 가관이었다. 비가 한바탕 쏟아지고 난 후 다시 햇빛이 비치면 쓰레기 더미의 물기가 증발하며 뿜어내는 엄청난 악취가 코를 찔렀다. 그렇게 무더운 여름이 시작되면 사람들은 상의를 훌훌 벗어던지고 곳곳이 오물 천지로 변하며, 나지막하고 남루한 처마 아래마다 누런색 혹은 황갈색의 말린 고기들이 어지럽게 널렸다. 허름한 찻집 안에는 상의를 탈의한 사람들로 바글거렸다. 볼품없는 붉은색 바지를 입은 넓적한 얼굴의 여자들이 고래고래 언성을 높여 싸우기도 하고, 간혹 개울가에서 처진 젖가슴을 그대로 내놓은 채 체념한 표정으로 노래를 흥얼거리며 오물통을 씻기도 했다. 얼굴과 머리에 온통 버짐투성이인 아이들도 발가벗고 쓰레기통 앞에 쭈그리고 앉아 아직 쓸 만한 천 조각이나 폐깡통들을 그러모았다. 저들끼리 싸움이 나서 치고받으며 뒤엉키는 경우도 예삿일이었다. 분뇨선이 지나가는 다리 아래 작은 배 위에서는 노부인들이 걸걸한 목소리로 내뱉는 신세 한탄 소리가 행인들의 귀를 파고들었다. 눈에 보이지는 않지만 자글자글 주름진 피부에

볼품없이 쪼그라든 젖가슴을 드러내놓고 있을 게 뻔했다.

근처에는 인공적으로 정돈된 평지 구간에 석탄재 쓰레기 더미를 들어내어 만든 작은 공터가 하나 있었다. 대낮에는 사람들로 북적이는 곳이었다. 징을 치거나 북을 두드리는 사람들, 악기 연주를 하거나 공연을 하는 사람들이 저마다 한 자리씩 차지해 재주를 뽐내며 구경꾼들의 시선을 사로잡았다. 뱀 묘기를 보여주는 사람, 이를 뽑아주는 사람, 점괘를 보는 사람, 쥐약을 파는 사람, 지인들을 붙잡고 꿔간 돈을 받아내는 아낙네 등 곳곳에서 왁자지껄 웃고 떠드는 소리로 가득했다. 기름칠한 듯 온몸이 번들거리고 팔다리가 깡마른 아이들은 인파 속에서 재빠른 강아지처럼 여기저기로 뛰어다녔다. 지나가다가 몸을 부딪치기라도 하면 작정하고 온갖 욕을 쏟아냈는데, 애먼 사람에게 저주를 퍼부으며 스스로를 위안하려는 듯했다. 시 공안국으로서는 이 너른 공터가 쓰레기 더미에 묻혀 방치되지 않고 사람들이 어울리는 공간으로 쓰이고 있다는 것만으로도 감지덕지한 상황이었다.

밤이 되자 사람들은 으레 그렇듯 어김없이 각자의 거주처를 향해 흩어졌다. 먹을 것이 없는 사람들은 배를 채울 뭔가를 찾아야 했고, 거처가 없는 사람들은 누워서 하룻밤 머물 자리를 찾아야 했다. 어둠이 내려앉은 공터의 풍경은 낮과는 사뭇 달랐다. 개울 맞은편 도로의 가로등에 차례로 불빛이 들어올 무렵, 누군가 널찍한 공터 한편에 작은 등을 내려놓고 자리싸움이 필요 없는 혼자만의 야간 일정을 시작했다. 작은 등불에서 희미한 불빛이 새어 나와 주변을 비추었다. 바닥에는 붉고 검은 글자와 정체불명의 초라한 그림으로 장식된 해진 천 조각이 깔려 있었다. 거기에 점잖아 보이는 중년의 남자 하나가 등불 옆에 서서 시를 흥얼거리고 있었다. 바람이 불자 그가 몸을 한껏 웅크리며 쪼그려 앉았고, 불빛 사이로 남자의 누르스름한 얼굴이 언뜻 비쳤다. 그는 낡은 천이 바람에 날아가지 않도록 손을 뻗어 천의 네 귀퉁이를 작은 돌멩이로 눌러놓았다. 주변에 인기척이 있는지 다시 한번 살폈지만 그림자 하나 보이지 않았다. 쌀쌀해진 저녁 바람을 맞으며 비를 뿌릴 듯한 기세로 무겁게 내려앉은 밤하늘을 쳐다보니 적적한 마음이 솟구쳐 올라왔다. 그는 다시 일어나『유장상법』*의 구결**을 아까보다 더 크게 읊조렸고, 강태공姜太公이 여든두 살에 문왕文王을 만났다는 내용의 시를 읊기도 했다. 그가 부를 수 있는 것은 다 불러보는 모양이었으나 분위기는 전반적으로 침울하고 처량했다. 앞으로도 고생문이 훤할 테지만, 그는 강태공의 생일과 자신의 팔자를 나란히 펼쳐놓고 말없이 점괘를 따졌다. 초라하기 짝이 없는 자신에게도 언젠가는 운이 트여 볕 들 날이 올 거라고 믿었다.

이 남자는 낮 시간에도 이 공터에 나타났다. 사람들은 그가 어디에서 왔는지 알지 못했고, 굳이 알고 싶어 하지도 않았다. 강황처럼 누렇게 뜬 얼굴, 학자의 마지막 체면인 양 듬성듬성

---

* 『유장상법柳莊相法』: 중국 명대明代의 관상서.
** 口訣: 한문을 읽을 때 독송讀誦을 위해 각 구절 아래에 달아 쓰던 문법적 요소를 이르는 말.

남겨둔 수염, 정수리 위에 얹은 기름기 범벅의 모자, 기름때로 얼룩덜룩한 청색 마과*와 몸에 맞지 않는 너덜너덜한 창산**은 볼품없고 너절해 보일 따름이었다. 그는 구경꾼들로 북적이는 낮에는 손톱이 길게 자란 두 손을 휘적대며 군중들 틈을 파고들어가 『마의상법』이나 『유장상법』을 타지 발음으로 유창하게 읽어댔다. 유난스러운 동작과 함께 관상법의 요점을 설명한답시고 침까지 튀겨가며 열변을 토했다. 간혹 인파 속에 미리 점찍어놓은 아이 하나를 데려다가 신들린 듯 앞뒤로 훑어보며 아이의 가족 수를 맞히기도 했는데, 고용된 아이가 고개를 끄덕이며 후다닥 도망가면 순식간에 사람들이 몰리기도 했다. 하지만 사람들은 이내 흥미를 잃었다(대다수 사람들은 돈을 주고 아이를 고용했음을 알고 있기 때문이다). 용해 보이는 관상가이지만 흔쾌히 돈을 던져주거나 관상을 보는 사람이 없었으므로, 주변 사람들도 호기심이 동하다가 이내 다른 곳으로 하나둘 흩어졌다. 장사가 안 되면 이 문인은 옆에서 빌려 온 긴 의자에 앉아 『위수방현』*** 같은 이야기를 조용히 외우다가 낮잠을 청하거나 『당시삼백수唐詩三百首』를 읽으며 해가 지기를 기다렸다. 온갖 방법으로 호객 행위를 하는 장사꾼들, 북과 장구 소리에 이끌려 구름 떼처럼 몰려가는 사람들, 시끌벅적하게 웃

---

* 馬褂: 소매가 길고 앞섶을 포개어 끈 단추로 채운 남성용 중국 전통 상의.

** 長衫: 발등까지 내려오는 길이에 옆부분을 터서 활동에 편하도록 제작한 두루마기 형태의 중국 전통 남성 의복.

*** 『위수방현渭水訪賢』: 주周 나라 문왕文王이 사냥을 나갔다가 위수渭水에서 낚시하는 강태공을 만나 지혜를 얻고 스승으로 추대한다는 이야기.

고 떠드는 군중들을 넋 놓고 지켜볼 때도 있었다. 그러다가 동전이 꽤 묵직하게 들어온 날이면 찰랑대는 동전 소리에 위안을 얻기도 했다. 길고 긴 낮은 늘 그렇게 흘러갔다.

밤이 되면 치열했던 호객 행위는 잠잠해졌고, 조계지 쪽에 사는 마부나 주방장, 미장이, 도사, 가정부 같은 특수한 단골들이 바람을 쐬러 공터로 찾아왔다. 그즈음 그는 다시 기대를 품고 등불 아래 빈 공터에 홀로 좌판을 펼쳤다. 그가 켜놓은 등불은 이곳을 지나는 사람들의 시선을 끌기에 충분했다. 별 생각 없이 두리번거리는 것 같아도 화회花會*의 방향을 점치거나 운세를 물어보기 위해 동전 몇 개쯤 선뜻 내놓는 사람들이 더러 있었다. 낮에는 시답잖은 잡설처럼 치부되던 것이 저녁에는 꽤 괜찮은 수입원이 되었다. 막연함 속에 길을 알려주는 노릇을 하고 있으니 그도 정신을 바짝 차려야 했다. 누군가에게는 말 한마디가 힘이 되기도 하므로 말도 상대를 보며 가려서 했다. 단골손님들의 상황에 맞게 적당히 조절하며 그는 낮에 못다 한 장사를 밤 시간대에 메워나갔다. 9시에서 10시 무렵이 되면 그도 무술 묘기꾼과 뱀 묘기꾼이 머무는 누추한 숙소로 돌아갔다. 침대 머리맡에 앉아 주인이 올려놓은 뜨끈한 차를 마시거나 침대에 기대어 담배를 피우며 자정까지 버텼다. 그는 폐결핵이 없지만 기침을 습관적으로 자주 했다. 관상을 보러 온 사람들에게 딱히 할 말이 없으면 기침으로 때우던 것이 버릇이 된 것이었다. 따뜻한 차를 충분히 들이키거나 담배를 피

---

* 花會: 중국 청나라 때 상하이에서 유행한 도박의 하나.

우며 낮 동안의 피로를 풀어야 했지만, 사방에서 들려오는 코 고는 소리에 흡사 돼지우리에 갇힌 기분이 들었다. 한쪽에서는 낮에 그렇게 용쓰고 목청껏 외치며 벌어들인 푼돈으로 도박판을 벌이는 어리석은 무리들의 소리가 그를 괴롭혔다. 그에게는 여윳돈이 있었고, 거적때기 위에는 큼지막한 빈대들이 우글거렸다. 아직은 운을 시험할 때가 아니라고 마음을 다잡으며 개어놓은 겉옷을 베개 옆에 놓고 잠을 청해보지만, 그는 여전히 불이 밝혀진 그곳에 자꾸 신경이 쓰였다. 저들이 돈을 다 잃고 파장하기 전에는 편안하게 잠들 수 없을 것 같았다

비가 오면 상황은 더욱 열악했다. 비가 오는 날이면 공터에서 겨우 밥벌이를 하던 사람들은 약속이나 한 듯 걱정스럽게 처마 아래로 나와서 바깥 풍경을 넋 놓고 하염없이 바라볼 뿐이었다. 그래도 문인은 소일거리가 있는 편이었다. 비가 내리는 날이면 그는 비를 소재로 한 당시唐詩를 꺼내 읽으며 시간을 보냈는데, 간혹 편지를 대필해달라고 하거나 아이가 열이 나니 부적을 써달라고 하는 사람들이 찾아왔다. 그러니 그의 생활은 다른 이들에 비하면 그나마 덜 단조롭고 넉넉한 편이었다. 게다가 무더운 여름인 탓도 있었다. 여름이란 원래 의지 없는 사람들이 한없이 늘어져 있기 좋은 계절이 아니던가!

비가 쏟아지기 직전 하늘에는 군데군데 먹구름이 걸려 있고, 처마 밑에는 사람들이 누워서 부채질을 하고 있었다. 아이들은 다리 난간에 앉아 멀리 불빛으로 수놓인 도시 번화가의 모습을 바라보고 있었다. 공터는 인적 없이 휑뎅그렁했다.

서양인들이 사는 조계지와 그리 멀지 않은 이 개울가 주변

으로는 조계지 버스를 타고 지나가며 코를 틀어막는 사람들이 상상조차 하지 못하는 풍경들이 펼쳐진다. 낮고 허름한 집들이 빼곡히 들어선 이곳에는 정처 없는 하층민들이 물을 찾아 몰려드는 물고기처럼 여기저기서 흘러들어 왔다. 세상을 전전하며 방황하다가 새로운 변화에 매몰되고 떠밀린 사람들이 이곳에 정착해 머물렀다. 겉으로 보기엔 조잡하고 불결하며 악취로 뒤범벅된 곳이지만 꽤 많은 사람들이 터를 잡고 살아가고 있었다. 다양한 부류가 복잡하게 엉켜 지내다 보니 서로 얼굴을 보면 '어떤 사연과 굴곡을 겪었을지' 의문이 생기기 마련이었다. 그들은 이곳에서 얼마나 머물러야 하는지 스스로도 알지 못했다. 체면이나 예의 따위는 일찌감치 벗어던졌고, 서로 악다구니에 드잡이를 벌이는 일도 다반사였다. 온전한 옷이나 깨끗한 양말 한 켤레 제대로 갖춘 이가 없었고, 기행을 일삼는 자들도 많았다. 모두가 고지식하고 완강한 것은 아니었지만 대부분 성질이 드세고 사나웠다. 우매함과 교활함, 부도덕함, 자만함이 서로를 할퀴고 자극했다.

지금 이곳은 여기저기 떠돌던 부랑아들의 집합소가 된 지 오래였다.

여관을 운영하는 주인은 붉은색 바지 아낙 부대 중에서도 가장 우악스럽고 드센 여자였다. 마흔 살 가까이 되어 보였는데, 늘 문제를 일으켰다. 낮에 투숙객들의 음식을 준비하다가도 툭하면 남의 일에 참견하며 법석을 떨었다. 밤이 되면 남자와의 그 일을 해볼 요량으로 사내 하나를 찍기도 했는데, 성에 차지 않으면 잠든 아이를 깨워서 괜히 매질을 하거나 긴 죽간으로 애먼 숙박객들을 내쫓으며 분풀이를 했다. 주인의 아이는 아홉 살가량 되어 보였다. 누구도 아이의 아버지에 대해 묻지 않았다. 얼굴에 마른버짐이 하얗게 핀 아이는 1년 내내 꾀죄죄한 몰골이었고, 온종일 밖에서 이유 없이 시비를 걸거나 못된 짓을 하고 다녔다. 낮에는 뱀 묘기꾼 옆을 지키고 있다가 부주의한 틈을 타서 뱀을 꺼내 장난치는가 하면, 마술꾼의 좌판을 어슬렁거리며 마술 속임수를 까발리기도 했다. 어쩌다 시비라도 붙으면 또래 아이들이 상상조차 하기 힘든 상스러운 욕설을 퍼부어댔고, 남의 물건을 훔치면서도 태연하기 짝이 없었다.

통상 이런 빈민가의 여관들은 하루에 동전 11냥만 내면 낡은 침대에 발을 뻗고 누울 수 있었다. 10문文을 추가로 내면 찻집에서 차 한 주전자를 마실 수 있었는데, 주전자째로 가져와서 마시다가 다음 날 돌려주어도 상관없었다. 간혹 짐을 챙기다가 찻주전자를 제 물건인 양 무심코 집어넣는 투숙객들도 있었다. 찻주전자가 사라지면 주인은 바로 알아채고 득달같이 따졌다. 손님이 모르는 일이라고 잡아떼면 짐을 뒤져서라도 찻주전자를 찾아냈고, 육두문자를 퍼부으며 밀쳐냈다. 그쯤 되면 그 투숙객도 한바탕 거친 욕설로 되받아친 후에야 문을 나섰다. 그러다가 결국 뒤엉켜 한바탕 소동이 벌어지고 찻주전자는 내동댕이쳐져 박살이 나곤 했다. 이 지긋지긋한 싸움은 찻집 주인이 달려와 배상금은 필요 없다고 말려야 끝이 났다.

여관에서도 음식이 제공되지만, 주인이 만든 음식은 이곳이 초행인 손님들이 주로 주문했다. 이곳에 익숙해진 사람들은 여관 주인의 음식을 먹지 않았다. 허기질 때마다 바로 배를 채워야 하는 그들 주위에는 저렴한 먹거리들이 여기저기에 널려 있었다. 역한 냄새에 모양도 변변치 않은 데다 만든 지 몇 날 밤이 지나 파리가 들러붙고 이미 변색된 것도 있었지만, 가판에 진열된 음식들은 돈만 주면 사먹을 수 있었다. 상류층 사람들이 먹는다는 떡이나 고기를 여기에서도 사먹을 수 있었다. 상류층 사람들이 여름에 수박을 먹으며 술과 담배를 즐긴다면 이곳에서도 쟁반 가득 수박을 썰어놓고 담배와 술을 무제한으로 즐길 수 있었다. 조계지 사람들이 먹고 마시고 향유하는 것들을 빈민가에 산다고 해서 누리지 못할 일은 없었다. 상류층 사람들이 먹으면 이곳 사람들도 먹었다. 다만 내용물의 질이 다를 뿐이었다. 술의 경우 독주에 물을 섞어 병에 담은 다음, 정부 인지세 딱지와 함께 상호명을 붙여놓으면 그만이었다. 웬만한 술은 색깔별로 그럴싸하게 흉내 내며 만들어냈다. 빈민가 사람들은 돈이 생기면 그런 술을 진탕 사마시고 패악을 부리거나 한바탕 게워내기를 반복했다. 늘 상한 음식을 먹고 세파에 시달리는 것이 일상인 그들에게는 알코올의 독성 반응도 즉각 일어나지 않았다. 이를 아는 점포 상인들은 가짜 인지세 딱지를 태연하게 붙여대며 술이 일으킬 수 있는 부작용에 대해서는 모르는 척 함구했다.

문인이 머무는 여관 근처에서 비스듬히 뻗은 길을 지나면 공안국 파출소가 있었다. 시 공안국은 어중이떠중이가 모여 거주하는 이곳 사람들의 존재를 잊은 적이 없었다. 구청장부터 일선 경찰들까지 이곳에도 사람들이 기거한다는 사실을 놓칠 리 없었다. 거주민들은 생계 활동에 따라 집세, 영업세, 노점

세, 인력거세 등 각종 세금들을 관청에 내야 했다. 공안 당국은 적은 액수의 세목에도 신성한 국세 징수 의무를 위해 사람을 파견하는 일을 단 한 번도 거르지 않았다. 위생세, 치안세같이 거창한 명목의 세금도 당연히 존재했다. 이곳 빈민가 주민들은 주변 환경에 전혀 신경 쓰는 법이 없어서 경찰들이 개울 주변과 동네 구석구석을 수시로 순찰해야 했다. 그대로 방치하면 얼마나 끔찍한 지경에 이를지 알 수 없으므로 위생비 징수는 필수적이었다. 게다가 온갖 뜨내기들이 뒤섞이는 곳이라 걸핏하면 아수라장이 되곤 했기 때문에 치안을 살피는 경찰 몇 명은 필수적으로 배치해야 했다. 시비가 붙은 자들을 구치소에 데려가 심문하거나, 위법자들에게 벌금을 부과하거나 주의를 주는 일도 그들의 몫이었다. 크고 작은 소란이 매달 얼마나 있을지는 가늠할 수 없었다.

파출소 경찰들은 세금을 걷을 때나 조금 분주할 뿐 다른 날들은 비교적 한산했다. 시비가 붙은 사람들은 파출소로 데려와 반나절 동안 붙잡아놓고 한참 심문한 후에야 풀어주었다. 보초 근무를 서는 경찰은 툭하면 자리를 비웠다. 찻집에 앉아서 따뜻한 차를 마시거나 지인들과 신문에 나온 기사에 대해 이야기를 나누며 길고 긴 낮 시간을 소모했다. 가끔 공터 여기저기를 돌아다니며 관상가에게 들르거나 서양식 안경을 파는 가판대 근처를 배회하기도 했다. 밤이 되면 공터 주변에서 똥을 싸는 야생 개들을 쫓아내기도 했다. 주인 없는 떠돌이 야생 개들도 귀하신 몸인 공무원들을 마주치면 꼬리를 내리고 잽싸게 골목으로 사라졌다.

인적이 없는 공터에는 관상가 문인이 또 홀로 등불을 켜고 평지에 한참 동안 서 있었다. 그 모습을 발견한 야간 근무조 경찰 하나가 길을 가로질러 걸어가 이야기를 건넸다. 독한 모기가 두 사람의 손등을 간지럽혔다. 밤 10시쯤 되자 문인은 경찰의 지시에 따라 판을 정리하고 눈을 붙이러 숙소로 돌아갔다.

한밤중이 되어 비가 쏟아지자 웃통을 벗은 채 노숙하던 사내들은 주섬주섬 짐을 싸서 안으로 들어갔다. 낮에 사람들로 북적이던 공터는 인적 없이 고요하다 못해 유난히 휑하고 적막했다. 강 건너 줄줄이 늘어선 희멀건 전등들이 맞은편인 이곳의 풍경을 묵묵히 응시하고 있었다. 그때 어둠을 헤치며 나타난 만두 장수가 공터 중앙에 자리를 잡았고, 주변 사람들이 깰세라 손에 쥔 딱따기를 조심스럽게 쳤다.

그 무렵 구역 내 분뇨 수거를 위해 대기 중이던 분뇨선들도 개울을 가로질러 움직이기 시작했다. 서로 이어놓은 분뇨 수거선들이 덜컹거리며 뭍에 닿았고, 뱃머리에서 뛰어내린 사공은 아침 요기를 위해 만두 노점 쪽으로 걸어갔다. 비가 그친 하늘에는 여전히 달이 걸려 있었고, 묵직하게 내려앉은 구름들이 빠른 속도로 움직이고 있었다. 어딘가에서 불어오는 바람은 열기가 식어 제법 선선했다.

달그락거리는 그릇 소리에 경찰이 골목 끝자락에서 모습을 드러냈다. 또 다른 골목 어귀에서는 큰 개 한 마리가 어슬렁어슬렁 걸어 나왔다. 두 개의 실루엣이 약속이나 한 듯 만두 노점 쪽으로 걸어갔다. 잠시 후 만둣국이 끓고 있는 솥에서 나오는 뜨거운 증기 사이로 경찰의 둥그런 얼굴이 어렴풋이 비쳤고, 개는 한쪽에 얌전히 웅크리고 앉아 경찰이 만두를 먹는 모습을 바라보고 있었다. 거센 바람이 불어오자 만두 장수는 노점을 거두어 서둘러 자리를 떴고, 분뇨 수거선의 선원들은 한바탕 기를 쓰러 단골 아낙의 배를 찾아 들어갔다. 풋내기로 보이는 몇몇 선원들은 개울가의 돌계단에 누워 날이 밝기를 기다렸다. 공터에 홀로 남은 경찰은 제혁 공장의 악취가 잔뜩 밴바람을 맞으며 개울을 따라 순찰을 돌기 시작했다. 죽은 아이가 버려지지는 않았는지, 밤사이 불미스러운 일이 생기지는 않았는지 직접 순찰하며 살펴야 했다. 여자를 끌어안고 침대에 누워 있기 좋은 시간이었지만, 직업상 마땅히 져야 할 책임이 있으니 마냥 편안히 있을 수만은 없었다.

사방에 정적이 흐르고 모든 것이 쥐죽은 듯 조용했다. 낮에 봐도 자그마한 집들은 어둠에 잠겨 더욱 작고 초라해 보였다. 고양이 그림자 하나가 힘없는 소리를 내며 낮은 집 처마 위를 지나 어둠 속으로 휙 사라졌다. 이 시각 하늘 아래 살아 움직이는 것은 경찰 한 사람뿐인 듯했다. 그는 한참을 걸어 거의 다리 입구까지 갔다. 그 순간 가로등 옆에서 사람 그림자 하나를 발견하고는 흠칫 놀랐다. 사실 예상했던 일이었다. 길바닥에 누워 잠을 청하기 좋은 이런 날씨에 노숙자와 마주치는 것은 그다지 이상한 일이 아니었다. 하지만 그 순간 경찰은 방금 먹은 만두의 파 향이 역류하며 불길한 생각이 들었다. 눈앞의 그림자가 거슬렸던 그는 배에 힘을 주고 거기 누구냐고 큰 소리로 고함쳤다. 가로등 아래에서 몸을 잔뜩 웅크리고 앉아 있던 누군가가 가로등에 새겨진 벽호 무늬와 등불 주변으로 모여든 벌레 떼를 넋 놓고 바라보고 있었다. 갈 곳 없이 떠도는 어린아이들 중 하나였다. 낮에도 사고를 쳐서 경찰에게 한바탕 혼이 났던 아이였다. 밤이 되니 몸을 누일 만한 장소는 이미 다른 사람들이 다 차지해버려서 마땅히 갈 곳이 없었다. 굶주림에 지친 아이는 길거리 담장 아래에서 비를 피하다가 요기할 거리를 찾아 정처 없이 걸어다녔다. 그러다 이곳에서 벌레 떼를 발견하고는 허기도 잊은 채 앉아서 구경하고 있었던 것이다. 가로등을 타고 올라가 벌레를 잡고 놀아볼까 생각하던 차에 경찰의 호통 소리가 들려왔고, 경찰에게 마음을 들켰다고 생각한 아이는 본능적으로 벌떡 일어나 줄행랑을 쳤다.

부모의 보살핌 없이 공기에 의지하며 잡초처럼 자란 아이에게 이런 일은 늘 있었다. 아이는 도망치면서도 흘끔흘끔 계속 뒤를 돌아보았다. 가뜩이나 무료하던 그에게는 쫓기는 이 순간이 두렵기도 하면서 한편으로는 짜릿했다. 경찰은 쫓아가는 척하다가 적당히 멈추어야 했지만, 오늘 밤은 평소와 달랐다. 간밤의 취기 탓인지 아이가 도망가다가 멈추기를 반복하는 모습에 약이 올랐다. 자존심이 상한 그는 끝까지 경찰봉을 휘두르며 쫓아갔다. 상황이 심상치 않음을 느낀 아이도 경찰봉이 머리와 등에 닿으려고 하자 다급히 보폭을 벌리며 속력을 냈다. 순간적으로 꾀를 낸 아이는 경찰들이 꺼리는 더러운 골목 쪽으로 방향을 틀었다. 그러나 발을 헛디뎌 공터 주변에 깊이 팬 물웅덩이 속으로 고꾸라지고 말았다. 경찰이 다가가 보니 아이가 오물을 뒤집어쓴 채 허우적대고 있었다.

"그러게 왜 도망을 가?"

남의 물건을 훔친 것도 아닌데, 왜 경찰을 보자마자 도망을 가냐며 질타했다. 이유 없는 줄행랑이 얼마나 어리석은 행동인지 알려주기 위해, 그리고 도망쳐서 스스로 무덤을 판 것임을 경고하기 위해 경찰은 구정물 속에 빠진 아이를 끝내 도와주지 않았다. 그는 아이가 작은 손과 발을 써서 어떻게 구덩이 위로 빠져나오는지 가만히 지켜보았다. 구덩이에서 속수무책으로 당황하는 보잘것없는 아이의 모습을 보며 경찰의 분노는 진작 사그라들었다. 도망간 이유를 물어도 속 시원히 대답하지 않았다. 경찰이 경찰봉으로 머리를 내리치자 아이는 구정물 속에서 바둥거리며 일어섰다가 다시 주저앉았다. 아이는 어떻게 애걸해야 할지도 몰랐고, 도망가지 말았어야 했다고 둘러댈 줄도 몰랐으며, 한 번만 봐달라고 찔러줄 돈도 없었다. 그저 구정물 속에 쪼그려 앉아서 경찰봉을 피하려고 깡마른 팔을 휘적이며 "그만 그만!"을 외칠 뿐이었다. 잠시 후 경찰은 애송이와의 실랑이가 무료해졌는지 노래를 흥얼거리며 휑하니 가버렸다.

온몸을 구정물로 뒤집어쓴 아이는 경찰의 구두 소리가 멀어지자 그제야 구덩이에서 기어 나와 땅바닥에 주저앉아 대성통곡했다. 그러다 문득 울어도 소용없음을 깨달았다. 운다고 누가 나타나 돈을 쥐어줄 리도 없었다. 허기지고 지친 아이는 멀리 반대편 하늘 아래 불빛들을 넋 놓고 바라보았다. 그 등불 아래 사람들로 북적이던 장면이 떠올라 옅은 미소가 번졌다. 불빛 아래에는 시끌벅적 놀고 마시고 즐기는 사람들이 가득했었다. 정갈하게 차려입은 사람들이 손잡고 여유롭게 길을 걷거나 커다란 가게 통창 너머의 물건들을 구경하기도 했다. 붉은색, 초록색 불빛들로 채워진 쇼윈도의 모습은 낮보다 더 현란하고 화려했다. 금은색 종이로 포장된 사탕들, 모자, 양산, 가죽 장화, 가죽 지갑, 화병 등 다 기억하기 힘들 정도로 많은 물건들이 진열되어 있었다. 먹음직스럽게 구워진 닭과 거위고기, 꼬치에 꿰어진 소시지들이 창가에 걸려 누군가의 입속으로 들어가기를 기다리고 있었다. 가격은 얼마이고 어디에서 가져온 것이며, 누가 사갈지 아이는 알 방법이 없었다. 한번은 그도 그곳에 가서 남들처럼 창 안의 물건들을 신나게 구경한 적이 있었다. 하지만 조계지의 인도인 경찰에게 두들겨 맞고 쫓겨나고 말았다. 지금 이 시각에도 사람들이 많은지, 붉은 머리 경찰이 지키고 있는지는 알 수 없었다. 하지만 하늘의 일부를 태울 듯이 주변을 밝게 비추던 그 등불만큼은 여전히 빛나고 있었다.

예전 기억을 떠올리는 사이, 인도인 경찰의 검은 얼굴이 다시 눈앞에 어른거렸다. 실제라면 냉큼 도망가야 했다. 거구의 인도인이 나무 몽둥이를 휘두르며 "잡히면 죽는다!"라고 소리치면서 쫓아왔다. 아이는 그 검은 얼굴에 던지려고 돌과 수박껍질을 주워 들었다. 그때는 던져보지도 못했지만 지금은 통쾌하게 집어던졌다. "머저리 같으니. 코나 한번 맞아봐라!" 역시 수박껍질은 코를 강타해야 제맛이다. 아이는 쓰레기통 위에 걸터앉아 과거의 기억을 꺼내 제멋대로 재편집했다. 하지만 미끈거리고 구린 악취로 진동하는 몸을 만지며 다시금 현실을 자각하고는 애처롭게 울부짖었다.

달은 기울어가고 푸르스름한 하늘에 별 하나가 점처럼 찍혀 있었다. 반대편 구름이 서서히 움직일 무렵, 차 한 대가 다리 위를 지나가며 요란하게 경적을 울려댔다.

하늘을 바라보던 아이는 개가 짖는 듯한 시끄러운 경적 소리에 정신을 차렸다. 지칠 대로 지쳐 이슬이 내린 공터에서는 밤을 지새우기 어려울 성싶었다. 아이는 가림막이 있는 곳을 찾아서 눈을 좀 붙여야겠다고 생각했다. 눈을 비비며 좁은 골목 쪽으로 걸어가던 그에게 개 한 마리가 달려들었지만, 혼쭐을 내주려고 몇 걸음 쫓아가다가 이내 그만두었다. 배고프고 지친 이 순간 그에게 무엇보다 간절한 것은 누울 수 있는 공간을 찾아 날이 밝을 때까지 눈을 붙이는 일이었다. 그는 축축한 오물로 얼룩진 바지를 벗어던지고 어둠이 고인 길모퉁이 한 구석으로 작은 몸을 웅크려 넣었다. 어둠이 그의 몸을 집어삼켜 아무것도 보이지 않았다.

동이 트기 시작하며 새벽이슬이 맺히자 물가 돌계단에서 잠들었던 분뇨선 선원 중 하나가 선득한 기운에 몸을 일으켜 동료를 불러 깨웠다. 이런 사람들은 평소 언어 표현에 인색했다. 코 아래 터진 입 구멍으로 하는 일이라고는 게걸스럽게 음식을 먹는 것 말고는 없는 듯했다. 동료를 불러도 반응이 없자 더 이상 시도하지 않았다. 그는 분뇨선 옆으로 가더니 쪼그려 앉아 장 속 배설물을 풍덩풍덩 비워내고 묵직한 오줌 줄기를 쏟아냈다.

그때 남쪽에서 작은 배 하나가 다리의 아치 아래 드리운 어둠을 헤치며 천천히 분뇨선 쪽으로 다가왔다.

덮개로 가린 작은 배 선실에서 아낙 하나가 바깥쪽으로 나와 얼굴을 내밀었다. 자세히 보이지는 않았지만 막 잠에서 깨어나 부스스한 모습이었다. 배 안쪽에서 악을 쓰는 아이의 울음소리가 들렸지만 여자는 무신경한 채 뱃머리 쪽에 서 있었다.

그사이 잠에서 깬 또 다른 선원도 낯선 배가 다가오자 어리둥절한 표정으로 바라보고 있었다. 아낙은 분뇨선에 바짝 배를 댔다. 배들이 맞닿으며 둔탁한 소리가 났고, 순간 강물이 일렁였다.

"뭐 하는 거요?"

아낙은 병든 고양이처럼 나지막하고 침울한 목소리로 말했다. "뭐긴? 여자가 즐겁게 해준다는데."

"뭘 말이오?"

"조개껍데기 맛 좀 보라니까." 사회의 밑바닥층에서 그 저속한 일을 에둘러 비유하는 말이었다. 선원 하나가 무슨 뜻인지 알아챘다.

"그럴 돈 없소이다."

"거짓말하긴, 동전 두 개면 된다니까!"

"동전 두 개도 없는 몸이오."

아낙은 집요하게 유혹했다. "일단 해봐요!"

남자도 성가신 듯 소리쳤다. "보나마나 기력이나 빨아먹을 테지. 난 그런 짓 안 해."

실망한 표정의 아낙은 여전히 뭔가를 기다리듯 휘파람을 불며 뱃머리에 서 있었다.

먼저 일어나 용변을 보던 선원은 볼일을 마치고 조용히 앉아 있다가 바지를 올리고는 아낙의 여색이 궁금해 배 후미 쪽으로 걸어갔다. 잠시 후 무슨 연유인지 갑자기 아낙의 욕설이 들려왔다.

"……"

"싫은가?"라고 묻는 소리가 들렸지만 대답은 들리지 않았다. 실실거리는 선원의 웃음소리만 희미하게 들려올 뿐이었다.

잠시 후 아낙의 배가 서서히 움직이더니 아직 어둠에 잠겨 있는 다리의 아치 사이로 다시 스르르 빠져나갔다. 여자에게 한바탕 욕을 들은 선원은 배 위에 서서 헤실거리고 있었다. 동전 두 개 던져주고 마음 놓고 땀을 뺄 수도 있었지만, 용변을 보러 간 김에 돈 한 푼 들이지 않고 여자의 가슴을 주물러본 것만으로도 충분히 만족스러웠다.

그 작은 배는 다리를 지나 흔적도 없이 사라졌고, 어린아이가 매를 맞으며 우는 소리만 들려왔다. 아이의 자지러지는 울음소리가 어둠을 뚫고 나오다가 이내 잠잠해졌다. 아이가 우는 이유를 알 것만 같아 선원은 그저 웃음만 나왔다.

한편, 또 다른 선원은 물가에 쪼그려 앉아 빈털터리 신세를 한탄하며 말했다.

"단단히 화가 났나 보군. 자네한테도 욕설을 퍼붓더니 자식 새끼도 잡겠군그려!"

"성질 돋웠다 싶으면 가서 사과하지 그러나. 자네가 가면 저 아낙이 즐겁게 해준다지 않는가. 바지를 벗고 몸을 내주겠다고 하지 않았나?"

"욕은 자네한테 한 거지!"

"……"

아무런 대꾸가 없자 물가에 쪼그려 앉아 있던 남자는 여자의 욕설 대상이 자신이 아님을 연거푸 일깨우며 비아냥거렸고, 다른 선원도 더 이상은 웃지 못했다.

그때 뭔가가 물속으로 떨어졌다. 물가를 서성이던 두꺼비가 떨어지는 소리였다. 두꺼비는 썩은 내가 진동하는 물속에서 천천히 움직이더니 찬 기운에 몸을 바르르 떨었다. 분뇨선 주변으로 미세한 소리와 함께 작은 파문이 일다가 다시 잠잠해졌다.

방향이 정확하지는 않았지만 어디선가 수탉 울음소리도 들려왔다. 곧이어 분주한 하루가 또다시 시작될 터였다. 분뇨선 선원들은 각자 받침돌 위에 올라서서 일할 채비를 했다. 새벽 어스름이 퍼지는 하늘 한편에서 빛을 품은 별똥별이 길게 빗금을 그으며 떨어지고 있었다.

18년 7월 20일 우쑹에서 완성, 8월 수정
(『여덟 마리 말 그림』에 수록)*

---

* 본 작품은 1934년 4월 『유목집游目集』에 수록되었으며, 그 전에 공식 발표된 적은 없었다.

인간다움으로의 회귀를 호소하다

지금까지 한국에 정식으로 번역되어 소개된 선충원沈從文의 작품으로는 『변성邊城』이 유일하다. 그의 작품을 번역본으로만 접한 한국 독자들에게 선충원은 향토적 서정주의를 추구하는 전원문학가로서의 면모만 부각되어왔다. 사실 그는 삶을 채워온 기억의 편린과 경험들, 실제 마주했던 물리적 공간과 인물들을 작품 속에서 다채롭게 엮어내며 다양한 문학적 스펙트럼을 구현한 이른바 '다산多産 작가'이다. 자전적 경험을 토대로 향촌의 목가적인 정경과 순박한 인간미, 원시적 생명력을 강조하는 소설도 자주 선보였지만, 현대문명의 세례로 변해가는 현실을 반영하거나 사회적 이슈를 드러낸 소설들도 상당수 창작했다.

1940년대 후반 절필하기 전까지 선충원이 발표한 작품의 면면을 살펴보면 특정 이념이나 이데올로기에 편향되기보다는 고향 샹시湘西 지역의 대자연에서 살아가는 순박한 인간들의 정서와 문화를 담아내거나, '시골 출신 문인'의 시각에서 도시의 부조리한 현상 및 도시인들의 고통과 기형적 내면세계를 비판적으로 바라보거나, 현대문명이 침잠해 들어오면서 원색原色을 잃고 변형되어가는 도시와 시골의 세태들을 문학적으로 형상화하고자 했다.

선충원의 고향은 후난성湖南省 평황현鳳凰縣이다. 후난성 서쪽을 일컫는 샹시 지역은 그의 작품에 종종 등장하는 무대이기도 하다. 그는 14세에 군대에 들어가 인간 세계의 어두운 면을 목도하면서 염세적인 경향을 보였으나 신문학新文學을 접한 뒤 1924년부터 베이징에서 창작 활동을 시작했다. 1930년부터는 샹시 지역을 배경으로 한 전원문학의 대표작『변성』을 비롯해『길고 긴 강長河』『앨리스의 중국 여행기阿麗思中國游記』『여덟 마리 말 그림八駿圖』『충원자전從文自傳』등 80여 종의 작품집을 펴냈고, 작품의 성숙도와 다양성을 더해가며 작가로서의 입지를 굳혔다. 이 무렵 베이징대학교, 칭다오대학교 등에서 창작을 가르치기도 했다.

그러나 1948년경부터는 중국 내전과 공산당의 집권으로 문학이 정치를 위한 도구로 전락하면서 고향의 민간 풍습을 주로 다루었던 그의 목가적 작품 성향도 비판의 대상이 되었다. 그후 문단 활동을 중단하고 중국역사박물관에서 중국 문물과 역사 연구에 몰두했다. 1940년대 후반부터 절필하여 문학적 재능을 드러내지 않았던 선충원은 1980년대에 들어서야 소설과 산문들이 모두 선집으로 간행되며 작가로서의 가치를 재평가받지만, 1988년 5월 베이징에서 지병으로 세상을 떠났다.

「여덟 마리 말 그림」이 대표작으로 수록된 이 단편집은 선충원의 작품 세계에서 전환기적 의의를 띠는 16개의 작품으로 구성되었다. 1930년대는 가히 선충원 문학의 분수령이라고 할 만하다. 1934년 10월 대표작 『변성』을 발표한 후 그는 자신의 고향을 배경으로 한 경험 위주의 서술에서 서서히 벗어나 부정적이고 가식적인 도시인의 면모, 황폐한 도시의 생활상, 외진 시골까지 틈입한 도시 문명에 잠식되어가는 시골 세태 등에 대한 현실적 묘사로 관심을 돌리기 시작했다. 이 단편집에 수록된 작품들은 '도시'와 '시골'이라는 두 축을 오가며 인간의 본성과 근원적 감정에 대한 끊임없는 성찰을 제시한다. 배경이나 소재를 막론하고 선충원의 작품들을 일관적으로 관통하고 있는 하나의 키워드를 꼽으라면 바로 '인성人性'이다.

건전한 인성의 탐구는 그의 문학 저변에 깔려 있는 사상적 중추였고 창작의 출발점이자 종착점이었다. 또한 그는 가장 이상적인 인성의 모습을 '물'의 속성에서 찾고자 했다. 이는 양쯔 강 지류인 퇴장沱江이 흐르고 산수가 빼어난 펑황 고성에서 태어나 자라며 늘 물가와 가까이 지내던 경험들이 반영된 결과이다. 실제로 여러 작품에서 그는 어린 시절의 일상에 늘 '물'이 존재했으며, 그의 삶과 배움, 사색의 원천이 바로 '물'이었다고 종종 회고한 바 있다.

내 감정은 굳지 않고 늘 흐른다. 물의 파동이 내게 준 영향은 실로 작지 않다. 어린 시절 내 아름다운 일상에는 늘 물이 있었다. 내 학교는 물가에 있었다. 내가 아름다움을 깨닫고 생각할 줄 알게 된 것도 물과 관련이 있다.

—『충원자전』에서

나의 배움은 모두 물 위에서 얻은 것이다. 나의 지혜 속에는 물의 기운이 있으며, 내 성격도 작은 물줄기와 같다. 창작, 내 창작의 근원은 무엇일까? 각 지역에 흐르는 다양한 물줄기들이다. 그것들은 나를 사색으로 이끌고, 내가 어떤 길을 가야 하는지 알려주었다.

——『손님』에서

물은 모든 걸 너그럽게 포용하며 자연스럽게 흘러가고 유柔한 듯 강인해서 아무리 견고한 대상도 무너뜨릴 수 있는 힘이 있다. 그가 호소하는 인간다움의 본질도 순수한 감정 그 자체를 바탕으로 완급을 조절하는 원시적이고 자연스러운 상태로 귀결되는데, 이는 결국 물의 기운과 닮아 있다. 중국 미학자이자 현대문학가인 주광첸朱光潛이 『상강문학湘江文學』(1983)에 게재한 「선충원 동지의 문학 성과 재평가에 관하여」라는 글에서도 선충원 작품 세계의 명확한 주제 의식을 엿볼 수 있다.

충원은 이렇게 이상을 밝혔다. "이 세상에는 모래밭 위든 물 위든 높고 화려한 건물을 짓고 싶어 하는 사람들이 있다. 하지만 나는 아니다. 나는 그저 그리스풍의 작은 신전을 짓고 싶을 뿐이다. 산지에 터를 잡아 기초를 다지고 단단한 돌을 겹겹이 쌓아 올려 작지만 정교하면서 견고하고 균형 잡힌 공간을 짓는 것이 내 꿈이다. 이 신전이 받드는 대상은 바로 인성이다."

여기서 언급되는 '작지만 견고하고 정교한 그리스풍 신전'은 인간다움의 회복을 호소하며 진중하게 써 내려간 그의 작품들을 비유한 것이 아닐까. 짧고 담담하지만 강렬한 타격과 깊은 울림을 전하는 것이 선충원 단편소설의 매력이다.

우선 이 단편집에서 가장 부각되는 소재는 당시 도시 관리층과 지식인들의 일그러진 자화상이다. 작가는 '도시인'의 삶 속에 만연한 왜곡된 인간상과 '도시'라는 공간의 암울한 민낯들을 여지없이 들추어낸다. 가장 상징적이고 대표적인 작품이 바로 「여덟 마리 말 그림」이다. 「여덟 마리 말 그림」은 도시 지식인의 삶을 풍자적으로 그린 도시 소재 단편소설로 1935년에 처음으로 발표되었다. 여기서 '여덟 마리 말八駿'은 소설 속에서 칭다오대학교의 강의를 위해 초빙된 여덟 명의 대학교수를 상징한다. 이들은 물리학자, 생물학자, 도덕철학자, 철학자, 서양문학 사학자 등 학술적 성취로는 최고 경지에 이른 전문가들이지만 억눌린 자아 욕망으로 인한 정신적 결핍과 변태적 심리를 겪고 있는 1930년대 중국 지식인들의 군상을 보여준다.

이 소설은 염체시(艶體詩, 여성이나 남녀 간 애정을 묘사한 시)를 애독하는 갑甲 교수, 해변에서 수영복 차림의 여인을 훔쳐보는 을乙 교수, 자신의 처조카딸을 떠올리며 음란한 상상을 하는 병丙 교수, 가학적 성향의 정丁 교수, 여자를 요물로 취급하는 무戊 교수 등 다스 선생이 현실에서 만난 인물들을 풍자적으로 묘사했다. 작품 구조 측면에서는 다스 선생이 칭다오에서 겪는 사건을 시간 순서대로 펼쳐놓는 단조로운 구조를 띠고 있는 듯하지만 인물들의 신변잡기와 회고를 삽입하여 과거와 현재가 혼재하거나 시공이 교차하는 듯한 구조적 변형을 시도하고, 편지와 전보 형식을 추가해 시간순으로 흘러가는 단선적 구조를 탈피하고 있다. 단편소설임에도 불구하고 인물들의 심층적인 심리와 잠재의식을 적절히 포착할 수 있는 탄탄한 구조를 지니고 있다.

「여덟 마리 말 그림」에 등장하는 지식인들은 도시 문명 속에서 성인군자의 가면을 쓰고 살아가지만 실상은 기본적인 욕망조차 억눌려 있으며, '환관심리'에 가까운 왜곡된 성 심리, 기형적 인격, 병적이고 피폐한 영혼에 갇힌 채 살아간다.

「의사 뤄모」의 뤄모는 오로지 환자와 나라를 구하는 일에만 관심이 있고 기독교 신앙과 여자를 극도로 혐오하며 배타적으로 대했으나, 목사의 딸과 정을 통하며 결혼까지 하는 이율배반적인 모습을 보인다. 「고문관」의 지식인 자오쑹싼은 군벌 지배 사회라는 현실과 타협하며 박봉의 군사 고문으로 근근이 살아가다가 세금 징수 위원으로 투입되면서 부정한 방법으로 한몫 잡고 자산계급에 합류한다. 시대적 혼란 속에 부도덕하고 위선적인 행위를 자행하거나, 도덕과 규제로 억눌린 본성이 기형적으로 표출되거나, 결국 지식인으로서 고수했던 가치관을 포기하고 현실에 복종해갈 수밖에 없는 과정들이 허무하면서도 씁쓸하다.

이처럼 본능에 역행하는 위선적인 도시인들과는 대조적으로 또 다른 작품 「바이쯔」에 등장하는 선원 바이쯔와 창녀는 순간의 본능과 쾌락에 충실하며 욕망을 자연스럽게 분출한다. 선원인 '바이쯔'는 매달 천저우 강변에 배가 정박할 때마다 목숨을 걸고 벌어들인 돈을 강변 조각루 창녀와 하룻밤을 즐기는 데 서슴없이 써버린다. 그 하룻밤의 쾌락이 이후 배 위에서 고되게 뱃일만 해야 하는 한두 달을 버티게 해주는 생존의 힘이자 윤활유이기 때문이다. 작가는 인간의 성욕을 대하는 상반된 태도들을 저마다의 색깔로 풀어놓음으로써 단순해 보이지만 인간의 원초적 본능에 충실하며 힘을 얻는 감정의 선순환이 오히려 육체적, 정신적으로 건강한 삶이라는 믿음을 전파하고자 한 듯하다.

그뿐만 아니라 이 단편집에서는 도시에 공존하는 빈민층과 사회적 약자들의 참혹하고 음습한 이면들도 목도하게 된다. 화려한 도시의 그늘 속에서 기생하듯 삶을 연명하는 하층민들의 디스토피아적 풍경이 상위 계층의 삶과 극명하게 대비되며 드러난다. 「진창」은 심각한 전염병과 침수에 시달리는 저지대 빈민촌을 배경으로 한다. 교도소 근처라 도시 발전 계획에서도 배제된 이곳 주민들은 공장에서 방류한 물에 집 안 곳곳이 침수되자 청원서를 내고 공장을 찾아가지만 결국 힘에 밀려 주저앉을 수밖에 없었고, 설상가상으로 마을 화재까지 겹치면서 냉혹하고 비참한 현실의 궁지로 계속 내몰린다. 「부식」의 배경인 상하이 하천 일대 빈민촌도 대도시 귀퉁이에 방치된 초라하고 지저분한 공간이다. 악취로 진동하는 불결한 외관과 거칠고 우악스러운 마을 사람들의 모습이 도시 속 치부처럼 낙인찍혔지만 점쟁이, 몰락한 지식인, 도박꾼, 매춘부, 술주정뱅이 등 각양각색의 하층민들이 모여 억척스럽게 살아내는 도시 속 또 하나의 단면을 보여준다.

선충원은 군벌 전쟁이라는 역사적 소용돌이에 휘말리면서, 또한 도시 문명이 거침없이 섞여들면서 시골 고유의 정체성과 원시성이 매몰되어가는 과정에도 주목한다. 작품 속 도시인들과 시골 사람들이 마주하는 지점들을 따라가보면 결국 막연한 기대와 환상이 깨지고 마는 결과로 귀착된다. 시골 사람들의 시선에 포착된 도시는 화려하지만 나약하고 삭막하며, 도시인들의 시선에 비친 시골은 순박해 보이지만 배타적이고 매몰차다.

「부부」의 주인공 '황'은 신경쇠약증에 걸려 요양차 시골을 찾았다가 외지인 부부를 향한 시골인들의 미묘한 경계심과 배타심, 뒤틀린 질투심과 마주하게 되고, 감정을 선동하는 마녀사냥식 군중심리와 순박함 이면에 숨겨진 야만성에 질려 미련 없이 떠난다. 「남편」은 시골에서 상경해 기녀 배에서 도시인들에게 몸을 팔며 돈을 버는 시골 아낙 라오치와 그녀의 남편 이야기이다. 남편은 생계를 위해 아내를 도시로 내보냈지만 도회지물이 들어 외모도 성격도 변해버린 아내가 낯설기만 하다. '장사'라는 명목으로 다른 남자들에게 품을 내주고 돈을 버는 아내의 모습을 구석에 숨어 지켜보는 남편의 자괴감과 요동치는 감정 곡선이 섬세하게 그려진다. 「쌴쌴」 역시 궁벽한 산촌 물레방앗간 모녀가 한 번도 가보지 못한 미지의 도시에 대해 환상을 품었다가 순식간에 깨져가는 과정을 담았다. 도시에서 시골 마을로 요양하러 온 희멀건 청년과 간호사를 만나고 이야기를 나누면서 어머니는 잠시나마 딸 쌴쌴을 도시 청년에게 시집보내는 기대를 하게 된다. 그러나 결국 도시 청년이 도시에서 얻은 병을 이겨내지 못하고 죽어가는 모습을 보며 충격과 혼란에 휩싸이고 도시에 대한 환상도 처참히 무너진다.

'도시성' 외에 선충원의 단편소설에서 비중 있게 다루는 소재 중 하나가 바로 군벌 전쟁이라는 시대적 혼란 속에 함몰된 일선 병사들의 애환과 고군분투이다. 그는 1921년 베이징으로 상경한 스무 살 전까지 지방 군벌에서 군대 생활을 하며 10대를 보낸 경험이 있었다. 이 시기에 후난, 쓰촨, 구이저우 지역을 다니며 그가 관찰한 인물들과 장면들, 전쟁터에서 목격한 숱한 죽음들과 처절한 아픔들은 훗날 다양한 작품을 창작하는 원천이 되었다. 작가는 전쟁이라는 거대한 서사 속에서 위험을 무릅쓰고 전선에 뛰어들었지만 주목받지 못하고 소리 소문 없이 잊힌 일개 병사들의 희생과 아픔들을 섬세하게 되짚으며 복원했다.

「고개 넘는 자」의 유격대 전사는 목숨 걸고 임무를 수행하지만 사선에서 죽어가는 동지를 두고도 살기 위해 분투하고 해탈해야 하는 현실에 둔감해져 간다. 「어두운 밤」에 등장하는 두 명의 혁명 대원은 한밤중에 적지의 강가를 비밀스럽게 통과하다가 적군에게 사살되어 강에 빠진 동료의 시신에 걸려 배가 좌초된다. 둘은 헤어졌다 다시 합류하기로 하지만, 결국 한 명은 야간에 산을 넘다가 적군의 총에 희생되며 운명이 엇갈리고 만다. 「후이밍」과 「등불」에서는 혁명군에 참여해 반평생 전쟁터를 전전하며 온갖 풍파에 시달린 노병들과 조우한다. 산전수전을 겪으며 전쟁에 무뎌진 그들이 또 다른 마음의 기댈 곳을 찾는 모습이 애잔하다.

이처럼 작가는 때로는 도시에 점철된 위선과 피폐한 감정들을 표출하기도 하고, 때로는 도시와 또 다른 양상으로 타락해 가는 시골의 몰인정성을 드러내기도 하며, 때로는 전쟁의 서사 속에 자아를 잃거나 처참히 희생된 평범한 소시민들의 행적을 추적하기도 한다. 이는 궁극적으로 근본적이고 원초적인 인간 본성 회복에 대한 작가의 갈구인 셈이다. 단편집 『여덟 마리 말 그림』은 선충원이 인간다움에 대한 고민의 범주를 '도시'라는 공간으로 확장하면서 사상적, 예술적 도약을 시도한 작품들을 만나볼 수 있다는 점에서 가치가 있다.

1930년대 선충원은 『충원가서從文家書』에서 "……공정한 말을 하는 데 있어서 나는 이 시대 어느 작가들보다 한 수 위다. 내 작업은 모든 것을 초월할 것이고, 나의 작품은 그들의 작품보다 훨씬 더 오래 전해지고, 멀리 퍼질 것이다"라고 밝힌 적이 있다. 그의 이러한 예언은 적중하고 있다. 그의 작품은 험난한 시련의 세월을 견뎌낸 후 더욱 진가를 발휘하고 있고, 그는 지금까지도 중국인들에게 인간 본연의 감수성을 담담하게 자극하며 강한 메시지를 전하는 작가로 인정받고 있다. 본 단편집의 한국어 번역본 출간으로 한국 독자들도 인간다움에 대한 선충원의 성찰과 고민이 담긴 보다 다채로운 작품들의 세계로 진입할 수 있기를 기대한다.

1902   12월 28일 후난성湖南省 평황현鳳凰縣 묘족苗族 출신 군인
             집안에서 출생. 본명은 선웨환沈嶽煥.

1917   소학교 재학 중에 샹시湘西 지역 정국靖國 연합군 제2군
             제1유격대에 들어가 천저우辰州에 주둔.

1918   고향에서 소학교 졸업 후 현지 토착 부대에 합류함. 후난,
             쓰촨, 구이저우 변경 지대와 위안수이沅水강 일대를 전전
             하다가 정식으로 입대.

1922   제대 후 베이징대학교에 시험을 치려고 상경했으나 학력
             미달로 응시 부적격, 여의치 않은 경제 사정 등으로 인해
             좌절됨. 베이징대학교에서 청강하며 습작에 몰두함.

1924   『신보晨報』『어사語絲』『신보부간晨報副刊』『현대평론現代
             評論』에 작품 발표.

1926   샹산香山 도서관에서 근무하며 후예핀胡也頻과 주간지『경
             보부간京報副刊』『민중문예民衆文藝』편집 담당.

1927   첫번째 단편소설집『밀감蜜柑』발표.

1928   상하이로 옮겨 후예핀, 딩링丁玲 부부 등과『홍흑紅黑』잡
             지 및 출판사 운영. 단편집『입대 후入伍後』『정직한 사람
             老實人』『참견 좋아하는 사람好管閑事的人』등 출간.『신월
             新月』제1권 제1호~제4호에 실린 장편소설『앨리스의 중

국 여행기『阿麗思中國游記』가 7월 상하이 신월서점에서 출간.

1929 　우쑹吳淞 중국 공립학교에서 문예창작 강의. 여학생 장자오허張兆和와 사랑에 빠짐.

1931 　중국좌익작가연맹(일명 '좌련左聯') 소속 작가로 활동하던 후예핀이 국민당에 의해 처형당하자, 후예핀의 시신을 딩 링 모자와 함께 후난 지역으로 호송하는 작업을 돕다가 우한대학교로 돌아갈 시기를 놓침. 쉬즈모徐志摩의 추천으로 국립 칭다오대학교 양전성楊振聲 학장의 초청을 받아 중문과에서 '소설사' '산문창작'을 전담하여 강의함.

1932 　『석자선石子船』「바이쯔柏子」『충원자전從文自傳』등 발표.

1933 　1 9월 9일에 장자오허와 결혼함. 9월 23일 양전성과 공동으로『대공보大公報』의「문예부간文藝副刊」의 편집장을 담당하며 북방 '베이징파[京派]' 작가의 일원이 됨. 11월 상하이 현대서국에서 단편소설집『월하소경月下小景』출간.

1934 　「문학자의 태도」라는 글을 게재해 '베이징파' '상하이파[海派]' 논쟁을 불러일으키며 좌익 작가들로부터 비판의 표적이 되기도 함. 4월 선충원의 대표작『변성邊城』발표.

1935 　단편집『여덟 마리 말 그림八駿圖』발표. 샹시 지역의 자연 풍광과 정경을 담아낸 산문 대표작『상행산기湘行散記』집필.

1937 　고향에 머물며 샹시 지역의 인물, 경치 등을 묘사한 수필집『길고 긴 강長河』집필.

1938 　1937년에 발발한 중일전쟁이 전면화되면서 베이징대학교, 칭화대학교 교수들과 쿤밍으로 남하.

1939   시난 연합대학西南聯合大學에서 중문과 부교수로 임용되어 8년간 재직함. 항일구국운동에 참여하며 「중국문학의 위기」 「중국문학의 전망」 등의 글을 발표.

1946   중일전쟁 후 가족과 함께 베이징으로 돌아와 베이징대학교 교수로 복귀.

1948   궈모뤄郭沫若가 홍콩 『대중문예총간大衆文藝叢刊』에서 발표한 「반동문예를 꾸짖다」는 글에서 선충원을 '도홍색桃紅色 작가作家'로 지목하며 '다분히 의도적으로 반동파 활동을 해왔다'고 비난하여 문인으로서의 삶에 큰 타격을 입음.

1949   1월 베이징대학교에 선충원을 성토하는 대자보까지 게시되면서 충격으로 정신적 망상과 고통에 시달리다 두 차례나 자살을 시도함. 다행히 구조되었으나 그 후로 절필을 선언함. 8월 베이징대학교에서 역사박물관으로 이직해 역사 문물 연구로 관심을 돌리기 시작.

1950   평황 평화군에서 활동하던 셋째 동생 선취엔沈荃이 반혁명운동 중에 사형을 당하자 동생의 딸을 베이징으로 데려와 부양함.

1951   화베이 인민혁명대학에서 정치연구원 제2기 학생 신분으로 공부.

1960   정신쇠약인 여동생이 고향에서 굶어죽자 충격에 휩싸이고, 그로부터 10년 동안 고대 문물 연구에만 매진함. 문물과 예술 연구 관련 논문집 『용봉예술龍鳳藝術』 발표.

1969   문화대혁명 시기 아내 장자오허와 함께 후베이湖北 셴닝咸寧에 위치한 오칠간부학교로 하방下方됨. 하방 기간에 지

병이었던 심장병과 고혈압에 시달림.

1972   심각해진 병 치료를 위해 베이징으로 복귀.

1978   후차오무胡喬木의 도움으로 중국사회과학원 역사연구소 연구원이 됨.

1980   『화성花城』 제5기 '작가 페이지'에 선충원 특집이 기획되며 시 「의영회시擬咏懷詩」 「희신정喜新晴」, 주광첸朱光潛의 「선충원 선생의 인격으로 본 문예 풍격」, 황융위黃永玉의 「태양 아래 풍경—선충원과 나」, 미국 한학자 제프리 C. 킨클리Jeffrey C. Kinkley의 「선충원에게 보내는 편지」 등의 글들이 게재됨. 아내와 함께 미국에 초청되어 15개 대학에서 강연.

1981   중국 고대 복식 연구를 체계적으로 고증한 학술서『중국 고대복식연구中國古代服飾研究』가 15년간의 공들인 작업 끝에 홍콩 상무인서관商務印書館을 통해 정식 출간됨.

1983   뇌혈전으로 병원에 입원.

1984   큰 병을 앓고 위기를 넘긴 후 말과 행동이 어눌해짐.

1988   5월 10일 심장병 재발로 사망. 향년 86세.

기획의 말

세계문학과 한국문학 간에 혈맥이 뚫려, 세계–한국문학의 공진화가 개시되기를

21세기 한국에서 '세계문학'을 읽는다는 것은 무엇을 뜻하는 가? 자국문학 따로 있고 그 울타리 바깥에 세계문학이 따로 있 다는 말인가? 이제 한국문학은 주변문학이 아니며 개별문학만 도 아니다. 김윤식·김현의 『한국문학사』(1973)가 두 개의 서문 을 통해서 "한국문학은 주변문학을 벗어나야 한다"와 "한국문 학은 개별문학이다"라는 두 개의 명제를 내세웠을 때, 한국문학 은 아직 주변문학이었다. 한데 그 이후에도 여전히 한국문학은 주변문학이었다. 왜냐하면 "한국문학은 이식문학이다"라는 옛 평론가의 망령이 여전히 우리의 의식을 장악하고 있었기 때문 이다. 그렇게 생각하고 그렇게 읽고, 써온 것이었다. 그리고 얼 마간 그런 생각에 진실이 포함되어 있는 것도 사실이었다. 그러 나 천천히, 그것도 아주 천천히, 경제성장이나 한류보다는 훨씬 느리게, 한국문학은 자신의 '자주성'을 세계에 알리며 그 존재 를 세계지도의 표면 위에 부조시키고 있었다. 그런 와중에 반대 방향에서 전혀 다른 기운이 일어나 막 세계의 대양에 돛을 띄운 한국문학에 위협적인 격랑을 밀어붙이고 있었다. 20세기 말부

364

터 본격화된 '세계화'의 바람은 이제 경제적 재화뿐만이 아니라 어떤 나라의 문화물도 국가 단위로만 존재할 수 없게 하였던 것이니, 한국문학 역시 세계문학의 한 단위라는 위상을 요구받게 되었던 것이다.

그러니 21세기 한국에서 세계문학을 읽는다는 것은 진정 무엇을 뜻하는가? 무엇보다도 세계문학이라는 개념을 돌이켜 볼 때가 되었다. 그동안 세계문학은 '보편문학'의 지위를 누려왔다. 즉 세계문학은 따라야 할 모범이고 존중해야 할 권위이며 자국문학이 복종해야 할 상급 문학이었다. 그리고 보편문학으로서의 세계문학의 반열에 올라간 작품들은 18세기 이래 강대국의 지위를 누려온 국가의 범위 안에서 설정되기가 일쑤였다. 이렇게 해서 세계 각국의 저마다의 문학은 몇몇 소수의 힘 있는 문학들의 영향 속에서 후자들을 추종하는 자세로 모가지를 드리워왔던 것이다. 이제 세계문학에게 본래의 이름을 돌려줄 때가 되었다. 즉 세계문학은 보편문학이 아니라 세계인 모두가 향유할 수 있도록 전 세계 방방곡곡에서 씌어져서 지구적 규모의 연락망을 통해 배달되는 지구상의 모든 문학이라고 재정의할 때가 되었다. 이러한 재정의에는 오로지 질적 의미의 삭제와 수량적 중성화만 있는 게 아니다. 모든 현상학적 환원에는 그 안에 진정한 가치를 향해 나아가고자 하는 지향성이 움직이고 있다. 20세기 막바지에 불어닥친 세계화 토네이도가 애초에는 신자유주의적 탐욕 속에서 소수의 대국 기업에 의해 주도되었으나 격심한 우여곡절을 겪으며 국가 간 위계질서를 무너뜨리는 평등한 교류로서의 대안-세계화의 청사진을 세계인의 마음속에 심게 하였듯이, 오늘날 모든 자국문학이 세계문학의 단위로 재편되는 추세가 보편문학의 성채도 덩달아 허물게 되어, 지구상의 모든 문학들이 공평의 체 위에서 토닥거리는 게 마땅하다는 인식이 일상화까지는 아니더라도 최소한 정당화되고 잠재적으로 전망되는 여건을 만들어내게 되었던 것이다.

또한 종래 세계문학의 보편문학적 지위는 공간적 한계만을 야기했던 게 아니다. 그 보편문학이 말 그대로 보편성을 확보했다기보다는 실상 협소한 문학적 기준에 근거한 한정된 작품 집합에 머무르기 일쑤였다. 게다가, 문학의 진정한 교류가 마음의 감동에서 움트는 것일진대, 언어의 상이성은 그런 꿈을 자주 흐려왔으니, 조급한 마음은 그런 어둠 사이에 상업성과 말초적 자극성이라는 아편을 주입하여 교류를 인공적으로 촉진시키곤 하였다. 이제 우리는 그런 편법과 왜곡을 막기 위해서, 활짝 개방된 문학적 관점을 도입하여, 지금까지 외면당하거나 이런저런 이유로 파묻혀 있던 숨은 걸작들을 발굴하여 널리 알리고 저마다의 문학을 저마다의 방식으로 감상할 수 있는 음미의 물관을 제공해야 할 것이다. 실로 그런 취지에서 보자면 우리는 한국에 미만한 수많은 세계문학전집 시리즈들이 과거의 세계문학장을 너무나 큰 어둠으로 가려오고 있었다는 것을 절감한다.

이와 같은 인식하에 '대산세계문학총서'의 방향은 다음으로 모인다. 첫째, '대산세계문학총서'의 기준은 작품의 고전적 가치이다. 그러나 설명이 필요하다. 이 고전은 지금까지 고전으로 인정된 것들에 갇히지 않는다. 우리가 생각하는 고전성은 추상적으로는 '높은 문학성'을 가리킬 터이지만, 이 문학성이란 이미 확정된 규칙들에 근거한 문학성(그런 문학성은 실상 존재하지 않거니와)이 아니라, 오로지 저만의 고유한 구조를 통해 조직되는데 희한하게도 독자들의 저마다의 수용 기관과 연결되는 소통로의 접속 단자가 풍요롭고, 그 전류가 진해서, 세계의 가장 많은 인구의 감성을 열고 지성을 드높일 잠재적 역능이 알차게 채워진 작품의 성질을 가리킨다. 이러한 기준은 결국 작품의 문학성이 작품이나 작가에 의해 혹은 독자에 의해 일방적으로 결정되는 것이 아니라, 세 주체의 협력에 의해 형성되며 동시에 그 형성을 통해서 작품을 개방하고 작가의 다음 운동을 북돋거나 작가를 재인식시키며, 독자의 감수성을 일깨워 그의 내부에 읽기로부터 쓰기로의 순환이 유장하도록 자극하는 운동을 낳는다는 점을 환기시키고 또한 그런 작품에 대한 분별을 요구한다.

이 첫번째 기준으로부터 두 가지 기준이 덧붙여 결정된다.

둘째, '대산세계문학총서'는 발굴하고 발견한다. 모르거나 잊힌 것을 발굴하여 문학의 두께를 두텁게 하고, 당대의 유행을 따라가기보다는 또한 단순히 미래를 예측하기보다는 차라리 인류의 미래를 공진화적으로 개방할 수 있는 작품을 발견하여 문학의 영역을 확장할 것을 목표로 한다. 이는 또한 공동선의 실현과 심미안의 집단적 수준의 진화에 맞추어 작품을 선별한다는 것을 뜻한다.

셋째, '대산세계문학총서'가 지구상의 그리고 고금의 모든 문학작품들에게 열려 있다면, 그리고 이 열림이 지금까지의 기술 그대로 그 고유성을 제대로 활성화시키는 방식으로 진행되는 것이라면, 이는 궁극적으로 '가장 지역적인 문학이 가장 세계적인 문학'이라는 이상적 호환성을 추구한다는 것을 가리킨다. 이는 또한 '대산세계문학총서'의 피드백에도 그대로 적용될 것이다. 즉 '대산세계문학총서'의 개개 작품들은 한국의 독자들에게 가장 고유한 방식으로 향유될 터이고, 그럴 때에 그 작품의 세계성이 가장 활발하게 현상되고 작용할 것이다.

이러한 기준들을 열린 자세와 꼼꼼한 태도로 섬세히 원용함으로써 우리는 '대산세계문학총서'가 그 발굴과 발견을 통해 세계문학의 영역을 두텁고 넓게 하는 과정 그 자체로서 한국 독자들의 문학적 안목과 감수성을 신장시키는 데 기여할 것을 기대하며, 재차 그러한 과정이 한국문학의 체내에 수혈되어 한국문학의 도약이 곧바로 세계문학의 진화로 이어지게끔 하기를 희망한다. 이는 우리가 '대산세계문학총서'를 21세기의 한국사회에서 수행하는 근본적인 소이이다. 독자들의 뜨거운 호응을 바라마지않는다.

'대산세계문학총서' 기획위원회

대산세계문학총서

001-002 소설   **트리스트럼 섄디**(전 2권) 로렌스 스턴 지음 | 홍경숙 옮김

003 시   **노래의 책** 하인리히 하이네 지음 | 김재혁 옮김

004-005 소설   **페리키요 사르니엔토**(전 2권)
호세 호아킨 페르난데스 데 리사르디 지음 | 김현철 옮김

006 시   **알코올** 기욤 아폴리네르 지음 | 이규현 옮김

007 소설   **그들의 눈은 신을 보고 있었다** 조라 닐 허스턴 지음 | 이시영 옮김

008 소설   **행인** 나쓰메 소세키 지음 | 유숙자 옮김

009 희곡   **타오르는 어둠 속에서/어느 계단의 이야기**
안토니오 부에로 바예호 지음 | 김보영 옮김

010-011 소설   **오블로모프**(전 2권) I. A. 곤차로프 지음 | 최윤락 옮김

012-013 소설   **코린나: 이탈리아 이야기**(전 2권) 마담 드 스탈 지음 | 권유현 옮김

014 희곡   **탬벌레인 대왕/몰타의 유대인/파우스투스 박사**
크리스토퍼 말로 지음 | 강석주 옮김

015 소설   **러시아 인형** 아돌포 비오이 까사레스 지음 | 안영옥 옮김

016 소설   **문장** 요코미쓰 리이치 지음 | 이양 옮김

017 소설   **안톤 라이저** 칼 필립 모리츠 지음 | 장희권 옮김

018 시   **악의 꽃** 샤를 보들레르 지음 | 윤영애 옮김

019 시   **로만체로** 하인리히 하이네 지음 | 김재혁 옮김

020 소설   **사랑과 교육** 미겔 데 우나무노 지음 | 남진희 옮김

021-030 소설   **서유기**(전 10권) 오승은 지음 | 임홍빈 옮김

031 소설   **변경** 미셸 뷔토르 지음 | 권은미 옮김

032-033 소설   **약혼자들**(전 2권) 알레산드로 만초니 지음 | 김효정 옮김

034 소설   **보헤미아의 숲/숲 속의 오솔길** 아달베르트 슈티프터 지음 | 권영경 옮김

035 소설   **가르강튀아/팡타그뤼엘** 프랑수아 라블레 지음 | 유석호 옮김

036 소설   **사탄의 태양 아래** 조르주 베르나노스 지음 | 윤진 옮김

037 시 　시집 스테판 말라르메 지음 | 황현산 옮김

038 시 　도연명 전집 도연명 지음 | 이치수 역주

039 소설 　드리나 강의 다리 이보 안드리치 지음 | 김지향 옮김

040 시 　한밤의 가수 베이다오 지음 | 배도임 옮김

041 소설 　독사를 죽였어야 했는데 야샤르 케말 지음 | 오은경 옮김

042 희곡 　볼포네, 또는 여우 벤 존슨 지음 | 임이연 옮김

043 소설 　백마의 기사 테오도어 슈토름 지음 | 박경희 옮김

044 소설 　경성지련 장아이링 지음 | 김순진 옮김

045 소설 　첫번째 향로 장아이링 지음 | 김순진 옮김

046 소설 　끄르일로프 우화집 이반 끄르일로프 지음 | 정막래 옮김

047 시 　이백 오칠언절구 이백 지음 | 황선재 역주

048 소설 　페테르부르크 안드레이 벨르이 지음 | 이현숙 옮김

049 소설 　발칸의 전설 요르단 욥코프 지음 | 신윤곤 옮김

050 소설 　블라이드데일 로맨스 나사니엘 호손 지음 | 김지원·한혜경 옮김

051 희곡 　보헤미아의 빛 라몬 델 바예-인클란 지음 | 김선욱 옮김

052 시 　서동 시집 요한 볼프강 폰 괴테 지음 | 안문영 외 옮김

053 소설 　비밀요원 조지프 콘래드 지음 | 왕은철 옮김

054-055 소설 　헤이케 이야기(전 2권) 지은이 미상 | 오찬욱 옮김

056 소설 　몽골의 설화 데. 체렌소드놈 편저 | 이안나 옮김

057 소설 　암초 이디스 워튼 지음 | 손영미 옮김

058 소설 　수전노 알 자히드 지음 | 김정아 옮김

059 소설 　거꾸로 조리스-카를 위스망스 지음 | 유진현 옮김

060 소설 　페피타 히메네스 후안 발레라 지음 | 박종욱 옮김

061 시 　납 제오르제 바코비아 지음 | 김정환 옮김

062 시 　끝과 시작 비스와바 쉼보르스카 지음 | 최성은 옮김

063 소설 　과학의 나무 피오 바로하 지음 | 조구호 옮김

064 소설 　밀회의 집 알랭 로브-그리예 지음 | 임혜숙 옮김

065 소설 　붉은 수수밭 모옌 지음 | 심혜영 옮김

066 소설 　아서의 섬 엘사 모란테 지음 | 천지은 옮김

067 시 　소동파사선 소동파 지음 | 조규백 역주

068 소설 　위험한 관계 쇼데를로 드 라클로 지음 | 윤진 옮김

069 소설 　거장과 마르가리타 　미하일 불가코프 지음 | 김혜란 옮김

070 소설 　우게쓰 이야기 　우에다 아키나리 지음 | 이한창 옮김

071 소설 　별과 사랑 　엘레나 포니아토프스카 지음 | 추인숙 옮김

072-073 소설 　불의 산(전 2권) 　쓰시마 유코 지음 | 이송희 옮김

074 소설 　인생의 첫출발 　오노레 드 발자크 지음 | 선영아 옮김

075 소설 　몰로이 　사뮈엘 베케트 지음 | 김경의 옮김

076 시 　미오 시드의 노래 　지은이 미상 | 정동섭 옮김

077 희곡 　셰익스피어 로맨스 희곡 전집 　윌리엄 셰익스피어 지음 | 이상섭 옮김

078 희곡 　돈 카를로스 　프리드리히 폰 실러 지음 | 장상용 옮김

079-080 소설 　파멜라(전 2권) 　새뮤얼 리처드슨 지음 | 장은명 옮김

081 시 　이십억 광년의 고독 　다니카와 슌타로 지음 | 김응교 옮김

082 소설 　잔지바르 또는 마지막 이유 　알프레트 안더쉬 지음 | 강여규 옮김

083 소설 　에피 브리스트 　테오도르 폰타네 지음 | 김영주 옮김

084 소설 　악에 관한 세 편의 대화 　블라디미르 솔로비요프 지음 | 박종소 옮김

085-086 소설 　새로운 인생(전 2권) 　잉고 슐체 지음 | 노선정 옮김

087 소설 　그것이 어떻게 빛나는지 　토마스 브루시히 지음 | 문항심 옮김

088-089 산문 　한유문집—창려문초(전 2권) 　한유 지음 | 이주해 옮김

090 시 　서곡 　윌리엄 워즈워스 지음 | 김숭희 옮김

091 소설 　어떤 여자 　아리시마 다케오 지음 | 김옥희 옮김

092 시 　가원 경과 녹색기사 　지은이 미상 | 이동일 옮김

093 산문 　어린 시절 　나탈리 사로트 지음 | 권수경 옮김

094 소설 　골로블료프가의 사람들 　미하일 살티코프 셰드린 지음 | 김원한 옮김

095 소설 　결투 　알렉산드르 쿠프린 지음 | 이기주 옮김

096 소설 　결혼식 전날 생긴 일 　네우송 호드리게스 지음 | 오진영 옮김

097 소설 　장벽을 뛰어넘는 사람 　페터 슈나이더 지음 | 김연신 옮김

098 소설 　에두아르트의 귀향 　페터 슈나이더 지음 | 김연신 옮김

099 소설 　옛날 옛적에 한 나라가 있었지 　두샨 코바체비치 지음 | 김상헌 옮김

100 소설 　나는 고故 마티아 파스칼이오 　루이지 피란델로 지음 | 이윤희 옮김

101 소설 　따니아오 호수 이야기 　왕정치 지음 | 박정원 옮김

102 시 　송사삼백수 　주조모 엮음 | 이동향 역주

103 시 　문턱 너머 저편 　에이드리언 리치 지음 | 한지희 옮김

104 소설 충효공원 천잉전 지음 | 주재희 옮김

105 희곡 유디트 / 헤롯과 마리암네 프리드리히 헤벨 지음 | 김영옥 옮김

106 시 이스탄불을 듣는다
오르한 웰리 카늑 지음 | 술탄 웨라 아크프나르 여·이현석 옮김

107 소설 화산 아래서 맬컴 라우리 지음 | 권수미 옮김

108-109 소설 경화연 (전 2권) 이여진 지음 | 문현선 옮김

110 소설 예피판의 갑문 안드레이 플라토노프 지음 | 김철균 옮김

111 희곡 가장 중요한 것 니콜라이 예브레이노프 지음 | 안지영 옮김

112 소설 파울리나 1880 피에르 장 주브 지음 | 윤 진 옮김

113 소설 위폐범들 앙드레 지드 지음 | 권은미 옮김

114-115 소설 업둥이 톰 존스 이야기 (전 2권) 헨리 필딩 지음 | 김일영 옮김

116 소설 초조한 마음 슈테판 츠바이크 지음 | 이유정 옮김

117 소설 악마 같은 여인들 쥘 바르베 도르비이 지음 | 고봉만 옮김

118 소설 경본통속소설 지은이 미상 | 문성재 옮김

119 소설 번역사 레일라 아부렐라 지음 | 이윤재 옮김

120 소설 남과 북 엘리자베스 개스켈 지음 | 이미경 옮김

121 소설 대리석 절벽 위에서 에른스트 윙거 지음 | 노선정 옮김

122 소설 죽은 자들의 백과전서 다닐로 키슈 지음 | 조준래 옮김

123 시 나의 방랑—랭보 시집 아르튀르 랭보 지음 | 한대균 옮김

124 소설 슈톨츠 파울 니종 지음 | 황승환 옮김

125 소설 휴식의 정원 바진 지음 | 차현경 옮김

126 소설 굶주린 길 벤 오크리 지음 | 장재영 옮김

127-128 소설 비스와스 씨를 위한 집 (전 2권) V. S. 나이폴 지음 | 손나경 옮김

129 소설 새하얀 마음 하비에르 마리아스 지음 | 김상유 옮김

130 산문 루테치아 하인리히 하이네 지음 | 김수용 옮김

131 소설 열병 르 클레지오 지음 | 임미경 옮김

132 소설 조선소 후안 카를로스 오네티 지음 | 조구호 옮김

133-135 소설 저항의 미학 (전 3권) 페터 바이스 지음 | 탁선미·남덕현·홍승용 옮김

136 소설 신생 시마자키 도손 지음 | 송태욱 옮김

137 소설 캐스터브리지의 시장 토머스 하디 지음 | 이윤재 옮김

138 소설 죄수 마차를 탄 기사 크레티앵 드 트루아 지음 | 유희수 옮김

139 자서전   2번가에서 에스키아 음파렐레 지음 | 배미영 옮김

140 소설   묵동기담/스미다 강 나가이 가후 지음 | 강윤화 옮김

141 소설   개척자들 제임스 페니모어 쿠퍼 지음 | 장은명 옮김

142 소설   반짝이끼 다케다 다이준 지음 | 박은정 옮김

143 소설   제노의 의식 이탈로 스베보 지음 | 한리나 옮김

144 소설   흥분이란 무엇인가 장웨이 지음 | 임명신 옮김

145 소설   그랜드 호텔 비키 바움 지음 | 박광자 옮김

146 소설   무고한 존재 가브리엘레 단눈치오 지음 | 윤병언 옮김

147 소설   고야, 혹은 인식의 혹독한 길 리온 포이히트방거 지음 | 문광훈 옮김

148 시   두보 오칠언절구 두보 지음 | 강민호 옮김

149 소설   병사 이반 촌킨의 삶과 이상한 모험
         블라디미르 보이노비치 지음 | 양장선 옮김

150 시   내가 얼마나 많은 영혼을 가졌는지
         페르난두 페소아 지음 | 김한민 옮김

151 소설   파노라마섬 기담/인간 의자 에도가와 란포 지음 | 김단비 옮김

152-153 소설   파우스트 박사(전 2권) 토마스 만 지음 | 김륜옥 옮김

154 시, 희곡   사중주 네 편 T. S. 엘리엇의 장시와 한 편의 희곡
         T. S. 엘리엇 지음 | 윤혜준 옮김

155 시   귈뤼스탄의 시 배흐티아르 와합자데 지음 | 오은경 옮김

156 소설   찬란한 길 마거릿 드래블 지음 | 가주연 옮김

157 전집   사랑스러운 푸른 잿빛 밤 볼프강 보르헤르트 지음 | 박규호 옮김

158 소설   포옹가족 고지마 노부오 지음 | 김상은 옮김

159 소설   바보 엔도 슈사쿠 지음 | 김승철 옮김

160 소설   아산 블라디미르 마카닌 지음 | 안지영 옮김

161 소설   신사 배리 린든의 회고록 윌리엄 메이크피스 새커리 지음 | 신윤진 옮김

162 시   천가시 사방득, 왕상 엮음 | 주기평 역해

163 소설   모험적 독일인 짐플리치시무스 그리멜스하우젠 지음 | 김홍진 옮김

164 소설   맹인 악사 블라디미르 코롤렌코 지음 | 오원교 옮김

165-166 소설   전차를 모는 기수들(전 2권) 패트릭 화이트 지음 | 송기철 옮김

167 소설   스너프 빅토르 펠레빈 지음 | 윤서현 옮김

168 소설   순응주의자 알베르토 모라비아 지음 | 정란기 옮김

169 소설 오렌지주를 증류하는 사람들 오라시오 키로가 지음 | 임도울 옮김

170 소설 프라하 여행길의 모차르트/슈투트가르트의 도깨비

에두아르트 뫼리케 지음 | 윤도중 옮김

171 소설 이혼 라오서 지음 | 김의진 옮김

172 소설 가족이 아닌 사람 샤오훙 지음 | 이현정 옮김

173 소설 황사를 벗어나서 캐런 헤스 지음 | 서영승 옮김

174 소설 들짐승들의 투표를 기다리며 아마두 쿠루마 지음 | 이규현 옮김

175 소설 소용돌이 호세 에우스타시오 리베라 지음 | 조구호 옮김

176 소설 사기꾼—그의 변장 놀이 허먼 멜빌 지음 | 손나경 옮김

177 소설 에리엔 황타고드 오손보독 지음 | 한유수 옮김

178 소설 캄캄한 낮, 환한 밤—나와 생활의 비허구 한 단락

옌롄커 지음 | 김태성 옮김

179 소설 타인들의 나라—전쟁, 전쟁, 전쟁 레일라 슬리마니 지음 | 황선진 옮김

180 자서전 자유를 찾은 혀—어느 청춘의 이야기

엘리아스 카네티 지음 | 김진숙 옮김

181 소설 어느 페르시아인의 편지 몽테스키외 지음 | 이자호 옮김

182 소설 오후의 예항/짐승들의 유희 미시마 유키오 지음 | 박영미 옮김

183 소설 왕은 없다 응우옌후이티엡 지음 | 김주영 옮김

184 소설 죽음의 가시 시마오 도시오 지음 | 이종은 옮김

185 소설 세레나데 쥘퓌 리바넬리 지음 | 오진혁 옮김

186 소설 트리스탄 고트프리트 폰 슈트라스부르크 지음 | 차윤석 옮김

187 소설 루친데 프리드리히 슐레겔 지음 | 박상화 옮김

188 시 서 있는 여성의 누드/황홀 캐럴 앤 더피 지음 | 심지아 옮김

189 소설 연기 이반 투르게네프 지음 | 이항재 옮김

190 소설 세 인생 거트루드 스타인 지음 | 이윤재 옮김

191 시 당시삼백수 1 손수 엮음 | 임도현 역해

192 시 당시삼백수 2 손수 엮음 | 임도현 역해

193 소설 M/T와 숲의 신비한 이야기 오에 겐자부로 지음 | 심수경 옮김

194 소설 여덟 마리 말 그림 선충원 지음 | 강경이 옮김